白云死在远行的路上

刘汀——著

孟繁华 张清华/主编

山东文艺出版社

图书在版编目（CIP）数据

白云死在远行的路上 / 刘汀著. —济南：山东文艺出版社，2023.6

（情感共同体·80后作家大系 / 孟繁华，张清华主编）

ISBN 978-7-5329-6878-7

Ⅰ. ①白… Ⅱ. ①刘… Ⅲ. ①中篇小说—小说集—中国—当代②短篇小说—小说集—中国—当代 Ⅳ. ①I247.7

中国国家版本馆CIP数据核字（2023）第063728号

白云死在远行的路上
BAIYUN SI ZAI YUANXING DE LUSHANG

刘 汀 著

主管单位	山东出版传媒股份有限公司
出版发行	山东文艺出版社
社　　址	山东省济南市英雄山路189号
邮　　编	250002
网　　址	www.sdwypress.com
读者服务	0531-82098776（总编室）
	0531-82098775（市场营销部）
电子邮箱	sdwy@sdpress.com.cn
印　　刷	肥城源盛印刷有限公司
开　　本	710毫米×1000毫米　1/16
印　　张	20
字　　数	285千
版　　次	2023年6月第1版
印　　次	2023年6月第1次印刷
书　　号	ISBN 978-7-5329-6878-7
定　　价	68.00元

版权专有，侵权必究。如有图书质量问题，请与出版社联系调换。

总序
80后：一个情感共同体

孟繁华　张清华

"情感共同体"，是新近兴起的历史学流派——情感史研究的概念。这个历史学研究流派被称为史学研究的新方向，它在考量客观事实的同时，还关注到人的道德、行为、信仰与情感等因素。美国学者苏珊·麦特和彼得·斯特恩斯指出，对情感的研究改变了历史书写的话语——不再专注于理性角色的构造，而情感研究已有的成果已经让史家看到，不但情感塑造了历史，而且情感本身也有历史。当然，研究历史与情感的关系和研究文学与情感的关系，是完全不同的两回事。借助历史研究的"情感共同体"概念，意在说明，这个共同体是一个真实的存在，而并非空穴来风。

将80后作家群体看作一个"情感共同体"，当然也只是一个比喻，一如我们此前将70后看作"身份共同体"一样。任何比喻都是有欠缺的，但可以将比喻对象更形象地呈现出来。另一方面，即便是80后本身，他们也从不同的方面将作家看作一个"共同体"。80后有代表性的批评家杨庆祥，写了《80后，怎么办》一书，引起很大反响，特别是在80后群体中，反响更强烈。张悦然说："十年前80后主要是一种反叛形象，主要写的是叛逆青春，那时候的80后肯定不需要《80后，怎么办》这本书。但是到了现在，变化非常大。我的问题在于，这代人是不是变得太快了一点,好像青春结束得太早了一点,一下子就进入了一种很委顿的中年的状态里面。正是在这样快速的消失当中,我们这一代人需要停下来审视自己。"由此可见,杨庆祥的困惑切中了一代人的思想脉络。他书中提出的问题,比如"失败的实感""历史虚无主义""抵抗的假面""沉默的'复数'""从小资产阶级梦中惊醒""我们这一代没有真正的青春""我依然属于弱势群体""能够受到一些公平的待遇就可以了"等,因有极大的"共情性",而受到了同代人的关注。这是80后内部对"情感共同体"认同的一个佐证。但无论如何,杨庆祥还比较客观。他终究还认为"我们是比50后、60后和70后更幸福的一代人"。这当然是另外一个话题。

在现代社会里,每个人都是当然的单个主体,但每一代人也必定有某种共性,虽然这共性也是被建构和解释出来的。80后的共性是什么?也许很难说清楚,杨庆祥的阐释或许也不能说服所有人。要想为他们找一个最大的"公约数",确乎很难。但是,从某种意义上来说,这一代人有着相似的文化与社会境遇,却是事实。这种境遇在我们看来,或许就是一种历史的"错位感"与"迟到感"。他们成长的阶段,刚好是中国社会迅猛变革与走向市场化的年代,他们的童年与青春时代,经历了中国社会价值观的剧烈转换;而等到他们长成的时候,中国的社会已历经世纪之交,进入了一个阶层逐渐固化、机遇相对减少的时期。相对优越的成长环境、比较早地受到关注,与成年后的某种失落之间的落差,带给了这一代人特有的困惑与迷茫。

从这个意义上,与其说他们是一个"情感共同体",不如说是"经验共同体",只是这样说不够清晰和强烈而已。要想说得有效,而不只是"求正确"的话,那么"情感共同体"是一个必要和不得已的强调。但是须知,在情感体验与情感表达之间,也同样存在着巨大的差异,人的个性差异在文学表达中,尤其有决定性的作用,更何况,人所表达的情感，也未必是他内心感受到的真情实感。所以，从根本上说，即便是同代人，他们的创作也未必在同一个声音频道里。因此，恰是这些相同和差异，一起构成了这代人的整体特征。我们必须承认，现在我们讨论的80后作家，与刚刚出道时的80后作家已经非常不同。对那时的80后作家，社会和文学界都有不一样的看法，比如有的人认为，他们过早地被市场裹挟和被书商包装了，他们没有经历上几代作家所经历的那些制度性的历练，所以在他们之中也就"看不到跟经典写作接轨的作者"。同时还有一种看法，就是他们除了书写个人成长经验之外，很难进行真正的"创作"，对社会问题和社会公共事务还不具备处理的能力。

然而时过境迁，经过十多年的锤炼和努力，以及社会不同方面的合力培育，现在的80后已经蔚为大观，且早已实现了"纯文学"意义上的承前启后，逐渐成熟并走向了文学创作和批评的一线。为了培养文学批评队伍，中国现代文学馆已先后邀请了十余届客座研究员，这些人中的相当一部分是80后，十余届中已有数十人，其规模已足以令人生畏。更有第三届客座研究员，还将他们自己命名为"十二铜人"，显然隐含了自我认同的情感关系。鲁迅文学院多次举办"青年作家高级研修班"，参加者也多为80后。更有专门以培养"文学新锐"为己任的文学刊物或栏目，比如专门举荐文学新锐的《西湖》杂志，以及《人民文学》的"新浪潮"，《十月》的"小说新干线"，《北京文学》的"新人自荐"，《作家》的"处女作"，《天涯》的"新人工作间"，《民族文学》的"本刊新人"，《中国作家》的"新实力"等等，都培养了一大批80后作家。正如80后青年批评家行超所说，最近的这二十年，既是中国社会经济、文化思潮、价值取向发生巨大转变的二十年，也是80后一代从青春期的少男少女成长为家庭支柱和社会中坚力量的二十年。80后一代在生理和精神上的全面成长，必然导致如今的80后文学与此前呈现出若干显见的变化，世纪之交那种与市场需求、商业逻辑等相纠缠的青春文学，已逐渐在他们笔下消失，取而代之的，是在内容、主题、艺术手法等多方面都变得更加成熟、更加复杂的多样性的写作。到今天，在纯文学刊物、出版市场、网络文学等各个文学场域，80后作家都占有重要的位置。而这代人写作历程中所经历的变化，恰恰构成了中国文学在新世纪发展流变的一个面向。

从诗歌领域来看，80后的一代，似乎已经没有当年70后登场时那种明显的策略意识。他们既不急于标张自我文化身份的独异性，也不刻意强调与前代的继承性，在诗风上是相当"稳健"的一代。从社会身份看，他们也主要有两类，一类是"学院派"的，一类是"非学院派"的——隐藏于社会各界与三教九流，但共同点是，文化素养都相对较高。其中"非学院派"的一类在写作上更接地气，像丁成、阿斐、唐不遇，还有女诗人中的郑小琼、李成恩，他们都是现实感非常强的诗人，当然表达个性都各自有鲜明特点；而茱萸、胡桑、严彬、王东东则都属学者型的诗人，有很强的学院背景和诗学素养，他们的写作可以说都非常自信，有从容不迫的气度，既充满知性，同时又不掉书袋，殊为难得。这两类诗人，并没有像"第三代"那样分为"民间写作"和"知识分子写作"，他们几乎已经消弭了这些对立和差异。即使是像郑小琼这种出身底层、从"打工诗人"群体中成长起来的写作者，也体现出良好的素养，也写过许多具有先锋气质的，以及"纯粹植物"意义上的诗歌。

总体上，80后一代的文学评论家、小说家、诗人、散文家，已经全面覆盖当代中国文学的各个场域。为了推动这个文学群体的健康发展，鼓励青年作家创作，我们在编辑"身份共同体·70后作家大系"之后，应出版社之约，不得不继续勉力集合"情感共同体·80后作家大系"，深感使命难违，与有荣焉。但实在说，又恐因为年龄阻隔、代沟之障，对他们的理解和阐释其力难逮，说出外行话来，令方家和晚辈嗤笑。所以，多不如少，与其在这里喋喋不休，不如让读者自去判断。

致敬山东文艺出版社的朋友们，他们高瞻远瞩的文学眼光和情怀令我们感佩不已；也致意80后的青年才俊，他们的积极响应也令我们倍感欣慰。让我们一起努力，继续为中国当代文学的发展添砖加瓦。

是为序。

目　录

总　序　80后：一个情感共同体　………… 1

白云死在远行的路上　………… 1

早饭吃什么　………… 43

草青青，麦黄黄　………… 69

人人都爱尹雪梅　………… 113

换灵记　………… 151

小镇简史　………… 167

纠缠与交错　………… 197

大　师　………… 233

夜　宴　………… 283

后　记　对于我，文学意味着什么　………… 303

白云死在远行的路上

1

这是李慕云第一次去青岛。

在此之前,这个海滨城市在他脑海里的标准印象是啤酒和蛤蜊。因为他大学同宿舍的小董是青岛人,本科四年,说过无数次要请大家去青岛喝啤酒吃蛤蜊,当然直到小董成了他们同学里第一个混到副部级的人,这个承诺也没兑现。

提起小董,李慕云觉得有些气闷。一个月前,硕士毕业后工作已经七年的李慕云,终于凑了一笔钱,打算在六环外买一套小房子,给自己的京漂生涯一个归宿。他已经跟中介看好了房子,价钱也谈妥了。再之前有次小规模的同学聚会,他跟小董提过一嘴,小董拍着胸脯说能借给他二十万。但临到付首付的时候,小董的电话却打不通了。李慕云急得不行,他担心小董被"双规"了,只能四处问北京的同学最近见没见过小董——有的说没见过,有的说昨天还在区里的新闻频道看见他视察一家文化单位。这么说,小董没有出事,也没有被"双规",那他不接自己的电话,不是不能接,是不想接。

李慕云别无他法,只能继续打,等终于打通的时候,小董说有这事吗？不可能啊兄弟，你别看我大小是个官员，我可是一点灰色收入都没有，你现在叫我出来撸串喝酒，我都不敢出来。再者说，家里那点钱又被我媳妇管着，哪儿有钱借给你？李慕云无可奈何，只能说要么那天你喝多了，要么是我记错了。肯定是你记错了，小董说，我什么时候喝多过？

等李慕云七拼八凑拿出这笔钱的时候，北京的房价像坐了航天飞船，一个星期就涨了百分之二十。房主眼看自己卖亏了，不惜退了双倍押金毁约，结果李慕云到手的房子没了。他唯一可自我安慰的就是，至少没赔钱，还赚了个押金。经此一役，再想追上北京的房价，就不知猴年马月了。

从中介公司那儿拿着退回来的五万块钱出来，太阳热得像发情的公牛，加上昨晚零星的一点雨，空气湿度特别大，整个北京像一个巨型的桑拿房。看着马路上的人与车，李慕云有一种冲动，想找小董去理论一下，可等红灯的时候一琢磨，小董也许有自己的难处。再说就算人家答应了，也可以反悔，是借钱，又不是欠钱，何必再去自讨没趣。

买房不顺，又赶上考驾照实际道路考试三次没过。第一次是半路熄火，第二次压线了，第三次他跟考官吵了起来。他心里郁闷，就请了年假回老家。他的本意是回去静一静，休养一段时间，也躲开社里的那些是非。这一段时间，出版社一直在传言要实行改革，一些部门要拆分重组，中层全部重新竞聘上岗，每个人的利益跟效益挂钩。这种改革喊了多少年了，就像故事里的狼来了，一直在喊，狼总是在头顶上飘荡，可就是不来。不过这一次，或许是真的，分管领导找他谈过一次话，示意他竞聘人文社科中心的副主任。领导说，人文社科出版是意识形态领域，很重要，必须得有个可靠的人来负责。正主任是出版社的元老，还有一年多就退休，不可能动，但他也不管事，副主任相当于实际主持工作，权力不小，压力也不小。

李慕云说我想想吧。当了七年编辑之后，他其实已经产生了职业倦怠，工作上的七年之痒，比婚姻中的还让人心生懈怠。每天都在给别人做书，约选题、排版、校对、印刷、宣传，一本又一本的书从他手里诞生，然后经过一轮流转，大部分又回到造纸厂化为纸浆。他自己写的那些小文章，那些有头无尾的诗，只能躲在硬盘里发霉，连化纸浆的机会都没有。有一次，他甚至动了化名出自己的书的念头，后来又一想，被人发现了实在丢人，便作罢了。

周末，他经常到各个文化沙龙活动去旁听，有时候觉得挺有收获，有时候觉得那些台上的嘉宾都是滥竽充数、胡说八道。一个同事去年离职，下海创业了，也跑来游说他，希望他加入他们的互联网创业公司。说实话，他有点动心了，可这点动心还远不够让他马上辞职离开。

一些都似是而非，一切都可有可无，以至于他不得不小心翼翼地在日记里使用那个一直回避的词：精神危机。他觉得这个词有点矫情，有点过，可是以自己目前的心理状态来看，又确实有点危机。只不过这种危机并没有什么危险性，不像抑郁症之类，就是表现为什么都成，什么又都无所谓、无意义。这段时间，他看的电影和书明显多了起来，但这些并不能解决问题，反而让他的消极感觉越发深重。他都有点希望自己生一场不大不小的病了，这样，身体上的症状会强行把他从内心的焦虑中拉扯出来，他就不得不面对另一种担心。可转念又想，身体上的病痛也可能加重精神上的焦虑，反而得不偿失。李慕云一直这么瞻前顾后、犹犹豫豫。再加上，这些年他相过几次亲，但始终没有真正谈恋爱，即使有了欲望，大都是自己动手解决了。他曾经找过一次洗头房的小姐，可并没什么快感，后来他也不再去了。时间一久，肉体的欲望也似乎淡了下来，虽然他才不过三十几岁，正是荷尔蒙分泌旺盛的时期。

尝试过各种可能之后，他还是像之前一样，买了回家的车票。他内心也很清楚，老家顶多也只能让他暂时忘了这些事而已。忘却就好，哪怕是暂时的。

第一届青岛国际书展是本年度青岛啤酒文化节的一部分，确切点说，就是在啤酒文化节期间，举办了一场国际书展，大概有二十多个国家的出版社和书商参展。为了体现啤酒和书的主题的结合，被邀请的大都是盛产啤酒的国家，比如德国、巴西等。李慕云代表出版社去参展，是书展开始的前一天才定下来的。他当时正在老家休假，可是最初的人选——办公室的副主任老何突发脑出血，住进了医院，他不得不急匆匆赶回北京，替他去青岛。

让他能中断休假跑去出差更重要的原因是，就在他回老家休假那几天，他已经五十岁的小叔终于有机会娶媳妇了。小叔李建国在村子里放了半辈子羊，因为出生时缺氧，导致人有点痴傻，再加上奶奶一个人拉扯四个儿子一个女儿，还没等三儿子结婚，她自己就得肺痨死了。三叔出去打工，领了一个云南偏远山区的女子回来，算是自己成了家。小叔从十三岁就放羊，跟羊待在一起的时间比跟谁都多，而父亲和二叔三叔，一家家都过得捉襟见肘，也无力给小叔张罗相亲娶媳妇。等到了二十一世纪，家庭状况稍微好一点的时候，小叔已经四十多了，加上脑子的问题，媳妇就更娶不到了。也不是娶不到，有几次，好事的人把几十里外的寡妇介绍给他，眼瞅着要结婚了，小叔却不知道听了哪个混混的鬼话，说绝不娶二婚的，将来埋不到祖坟里，这事就此搁下，无人再提。

李慕云觉得，在农村，一个人如果到了四十多还没有结婚，村里人似乎就不希望他结婚了。他每次回去，都会买两瓶白酒去小叔家，煮一锅过年时留下的猪骨，喝上一场。两个没有爱情也没有婚姻的光棍，互相诉说着彼此的烦恼和忧愁，虽然他们完全搞不懂对方到底在烦恼什么。每次跟小叔喝酒，李慕云都觉得有一种难得的放松，不是获得了宽慰，而是在哭哭笑笑中得到了发泄。这次回去前，他特意从商场买了两瓶高度白酒，准备再跟老人家醉一场。

这个已经日渐苍老的光棍迎来一生里最后一个机会。对方是一个比他小七岁的老姑娘，四十多了，一直没嫁人。没嫁人的原因是她有四个弟弟，狠心的父母一直拖着她把最小的弟弟供完大学，才吐口让她找对象。当然，她最初并没有想过嫁小叔，是已经得了糖尿病的三爷爷给小叔创造了这个机会。三爷爷前半辈子靠挖宝石为生，没能发财，只留下半院子奇形怪状的石头；后半辈子靠家里的一本半发黄的旧书，成了远近闻名的半仙儿，那本书据说是祖爷爷留下来的。

　　老姑娘得病，村里的医生乡里的医生都没瞧出啥毛病，她家里人找三爷爷去给治，三爷爷告诉她家里人，这病要想根治，必须得找个属耗子的、比她大七岁的人结婚，而且得是头婚，还得是个根儿上在海边打鱼为生的人。老姑娘父母想，属耗子的好找，可头婚的谁娶四十多岁的人？再说这里是内蒙古，养牛羊的满大街都是，打鱼的人家哪儿找去？所以他们就想这是命里该着如此，也并不着急。三爷爷就吓唬他们说，这病最要紧的不是老姑娘，而是会妨碍四个弟弟以后的婚姻和家庭，甚至影响第三代。老两口一听，这才着慌了，觉得这事必须尽快解决。一家人选来选去，发现只有小叔最合适，属耗子，头婚，脑袋虽然有点问题，但能干活、能过日子，倒也不错。可是，这俩迷信的人提出了验证小叔的资格问题，其他都没话说。三爷爷告诉他们，李家人祖籍在青岛的海边，种地又打鱼，小叔自然是属耗子。

　　但才过了一天，这老两口又提出一条：这人得三代以内的先辈埋在一处，否则大不吉利。这条不是三爷爷的主意，而是老两口又去找了附近的另一个半仙儿。这个半仙儿和三爷爷有点竞争关系，可又不是太明显，所以在不反驳三爷爷那几条的基础上，又加了一条，还特意强调这条最重要。就这条出问题了：我爷爷和二爷爷、三爷爷，他们是跟着祖奶奶逃荒到这里的，祖爷爷在他们逃出来前就没了，要埋也埋在青岛，这么多年了，到哪里去找？

　　三爷爷试图打个马虎眼，说祖奶奶埋在这儿，没问题。可这老两口过度认真，因为他家里的四个儿子，两个还打着光棍，两个结婚又离婚了，一个孙子都没生呢，都觉得是老处女姐姐没结婚给"方"的。

就是这时候，李慕云接到了出版社徐总编辑的电话，让他去青岛参加书展。他在家里接电话有一个习惯，喜欢开着免提，是因为他想在家里人面前装出一副能做事情的样子，也省得他们不停地问，你到底在北京干什么呢？这一次刚打完电话，三爷爷就盯上他了。

你要去青岛？老爷子瞪着红眼边子问。他眼皮外翻，红红的，好像发炎了，可又没有炎症，眼珠骨碌碌转，像两颗血里的玻璃球。

哦，我们单位想让我临时去出个差，我不太想去，我假还没休完呢。

去，一定得去。三爷爷说着，把手里的烟袋使劲地挥舞着。

为啥？他问。

为啥？为了你小叔，也为了你自己。

小叔的事我听说了，你的心思我明白，想帮他，可这和我有啥关系？李慕云说。

咋没有？三爷爷说，你小叔结不了婚，你就谈不上对象，你看看你们慕字辈的兄弟，三十好几了还打光棍的有多少？这事的根就在你小叔这儿，把你小叔的事解决了，你们的事也就解决了。

哈，李慕云忍不住笑了一声，三爷爷，这哪儿跟哪儿，我可不信你这套。

三爷爷突然间变得严肃起来，说，慕云，你别以为三爷爷是个老农民，是个大忽悠，我知道你回来不是想家，你是在城里待不住了，难受了，你回来啊，是治病的。

李慕云大吃一惊。

三爷爷接着说，你这病，是心病，去别处也没用，就得回来。我跟你说，你听我的，准保过得了这一关。就算你不信这话，但为了你小叔，跑一趟也不委屈你吧？

李慕云点点头，说为了小叔，我倒是该去。

接着，三爷爷告诉他，老李家祖籍就是青岛，具体点说，是郊区的一个李家庄，当年因为祖爷爷被日本人打死了，祖奶奶带着他们一起逃荒，才来到内蒙古的。也就是说，祖爷爷死后埋在了青岛郊区的李家庄，如果去青岛的话，也许能找到祖爷爷的骸骨，带回来跟祖奶奶合葬。

李慕云说，三爷爷，就算我信你的话，这都过去多少年了，到哪儿找去啊？

三爷爷说，慕云啊，我想让你去青岛，还不单是为这事。他突然从怀里掏出两页发黄的纸，上面写着字，看起来像是一个公司的体系图，再仔细看，似乎是一份家谱的一部分。两页纸，第一页看起来更旧一些，上面写着李宗峰、李宗谷，下面各是娶妻某某、生子女某某，然后子又生孙，孙又娶妇，就到了第二页。他在第二页的末尾，看到了自己的名字，李慕云。

这是……李慕云没想到还有这东西。

三爷爷说，当年李家逃荒出来的时候，有两拨人，一拨人就是他们，另一拨到了赤峰郊区，家谱的主体部分被他们拿去了，因为祖奶奶是个寡妇，人家只给了她一页。这后一页，是三爷爷多年后自己续上的。

三爷爷的意思是，让他顺便绕道赤峰，去找找这家谱的前半部分，哪怕是份手抄的也行，他这辈子不把家谱接上去，死不瞑目。

三爷爷红红的眼睛里，带着黄褐色的眼屎，但目光炯炯。咱们老李家，不是一般的人家。我记得你祖奶奶说过，咱们曾经是青岛的名门望族，家谱能追到几百年前，出过秀才，也出过举人。慕云，你是个念过书的人，你知道三爷爷这辈子最大的愿望是什么？就是找到这份家谱，看看老祖宗都是干吗的，看看咱们到底从哪儿来的。

他这么一说，李慕云也有点好奇了，但心底对于这种毫无线索的追寻完全不抱希望。他跟三爷爷说，反正要去出差，青岛他肯定要去的，不过能不能找到祖爷爷的骸骨，还有家谱，他可说不准。

三爷爷说，你去就是了，找不找得到，老天爷自会安排。

这天晚上，李慕云还没吃晚饭，就来了三拨人。不知道是三爷爷发动了家族的人，还是大家实在希望小叔这次能真的结婚，反正都来劝他去找祖爷爷的骸骨。祖奶奶和祖爷爷两个人都逝去多年，如果能有机会合葬，作为子孙，也算是尽一点孝道。

李慕云这一夜睡得很晚，这件事有点超乎他的预料。后半夜月亮出来了，他在土炕上歪歪头就能看见。月光皎洁，旁边的云彩很薄，像细纱，罩着月亮的脸。院子里有一种独特的声响，这声响是安静的夜里才有的，不是什么具体的声音，是安静和黑暗本身的声音。

2

他第二天一早先回北京，去了一趟出版社，连家都没回，直奔高铁站。在出版社的大堂里，他瞥见贴了一纸告示：下个月将举行中层竞聘。这回狼真来了。

坐在北京到青岛的高铁上，李慕云还有些恍惚，脑子里总是浮现前一晚的月亮，和月亮旁边淡淡的云彩。自从上了车，他就不断地用微信跟营销部的同事对接书展的事，又在同学群里吆喝了一声，说自己不日将临幸青岛，请在青岛工作的老同学准备接驾。虽然青岛人小董不在老家，但青岛还有两个女同学。一个在青岛一中当老师，叫何小白；另一个也在出版社做编辑，叫姚璐。这两个人，读书时和李慕云关系都还不错，但何小白当时对李慕云有点崇拜，因为喜欢他写的一首诗。而姚璐呢，则是有一年他们几个人相约去登泰山，结果下山时姚璐崴了脚，李慕云扶了她好几里地。说起来，他与她们之间都有过似是而非的暧昧，可都没有什么实实在在的故事。这首先是因为李慕云当时有女朋友，不过在另一所学校，是他的高中同学。等李慕云知道自己早就被女朋友戴了绿帽子的时候，已经是大四下学期了，大家都准备各奔东西，没有谁会跟转眼就分别的人发展出感情了。

书展的一切安排妥当，他拿出了一本作家社出的年度诗选，随手翻着，老觉得自己好像忘了什么事，可就是想不起来。直到看见一首诗里写着"用我的骨头敲出／石头般的尖叫"，他才蓦然想起来，自己还有一个三爷爷交代的重要任务呢。他在出版社跟领导说，出差可以，但休假在书展之后继续，还有五天的时间，他可不想浪费，正好转转这个海滨城市，喝点啤酒，吃点海鲜，亲自替小董兑现当年的承诺。

找先人的骨头，三爷爷怎么能想出这种事来？一琢磨，他有点明白了：三爷爷表面上是为了给小叔找对象，可内里其实有私心。他想起来，三爷爷不止一次提到过，祖爷爷祖奶奶没合葬，赶明儿他们这辈人死了，到那边还是没爹的孩子。三爷爷有自己的恐惧。他可能早就算计好了这一趟寻找之旅，只是没想到刚好碰上李慕云来青岛。不过对小叔，李慕云从心里希望他能有个家庭，要不然一辈子就这样孤苦伶仃了。小时候，他跟村里的孩子们玩，小孩子童言无忌，总是说小叔是个傻子，脑子有问题。自尊心强的李慕云回到家里，刚好小叔赶了羊回村，被父亲叫来吃饭。小叔的饭量一直很大，一顿至少能吃三大碗饭，那天他准备吃第三碗的时候，李慕云用筷子挡住了他盛饭的勺子，吃那么多干吗？

小叔愣了一下，还以为他是在跟自己玩儿，就绕过他继续去盛饭。

李慕云一时间控制不住，猛地打了一下小叔的手，吃吃吃，就知道吃，越吃越傻。

小叔彻底愣了，放下筷子和碗，下地走了。

那天李慕云被父亲一顿臭骂。他不想告诉他们，自己是因为有个傻叔叔被嘲笑了。但从那天以后，小叔就很少来家里吃饭了，不管放羊回来多晚，都自己烧火，烟熏火燎中煮出一锅不稀不稠的东西，捧着大碗，拿着一块咸菜，蹲在墙头上吃。父亲和母亲一次又一次去喊他，他终于拒绝不了，被拉扯着来了，也只吃一碗饭就走。李慕云知道自己把小叔伤到了，可他不想承认，更不愿意去向小叔道歉。他只是没想到，一个傻子竟然也有自尊，还这么强烈。等到李慕云上了大学，在一群有钱有权的同学面前体会到那种自卑感的时候，才真正理解小叔的感受。

　　第一年寒假回家，他带了两瓶牛栏山二锅头，一瓶给父亲，另一瓶给了小叔。收到李慕云的礼物，小叔又惊又喜，但他不会表达，只会嘿嘿傻笑，然后打开炕梢一个柜子，从里面掏出几块水果糖给他，说，吃，甜呢。他接过去，才觉得多年前自己的不礼貌，有了点交代。现在，小叔这辈子最后的结婚机会似乎就靠他了。李慕云忍不住去想，三爷爷算命有些可笑，那个老姑娘父母的愚昧更是让人无语，可是在乡下，他们就是这么过日子的。他们才不管什么科学不科学呢，最在乎的就是那个无与伦比的"命"，命既然这样，那人就得这么活。他不信，可也得尊重他们的逻辑。

　　是姚璐先在群里给李慕云回了话，说，青岛人民热烈欢迎李才子慕云来视察工作。之后，她跟他私聊，问他几点到，待几天，想去哪儿玩。她也是编辑，早就猜到了他肯定是为了书展来的。聊了几句，李慕云说，姚璐，请问从青岛市区到郊区的李家庄远吗？姚璐说，哪个李家庄？青岛这边有好多李家庄。李慕云说，好像是平乐那边的。姚璐说，不近不远啊，你想干吗？会情人？不过我有车，过去也还算方便。其实李慕云在百度地图上查了距离，但还想再确认一下。李慕云说，那到时候就麻烦你跟我去一趟吧。

　　他坐在车上都快昏昏欲睡了，手机突然震动，是何小白。她直接打了电话过来，电话里能听出她有点醉意，但背景音却是很舒缓的音乐，像是某个美容机构,又像是安静的酒吧。何小白直接打电话过来,让李慕云有点意外。其实从大学毕业之后,他们就再也没有通过话,只不过因为后来有了微信,偶尔给彼此留个言、点个赞。李慕云心里一直很想见何小白。自从他和上一个女朋友分了之后,就再也没有谈过恋爱,累了。但偶尔会想起何小白,想起她在图书馆里给他递的那张纸条。那是第一次有女孩主动向他表示好感,但他当时正跟民族大学的女友如胶似漆,便冷淡处之了。他自己都没有想到的是,那张纸条他竟然一直夹在毕业证里,前一段时间报职称的时候翻出来了,还愣了半天。

何小白的朋友圈偶尔会转发个文艺活动信息,或者是拍一杯咖啡、一本书。和其他这个年纪的女人不同的是,她从来不发自拍照。李慕云细细想了一下,似乎她从没有发过任何照片,连集体照也没有。他对她的印象还停留在大学本科毕业吃散伙饭时的样子。她不善饮酒,但又喜欢喝,一杯即醉,端着酒杯对着李慕云说,李慕云,我觉得你将来会成为一个了不起的诗人。李慕云跟她碰杯、干杯,那一瞬间他有种错觉,觉得何小白眼睛里有眼泪。何小白说,我要带着你那首诗离开北京,去过以后的生活。何小白没选择读研,她听从了父母的意见,回老家的一所中学工作了。李慕云没想起她说的是哪首诗,也不好追问,就说,谢谢。到现在他也不知道是哪首诗。

李慕云掏出了笔记本,回想往事,让他有点多愁善感了。脑袋里不时蹦出一些似是而非的句子,有好几次,他准备把它们写下来,可刚一落笔,又发现这些句子庸俗不堪。然后是另一个句子冒出来,然后又是庸俗不堪。他已经有点沮丧了,一如他毕业这么多年来所有的事,做的时候都是怀抱希望,可进行到一半就感到了无意趣。他曾想过做一个纯粹的诗人,这些年他没停止写诗,也偶尔发表一些,甚至在《诗刊》上发过三首短诗。可是他知道,自己始终没有写出一首真正像样的诗。写了划掉,划掉再写,等高铁的广播响起"青岛站到了"的时候,日记本上只留下了一句：白云死在远行的路上。

车还没停稳，他就透过缓慢移动的车窗看见了何小白。她真来接他了。

刚才打电话的时候，她只问了一句，哪趟车？他找出车票，告诉她车次，她就把电话挂了。他不知道她想干吗，按说已经这么晚了，她不会来车站的。可她来了。

时隔十年，他们第一次重逢。看见她的一瞬间，他想起了自己写过的一段诗：两个有过暧昧的人重逢／就像两节电力不足的电池／碰在了一起。电还有那么一点，但远远不够碰撞出火花来，可是那点电却如丝如缕，不可断绝。他们谁都没说话，他跟着她出站，到车库取车。他闻到了她身上的酒味，确认她刚才确实在酒吧。下意识地，他扣上了安全带。

何小白把他送到订好的酒店，说，去，把行李放下，我带你去消夜。

李慕云点点头。

3

李慕云在书展上站了两天，第三天中午就招呼着同事打包撤展了。同事第二天就回北京，李慕云继续休假。他已经跟姚璐约好，明天她开车带他去李家庄。

第二天十点多，他下楼等姚璐。

让他意外的是，姚璐开的是一辆奔驰，至少七八十万那种。一上车，李慕云就打趣她说，姚璐，你这是傍大款了啊，开这么豪华的车。姚璐戴着墨镜，笑了一下，别跟我这儿哭穷，我就一出版社小编辑，一年的钱也就买辆车，哪能跟你们京城的大编辑比啊。李慕云吃了一惊，说，一年的工资就能买奔驰？姚璐说，得再加上奖金，工资才几个钱。李慕云往靠垫上一躺，完了，你还让不让我们活啊。我告诉你，我上一年班，所有的钱都加起来，也就能买这车的四个轮胎。

这回轮到姚璐吃惊了，真的假的？

李慕云苦笑一下，我也希望是假的。

别看姚璐就在青岛的一家小出版社，但人家效益不错，而且机制灵活，编辑分成高，她一年光奖金都有五六十万。李慕云羡慕得牙花子疼。姚璐说，你要舍得北京，来青岛，我保证你比我赚得多。李慕云说，真的？那我来，反正我没家没业，随时拎包走。

姚璐说，我知道你们这些文艺青年——应该是文艺中年了，都是叶公好龙。

李慕云忍不住点头，说，叶公好龙，你这个词还真是准确。

姚璐指着自己的包，打开，里面有烟。

李慕云摆手。我不抽烟。

我抽呀。姚璐说。

李慕云打开她的路易威登包，掏出一包女士万宝路，点燃一支，然后递给姚璐。

姚璐扭头叼上，深吸一口。你去李家庄干吗？那儿现在不叫庄了，好像是一个镇子，特产是鱼干、虾干，经济不错。

李慕云说，怎么跟你说呢，我去找一座坟。

前面一辆车慢悠悠的，姚璐使劲摁喇叭，然后一脚油门超了过去。李慕云一趔趄，心里想，这姐们儿开车比昨天的何小白还猛。

他没跟姚璐说小叔的事，只是说自己受家里人委托，到祖籍去找祖爷爷的骨殖，准备带回去跟祖奶奶合葬。姚璐点点头，说，好事啊，认祖归宗。

过了很久，李慕云终于忍不住问，姚璐，你跟何小白有联系吗？

姚璐说，还行吧，不经常联系，但偶尔见个面。我就知道你得问她。

我刚来那天晚上见她了,她请我吃了消夜。

你俩不会老情人见面分外亲热,然后孤男寡女、干柴烈火,一夜情了吧?姚璐问。

李慕云说,胡说什么,老同学见面,闲聊。我是那种人吗?

人都会变的。姚璐说,你到底想问什么?

她现在做什么呢?我俩聊了好几个小时,我愣是没弄明白。

姚璐说,你可真行,聊了一夜,愣是连人家是做什么的都没问出来。

李慕云说,怎么没问,可我每次问,她都顾左右而言他,看来是有什么不方便说的,后来我自然不好再问了。所以才问你,你们都在青岛,肯定知道。

车行到一个收费站,不知为何,前面竟然排起了长龙,而且前进的速度特别慢,两人也只好停车,等着龟速缓慢行进。

姚璐的烟已经燃尽,她动作潇洒地把烟头扔出车外,说,慕云,我劝你还是别问了。有些事,人家如果不想让你知道,你就别知道,免得徒增烦恼。说说你自己吧。这些年怎么样?我倒是经常看见微信上转你的诗,还是笔耕不辍啊。

李慕云笑了一下,说你就别打趣我了,我啊,复杂了一两句话也说不清楚,简单了半句话就能讲明白。

那就往复杂了说呗,反正这儿堵着呢。姚璐又点燃一支烟,自己狠吸了一口,递给李慕云。李慕云接了过来,也吸了一口,又还给姚璐。这一口烟,他尝到了姚璐粘在烟嘴上的口红的味道,心下一动。说实话,这次跟姚璐重逢,她的变化让他吃惊。他还记得那年从泰山上下来,姚璐有点胖,体重大,自己几乎架不住她。但现在她很瘦,而且脸型似乎也变了,可具体是哪儿变了,他又说不清楚。主要是气质。以前姚璐是那种见人先微微一笑,不太张扬的个性,但眼前的姚璐有了独特的气场,在对一切都无所谓的外表底下,似乎有一颗孤高的心。

李慕云告诉姚璐，自己毕业后先是去了一家图书公司——就是市面上出文艺书很有名的那家，干了两年。当年的自己，自诩文艺青年，而且是知识分子，一心想要做点什么有意义的事。在那家公司里，他编了几套书。他是被公司负责人的责任感感召去的，因此工资很低，但是那时候不知为何，心里就是抱着一种要改变世界的想法，经常整夜加班也不觉得累。直到有一天，他无意中捡到了一张财务部门的工资报表，惊讶地发现，那个整天用理想和奉献鼓动他们的带头人，拿的钱比他们所有人加起来都多。他跑到他办公室当面质问，结果当然可想而知，他灰溜溜地离开了那里。

　　后来经过一个师兄介绍，他到了现在的出版社。出版社号称一直在转企改制，但到现在也是一个模糊的摊子，社里有事业编制员工，也有企业编制员工。李慕云在出版社干得不错，这里是小锅饭，就是看部门的整体效益，具体到每个人稍微有倾斜，但相差不会太大。也就因为这个，部门内部还算和谐，没有什么恶性竞争，一损俱损，一荣俱荣嘛。他做得不算努力，但足够认真，后来也就顺理成章地成了部门的副编审，有级无别，不过是比普通员工每个月多一百八十块钱而已。

　　李慕云拉拉杂杂说了半天，前面的车队终于松动了。姚璐启动车，说这都是事业上的事，感情呢？你不会还没结婚吧？

　　李慕云耸耸肩，让你说着了，孤家寡人一个。你呢？

　　我？孩子都上小学了。姚璐说。

　　那你故事比我丰富。李慕云不自觉地又去掏姚璐的烟，点了，自己吸一口，递给姚璐。

　　姚璐吐了个烟圈说，我啊，跟你一样，当编辑呗，无非是轻松点，比你们赚得多点。感情嘛，嫁了个人，是做生意的，小学同学。我就是当年咱们课堂上学的闻一多的那首诗：《死水》。

人生赢家。李慕云说，李劫人说了，死水还有微澜呢。

他接过姚璐递来的烟，这一次烟嘴上的口红更重了，上面甚至还有一排牙印。李慕云狠狠地吸了一口，却因不善吸烟，不小心呛到了，一阵咳嗽，半天才把那股烟从肺里吐出来。

死水微澜。姚璐喃喃了一句。

之后两人便不再说话。车过了收费站，上了高速，一路疾驰，路边已经能看到李庄镇的宣传牌了。

4

李慕云此行本来没抱太大希望，甚至做好了无功而返的心理准备，可事情的前半段顺利得出乎意料。他跟姚璐到了李庄镇，一打听，才知道现在李姓还是当地最大的姓，这里的人有五分之三都是姓李的。他们顺藤摸瓜，找到了镇子上年纪最大的李和林。老人今年已经九十岁了，住在镇子上的老年康乐中心。中心在镇子东边，他们到的时候，须发皆白的李和林正坐在门口的凳子上晒太阳，凳子靠背上绑着一段生锈的铁丝，铁丝上挂着一副假牙。除了牙齿全部掉落，他整个人精神很好。

李慕云跟他打听当年李家庄的祖爷爷，他说他有点印象。幸好跟姚璐一起来，否则老人的口音他根本听不清。姚璐成了他和老人的翻译。老人告诉他，李家是当年庄子上三大家之一，有良田几百亩，还有自己的渔船，打鱼的工人都有十几个。但是后来因为一个曾叔伯爷爷吸大烟、赌钱，把家倒腾穷了，加上那年月战乱连连，败落是三两夜的事。这个曾叔伯爷爷的名字，把姚璐吓了一跳，叫李遂良。姚璐说，李遂良？您确定没记错？老爷子张着满口鲜红的牙龈说，没错，怎么会错呢？他们这一辈都是遂字辈，他是家里的老四，按忠孝贤良刚好是良字。李慕云说，但我祖爷爷名字里没有遂字啊，他叫李忠。姚璐说，可能是为了逃荒避难，特意省去了一个字。李遂良。慕云，你这个叔伯爷爷是个名人。

啥意思？李慕云不解。

等回去我再跟你说，先听老爷子讲。姚璐也来了兴致。

李慕云点点头，问李和林当年祖爷爷的坟在哪里，是否还有印象。李和林闭着眼睛想了很久，他们都以为他睡着了，他才睁开眼，说那个地方现在是一家海鲜加工厂了，叫"忘不掉大海的味道"，坟还在不在，他也不清楚了，这都七十年前的事了。老人随后说了地址，李慕云用手机记下来，又在地图上搜了一下，不远。

离开前，李慕云从旁边的商店里买了两箱牛奶，送给老人。李和林已经把假牙装上了，一口白牙让李慕云很不习惯。李和林说，娃娃，你打听这些事干啥？

不干啥，李慕云说，我是受人之托。您老保重身体。

老人又说，忘了告诉你了，现在镇子上的李家，不是你们那个李家了，是后来从河南来的李家。你们那个李家，早就没什么人了。

李慕云愣了一下，哦。

找忘不掉大海的味道海鲜加工厂也不难，按照地图走，问了两次路，开了几公里，就到了。

加工厂很阔气，因为是周末，职工没上班，只有穿着制服的保安在门口用手机听相声。李慕云说明来意，保安不让进，说没有领导的通知。后来姚璐不知从哪儿掏出一个红本本，说这是我的记者证，我们是来采访的，要给你们公司做宣传，你要是耽误了采访可要负责任。保安这才将信将疑地把他们放了进去。

进了院子，李慕云说你还是记者？姚璐把红本掏出来晃了晃，说编辑资格证，你肯定也有。

这玩意你都随身带着？

这不是前两天书展吗，我们单位没发门票，让拿着编辑证出入，我一直带着。

行,你这出入证不但在书展管用,在这儿也管用。

可这海鲜加工厂里,到处都是水泥铺地,哪里去找坟包呢?何况是七十多年前的坟。两人随意转了转,觉得希望不大,就准备回去了。这时候,姚璐突然看见不远处的墙豁了一块,豁口处露出一段李子树枝,枝上三五个李子,其中的一颗已经熟透,粉红透紫。姚璐说,慕云,摘个李子吃。就跑了过去。李慕云只好赶紧跟过去。

姚璐跳起来,远远够不到那颗李子。李慕云也跳,还是够不到。两人四处看了看,也没有什么砖头之类的东西。李慕云说,姚璐,这李子看来你是吃不到了。姚璐却不甘心,捡起小石块来抛上去,可惜几次也没有打中。李慕云说,走吧,回城里我给你买十斤八斤的。姚璐说,不行,我今天非吃到不可,就这颗李子让我馋。你过来慕云。

李慕云走到她跟前,说,你就望梅止渴吧。姚璐说,我够不到,你也够不到,但我们两个加起来,一定能够到。

什么意思?

蹲下,我骑在你脖子上,你再站起来,足够高了。

别开玩笑了。李慕云吓了一跳,好了姚璐,我们再看看还有什么线索没有。

姚璐说,你还想不想知道李遂良的事情了?想知道,就帮我把这颗李子摘下来。

李慕云无奈,只能半蹲下,姚璐一抬腿,跨在他脖子上。李慕云感觉到自己的脖颈上方像敷了一块温热的毛巾,有一种特别的潮湿感。他蓦然想起这种潮湿来自何处,心里又一动,忍不住咽了口口水。起来起来。姚璐说。李慕云用尽了全身力气,终于缓缓站起来,姚璐伸手,很轻易地就摘到了李子。

下来吧。李慕云说。

等下，姚璐说，慕云，我好像看到了。

什么？

坟。

李慕云一惊，身子一晃，姚璐重心不稳，尖叫一声从李慕云身上滑落。李慕云赶紧伸手扶住她，脖颈上的温热瞬间变成一种被风吹的清凉。

他们费了半天劲，终于爬上了那段断墙。墙外是一大片李子林，正是果实成熟的时刻，李子树上硕果累累。在姚璐的指点下，李慕云看见了那座坟。其实不是坟，只是一个比一般的坟大了许多的土堆。土堆上一棵巨大的李子树，满树的李子已经熟了一多半。

李慕云说，这是坟吗？

姚璐说，肯定是，你看那棵李子树，比其他树高多少？你没听说过一句话吗，桃养人，杏伤人，李子树下埋死人。这肯定是一座坟。

李慕云再去看，也觉得有点像了，何况那土堆离海鲜加工厂并不远。但就算是坟，是祖爷爷的坟的概率也很小，就说，算了，走吧。

他们爬下墙头，原路返回，保安又拦住两人。保安问他们如果是记者，为什么没有摄像机？电视上的记者都扛着摄像机。姚璐掏出笔和本，说我们是报社的，不是电视台的。正好有几个问题，问问你。

保安说问我？那到时候我的名字能上报纸吗？

当然，姚璐说，只要你好好回答我的问题。

你问你问。保安整理了一下自己的衣领。

姚璐示意李慕云问，李慕云就问保安，这个厂子是哪年建的？这个地方之前是干什么的？保安说，厂子有七八年了，这一大片之前都是荒地，有很多坟，不过后来都没了，不知道怎么回事。

你说有坟？李慕云急切地问。

是啊，这儿离我家不远，我们小时候都不敢来这儿玩，说是闹鬼。

那你知道这是谁家的坟地吗？

李家的啊，这个村子就姓李的人多，埋的一多半都是姓李的。

李慕云和姚璐互相看了一眼，发现这件事越来越有意思了。

你说后来坟没了是什么意思？

保安摇摇头，说我也不清楚怎么回事。那几年我在外地，回来后这儿就没有坟了，也没听人说迁坟啊挖地啊什么的。

再没问出什么有效的信息，李慕云和姚璐看时间差不多了，就先回了城里。

回去的路要顺很多，姚璐专心开车，李慕云玩手机。

过了收费站不久，李慕云收到了何小白的微信消息，问他晚上什么安排。李慕云说，自己今天去了李家庄，现在跟姚璐在一起，还没安排，要不晚上三个人一起聚聚，毕竟是老同学。发完这条微信，李慕云以为何小白会很快回一个好的，但没有。直到姚璐把他送到酒店，何小白的微信也没消息。李慕云想，难道姚璐跟何小白之间有什么矛盾？但也不像啊。姚璐先回去接孩子，然后再来接他去吃饭。

李慕云洗了个澡，看时间还早，就躺在床上想今天的事。这么看来，三爷爷让自己来找家谱和骨殖，还真不是一个拍脑门子的决定。好像有什么事，甚至是有什么秘密，将会在这寻找之中出现。他隐隐感到了一阵久违的激动。

5

是何小白的敲门声把他吵醒的，那时候已经是下午五点四十，离姚璐约定接他的时间，还有二十分钟。何小白问他，晚上定哪儿？李慕云说不知道，等姚璐，又说你一直没回微信，还以为你有事来不了。何小白说，本来有事，但协调好了。

两人就坐在酒店的床边，一时不知该说什么。

过了一会儿，李慕云主动说，我去李家庄找我祖爷爷。我跟你说过没，我祖籍就是那里的。

哦，何小白说，这么说咱俩还是老乡了。那儿我去过，有一个果园，果园里有一大片李子树。

你去过？

嗯，去年秋天，学校组织的采摘，李子挺好吃的。

之后，两人都不知该说什么。沉默了两分钟，李慕云突然说，小白，你还是一个人吗？

打听这个干吗？何小白看了看手机，说我借你的卫生间用一下。

她进了卫生间，李慕云听出她不是在上厕所，而是在打电话，声音压得很低。他甚至听到了她的哭声。过了好一会儿，何小白从卫生间出来了。她的眼睛尽管做了掩饰，还是能看出哭过的痕迹。

慕云，我的事你就别打听了，咱们好久没见面，应该高高兴兴的。

高高兴兴的？李慕云心下纳闷，难道她的生活会让大家不高兴？他不能问，就说，时间差不多了，我们下去等姚璐吧。

何小白说，对不起。

李慕云说，干吗对不起，是我多事瞎打听，走吧。

他们坐电梯下楼，在电梯口碰到了姚璐，她正好到。看见何小白跟李慕云一起出来，姚璐愣了一下，但很快说，走吧，地方我订好了。

三个人到了一家很气派的饭店，上二楼，进了一个大包间。大圆桌最少能坐十五个人。

还有别人？李慕云说。

没有，就咱们仨，老同学聚会，怎么能带别人？我是这里的VIP，小包间没有了，我就要了个大包间。这里有KTV，等会儿吃完饭，还能唱唱歌，也省得再跑别的歌厅。

三个人挨着坐下，自然是李慕云坐中间，左手边何小白，右手边姚璐。李慕白笑着说，哈哈，真没想到我李慕云还有机会左拥右抱的。然后是点菜，上菜，吃饭，喝酒。姚璐一直主导着饭桌上的话语权，李慕云亦步亦趋，何小白话很少，很少的话语里还能听出许多遮掩。

　　后来姚璐把卡拉OK打开了，拿了三个话筒，三人就放下碗筷，开始唱歌。没想到，话少的何小白唱起歌来却是"麦霸"，又或许是她喝得有点多了。两瓶红酒，她自己喝了差不多一瓶，已经醉了。看来，她的酒量比十年前大了不少。

　　他们唱的都是当年大学时的老歌，恍惚间，大学的岁月就回到他们心中了。但毕竟时过境迁，毕竟人到中年，毕竟各怀心事，毕竟久别重逢，年轻时那些为赋新词强说愁的感觉，全部凝聚成实实在在的心头愁绪。姚璐点起烟，李慕云也点了一支，各自吞云吐雾，听何小白唱歌：亲爱的小孩，今天有没有哭……

　　何小白的嗓音很好，有点蔡琴的味道，唱着唱着就成了独角戏。李慕云忽然发现何小白的脸上泪滴点点。他看了姚璐一眼，姚璐却歪在沙发上睡着了，半截烟还在手指间燃着。李慕云把那半支烟拿过来，叼在嘴里，然后把自己的半支递给了何小白。

　　小白。

　　何小白默默接过去，伸手关掉了音响。

　　不好意思，让你见笑了。

　　李慕云说，什么呀，老同学，干吗见外。

　　慕云，你一直在问我过得怎么样，是不是还一个人，我不是不想说，其实是……不知道怎么说。

　　不想说就不说，我也是瞎操心，真的，你千万别有心理负担。

　　他吐出的烟和她吐出的烟，于半空中融在一起，可能是灯光的问题，也可能是人的原因，他发现这两股烟的颜色略有差异。它们扩散着，融合着，可是又区分着。他想起了纪录片里的泾水和渭水。

在这个夜晚，李慕云终于了解到了何小白的事。

何小白毕业后回到青岛，先是在青岛一中做语文老师，三年后她班里还出了一个青岛市的语文高考状元，她也顺利评上了中教一级。在高考状元的庆功宴上，她认识了一个学生的父亲胡炜。胡炜那年四十五岁，女儿已经十八岁，妻子是青岛财政局的，三年前因病去世。他做贸易，生意很大，家里住别墅，一直想找个女主人。

那天晚上，所有人都向何小白敬酒，夸她是名师，人又漂亮。何小白本来就不胜酒力，加上自己也确实高兴，很快就喝醉了。这时胡炜站出来，替她挡了后来所有的酒，并在饭后把她送回了教师公寓。不久之后，两个人就恋爱了，这事也很正常。胡炜的女儿已经上大学，在山东师范大学学影视，理想是做话剧导演。何小白跟胡炜相当于二人世界。

一年后，何小白发现自己怀孕了，就跟胡炜提了结婚两个字。

这时候，胡炜告诉何小白，结婚绝无可能。何小白问他为什么，胡炜说，我喜欢你，但我不想结婚。何小白没再说任何话，带着自己所有的东西，从胡炜的别墅回到了自己的教师公寓。几个月后，他们的孩子早产来到这个世界，刚出生就感染了重度肺炎，住进了重症监护室。得知这个消息，胡炜急匆匆赶来，给她一张卡，说钱不是问题，孩子的病得治。何小白没有收他的卡，她把自己所有的积蓄都搭进去，也还不够，她都准备去卖肾了。

她教过的一个学生在上海读大学，得知此事，在网上发起了一项十五万的众筹。不到一天时间，这条消息就传遍了青岛市，甚至有媒体做了大篇幅报道，筹到的款项已经超过了三十万。但很不幸的是，出生十天后，这个孩子还是离开了。何小白独自一人在病房里，送走那个皮肤还皱巴巴的婴儿。回到家里，她躺了三天。

这三天，胡炜一直想跟她见一面，但何小白反锁着门，关了手机。她没有痛不欲生，也没有独自哭泣，反而是不断地昏睡，三天的时间除了起来喝水上厕所，就只有睡觉。她的脑海里，浮现出无数篇自己教过的课文，特别是那些和悲伤有关的诗句，一句接一句像多米诺骨牌那样从遥远的过去走到她面前。这一刻，她忽然发现自己彻底读懂了这些滚瓜烂熟的句子，那种难过才渐渐缓解。

第四天，她重新出现在教室里，尽管消瘦憔悴，可看上去完全不像一个曾经伤心欲绝的人。放学的时候，胡炜终于在学校门口等到了何小白，令他吃惊的是，何小白似乎已经变了一个人。他们去旁边的咖啡馆坐了一会儿，胡炜试图表示歉意，何小白不置可否，只是告诉他，从此以后两个人互不相干，再也不要来找她了。她走的时候，没忘了用微信付了自己的咖啡钱。

从那之后，她一直单身。很多人追求她，可她无动于衷，仿佛对感情再不抱任何热情和期待。但是，她并不缺少性伴侣，游走在许多男人之间。有人说，她精神出问题了；也有人说，她这是在报复胡炜。这也许是姚璐不愿意也不好跟李慕云谈她的原因。

这个故事李慕云此刻听来犹觉心惊，他无法想象当年那个脆弱文静的何小白，是如何度过那段焦心的日子。看来自己从没有真正了解过她。她看似柔弱的身体里，藏着一个强大的灵魂——也不能说强大，但至少她像是某种韧劲儿十足的稗草，狂风吹过的时候能匍匐到地上，但风一过，则重新直起腰来。

李慕云不自觉地握住了何小白的手，说，小白，我想告诉你一个秘密，一个在我心里隐藏了很多年的秘密，一个特别羞耻的秘密。

何小白说，经历过这些事，我还有什么害怕的？还有什么不能承受的？

李慕云想抽烟，但他没有，就到姚璐的包里找烟。姚璐还在睡，有一点口水流了出来，湿了她的唇膏。李慕云替她擦了擦，掏出烟来，点着。

小白，接下来我要说的话，从没和任何人讲过。而且，我知道，我说完之后，也许你会永远不再理我。但我还是要说。

何小白用手转了一下餐桌，把那些残羹冷炙都转到了对面，他们面前的玻璃桌面上干干净净，虚虚实实地倒映着两个人斑驳的影子。

李慕云告诉何小白，当年在学校的时候，有一年多的时间，她都是他的性幻想对象。他几乎每天晚上都是靠着想象何小白的裸体自慰，然后睡着的。他说，不知道为什么，那时候我的欲望特别强烈，可能正是荷尔蒙分泌旺盛的时期吧，只要一想起你，想起你的模样，我就有性冲动。所以第二天上课的时候，我都不敢看你。小白，我还要承认，我曾经跟踪过你，甚至……甚至我都想过强奸你，真的，当然我应该不会这么干，但我真的想过。我就想啊，如果哪天我真的忍不住，该怎么办？我会强奸你，然后自杀。到了大四下半学期的时候，这种欲望才彻底消失了。

是不是自从那次……何小白说，就是即将毕业的前一个月，我从公共浴室洗完澡回去，头发湿漉漉的，穿一双红色的拖鞋，快到女生楼的时候碰见了你。你好像刚跟同学打完球，一身大汗。你看见了我，然后愣住了。

啊，是的，就是那次，原来你知道。李慕云吃惊极了。

你愣住了，可是我注意到你的裤子在一秒钟的时间里就……有了变化。慕云，我那时也二十几岁了，不是什么都不懂的小朋友，我当然能感觉到你看我的眼神里的欲望。我只是没想过，它会把你折磨得这么厉害。那天的天气很好，蓝天白云，白云缓缓地飘动着。那时候北京还没有雾霾，随时都能看见远行的白云。

是啊。你冲我笑了一下，你看到了我的龌龊，但还是冲我笑了一下，像一个天使。就是从那一刻开始，我再也没有过那种幻想了，甚至……

我再也没有过真正的性生活，也很难对谁产生这么狂热的欲望了。

你说，为什么会这样？何小白又把餐桌转了回来。

李慕云摇摇头说，我不知道，可能是老天对我的某种暗示吧。其实，毕业酒会的那天，我就想说这些话，可是我没说出来。这些年来，这件事一直像一块石头，压在我心头。现在我终于说出来了。

何小白摸了摸李慕云的脸，说，慕云，你是一个心重的人，你总是不自量力地承担着这个世界的很多东西，其实完全不必这样。

李慕云在何小白的抚摸下，那些曾经虚构的凝重和沉重，一下子确凿起来。他使劲儿握了握何小白的手，觉得赎清了某种罪过。

小白……他才刚张嘴，姚璐却突然从沙发上坐了起来，嘴里大喊，杀，杀，杀了他们。

李慕云跟何小白一惊，何小白上去扶住姚璐，摇晃她的肩膀，姚璐，姚璐！姚璐醒了过来，问，几点了？你要杀谁？何小白问。杀？姚璐不解。你刚才在梦中大喊，杀，杀了他们。哦，姚璐说，蟑螂，我梦见家里的厨房到处是蟑螂，怎么杀也杀不死。几点了？

李慕云看了看表，已经凌晨一点了。

6

三个人在饭店门口分手了。这一次见面，他们从各自的熟悉中找到了陌生，又在陌生里找到了熟悉。现在看起来，维系着三个人关系的并不是当年的同窗之谊，反而是毕业后各自生活里的起起伏伏，让他们感受到了一种"共同体"的感觉。可能吧，他们各自的许多事情，跟太熟悉的人不能说，跟陌生的人不能说，只有不经常见面的老同学这种关系最好了，尤其是两两的单线交流。

回到宾馆，李慕云洗了个澡。洗澡的时候，他的手碰到了自己的下体,并且想起了何小白,下体竟然迅速勃起了。但李慕云没有管它,而是使劲地搓着身上的泡沫。手机一直在响,他没有听见,等他裹着浴巾出来看到时,出版社的总编辑徐学武已经给他打了十几个电话。如此深夜致电,一定是发生了极其重大的事情。

李慕云赶紧回过去,徐学武就说了一句话,马上回来。

李慕云猜不透到底出了什么事,按说出书的事情,不可能这么急。自己这个季度的几本书早就上市了,其余的都还没付印;单位就算有事,也轮不到自己管。到底为什么呢?他在手机上搜回北京的机票,早晨很早就有,但他犹豫了一下,还是买了下午两点的。他预感到北京那边不会是好事,既然如此,也就不必急慌慌地赶回去了。而且,他还想再去一趟李家庄,确认一下那座坟里到底有没有祖爷爷。

李慕云给姚璐和何小白发了微信,说自己单位有急事,要马上回京,没法再跟她们见面了,请她们到北京一定找他。姚璐问他几点的飞机,他回说两点。何小白还是没有任何消息,李慕云心里有些失落,也有些轻松,觉得自己跟何小白之间那些隐秘的过往,总算有了一个还说得过去的交代。

李慕云打了一辆"滴滴",直奔他跟姚璐去过的海鲜加工厂。他再次越过那道豁口,走进果园。才一天时间,似乎很多李子就熟了。他找到了那座坟,可是走近的时候看上去却更不像一座坟,而是一个巨大的平缓的土包。他找到了果园的管理者,费尽口舌,然后花了一笔钱,买下了这棵树的李子。接着他又返回镇子中央,请了几个工人,开始在李子树下挖掘,挖出一个巨大的坑。他没找到骸骨,连棺木都没有,却挖出了一枚巨大的铁钉。他不知道为什么会有人埋下这枚铁钉。铁钉太大了,看不出能用在什么日常的家具上。

这时果园的管理者气冲冲赶来,问李慕云在干吗,买李子怎么会挖树?李慕云解释说自己在找东西。管理者说你不用挖了,这底下什么也没有。前几年发洪水，淤泥把这里湮了几米深，就算有什么东西，也是发水时别处冲过来的。李慕云不知道这枚铁钉和自己的祖爷爷之间有什么关系，他把铁钉用旧报纸包起来，又把土填回坑中，然后回到宾馆。收拾了一下东西，看时间已经十一点了，赶紧去机场。

在李慕云即将进安检的一瞬间，何小白急匆匆跑了过来，手里摇晃着一本书。李慕云吃惊地问，你怎么来了？何小白说，来送你。姚璐有事来不了，让我把这本书带给你。李梦云接过了书，厚厚的，有三百多页，书名是《青岛抗战往事》。

再见。何小白说。

再见小白，再见。

李慕云转身，走进安检门。

飞机出人意料地准点起飞，不知道北京等待他的是什么样的事情。他打开了那本书，多年的编辑经验告诉他，这本书是有人按照主题攒起来的，里面的内容可真可假，或者有真有假。在目录的第二页，他看到了一个熟悉的名字：李遂良。

他直接翻到正文，这是一个故事：

1941年1月中旬，山东地区日军集中逾两千兵力，与平度、招远、莱阳、掖县等地伪军及胶东国民党顽固派勾结配合，向边区抗日根据地开始了为期三个月的春季"大扫荡"。在这次反"扫荡"中，我胶东部队以游击战为主，运动战为辅，采取分路牵制敌人、抓住薄弱环节、集中主力各个击破的方法，开展战斗，最终粉碎了日伪春季"大扫荡"。

这次反"扫荡"中出现了一个特别的英雄，叫李遂良。他本不是边区的人，据说是因为走亲戚到此地，路上遇到了正要进村"扫荡"的日军。李遂良大惊，赶紧逃走，却不想骑的那头驴的叫声惊动了日军，他被俘成为日军的劳工。

李遂良自小曾跟随一个叔叔学过一点日语，多少能听懂一些话。有一天他无意中听到日军的作战参谋在下达作战指令，好像是要血洗李家庄，心中大骇，于是偷偷撕了一块布条，咬破手指写下：鬼子来了，快跑。他把布条绑在了自己骑的那头驴的耳朵上，趁天黑把驴赶走，希望它能回去报信。但李遂良不知道的是，日军所要"扫荡"的李家庄并非他老家的那个李家庄，而是莱阳附近的李家庄。日军得到伪军的先报，说共产党的一个大官正在莱阳李家庄，他们想趁防备薄弱时攻打李家庄。

日本人的"扫荡"不但没捉到共产党，还遭受了重击，知道是走漏了风声。李遂良更想不到的是，他放走的驴子，兜兜转转又转回来，日本人发现了驴子耳朵上的布条。原来是驴子跑出去后口渴，误打误撞闯进了莱阳李家庄一个村民家里找水，这家人看到字条马上通知了共产党。粗心的村民着急去通风报信，忘了把驴耳朵上的字条解下来，毛驴又跑了回去。

日本人把李遂良抓起来拷打，没想到李遂良骨头很硬，就是不承认是自己干的。后来日本人用一枚大铁钉把李遂良钉在了驴背上，毛驴吃痛，放开蹄子狂奔，这一次它倒是认得了回家的路，一夜的时间跑回了平乐的李家庄。李遂良在颠簸中失血过多，到家时人早已经死了。后来，反"扫荡"胜利后，共产党寻找给部队报信之人，辗转找到了这里，把李遂良追认为烈士。

这段故事旁边，还有一张照片。李遂良的模样竟然跟小叔有些相像，黑瘦，双目略显呆滞，却又带着点倔强。李慕云长吸一口冷气，他万万想不到自己的祖叔爷还有这样一段可歌可泣的故事。按情节来推断，他被追认为烈士的时候，祖爷爷已死，而祖奶奶他们已经逃难离开了李家庄，正行进在从山东到辽宁再到内蒙古的逃亡路上。这时候他才想起一件大事，那就是在坟里挖出的那枚铁钉，竟然被他忘在了宾馆的洗手间里。

  飞机刚一落地，他就打开了手机，给姚璐打电话，让她务必去他住的宾馆找到那枚铁钉，然后想办法寄到北京来。放下电话，他忽然对追寻自己的家族有了真正的兴趣。如果说之前受三爷爷所托，跑到李家庄去找祖爷爷的骸骨，不过是顺道的事，这一次，他真的想了解自己的来处了。他似乎找到了当年大学时刚开始写诗的那种冲动。寻找也是另一种创造，他忍不住感慨。如果他把自己的血脉追溯到几百年前，能帮助自己解决眼下的问题和困境也说不定呢。

  但现在，他得先处理好出版社的事。手机里的几条微信，已经证明了他策划的一本书出了问题。

  李慕云是拎着行李箱闯进会议室的。尽管已经过了下班时间，会议室里还是坐满了人，上自社长、总编辑，下至部门的普通编辑，都在。他们一个个表情严肃，李慕云的闯入像是打破了某种尴尬，他感到所有人都松了一口气。总编辑指了指旁边的一个座位，李慕云坐下，发现面前正摆着那本书。

  总编辑咳嗽了一下，说，慕云，我们在商量，这事怎么处理。你肯定脱不了干系，出版社也很麻烦，有消息说这一段时间正整顿出版社，如果严肃处理，让我们停业，事情就大了。

  李慕云深吸一口气，说，徐总编，作为这本书的策划和责编，我愿意承担一切责任。

  他感觉自己部门的人都松了一口气，特别是即将退休的副主任，再有几个月他就功德圆满了，如果这时候得到一个处分，他的退休待遇将会受到影响。

李慕云站起来，对着所有人深鞠一躬，说，对不起，是我的问题，我愿意承担一切责任，只要我能承担的了。

徐总编示意他坐下，然后说，这本书已经下架了，销售部门把所有还没卖出去的书召回、销毁，任何人不得随意谈论此事，更不能接受媒体采访。我们已经找熟人跟上面疏通了，但具体的处理意见，还得等正式文件下来。慕云，你把手头工作交接一下，我看你的编辑生涯，就只能到此为止了。

我没意见。李慕云说。他正在看手机，微信里姚璐发了一张快递单，他知道，那枚铁钉正在来北京的途中。

他站起来，又对所有人鞠了一躬，转身离去。他心里想，刚好，我要去做点别的事，是该去找找那本家谱了。

7

晚上的时候，小叔打了电话过来，问李慕云在哪里。李慕云知道，小叔是想问他有没有找到祖爷爷的骸骨。他本想告诉小叔真相，可听着那个五十多岁的男人怯怯的声音，心下不忍，说自己还在青岛，明天就去办这件事，别着急，一定会找到的。

桌子上的速冻水饺已经变凉，饺子皮呈现出一种难看的暗色，他只吃了两个就没了胃口。心里有事，胃口就差。他习惯性地卧在床上，一抬头，看见了侧面墙上贴着的一张海报，海报上是满脸大胡子的切·格瓦拉，他目光炯炯，鬈发上戴着军帽。切·格瓦拉的旁边，是刚刚得到诺贝尔文学奖的音乐家鲍勃·迪伦一张年轻时的照片，也是鬈发，抱着吉他，海报上用中英文写着：答案在风中飘荡（Blowing in the Wind）。李慕云怔怔地看着他们，始终想不起自己是什么时候、因为什么买的这两张海报。他只模糊记得，自己还住在大学宿舍的时候就贴着它们。那个年月，每个人的床头都会贴两张海报，明星的或者别的。

他就这么睡着了，做了一个梦。他梦见自己是一头迷路的驴子，在一片无边无际的麦田里无望地奔突。可是不管他往那个方向跑，这片麦田都会顺势延展，像一块巨大的伸缩魔毯。最后，他只好停下来。他在梦里想起自己编过的某本书里的一个情节：有个人类学家到南美的原始部落去做田野调查，夜宿密林，半夜醒来发现他们骑行的骡子总是沿着白天行进的路线后退，然后再走回营地。李慕云在梦里闭上眼睛，开始学骡子倒着走，走着走着，一睁眼，发现身边已经没有了麦子，而是一条宽阔的大路。路上大雾弥漫，雾中隐隐有呼喊声传来，又像是有人在挣扎痛叫。

其实是敲门声，顺丰快递员已经第三次敲他的门了。

他终于醒来，打开门，签收了快件。

不用看，他知道是姚璐寄来的那枚铁钉。他把快递盒子摆在桌上，看了几分钟，打开把铁钉拿出来。他又找到锤子，把那枚巨大的铁钉钉在了格瓦拉和迪伦中间的墙面上。锤子的敲打，让铁钉上的铁锈纷纷掉落。

之后，他拿出笔记本电脑，在网上搜索和李家庄有关的所有信息，一一浏览。接着，他给家里的堂哥打了个电话，他记得堂哥提到过另一支李姓人的事。

堂哥说，他得去问问。据说那家人就在赤峰郊区的一个村子里，但两家人不知为何从没来往过。还是有一次，家里的老人提起过，十几年前那边来了一封信，李氏到内蒙古的第三代都生了男娃还是女娃，各自叫什么，似乎是在给那份家谱上续。他让堂哥放下手头的事，马上去打听那边的联系方式，或者地址，有什么都行。

你干吗？堂哥问，我记得三爷爷不让我们联系那边的人。

为什么？李慕云问。

好像是……好像是说当年咱们家是个大家族，老祖宗是方圆几百里有名的大地主，赤峰的李家是嫡系，咱们这一支是小老婆生的，所以逃难的时候家谱主体在他们那里。三爷爷还提到过，本来两家人都要留在赤峰那边，但祖爷爷去世，祖奶奶一个寡妇带着五个孩子，被他们硬生生赶走了。祖奶奶一双小脚，带着孩子又奔波了上千里地，到了这里才安顿下来。

还有这些事？李慕云没想到背后这么复杂，而且似乎越追寻，有关家族的故事就越超出他的预料。

你别跟三爷爷说，偷偷打听，二爷爷肯定知道些事，你好好问问他。

行吧，堂哥说，我爷年纪大了，也未必能记得清。

你就去问吧，相信我，老人眼前的事情记不住，可几十年前的事啊，他们记得比谁都牢靠。

李慕云走出家门，心里有些期待，又有些空落。不知不觉中，他坐上了22路公交车。等车到铁狮子坟站的时候，他才恍然发现，自己到以前的大学了。好像在青岛的时候，姚璐或者何小白提到过，她们离开学校后竟然再也没回来过。就连李慕云自己，一直生活在北京，可一年也不过回来三两次，每次还都是因为要来拜访某个作者。其他的时间，不是匆匆来去，就是过校门而不入。只是从去年开始，他才来得勤一点。

他走进校门，刺耳的嘎嘎声就把他带回了大学岁月。头顶上，一群乌鸦从一棵树飞到另一棵树上，这是他们学校最著名的"标志"。但是很快，他听到了另一种嘎嘎声，不是乌鸦，而是一种奇怪的带着金属质地的声音。他抬头看了看，也是从树上发出来的。一些树冠上，绑着几个大喇叭，奇异的声音就是从这些喇叭里冲向天空的。乌鸦们一阵惊惧，扑棱着翅膀飞走了，过不了多一会儿，它们（或许是另外一群）又飞回树枝间。李慕云想起来了，前一段时间在同学群里有人提起过，学校为了赶走乌鸦，特意找生物学院的老师录了它们天敌的叫声，看来就是这个。但这些乌鸦每年的春秋两季都盘桓于此，已经几十年了，不可能轻易离去，这是它们的老家，是它们天空里的故乡。乌鸦和天敌的叫声一来一往，好像是某种不断重复的宿命。

看着它们，李慕云觉得自己想写点什么。当初念书的时候，就说要给这些乌鸦写一首诗，但到现在为止，他只有一个题目——黑鸟。是的，黑鸟，十年前就确定的题目，到如今诗还一个字都没有。作为一个文学专业的人，一提到乌鸦，他总是忍不住想起鲁迅的小说《药》最后的那只乌鸦，虽然自己也清楚毫无关系。可真的毫无关系吗？比如他这次青岛之行所经历的一切，冥冥之中总像是有什么东西冲破重重迷雾，或者正被重重迷雾掩藏。

他就这么一直在校园里的路上走，胡思乱想，经过上大学时每天都经过的食堂、宿舍楼、体育场。一些老建筑拆除了，一些新建筑已经拔地而起，但这所学校的感觉一点都没变。这一年多来，每当不知所措或心里没着落的时候，他就会到学校去转转。其实呢，也不见得是寻找什么，就是感觉身处那个曾经度过最肆无忌惮岁月的地方，觉得放松，而且满校园的那些年轻的身体和面孔，也让他多少生出些希望感。虽然他完全不知道自己有什么事需要失望或绝望，可能正是因为没有，才更想找到希望吧。

堂哥的电话来了，告诉他一个名字、一个号码。李慕文。堂哥说，这是那支里跟他年纪相仿的一个，现在在一所大专学校做老师。他问堂哥怎么问到的，堂哥说，二爷爷讲，几年前，李慕文曾打电话来问个什么事，但后来就没有消息了。这个电话号码，还是堂哥找人恢复了家里那部老诺基亚手机里的数据才找到的。

李慕文，看来这个人跟自己是一辈的，李慕云想。

他按照号码拨了过去，电话通了，接电话的就是他要找的人。他说自己是李慕云,那边就说哦,我知道你。李慕云说,想去找他,看看家谱,了解点事。

你看家谱做什么?他问。

我现在在做一个田野调查,和这个有关系,再者就是我也想知道自己到底是从哪儿来里的。我们毕竟是一个祖宗。他说。

李慕文沉吟了一下,说好,我等会儿把家里地址发给你,但能不能见到家谱,我说不好。

李慕云发现自己已经转出了学校,路旁是一家挨一家的小吃店和服装店。他感到饿了,找了一家小店去吃饭。黄焖鸡米饭还没上来,姚璐的微信来了,问他快递收到没有。他回收到了。姚璐说,欢迎再来青岛。他没再回复,专心地吃热气腾腾的黄焖鸡。

8

两天后,李慕云无功而返。

他见到了李慕文,初一见面他就确信,自己跟李慕文确实是有着相同的基因——他们家族特有的高颧骨在李慕文那里更加明显,甚至能从他脸上看到一些李遂良的模样。李慕云心下有点愤愤,难道大老婆生的孩子的基因也要比小老婆强一些吗?李慕文告诉他,接到他的电话之后,自己就回家去问还在世的爷爷家谱的事,但爷爷说,家谱早就没了,"文革"破四旧的时候,家里的一个"积极分子"因为担心被抄出来,主动交了出去。"文革"结束后归还了各种物品,但就是没有这份家谱。李慕云问李慕文,小时候是否见过这份家谱?李慕文说,印象里是见过的,那时候摆在堂屋里,但完全不记得是什么样子,自己那时毕竟才几岁。之后看不到了,还以为是老人们收了起来,没想到是被上缴了。

我带你去见见家里人吧。李慕文说。

不了，李慕云说，我现在明白了，其实你们一直知道我们的地址和联系方式，但从没去找过我们，是不是？

李慕文沉默了两秒钟，说是，知道。我原来不明白为什么不去找你们，昨天跟爷爷聊天，他说没了家谱，也没脸去找你们了，把祖宗给丢了。我多少有点懂了。老爷子昨天哭了，说自己死后没脸去见祖宗们。

我前一阵去了青岛的李家庄。李慕云突然说。

你……回老家了？李慕文吃了一惊。

我想回去找我祖爷爷的骸骨，据说逃难的时候，他已经死了。不过，我没找到，李家庄早已经物是人非、沧海桑田，到哪里去找？李慕云没告诉他李遂良的事。

李慕文说，其实找不找也没什么关系了，你看看现在，就算我们有家谱，又能怎么样？我们是慕字辈，可我们的下一辈，起的名字完全不顾这些了，叫什么的都有。你说你想知道自己从哪儿来，知道了，也未必就好，是不是？还是往前看吧，身后的事，是老辈人的事，不是我们的事。

李慕云不知道该回答什么，就说自己得走了，有事再联系。如果将来有合适的机会，还是让两家人碰个头，要不然就真成了两家人。

他本来想在这里逗留两天，找到家谱的话复印一份，然后带着回老家交差，现在看来，还不能回去。他只好把原来订的票退掉，重新买了一张票回北京。他心里有个想法：那份家谱既然是被上缴，而不是查抄的，按理不会销毁。很可能是在返还或者收缴期间遗漏了，然后落到了其他人手里。这样的东西，人们一般是不会随意丢弃的。

回北京的火车上，他用手机上孔夫子网去找家谱的线索。几年前做一套书的时候，他曾上过这个网站，发现里面就像是一个网上的潘家园，有各种各样的旧东西在卖。他觉得如果这份家谱还在人间，而收藏他的人又没有其他用处的话，很可能会拿出来拍卖。网页上跳出很多和家谱有关的信息，他逐条翻阅，一个细节都不放过。碰到有些店家说自己还有其他家谱的，就发一条私信问是否有姓李的，还提供了家里几个老人的名字，以便确认。

他陆陆续续收到一些回复，有几个店主说会看一下，还有一个写了很长的一封私信，说大概在一年多前，他曾在网上见到过有人出售一份李姓家谱，但忘了具体是哪儿的李姓了。这个店主多年来一直在收藏有关民间大家族的旧物，因此一直在关注这类东西。他给李慕云发来几个链接，说这几家店都是孔夫子上家谱售卖的大户，他可以去询问一下。

李慕云按图索骥，给几家店主发了消息，可是这么等下去太慢了，就直接按照上面留的联系电话打了过去。有一家找到了两份李氏家谱，只不过一份是山西的，一份是河南的，都对不上。还有一家的电话始终没接通。李慕云又打了好几次，还是不通，就到他的店铺去浏览。他本不抱任何希望，可是突然在一张模糊的图片上看到了"宗峰"两个字，他记得三爷爷给他看的那份残缺的家谱上，打头的就是李宗峰兄弟，也就是祖爷爷的父亲辈。图片上的姓氏已经模糊，但旁边的"宗谷"两个字却可以辨认出来。没错，李宗峰、李宗谷，是祖爷爷的父亲和叔叔，一定是，不可能这么巧合，有另一个李家的兄弟俩也叫同样的名字。

李慕云有点激动，他猛地站起来，吓了旁边的人一跳。就在这时，窗外一片黑暗，火车驶进了隧道，手机信号消失了。李慕云不停地刷新，可页面就是出不来。火车终于驶出隧道，信号一点一点地恢复，他点进那份家谱的页面去看，状态上显示的是"已售"，他心里一凉，但又看到成交的时间是昨天傍晚。他想也许店主还没有发货，自己还有机会半路截住。他再给店主打电话，竟然通了，他刚要说话，火车再次驶入隧道，他听到对面喂喂喂的声音，便大声地说自己有急事，千万别挂断。电话还是断了。

等他终于能跟店主正常通话的时候，已经是一个小时之后了。他快速地说明自己的意思，店主遗憾地说，那份家谱今天一早就发出去了，快递现在已经在路上。李慕云算了下时间，正是自己和李慕文坐在火车站旁的时刻。他恳求店主把购买者的联系方式给自己，店主很为难。李慕云只好说，这份家谱很可能是自己一直在找的李氏族谱，是他们家多年前遗失的，对自己非常重要。店主经不住他的软磨硬泡，同意给他购买者的信息。购买的人也姓李，但没有写名字，只写了李女士。原来是个女人。等他看到李女士的电话和地址时，心一下子沉了下来：她的地址是海外。也就是说，这份家谱已经在离开中国的飞机上，即将流落到异国他乡，他不可能半路截下来了。

回到家里，李慕云并不死心，他不停地打李女士的海外电话，但那边始终无人接听。电话录音是英语的，他大致听懂了，意思是李琼女士不在，有事请留言。李慕云留了五通留言，表明自己的身份，留下了自己的联系方式，说希望对方跟自己联系，不管多少钱，自己都愿意买下那份家谱。他甚至还简要说了一下李遂良的事，说自己找到了一枚铁钉。

但李慕云始终没得到任何回应。

一周后，三爷爷打电话催他回去，他不知该怎么跟三爷爷交代。就在这时，他收到了一份海外包裹，里面是一份家谱的复印件。李慕云大喜过望。他马上拿着这份复印件，第二次到赤峰找到李慕文，给他复印了一份。

李慕云问李慕文，当年从青岛逃出来的真的只有两家人？李慕文想了想说，逃出来的确实是两家人，但据说当年有一个曾叔爷，是个赌鬼、大烟鬼，后来死在了日本人手里。他们家似乎并没有离开老家。李慕云说，也许咱们李家还有另一支人活着，不过在海外，他们也不想联系我们。李慕文说，你这份家谱复印件，要是早几天拿来就好了。怎么？李慕云问。李慕文说，我爷前几天没了，要是早几天到，我就能把这个跟他一起火化了，让老人带给那边的老祖宗们，告诉他们咱们李家人没丢，都在呢。

你上坟的时候烧给他们吧,跟他们说,李家人丁兴旺,到处开枝散叶。

李慕云辞别李慕文,坐汽车直接回了老家。出版社那边,他已经递交了辞职信。

9

在离家几十里的地方,天降大雨,山洪暴发,路被冲坏了。李慕云和其他几个年轻人等不及,下了车,蹚水过河往回走。当年在镇上读书的时候,他经常步行几十里去上学。时隔几十年,他重新走在少年时走过的山梁上,觉得曾经以为无比高大的山,竟然很矮小。但那时完全不以为意的脚底的石块杂草,现在却觉得十分绊脚。

到村口的后梁上时,夕阳即将落山,雨后天气晴朗,空气清新。他下到山谷底部时摔了一跤,起来后发现绊倒自己的不是石头,而是一块被雨水冲刷得雪白的骨头。他心里一惊,又看到其他地方也四散着一些骨头。李慕云蹲坐在地上。这些白骨不知是哪个年月的哪些人的,也不知为何埋在山谷里,不想经过多年的雨水冲刷,终于重见天日了。

他起身往前走,走了几十步,又退了回来。他心里突然有了一个大胆的想法。他蹲下去,在那堆白骨中挑挑拣拣,终于组成了一副人体模样,只是没有头。他脱下自己的外套,把这些从不同的身体上凑起的骸骨包裹起来,把那份复制的家谱也放进去,然后大踏步地往村里走去。

半个月后,小叔的婚礼终于举行了。李慕云从野外寻来的骸骨也埋进了祖坟,除了他和那些骨头,没有人知道泥土下埋的是许多残破的陌生人,而不是他们那个早年逝世的祖先。但是谁又会在乎呢?只要有一副骨头埋在土里,这些活着的人就笃信他们因此获得了力量,获得了保佑，结婚生子，繁衍后代。

　　李慕云躺在祖坟前的山梁上，这里能看到不远处黑魆魆的村庄，也能看见层层叠叠的远山。在村庄的西北方上空，他看到了一些闪烁着微光的星星，这些星星在他出生时早已存在，但现在看起来，它们显得那么陌生而明亮。他知道看到的并不是星星，而是这些星星在亿万年前所发出的光，很多星星早已死在宇宙的深处。这些光，经过无比漫长的旅行抵达人世间。想到这些，他感觉到自己躁动已久的心似乎获得了安静。想起人们说的天上的一颗星对应的是地上的一个人，他又觉得有些好笑。繁星如细沙永无可数，但是地上生活的人不管过多少年，总是一个能计算的数字。

　　他的头脑里又不由自主地想起了那句无头诗：白云死在远行的路上。何止白云，所有的人也一样，都是在远行的路上。而他自己也只能这样行走着，直到有一天死在不知何处，成为另一副被抛却荒野的骸骨，等待着另一个陌生人把它埋进另一个家族的祖坟。即便没有这样一个人带走他，他终究也会被黄土掩埋。所以一切都无须担心了，在此之前，让我们继续努力生活吧。

　　村庄里不时传来烟花的爆炸声，夜空闪亮，小叔婚礼的后半段正在热闹地进行着。他掏出手机，发现竟然有信号。一条微信过来了，是何小白。

　　何小白发的是一张图片，图片上是张有些褶皱的白纸，纸上写着一首诗：

　　　　白云死在远行的路上

　　　　每一朵花
　　　　都值得有人沉默不语

尤其它们随风摇动的时候

　　白云死在远行的路上
　　水死在
　　渡江人回头的一瞬间

　　李慕云认出那是自己大学时的字,也记起了这首诗。但他始终想不起,自己何时曾抄录它,并送给了何小白。
　　李慕云想了想,给何小白回了一条:我不知道,自己是白云,还是水,又或是渡江人。

早饭吃什么

1

对于一个前销售人员来说,创业并不是一件多么突然的事情,但对于一个在世界五百强的中国工商银行总行上班的白领来说,辞职创业就有点超出常理了。小李子就是这么个突然超出常理的人,辞职下海,从卖早餐开始,创建了一个资产几千万的小型商业集团。这完全起因于几年前的一个偶然事件。

还在中关村附近的那家公司上班时,他跟同事老洪和小刘一样,每天最焦虑的事情就是午饭吃什么。工作日的中午,既是他们的焦虑症集中爆发的时刻,也是他们互相吐槽、倾诉心声的好时机。在共事的四年多时间里,他们一起吃了上千顿午饭。后来,小李子第一个脱离了三人组织,跳槽到了工商银行,但还不到半年,他就辞职下海了。再后来,老洪不声不响卷了领导一百多万移民新西兰,而小刘则恋爱结婚生孩子,又因为闹出一个诡异的绯闻净身出户,成了单身汉。他们三个在微信群里说得最多的一句话就是:啥时候聚聚,一起吃个饭啊。但这样的机会一次也没遇到过。他们就不停地怀念当年的某一顿午饭——宫保鸡丁盖饭、自助餐、丽华快餐……

每当躺在自己别墅的超大浴缸里时，小李子都对眼下拥有的一切产生虚幻感。他并不是怀疑自己银行里的财富，只是弄不明白，原来那么相似的三个人，怎么似乎一夜之间就变得如此不同？他有点庆幸自己跳槽了，如果不是那次跳槽，他就不可能下海创业，自然也就不可能打下这么大的江山。想到这里，他总会端起旁边的一杯进口红酒，晃一晃，饮上一口。其实他根本尝不出红酒的好坏，更别提什么年份了。他判断事物好坏的唯一标准就是价格，特别是做了几年生意之后，他越来越相信价格是整个世界对商品的判断。

三年前，他刚到中国工商银行总行的综合部，负责帮助业务部门收集、整理各种信息。一次偶然的机会，他了解到工行正在开展一项范围很窄的小型信贷业务。后来通过各种渠道做了深入了解，小李子突然动心了。被当时国家和社会的创业潮流所鼓舞，再加上他谈了三年的女朋友突然出国了，更重要的是跳槽后的工作让他痛苦不堪，新单位里人事关系极其复杂，每天各种谣言满天飞，小李子觉得无法忍受下去，又不愿意回到原来的单位，一狠心就辞掉了工作。

在家里躺了一天一夜之后，基于自己对日常生活的经验，他决定从做早餐开始，而且是那种路边摊的早餐：鸡蛋灌饼、煎饼、茶叶蛋、八宝粥、小米粥。对于一个朝九晚五的上班族来说，这些东西太熟悉了，熟悉到了听见就觉得恶心的地步，几乎每个早晨都是在艰难地选择鸡蛋灌饼还是煎饼的痛苦中度过的。但小李子的痛苦和别人略有不同。他上大学的时候，经济状况不好，最大的生活改善就是在学校的外卖食堂吃一个鸡蛋灌饼、一个煎饼，那儿的这两样东西做得实在太好吃了，在小李子的胃部形成了鲜明而强烈的记忆。工作后的很长一段时间，他甚至晚饭也是吃这些东西的，但学校的外卖食堂很快关门，被一家合利屋快餐替代，小李子再也吃不到他深爱的食物。

每天早晨，吃着煎饼和灌饼，他总是在默默判断路边的这些早餐和当年的差别到底在哪里。他倒没有矫情地以为当年吃的是青春和情怀，而现在不是。他只是纯粹从口味上来考虑，比如灌饼的饼煎得太过了，鸡蛋没有摊匀，火腿肠全是淀粉；煎饼的薄脆不地道，香菜末太大，葱花不是香葱而是大葱，只有小米面，辣酱太咸……反正吃来吃去，没有一家让他感到满意。

他租住在回龙观，上班要倒两次车，有时候他甚至坐几站看到有卖煎饼或灌饼的，就下去买一个尝尝，第二天再换一站尝，一年下来，他已经吃过沿线所有固定摊位的早餐了。就算出差去了外地，他也经常舍弃酒店里的免费早餐，到各个城市的路边摊去寻找记忆中的食物。但小李子悲哀地发现，自己永远也找不到那种滋味了。

总有一天，我要自己做出最好吃的灌饼和煎饼。他不止一次自己暗暗发誓。这件事他从未和任何人讲过，甚至连对最佳饭友老洪和小刘也没说过。即使是他们在决定午饭吃什么和吐槽午饭不好吃的过程中，小李子也时刻小心翼翼地怕说漏了嘴。

方向明确了，小李子要开一个早餐摊，做出理想中的灌饼和煎饼来。这个理想听起来实在有点不入流，因此他完全没敢在群里跟老洪和小刘说。用了一个月的时间，小李子在家里实验了灌饼和煎饼的制作，真干起来并没有想象的那么多困难，他很快就调出了自己喜欢的口味，当然，还有其他口味。在网上订购的可以做煎饼和灌饼的早餐车到货之后，他就正式出摊了。最开始他在一个地铁口卖，但一个星期之后发现生意并不好，这地方的早餐摊太多了，而且品种齐全，很少有人专门来吃煎饼或灌饼。那些行色匆匆的上班族，排队挤地铁，然后坐一个多小时地铁去国贸或建国门上班，吃早餐不过是例行公事，完全没人在乎口味上的细微差异。

小李子很快调整了策略，把摊位转移到了中关村附近。根据他之前的观察，这儿的早餐摊不太多，而且似乎不太固定，因为这里有不少正规的早餐店，很大一部分人都是进嘉和一品、宏状元、麦当劳之类的店里吃早餐的。再者，这儿有好几个中学，学生们比较集中，他们有很强的购买力，而且因为叛逆，他们更喜欢路边摊而不是中规中矩的包子或汉堡。

小李子还设计了一个大型的易拉宝，每天早晨用支架支在早餐车旁边，不但有广告语，而且列明了每一种早餐和每一种口味的价格，让人一目了然。生意很快就红火起来了，而且迎来了大量的回头客，很多附近的上班族和学生每天都会来这里买早餐。小李子用小本本记住了熟客的口味：蓝校服女孩鸡蛋灌饼加鸡蛋，红头发小伙子煎饼不刷酱，绿色领带男不吃香菜……几乎不用他们开口，小李子就能给他们准备好早餐。一个月之后，他已经培养了将近两百名常客，每天的营业额直线上升。

因为业务量的增加，小李子不得不雇了一个人，是老家的堂妹，初中毕业之后就在餐馆里打工，刷盘子、配菜，但总是跟经理吵架。小李子一个电话打过去，一说去北京，堂妹李明霞行李都没带就坐火车来了。明霞来了之后，小李子明显轻松了一些，而且有了更多心思去改良工艺和扩大宣传。他不仅调配了新的口味，还增加了微信和支付宝支付。半年后，小李子发现自己的利润达到了十万元，这超出了他的预期两倍还多。

敏感的小李子嗅到了巨大的商机，很快把老家的亲戚都发动了起来，又开了三个早餐摊。三个月后，他开了第一家早餐店，后来又开了串吧、麻辣烫摊位，只用了两年的工夫，就做成了拥有二十几个早餐摊、五家串吧和早餐店、三十多个麻辣烫摊的连锁品牌。接下来的发展就更快了，他开放了加盟店，各大城市都有人加盟他的小吃连锁帝国，每年光加盟费，他就能收一千万。

有时候，朋友聚会，别人问他是怎么成功的，他自己都说不出个所以然来，只能说，我有勇气啊，辞职创业，你们都没这个勇气。似乎也对，但创业失败的海了去了。独自一人的时候，小李子也常会想起这个问题。有那么一些时候，他觉得自己此刻的生活有点不真实，说像做梦又夸张了些，和宿醉有点类似。眼前的一切都是真实的，可自己看上去、摸上去老是隔着一层薄薄的什么东西，比最薄的避孕套还薄。

2

商场得意，情场失意，小李子还是没能跳脱这个俗套。创业的前两年，他太忙了，忙得完全没时间去谈个恋爱，更不用说结婚生孩子了。什么时候有了生理需求，他就去比较熟悉的风月场所解决一下，他还挺满足的，每一次他想找什么样的姑娘，就能有什么样的姑娘。有一个山区来的，叫水仙，稀里糊涂入了这个行业，说自己家里欠了人家五万块钱高利贷，还完了就不做了。小李子知道这种故事大都是编了骗嫖客的，但还是动了恻隐之心，多给了她两千块钱。后来他再去那家找水仙，老板说赚了足够的钱，她真的不做了。换了个别的姑娘，小李子还有点遗憾。他脑海里总是浮现出水仙说话的样子，他能记起的也就几句话，可就这几句话，像扎了根一样在他心里忘不掉。水仙说，她的钱是母亲死的时候欠下的。一个夏天的午后，母亲去地里摘豆角，被一个响雷劈了，送到医院里，抢救了半天，治疗费花了两万多，人还是死了。当时为了救人，父亲不得已借了高利贷，不到两年的时间，两万就变成了五万，眼看着越滚越多，她就出来打工了。水仙是一个干脆的人，找了几天活儿，打了几天零工，知道自己靠这个永远还不起高利贷，一狠心下了海，做小姐。长痛不如短痛，她说，把这个包袱清了，我才能过我自己的日子。

这姑娘不是一般人。小李子想着，下身就疲沓了，新换的姑娘冒出一句，大哥你是不是不行啊？小李子不跟她计较，多给了她两百块钱，穿衣服走人。一个插曲而已，小李子想，就好比你哪天去哪个地方，碰到一个路边摊，买了一张煎饼或一碗八宝粥，吃了觉得味道挺好，后来偶尔会想起来。但你再也不可能找到那个地方，也再不可能尝到那一天的味道了。这一点他深有体会。

有一天小李子开车路过一条胡同，看到有人在卖煎饼，车窗的缝隙里钻进来的味道挺不错的，他就停车，下去买了一个吃。煎饼很有嚼头，里面的鸡蛋煎得软嫩合适，薄脆也酥，比小李子自己做的最好水平也差不了多少。小李子就想问问摊主愿不愿意加盟自己的公司。摊位后面的人一抬头，俩人都在犹犹豫豫的惊诧中愣住了。那人竟然是水仙，她褪去了在夜店里的浓妆，眉毛有些淡，嘴唇上有一颗黑痣，整个人看起来干净清爽。

李……她犹豫了一下，那个哥字或老板两个字，却没说出来。

水仙，我找你很久了。小李子的话倒是出来得快，可吓了自己一跳。

找我？水仙被他说得一愣。

哦，也不是找你，是找你的煎饼，你的煎饼做得真好吃。

谢谢。水仙手艺被夸，挺开心的，我再给你做个绿豆面的吧。

小李子连忙摆手，不用，吃饱了，你能不能……收摊？我想跟你商量点事。

水仙有点犹豫，说，这才九点多，早餐能卖到十点多呢。

小李子说，你的损失我赔。

水仙似乎预感到了什么，又显出她那种干脆的性格，啪的一声把火关了，说，不卖就不卖，也不差这一会儿。当年您多给我的两千块钱，帮了大忙，我一直不知道怎么感谢您呢。

小李子一听，脸腾的一下红了。他是多付了钱，没想到这姑娘竟然还记着。自己当年可不是平白无故帮她，只不过是一个无耻的嫖客而已。

他们坐到了旁边的一家星巴克咖啡馆里，小李子买了一杯咖啡，水仙要了一杯牛奶，喝了几口东西，都不知该如何开口。

还是水仙忍不住了，问，你是不是有什么事？

小李子用纸巾擦了一下鼻子说，鼻炎，老是犯，吃什么药也治不了根，一有雾霾就难受。水仙，我以前没和你提过，其实我吧，有一家公司，是专门做早餐的。我今天偶然吃了你做的煎饼，味道非常好，我就想邀请你加盟我的公司，这样你的收入至少能翻好几番，而且你也不用亲自出来摆摊，可以转成管理和培训人员，教那些新入行的怎么摊煎饼，或者组织他们进行业务交流。

尽管早有了点心理准备，但小李子的话还是让水仙吃惊不小。

怎么样？小李子接着问。

水仙犹豫着，好是挺好，可我总觉得不踏实，这有点像天上掉馅饼，像一个……

陷阱？小李子接话，我们怎么说也是老相识，而且……说点上不了台面的，你如果觉得我是想害你，你……知道我的底细，能告我的。

不是不是，水仙明白他说的是两人之间的那种交易，连忙否认，我还是喜欢自己做，想几点出工就几点出工，想做点什么就做点什么。

难道你想一辈子都摊煎饼？我知道收入还可以，可总不能干到老了，还是站在路边摊煎饼，每天挣个三五百的。

我还没想那么远。

还有一个方案：你加盟我这里，我给你配备精良的早餐设备，还能保证你的势力范围和不受城管的骚扰。你只要在餐车上打上我的公司标志，偶尔帮我培训一下人员就行了。你每个月给我五千块钱的保底费，其他赚的全算你的。

水仙被这个方案打动了，但还是有点下不了决心，总觉得条件过于好，似乎是自己又借了一笔没有明确利息和还款期限的高利贷，而且对方要的可能不是钱。不是钱是什么？自己什么都没有，只不过是一个小贩，更何况自己的身体对他来说也毫不新鲜，以他的身价也不可能图这个。她想不明白，索性不想了，干一段时间再说，大不了到时候不做，把钱退给他。

水仙点了点头。

小李子高兴坏了，立马就掏出电话来，打给秘书，让她准备一份合同。

一周后，水仙就用上了设备齐全、精良的早餐车，有煤气炉、铁板烧、煮粥的锅，还有放各种调料的地方，甚至连自己用的水杯，都专门焊了一个小铁环挂着。水仙也有了那种不真实的感觉，像一个开拖拉机的人，猛然间驾驶宝马了，能挂挡，也能打方向盘，可总是觉得轮子不把地，像开在水面上。这天早晨，有三个煎饼摊糊了，水仙对自己有点生气，赔给人家三个，还都多加了鸡蛋。等到买早餐的人排起队伍，忙乱起来，一切不适感都消失了，她手脚麻利，效率很高。到十点半的时候，人开始零零落落，她也才有空喘口气，数了数钱，发现比平时多了五百多。今天不是什么重大节日，营业额怎么这么多呢？水仙搞不明白，就不去想这个事了。她拿起水杯，喝了一大口水。

给我来个绿豆面煎饼。小李子的声音响起来。

李总。水仙连忙放下水杯。

小李子装作很不耐烦，李总什么啊李总，还是叫我李哥。

您是老总。自从确定了合作关系，水仙就叫小李子李总，不管他怎么反对都没用。

行吧行吧，煎饼，多加个鸡蛋。

您别逗了，还真吃啊？

当然是真的，我这是检查工作，调研早餐质量。

行，我给你做。

水仙给他做了个煎饼，小李子抱着吃了几口，哟，有改进啊？

水仙一笑，李总你可真是专业，今天的绿豆面，我加了点蔬菜汁，吃起来有黄瓜的清香味。

小李子三两口吃完说，我得奖励你，你这思路太好了，推广推广。不瞒你说啊，为了工作，我每天的早餐不是灌饼就是煎饼，吃得我一闻这个味道就要吐了，可你这个真好吃。

水仙笑了，我现在知道你为啥赚大钱了，李总，原来你每天都到公司的各个摊位去尝早餐，推广好经验，改良不好的，合该你赚大钱。

小李子掏出两大盒巧克力，递给水仙。

给我的？

英国货。我看了你的体检报告，血糖有点低，这活儿整天站着，有时候一个多小时喝不到一口水，血糖低的时候吃一颗，很快就能缓解。

谢谢李总，这……

我这是为了公司的业务考虑，我可得把你用足了。行了，我约了人打球，得走了，有什么事给我电话。

水仙接过巧克力，看着小李子的奔驰车缓缓驶去。

她打开一盒巧克力，拿出一颗，刚一咬破，一股带着酒味的甜汁就灌进嘴里，她知道这是酒心巧克力，她最喜欢吃的。她不太喝酒，唯一能接受的就是这种酒心巧克力。她不知道自己是真的血糖开始降低，还是外国的酒比中国的度数高，那种带着轻微眩晕的感觉再次袭来。

3

这一年他不怎么亲自打理业务，时间多得很，每周都跑到高尔夫球场去打高尔夫，假装自己是一个上层人士。其实他并不是真的喜欢这项运动，而是有时候得陪生意伙伴去玩，游艇啊什么的他更不喜欢。选择高尔夫，完全是因为小时候家乡流行一种土"高尔夫"，名字叫放猪。

就是几个孩子，在一块空场上挖五个小坑，四个角各一个，中间一个；每人拎一把树根做的榔头，把一个树疙瘩从这个坑打到那个坑里。规则要更复杂些，他已经记不清了，只是后来才弄明白，放猪模仿的其实也不是高尔夫，而是小孩弹玻璃球和在乡镇流行过一段时间的门球结合起来的玩法。

小李子小时候放猪玩得特别好，他总能准确地击中树疙瘩，同时把别人的挤走。有一年冬天，他赢的树疙瘩有二十多个，只是后来被他爸给生炉子用了，他还为此哭了一鼻子。因此在打高尔夫的时候，他总觉得自己其实是在重复儿时的游戏，动作难看，但常常出人意料地打出不错的球来，让那些跟他一起玩球的老板们愤愤不已——他们动作标准漂亮，可就是打不好球。

他在高尔夫球场遇见过一个二十岁左右的女球童，是体育学院艺术体操专业的实习生，长得漂亮，有一种非常吸引人的健康的运动美。小李子想这女孩很不错，可以考虑正式交往。但别看人家只是个球童，在高档的高尔夫球场，什么样的好男人没见过，不可能轻易被他拿下。小李子约她吃饭泡吧，她都爽快赴约，但总是在关键时刻的临门一球不让小李子得手，像一只逗弄老鼠的猫，很会拿捏尺度。

小李子还是每周到水仙的早餐摊去吃一次煎饼或者灌饼，水仙总在不停地改良手艺和做法，小李子觉得好的就推广下去。几个月的工夫，他从财务报表上已经能看出早餐这一块增长得特别快。其实不用看报表也知道。每天他开着车路过自己势力范围内的早餐摊时，排队的人明显增多了。小李子还花钱请了很多自以为很文艺的大学生，在各个高校的论坛上发一些软广告：北京不得不吃的十大早餐、必须带你心爱的人去吃的煎饼、一份麻辣十年爱，效果也很明显。现在的年轻人喜欢这种帖子，文案病毒日益蔓延，很快就成了一种小规模的时尚，有一个早餐摊甚至被一些民谣歌手写进了歌里。

中秋节那天，小李子等着水仙收了摊，请她去吃海底捞火锅。之所以去海底捞，小李子说是因为那儿的服务好。咱们整天服务别人，得让别人也好好给服务服务。

火锅当然吃得热烈而满足，两人现在有点无话不谈的意思了。小李子说，他在追那个体育学院的女孩，该送的礼物送了，该买的东西买了，可那姑娘始终保持着距离，让水仙给他出主意。水仙就说，女孩子的心思大同小异，肯定是觉得你们这种有钱男人不靠谱，不值得付出真心。小李子就反驳，什么叫有钱男人不靠谱啊，这都是一竿子打翻一船人。哼，你的底细我清楚得很。水仙说。哼，你的底细我也清楚得很。小李子也不示弱。两人就相视哈哈大笑。他们渐渐发现，只有他们两个的时候，才不需要任何伪装，反正她下水当小姐他当嫖客这种最私密的事都不是障碍了，没有什么可防备的了。他们成了真正的朋友，还不止，朋友似乎也没有这么放肆，两个人有点知己的感觉了。

小李子跟水仙开玩笑，说你是不是一直忘不掉我，知道我会从那条路经过，所以摆了个早餐摊，苦苦守候啊？水仙也开玩笑，我看你是开车走遍了北京的大街小巷，就为了找到我，吃我做的煎饼吧？怎么，玩出感情了啊？

然后火锅里的浓汤沸腾了，热气腾腾，他们看着彼此，瞬间有点恍惚。水仙夹了一筷子羊肉，放到小李子的碗里，说，多吃点吧，秋天吃羊肉好。小李子不说话，默默把羊肉吃掉。

吃完火锅，水仙说我不能欠你的，我请你做spa（水疗）。小李子翻白眼，我一个大老爷们儿，做什么spa啊？水仙说，你不想追上体育学院女生了啊？我有秘诀。

两人就去了spa店，躺在水床上，两个小姑娘戴着口罩，给他们的脸去黑头，给他们做精油推背，给他们捏脚。帮水仙做的那个小姑娘说，姐你真有福气，嫁给哥这么好的男人，来陪你做spa。水仙说，得了吧，嫁给他多倒霉啊，我跟他可不是两口子。

你嫁我也得娶啊，一个卖煎饼的。赶紧的，秘诀是啥？小李子当然不示弱，他们已经习惯了这种说话方式。

水仙说我这儿正享受着呢，一会儿再说。

过了一会儿，小李子说，水仙，有个正事：你不想欠我的，我也不想欠你的，自从你加入公司，我们的业务增长得非常快，这里面有你的功劳。我每个月只给你五千块钱不合适，主要是你创新的那些东西，我得给你技术股。

你给多少？

小李子说，我也不让财务去核算了，早餐营业额的1%吧。还有就是我已经让人力部门把你的五险一金都交上了，你以后肯定得买房买车，这些得有。

水仙咬了咬嘴唇，说，合着又成我欠你的了。

小李子说，没有，提成是你应得的，交保险什么的是我这个老板该做的，不存在谁欠谁。

直到做完spa，两人都没再说话，小李子也没再问所谓的秘诀。他当然知道，能有什么秘诀，从体育学院女孩的表现来看，她不是省油的灯，真洁身自好，自己送她的那些名牌包她就不收了。不但收了，有时候还专门提出来要什么，明显就是专门吊他胃口的。对这样的女孩，干脆才是王道，像水仙那样干脆。

4

圣诞节那天，小李子带着体育学院女孩去滑雪，玩得挺开心。晚上住在了雪场的酒店里，一个套间，女孩想让小李子住卧室，自己睡在客厅的沙发上。小李子说，咱就都别装了，再这么装下去就没意思了。女孩说，有红酒吗？小李子让客房服务送来一瓶红酒，两人喝了，那点遮掩就全没了。眼看好事要成，姑娘已经脱光了躺在床上，小李子发现自己竟然不行了。这有点出乎他的意料，去年体检没毛病啊，才三十几岁，什么就不行了呢？这时候，女孩比他还着急，用尽各种方式来帮助他，最后起来的那个小东西像是喝醉了酒，东倒西歪，根本做不了事。女孩有点羞恼，说整天着急忙慌的，关键时刻掉链子。小李子自知理亏，不好反驳，就说可能是今天滑雪摔到腰了。

两人各自睡了，睡到四点多小李子就醒了，他是在沙发上睡的。窗帘漏了个缝，外面有一种凛冽的光透进来，那是雪地特有的光，带着苍山的冷意。他打了个哆嗦，接着打了个喷嚏，赶紧烧了一杯开水喝。拿出手机来，给水仙发微信：是不是准备出摊了？过了好一会儿，收到了水仙的回答：马上出门，你这不会是鏖战了一夜吧？

小李子又发：下午陪我去趟医院好不？

很快水仙回复了：怎么了？摔伤了？

小李子说：难言之隐，回去说。

水仙说：好吧，我到了，先干活儿。

小李子摁灭手机，突然发现有点不对劲，到里屋一看，女孩已经走掉了。床上留了张字条：李哥，我下个月要出国留学了，我们应该不会再见了，保重。

小李子倒在了那张见证了他的失败和羞愧的大床上。他有一种还在滑雪的感觉，一会儿超重一会儿失重，无数座雪丘翻越过去了，眼前是苍茫而又耀眼的白色。一种微冷的孤独从骨头缝里渗出来，漫溢在床上，又沿着门缝窗户缝流淌到了酒店的走廊、大厅，继而是院子，然后是京郊那一大片人工雪场。这种孤独让温度稍微下降了一点，那些雪有轻微的冰化倾向，但仍然是雪。

他又睡着了，这一次是被憋醒的，两个鼻孔都鼻塞。感冒了，喝再多的热水也阻止不了感冒了，他去药店买了一盒同仁堂的感冒清热颗粒，一口气吃了两包，然后去开车。驾驶室里冷如冰窖，开了好半天空调，温度才上来，回城的一路都昏沉沉的，也可能是药物作用。手机扔在了副驾驶的座位上，一直在震动，但他都没听见。

水仙给他打了十个电话，都没人接，不知道他出了什么事，早早收了摊，可又无处去找他。后来，她打了秘书电话，秘书说也联系不上他，但告诉了她小李子家的地址。水仙到了小李子家的别墅区，大门紧锁，显然还没有回来，她就只好站在门口跺着脚等，隔一会儿就打一个电话。

她不知道自己为何这么着急。前天晚上，小李子跟她发微信，说第二天跟体育女去滑雪。明天我一定会把她搞定。他在微信中说。那时候，她正在家里数第二天要用的鸡蛋，不小心就捏破了一个，黏糊糊的鸡蛋液满手都是，她去摸手机，结果弄了一手机，又赶紧找纸巾去擦，纸巾又黏在了手机上。费了好大劲，才把手机上的碎纸屑清理干净，他的微信已经又来了好几条。祝你好运，心想事成。她回了一条。

吃醋了？

狗屁，我忙着备料呢。

别死不承认。

她没再回他，心里有点生气，你去泡妞就泡妞吧，老告诉我干吗呀，我又不是你老婆。转念又一想，她开始生自己的气，你也是，怎么就那么贱呢，非得搭理他。想着想着，蔬菜汁从榨汁机里飞出来，溅得到处都是，她忘了盖榨汁机的盖子。榨汁机还在疯狂地叫着，绿色的菠菜汁不停地溅到半空中，像是动画片里绿色的怪兽被砍了一刀。她大喊一声，关掉了榨汁机，用手抹了一把脸，发现脸上湿漉漉的，她以为是菠菜汁，可并没有颜色。她不太想承认，但又不得不承认，脸上是眼泪。

你是一个可笑的人，她跟自己说，真可笑，为一个嫖过你的人哭。好在她生来就有的那种干脆还很强悍，很快就止住了眼泪，并且开始重新榨菠菜汁、备料。明天那些吃早餐的人才不管这些呢，对他们来说，煎饼里放不放香菜、刷不刷酱、打几个鸡蛋，才是最重要的事。

就快绝望的时候，她看见他的车缓慢地出现在路口，也看见了驾驶室里摇摇晃晃的他。她冲过去，使劲地拍打车门，他一抬头看见了她，笑了一下，脑袋就栽在了方向盘上，汽车开始尖厉地鸣笛。她费了好大劲，才把他挪到副驾驶那里，自己坐到了驾驶室，然后打火、挂挡，把车开了出去。她忘了自己还没拿到驾照，刚开始学实际道路操作，但是一路上，她像个老司机那样开得平稳顺当，直到顶在医院门口的石狮子上。

医生检查了一番，只是重感冒而已，打上点滴，她陪在他旁边。输液室里到处都是挂着吊瓶的人，不一会儿，医院保卫处找上门来，处理车撞了石狮子的事。怎么都行，她说，赔多少钱都可以。好在医院也想息事宁人，让他们赔了五千块钱了事。

下午三点的时候，小李子已经好转了，还有一些感冒症状，流鼻涕，偶尔咳嗽。

我还得挂个号。他说。

怎么了，你还有哪儿不舒服？

你去帮我挂个男科。他说着，把医保卡掏给她，最好是专家号，挂特需。

男科？她一时没明白怎么回事，拿着医保卡就去了，等拿着三百块钱的特需号回来，才反应过来，心里突然一喜。

她把挂号条给他，说，功败垂成？

妈的，功亏一篑。

哼，你这是赔了夫人又折兵，还饶上一个感冒呢。

我也是命大，迷迷糊糊开车竟然没出事，刚才坐你这个没拿证的开的车也没出事。

不是不报，时候未到。她发现自己真的开始高兴起来，说，想吃什么？我去买点吃的。

我最想吃你做的煎饼。

对不起，收摊了。对面有宏状元粥店，买点粥吧。

他点点头。

看着她的身影下楼，他也感到自己高兴了起来，在雪场所感觉到的那种雪一样的孤独感消失得无影无踪，身体暖洋洋的。

快下班的时候，才排到他。大夫开了单子，他缴费之后，又回到诊疗室。那个五十多岁的医生用手摸了又摸，不时地嗯啊着，好像摸到了确凿的病症。最后他告诉小李子，目前没有摸出任何问题，估计得做一个全面的体检才知道到底哪儿出问题了。

从医院出来，那辆车已经被公司的司机开走了，两人到了那个被撞破了鼻子的狮子那里。对不起了老兄。他摸着狮子的鼻子说。水仙扑哧乐了，你还挺幽默。他也笑了，这是从昨天到现在，他唯一轻松的一刻。

路上，他们没再谈论任何事。到了家里，他感到困倦，就躺下睡了。她坐在床边，看着他睡着，给他盖好被子，悄无声息地离开了。

5

之后的半个月，他们都没见面，只是通过微信联系。小李子的感冒一个星期后才彻底痊愈，他又去了一次医院，做了全面的身体检查，没发现什么大毛病，特别是腰肾和整个生殖系统，都正常得很。小李子想，可能还是自己的精神问题，这些年每一次性生活，都是在荒唐的场所里，喝多了酒，跟那些姑娘们逢场作戏。如今一旦让他正正经经地做爱，反倒不行了，就像放了太多盗版磁带的录音机，偶尔遇上个正版的，竟然无法出声。为了验证自己的想法，他又去曾经去过的一个夜场里找了个姑娘。果然，在夜总会晦暗暧昧的灯光中，在那个女孩的淫声浪语里，他的欲望之火很快就被点燃，而且很久才熄灭。

从夜总会里出来，小李子一身轻松，确认自己这个心理问题，便觉得整个世界都开阔了，犹如笼罩北京一周的雾霾突然被一阵狂风吹散，露出了人人渴望的蓝天。他开着奔驰车，飞驰在凌晨的三环路上，想着怎么营造一个夜总会一样的环境，然后跟艺术体操女孩破除这个心理魔咒。他后来调查了一下，女孩根本没有出国，只不过为了让他死心，撒了个谎而已。突然看见前面的警示灯，显示正在修路，他恍然想起手机软件上推送的消息，三环路这两个月夜间都会维修。他本能地打了一下方向盘，可是右脚竟然也同时踩了一下油门，汽车直接从三环上飞了出去。从飞出三环路到落地大概有三秒钟，小李子看见对面一栋楼的一扇窗子里，有人正在跑步机上拼命地跑着步，还有一扇窗子淡蓝色的窗帘上透出一个女孩的剪影，接着就是巨响和摇晃，像坠入一个巨大的洗衣桶里天旋地转。

他还是没能躲过这起车祸。

不是不报，时候未到。他昏过去之前，脑子里响起了水仙的那句玩笑话。

小李子睁开眼看见的第一个人是水仙，她正百无聊赖地盯着输液管里缓慢滴着的液体，眼睛有些肿，但也看不出多少悲痛的表情。小李子是一点一点地感觉到自己的整个身体的，先是脖子，然后是腿，接着是手臂，再接着是胸、背，因为它们一个接一个地疼了起来。他忍不住哼起来，水仙立刻缓过神，有点惊喜地说，你醒了？你可算醒了。这时候，小李子竟然想，那天晚上淡蓝色窗帘上的身影和水仙有点像。我是不是完了？你告诉我。小李子想，这么严重的车祸，自己很可能残废了。问完这句话，他发现自己的口音有点问题，嘴里的每个字都好像在地下隧道里，空洞洞的。他的舌头也恢复了知觉，一旋，发现自己的嘴里只剩下几颗牙了，其他的位置只有疼痛而肿胀的牙龈。

哼，水仙说，我倒是希望你完了。放心吧，死不了。

我不是怕死，我怕自己成了残废，我可不想在床上躺一辈子。

水仙端来一个杯子，杯子里插着吸管，送到他嘴边。小李子立刻觉得自己特别渴，就伸过头去喝水，但水仙只让他喝了一小口，说医生交代了，他现在的消化系统还没有恢复，不能多喝。

水仙把杯子放下，说，那你完了，彻底残废了，只能一辈子躺在床上拉屎撒尿，比植物人好点。

小李一下子激动起来，似乎想挣扎着拒绝自己最不希望的结局，结果全身开始剧烈地疼痛。他看见水仙的嘴角有一丝得意而嘲讽的笑，忽然间想起，自己既然能感觉到全身都疼，那就说明全身的神经系统都是正常的，顶多是外伤，不可能成为残废。他不由自主地笑了起来。

水仙看到了他的笑，知道自己的谎言被识破了。

水仙，我想吃你做的灌饼。小李子吧嗒着干裂的嘴唇说。

医生说了，你现在只能喝粥。

小李子还是不适应自己嘴里说话跑风的感觉，好像那些字眼在四处逃逸，不受他的声带和舌头控制。

鸡蛋灌饼……他尽量只用喉部来嘟囔。

水仙说，别提了，为了照顾你，我耽误了多少活儿，你得给我补偿。

小李子看着水仙，问，那个女孩有没有来看过我？

来过。水仙的脸上又浮现出那一丝带着嘲讽的表情。

小李子说，还算她有良心。

不过你别高兴得太早，她看见你血肉模糊的样子，特别是医生告诉她，你以后再也不可能是个正常男人了，她就哭着跑了。

啥意思？什么叫再也不能是正常男人了？

这还用我明说？我告诉你吧，你从三环路上飞出去，落在一辆车上，全身都受了伤，但都不算严重，唯一严重的就是……就是你裤裆里的玩意，医生花了十个小时才缝合好，以后就只是个摆设了。

小李子立刻大惊失色，那……那我还不如死了呢。

喊，就为这个就死了？行，你赶紧写一个遗嘱，把财产都留给我，然后随便死，咋死都行。

小李子蓦然间感到下体一阵疼痛，他浑身冒汗，大喊了一声，又昏了过去。

水仙吓了一跳，赶紧按铃叫护士，护士看了下说没事，监护仪显示他的心跳和血压都正常，如果太疼了，就加大一点止疼泵的药量。

水仙用纸巾给小李子擦去脸上的汗，发现他的脖子和其他地方也有一层细汗，她就逐一给他擦，一直擦到下半身。解开松松垮垮的病号裤子，她看见了他那个被重新接上的物件，软塌塌，像一段海肠，比海肠还要丑，缝线的地方更是如此。她把他裆部的汗擦掉，忍不住用手去摸了摸那段海肠，这东西有一种不同的热。水仙不是没碰过他的这东西，但从没有像现在这样觉得它如此可怜，如此委屈，一辈子不见天光，现在又遭受重创。她忽然有一种想法：这段海肠就是小李子，跟他是同样的命运。

因为疼痛，小李子并没有感觉出水仙的手在他下体停留了过多的时间，他一直在哎呀，一边叫唤一边清醒，腰没事，腿没事，脚没事，神经系统都正常，看来唯一伤得严重的就是裤裆。他的车撞上别的车的时候，裤裆正好对着挡位的操纵杆，就这个东西，把他的那玩意给戳掉了。止疼药里有小剂量的安眠药，再加上水仙给他擦拭了一遍，他感到了一点难得的舒适，就慢慢睡着了。

看着小李子睡了，水仙跟护士交代了一下，就出了医院。她记着小李子说想吃她做的灌饼，虽然医生还不让他多吃东西，但这件事在她心里扎了根，她得给他做。

水仙回到家里，和面，打鸡蛋，摊饼，做了一个不满意，做了一个又不满意，一直到第三十个，她才觉得可以了。她又做了一锅汤，用保温盒装了，还有两张饼，骑着自己的电动车去了医院。

这时候是傍晚，空气很好，显得天空洁净。虽然医院门口一如既往地车水马龙，一片汽车鸣笛的声音，但微风拂过水仙脸上的绒毛，她还是感觉到一种舒服和快乐。她一路上都在琢磨着，怎么能把饭带进去，让小李子尝尝鸡蛋灌饼。

小李子刚刚睡醒，也透过窗子看到了外面带着些微金色的黄昏天空。他做梦了。但让他没想到的是，梦见的既不是那个女孩，也不是水仙，而是自己的老同事老洪和小刘。他们三个从原单位走出来，沿着中关村大街一路遇见饭店就进，可是没有一家饭馆的饭菜是合口的。到后来，老洪提议去吃西餐，而小刘接了一个电话，急匆匆地走掉了。再后来就是小李子一个人站在立交桥上，耳边是汽车轮胎摩擦柏油路的声音和发动机声。他发现自己竟然没有重量，是飘在天桥上的。然后又看见了窗口里的身影，这一会儿，他确定那个身影就是水仙的。

小李子醒来后回忆着这个梦，就在这时候，水仙轻手轻脚地进了病房。她以为他还在睡，就小心地在桌子上把灌饼一点点掰碎了，泡在鸡蛋汤里。突然身后一声响亮的放屁声，吓了水仙一跳，一回头看见小李子正看着自己，咧着嘴，但嘴里掉落牙齿的地方看起来很滑稽。

臭死了。水仙说。

小李子说，做完手术，一直没排气，现在总算舒服了。其实是他看见水仙拿来的饭菜，食欲被激发，唾液分泌，胃部开始蠕动，才导致排气的。

水仙把泡得软烂的饼就着鸡蛋汤喂给小李子，小李子没法做比较结实的咀嚼，随便嚼几下就咽了下去。吃了有五六勺，他还想吃，但水仙却果断地把东西收起来了。

不能再吃了，你的胃会受不了的。

6

半年后，小李子才彻底摆脱了医院。他没想到，这么多病痛中，最麻烦的却是种牙。幸好他有钱，做了满嘴的进口牙，一颗就得一万多，一张嘴就是几十万。刚刚做好圈套牙的时候，小李子很不适应，老觉得嘴里的东西嚼不碎，吃起来没味道，但后来也就习惯了。

有一天，水仙帮他收拾东西，看到小李子在口腔医院的医药费单子，愣了半天没说话。小李子再让她给做东西吃的时候，水仙就没好气地说，哼，你满嘴金牙，干吗吃我做的这些东西，应该吃鲍鱼海参。小李子说，鲍鱼海参有什么可吃的，我就喜欢你做的小吃，特别是灌饼。

你喜欢吃，我还不喜欢做呢。水仙没想明白，一颗牙怎么会这么贵。生活在这样的大城市，房价贵也就算了，地方就那么大，人这么多，房子值钱好理解，但为什么一颗牙就一万多啊？这一刻，水仙还是感觉到了一点差距：小李子是个有钱人，而自己不过是一个街头卖早餐的小摊贩。虽然小李子之前也不过就是个小白领，但现在不一样了。这段时间，水仙和小李子已经形成了默契，甚至在开玩笑的时候，或者别人不经意的时候，会把他们当成两口子。时间一长，他们自己也有了点老夫老妻的意思。水仙想，也许这个男人就是自己等的人，虽然不知道他那条海肠还行不行，但这不重要。

水仙还是给小李子做了晚饭，羊肉芹菜馅的饺子。小李子有那么多烤串店，每个店里的羊肉都是不一样的，有的是正经的内蒙古新疆运来的好羊肉，有的是批发的冷冻肉，为了吃这顿饺子，小李子特意跑到一家店里，盯着他们杀了一只羊。

看着案板上新鲜得还冒着温热气的羊肉，水仙又一次想起了自己和小李子的差距。她狠命地剁着羊肉，但那团肉泥是永远也不可能彻底被刀分开的，再锋利的刀也不行。水仙一甩头，不想了，这本来就不该是自己想的事。

小李子又一次被水仙的羊肉水饺征服了。他一边吃，一边嚼着大蒜，嘴里大喊，我得再开一家饺子店！水仙，你别卖早餐了，改卖饺子，不对，开一家店，都卖，这个太香了。

水仙给他剥着蒜，说，反正就是我一辈子都给你李老板打工嘛。

小李子摆摆手，这次你是合伙人，我出资金，你出技术和管理。你不知道，我在医院这段时间，每天没什么事，就琢磨着这个早餐摊、烤串店，也就现在这样了，市场就那么大，竞争很多，谁都能骑个三轮摆摊，前景有限。我这公司要靠这个，三两年就完了，我得想办法做点其他的，你这个饺子不错。我很想开一家特色小吃，餐厅大一些，分南方北方风味，而且必须做到口味纯正。

行了行了，水仙说，跟我说不着，我也不跟你合伙，我……要回老家了。

小李子被噎了一下，好不容易咽下去大蒜头，可嘴里还是辣得厉害，赶紧喝了一大口水。

你要回老家？为什么？

我回去结婚。

小李子听了，嘴里更觉得辣，只好再喝一大口水说，别逗了。

我家里有个娃娃亲，当年定的时候说好的，满二十五岁就结婚。

这都什么年月了，相亲都成电视节目了，你这还娃娃亲？小李子觉得不可思议，继续说，水仙，你有什么想法就说，咱们商量，这个借口太烂了。

是真的。水仙说。

水仙告诉小李子，她小时候体弱多病，可是家里穷困，没钱给她治病，是王善武家的老中医爷爷用草药救活她一条命。她跟王善武玩得很好，两家人就定了娃娃亲，说等两个孩子长大了，到了二十五岁就结婚。

小李子说，你是不是烂俗电视剧看多了啊，编得还挺周全的。

水仙说，是，我们也都当是老人们当时的一句玩笑话，没当回事。但后来王善武出了事，他在小砖窑干活，码砖的时候从砖垛上掉了下来，两条腿摔断了，耽误了治疗，成了瘫痪。他家里为了给他治腿，花了个底儿掉。

小李子插嘴，不就是钱吗，我给他。

水仙摇头，说，不光是钱的事。就你住院那段时间，老家来信，王善武的爷爷病了，不行了，老爷子唯一的遗憾就是孙子的腿。腿是不可能治好了，因为残疾也娶不了媳妇。

那也不能就让你嫁给他啊。

没人让我嫁给他，是我想照顾他。

小李子心头郁闷，使劲一拍桌子，说，这都叫什么事啊，愚不可及，你，愚不可及！

水仙有点生气，说，李总，我们乡下的事情，你不懂。

小李子看着水仙，心里想自己为什么这么在乎她要回去结婚？肯定不只是生意上的考虑，还有……他看着水仙在收拾碗筷，忽然间觉得这个场景无比熟悉，倒不是说自己曾经经历过，而像是自己无意识中期待的东西。这是一个家的感觉，水仙像他的一个家里人。他忘记了从哪本书里看到的话，说婚姻就是从喜欢一个人，变成习惯一个人。他已经习惯了水仙，习惯了她所构成的一切，现在，她要离开了，他的生活必然坍塌，很难在短时间内重建。更何况，他刚刚经历了这次车祸，躺在医院的时间里，为了抵抗伤口的疼痛、麻痒，他努力让自己去想很多事情。

想的结果是，赚钱还是重要的，但过日子同样重要，就算是那些大人物，马云马化腾那些商业大佬们，吃早饭是同样很重要的事情。他有点明白自己的心思了，既想让水仙一直陪在自己身边，可又不想正儿八经地娶了她。既然如此，自己有什么理由阻止她回去呢？

水仙收拾完东西就走了。小李子忽然想起一件事：这阵子都跟满嘴烤瓷牙做斗争，忘了一个更重要的问题——自己的那个东西，到底还行不行？他在家里书房翻箱倒柜，终于找出多年前朋友从日本带回来的几张光盘。他刚创业那会儿，没钱，也不愿意去不干净的洗头房，就用看片子来解决问题。

片子放出来，并没有让他的身体产生反应，反而起了另一种生理反应，他感到恶心。

小李子有点绝望，可能自己真的成了一个太监，这个被重新缝补上去的东西，只能用来排尿，再也不能让他体验作为一个男人的乐趣了。他连电脑都没关就冲出屋子，打了一辆出租车，嘴里直接蹦出的目的地竟然是水仙的出租屋。

车到了地方，他又是急匆匆地跑去敲水仙的门。水仙开门看见他，有点吃惊，还没等问他有什么事，他就扑上去撕扯水仙的衣服。水仙一开始有点不知所措，但很快反应过来，开始挣扎。她毕竟是常年干活儿的人，手上力气不差，小李子根本无法制服她，两个人变成了势均力敌的撕扯。但在撕扯中，水仙的衣服还是一件一件地从身上落下，露出了粉色的内衣，小李子一头埋在她的两个并不大的乳房中间，失声痛哭。水仙也累了，不再挣扎，只是双手打着他的脊背，嘴里骂着流氓、疯子。水仙手上的动作越来越慢，渐渐成了轻轻拍打，甚至成了抚摸。

我完了，小李子哭着说，我彻底完了！水仙，你得救救我。

水仙说，你让我先穿上衣服。

不，小李子抬起头，你别穿，你脱掉它好不好？你脱了，我就想最后试一下自己到底还能不能行，我求你了。

水仙没说话，她的手从小李子的背上滑落。

小李子开始解她的内衣，然后脱掉……水仙赤裸裸地站在他面前了。这具身体，他此前曾不止一次地触碰，不止一次地一看见就有反应，但是现在他感觉自己看见的并不是一个女人的裸体，而是一个穿着肉体的灵魂。这个灵魂躲在肉体里，还在做着鸡蛋灌饼，还在吆喝着卖早餐。

小李子苦笑了一下，然后帮水仙穿衣服，刚才脱掉的衣服，又一件件穿上了。

后来，他们一起坐到了小区旁边的粥店里。

水仙要了皮蛋瘦肉粥，小李子要了百合莲子粥，还有水晶虾饺和小笼包，两个人无声地慢慢地吃。他们心里都清楚，这就是他们的告别仪式了。小李子终于打破沉默，说，水仙，你一定要回去，那就回去吧，我把你该得的钱一次性打给你。

水仙说，嗯。

小李子说，以后有什么事需要我帮忙的，你就给我打电话。

水仙说，嗯。

小李子说，回去过日子，挺好。

水仙说，嗯。

他们走出粥店的时候，夜色已经很浓了，虽然有万家灯火和汽车灯、路灯在照着，但夜晚毕竟是夜晚，黑色的阴影处处都有。他们站在水仙租住的房子门口，水仙掏出电子钥匙开门，但那门的电子锁始终打不开，只是一个劲儿地叫着，欢迎光临，欢迎光临……直到有人从里面出来，水仙才走进去，然后透过门缝看了看小李子，笑了一下，关上了门。

小李子忽然觉得身上有点冷，他想可能是降温了。天是阴沉的，似乎有一滴雨掉在他脸上，也可能是楼上空调的水。

他转身离开，一辆车快速地和他擦身而过。

草青青，麦黄黄

草色遥看近却无

苏途从来都没想过，自己一个南方人，竟然会跑到这么靠北的地方来生活。

他此时所在之处，是内蒙古北部的山区。据当地人说，翻过前面那道大坝，再向北走五百里，就到蒙古国了。童年时，他总是在中央电视台的天气预报地图上看到这块地方，还由此知道，经常有一股来自西伯利亚的冷空气从这里吹过，然后用不了一天的时间，北方就会下雪或下雨。

他并不像大多数南方人那样，对雪抱有很多美好的幻想，甚至把看一场鹅毛大雪作为自己的人生追求之一。对他来说，北方或者所有家乡之外的地方都是模糊的，他已经彻底稀释在南方的潮湿、炎热中。童年时满眼所见都是绿色，长大后又多了工厂的浓烟造成的灰色，打工的地方常年天气阴沉，也是灰的，反正不是什么雪白。他曾经以为，自己的一生大概都会在南方或者比南方更南的地方生活，比如镇上很多人去打工的广州、汕头，或者泰国、菲律宾等，总之都是整年可以在夜晚喝冰镇啤酒的地方。

他有一个高中同学，大学考到了哈尔滨，开学不久就遇到了第一场雪，特意拍了照片发到同学群里。苏途看见那个平时瘦猴子一样的同学，穿着厚厚的棉服，站在一个憨态可掬的雪人旁边，脸颊红通通的，感到有点好笑。他大致了解，东北人或者所有北方人都有一种奇怪的乐观精神，像春晚小品里演的那样，同学到那里就被这种精神给感染了。他几乎能从他发的语音信息里听出东北口音。

苏途只在群里回了一个微小的表情符号。他跟群里的大部分同学都不怎么联系了，但也下不了决心退群。有时候，特别是上工特别累游戏也打烦了的时候，他会翻翻同学群里的聊天记录，从零零碎碎的对话中拼凑出一些人的生活梗概，比如——乔薇。他高中时偷偷喜欢过的那个女孩，全国英语演讲比赛高中组冠军，保送北京外国语学院，当了系学生会主席，是世博会的志愿者……她到了大学仍然是风云人物，经常看见她分享跟很多外国人在一起或参加各种"高大上"活动的照片。他知道，乔薇已经成为和自己完全不一样的人了，他可能一生都不会再跟她相遇，再像高中时那样挨得很近地聊天。在班里，他是她的"帮扶对象"，每天她都要用标准的美式发音教他学英语，而他嘴里蹦出来的单词总是听得她一愣一愣的。她会怔怔地看着他，眼神里是一种强压着烦躁的不解：世界上怎么会有这么笨的人？但她从来不会把这种想法表达出来，总是微笑着说，我们再来一遍。苏途肯定自己从未让任何人感觉到对乔薇的喜欢，他很清楚，这事一旦说出来，就会是一个笑话。他的自尊比精美的瓷器还要脆弱，他保护它的唯一方式就是不去触碰任何有危险的事。

冷空气的尾巴吹透略显单薄的夹克衫，让苏途感觉到，自己仿佛身处另一个国家。他站在一条春天的河边。因为地气上升，远处山峦冬雪化尽，小河里的水渐渐涨起来。偏低的河滩上，隐隐约约可以看见一层雾气样的嫩绿色，可走近了，脚下还只是黑褐色的土和去年干枯的草根，还有稀稀拉拉的牛羊粪便。他忽然间明白了小学时背诵的那句诗，"草色遥看近却无"。他成长的地方，常年都是绿草茵茵，即便有些草茎枯萎，但还没等干瘪，就被另一层更新鲜的绿覆盖了，哪里见过这种朦胧淡薄的绿？

苏途不是来看风景的，他哆哆嗦嗦站在河边，是为了把憋了半天的一泡尿撒出去。他是一个司机，开着一辆两挂斗的东风大卡车，车斗里是从两百里外的铅锌矿拉来的矿石，要送到几十里外的选厂去。高中毕业，没有考上大学，他跟村里的其他年轻人一样出来打工。几年来，他流浪于南方的各类工厂——在电子厂里做手机、电视机、电脑配件，在流水线上焊电路板、拧螺丝。每天工作十二个小时，下工后，眼睛和脑袋都是木的，但年轻的身体一接触到工厂外的空气，立刻会涌起莫名的冲动和活力。他通常都是跟工友们去夜市吃烧烤，喝廉价的扎啤，然后醉醺醺地哼着"命运就算颠沛流离，命运就算曲折离奇"回集体宿舍，倒在雨季发霉的床铺上睡去。第二天，刺耳的闹铃把他从乱梦中叫醒，洗脸刷牙，带着轻微的宿醉继续上工。日复一日，像车间墙壁上挂着的电子钟，毫无意外地旋转在自己的轮回里。

刚过去的那个春节，他们没有休班，一直在赶一批台湾老板的货。到了元宵节，任务完成，工厂才放假一天。他们无处可去，就叫了外卖，在宿舍里打游戏喝酒。夜幕降临后，有人嚷嚷着去街上看花灯，据说今年的烟花特别多，说不定还能碰见好看的姑娘。他们便合上已经发烫的笔记本电脑，伸伸腰背，叫喊着走出寂静的宿舍楼。

街灯红红绿绿，姑娘们也红红绿绿，白日里显得乱糟糟的街面，在霓虹灯光和女孩子的笑声里，充满异样的魅力。他们能很容易地区分出哪些是本地女人，哪些是跟他们一样的打工妹——后者的衣服总是更夸张些，描眉画眼，而且大声地说笑。她们整日在机器声嘈杂的工厂里，已经习惯了大声讲话。苏途和几个工友互相搭着肩膀，踩浮船一样摇摇晃晃地走，向穿着暴露的女孩打口哨，心里充满一种说不清道不明的痛快。

　　有人说，再喝点啤酒吧，他们又坐到了露天烧烤摊上。冰凉的冒着气泡的扎啤咕咚咕咚灌进胃里，打两个饱嗝，身体瞬间又松弛了不少。苏途发现旁边一桌有个人一直在看他，他在逆光的位置，看不太清是谁。等服务员过来送烤串，把头顶的灯光挡住，他心里咯噔一下。看他的那个人脸上的疤癞像条蚯蚓一样在他心里爬，他跟同伴说，走吧，咱们去看灯，别喝了。那几个人刚喝到兴头上，哪里肯走。苏途坐立不安，心跳加速。没错，就是这个疤癞脸。苏途刚出来打工时，跟他在一个厂子一个车间里，他有次看见疤癞脸偷偷地把手机电路板放在鞋底的夹层里。那时的苏途还有着少年时期的正义感，偷偷跟经理举报了，疤癞被当场抓获，罚款开除。疤癞被赶走那天，高声喊着要报仇。苏途心里害怕，也辞职换了个厂子。

　　这地方聚集了上百家各式各样的工厂，有十几万打工仔和居民，苏途以为自己再也不会碰见疤癞脸，谁想到竟然在这里坐到了隔壁。他隐隐地感到要出事了。疤癞脸拎着一瓶啤酒站起来，向他们这方向走，苏途腿直打哆嗦，他准备好了随时逃走。疤癞脸用酒瓶子指着苏途说，小子，终于让我逮着你了。还没等疤癞脸的酒瓶子摔下来，苏途工友里脾气最火暴的邵阳仔已经把拳头挥了出去。然后就是两伙人厮打。疤癞脸冲向苏途，苏途情急之下，抄起桌上的烧烤签子，直直刺入对方的胸口。眼看着那个人一点一点地瘫倒在地上，血汩汩流出，他吓得酒醒了大半。有人喊了一声杀人了，打架的人都停了手脚，然后就听见了刺耳的警笛声穿过斑斓的灯光而来。他们都慌忙逃走。上元节的月亮虽然大，好在灯多人更多，逃掉很容易。

　　那一晚，苏途翻来覆去在床上"烙饼"，他想跟大家道个歉，说一下缘由，但不知如何开口。邵阳仔鼻青脸肿，但只有他睡着了，其他几个人都清醒而静默着。他们心里都想着一件事：死了人。一大早，他们刷网上的本地新闻，说疤瘌脸送到医院抢救，保住了性命，伤势也不算重。但是他们逃跑的时候，扯断了某家店的电线，引发了一场中型火灾，损失不小。几个人商量着这个地方不能待了，反正春节的加班费已经拿到手，本来也要换地方的。大家于是分头跑路，其他人都向老家的方向去，只有他不想回整日阴雨的小镇，怕很容易被找到。他想，自己应该反其道而行，一路向北，去这些人永远找不到的地方。

浅草才能没马蹄

苏途先是坐火车到徐州，然后坐汽车到大连，又坐火车到赤峰。之所以去赤峰，是因为打电话回家里，姐夫说他有个朋友在那儿的矿上，让他去投奔。姐夫说，矿都在山区，离城市远，才没有人查你干过什么呢。等过段时间事情平息了，你再回来。

他按照姐夫给的地址去找那座矿时，才发现赤峰大得超乎他想象，而且那时候天还冷着。北方天冷他知道，但等他看见整个大地都是一片灰褐色，没有一点绿，风把沙尘扬得漫天遍野，树木像野狗啃过的骨头，还是惊愕地张大了嘴。他那身在徐州火车站小摊买的棉夹克，瞬间就被吹透了。他不得不把包里所有的衣服都穿在身上，像一个肉粽子。花了两天时间，他才找到大山里的铅锌矿，跟姐夫的朋友韩大哥接上头。

无论如何，他暂时落了脚。韩大哥四十多岁，眉毛一条高一条低，看起来有种天生的喜感，再加上他的脸是那种猪肝色的鞋拔子脸，化化妆的话，还真有点像赵本山。只是，他的眼神要深沉得多，可能是常年下井的缘故，总是藏有心事的样子。韩大哥在矿上是个小班长，挣的是下井的搏命钱，三班倒。他陪苏途喝了两顿大酒，吃了两顿羊肉。

苏途跟韩大哥和他的几个工友去了一个小饭馆，桌上是几个大盆菜，小鸡炖蘑菇、氽羊肉、土豆炖牛肉。苏途从来没见过那么大的菜盘,简直跟洗脸盆差不多。酒是当地的小烧,装在一个足有二十升的塑料桶里,每个人面前一个大碗。第一碗酒下肚,苏途觉得自己快着火了,那股热几秒钟就从腹部烧到了全身,特别是脑袋。他感到自己的头像气球一样,突然变大了好几倍,晃一晃甚至能听见里面脑浆浮动的声音。在那一刻,他有点后悔,开始想念南方啤酒的温和,想念那种在湿答答的空气中把冰凉、冒着气泡的啤酒灌进胃里的感觉。

几大盆菜竟然被吃光了,一塑料桶酒也喝掉了五分之一,韩大哥他们好像除了脸黑里翻出一种紫红,手脚仍然利索。苏途不知道自己怎么回的韩大哥宿舍,第二天醒来时,发现宿舍就他一个人,他们都正常下井去了。他简直无法想象这些看起来并不强壮的黑汉子,前一天晚上喝了那么多酒,竟然还有力气去挖矿。而他,头昏昏沉沉,身上酸软无力,像是重感冒高烧四十度一样。他挣扎着起床,看到地上一片狼藉,应该是自己吐的。苏途从公共卫生间里找到一把已经快掉光头的黢黑的拖把,把宿舍的地拖了一遍,又把每个人的被子整理了一下,然后走出宿舍。

宿舍楼对面有一个篮球场,水泥地面已经凹凸不平,篮筐也像人的帽檐一样低低的。篮球架下面,摆着一只篮球,球是全新的。苏途捡起球,拍拍投投,随着血液运转,身体缓慢恢复。他的心思却陷入了挣扎,他想离开这儿,觉得自己根本适应不了这里,可是又没有地方去。他放下球,在宿舍周围的矿区瞎转。这里街道的两边都是低矮的平房,用木桩子围起来的院子里堆满了煤块,很多家的堂屋里伸出一根烟囱,浓黑的烟从里面滚滚而出。苏途找到一家小商店,里面都是些简单的日杂。他看见地上摆着四五桶昨天喝的那种酒,就问老板多少钱一桶。老板说三十,他掏钱,说要两桶,又买了一盒泡面准备当午餐。

苏途把两桶酒拎回宿舍,竟然出了一身汗。泡了面吃掉后,困意袭来,他又倒在床上睡过去了。再醒时太阳偏西,韩大哥他们下工回来了。

吃饭去。韩大哥说。苏途指了指酒,说我买了两桶酒给你。韩大哥鼻子哼了一下,瞎整,还用你买酒。

他们又去了昨天那家饭馆,还坐那张桌子。今天我来请客吧。苏途说。韩大哥说,怎么能让你请?苏途说,韩大哥你给我个机会。韩大哥说,喝你买的酒,菜还是算我们的。苏途只好同意,依然点了昨天的几样菜之后,他问老板娘,有什么青菜?老板娘被他问得一愣,青菜?旁边几个人都笑了,说小子我们这里可是内蒙古,你当是南方啊,大冬天的哪儿来的青菜?韩大哥说,老板娘你给他来个炖酸菜吧,在这儿就这道菜像青菜。他们又喝酒,他却不敢再喝了,他们也不劝他。他意外地喜欢猪肉酸菜炖粉条,特别是菜汤,他兑着开水,加了点辣椒,喝了好几碗,身上立时出了透汗。到这一刻,昨天的宿醉才彻底过去。

吃了一会儿,韩大哥说,这里的好处是,只要你肯下力气,总饿不死。又问他会干什么。他发现自己前两年在工厂的那点经验,完全派不上用场。韩大哥捏了捏他的胳膊,软绵绵,没一点肌肉,便龇着紫红的牙花子说,你这小身板,下井没戏,开车会不会?车他会开,但只开过小车,没有大车驾照。韩大哥说,没事,能开就行。我们矿山的矿石都不出左旗,没人查。也好,他想,干几天再说。

来矿上的时候,他搭的就是一辆拉矿石的车。从大钟镇到百诺铅锌矿,走了四个多小时。进矿时,刚好赶上山上放炮。他正在汽车的颠簸中迷迷糊糊,一声巨响,吓得他腾一下站起来,头撞到了车顶。司机一阵大笑。怎么回事?他捂着脑袋,扭头看向窗外,山坳处烟尘滚滚。

矿井放炮,司机说,听一段时间你就习惯了。

他揉了揉脑袋,坐直了身子。周围的山和南方的山很不一样,跟他到北方后平常所见的山也不一样。一般的山都是不规则的,起起伏伏,而这里的小山都是挖出来的砂石堆起来的,看上去是规则的圆锥形。

百诺铅锌矿是一个露天矿。砂石山的旁边,常常是巨大的矿坑,路在矿坑边蜿蜒向上,到了斜坡又开始螺旋向下,一直延伸到矿坑底部。矿坑底部有几个足球场那么大,上面各种卡车、钩机、铲车挥舞着钢铁手臂在装卸矿石,机器轰鸣,空气中是浓重的柴油味。苏途被眼前的景象彻底震撼了,这里简直是电影中的外星球。

司机停在一个岔路口,告诉他再往西走五百米,就能到居住区。他要找的韩大哥今天休班,正在那儿的一个"红火火饭馆"等他。他下了车,看着卡车屁股喷了股黑烟向矿坑进发。苏途四下望了望,到处都是被挖开的山体,到处都是卡车和各种机械,穿着橘黄色工作服的矿工像蚂蚁,在蠕动着。但是更远处,他又看见了那种嫩黄的绿。他以为自己看错了,揉揉眼睛再看,那些没有被挖掘的山坡,确实笼罩着一层嫩绿,像浓雾下的南方茶园。

绿雾下,有一片灰灰白白的房子,依地势散落,应该就是司机说的矿工生活区。他迈步向那里走去,心里有种奇怪的感觉,仿佛自己走在遥远的月亮上。他对即将面临的生活没有什么明确的期待,但陌生感本身还是让他有点激动。他心里暗暗想,在这里,外人绝对不可能找到自己。

苏途就这样半情愿半糊涂地开始了他的矿山司机生涯。他先是跟之前搭车的司机跑了三天车,熟悉了从矿山到选厂的道路和工作流程,很快就自己出车了。两百多公里的路,算不上长途,司机不需要倒班,大家都是各自跑。有的人为了多赚点钱,早起晚归,每天能比其他人多跑一趟车。

第一次开大车,苏途坐在驾驶室,手死死攥着方向盘,因为路不平,汽车载重又大,每辆车都超载,方向盘不使劲,车轮就打滑。才开一个多小时,两个胳膊就开始酸痛,这活儿比他想象的更累人。这种累和流水线上的累不一样,它折腾的是身体。等晚上交了车,去小饭店吃一碗羊肉面或者炖酸菜,喝一瓶赤峰啤酒,往宿舍的床上一倒,几秒钟就能睡过去，一觉无梦到天亮。

一切还好，他只是不太适应北方气候的干燥，特别是矿区的暖气，一直烧到清明节。晚上入睡的时候，他把还滴水的衣服搭在暖气片上给空气加湿，但还是常常让干燥弄得半夜醒来，喝一大茶缸子凉茶也不行。他的鼻子开始隔三岔五流鼻血。每次用卫生纸把鼻孔塞住，不习惯地用嘴呼吸时，他总是想起南方潮湿的空气，想起吸进口腔和鼻腔里带着水珠的空气。

他很快对这份工作熟络起来，路上也放松了，透过车窗，他眼看着青草冒芽、长高，梨花也打了花苞。他初来时那一片灰突突的大地，几乎是一夜之间就变得青绿起来，初春的绿永远是嫩绿，像是婴儿。风吹在身上，有一种说不出来的舒服，苏途开爽了的时候，会把驾驶室两边的窗子都摇下，让暖洋洋的风吹他。在南方，他可从来没体验过这种感受。现在，他唯一需要提防的，就是村路上突然跑出来的一只鸡或一头驴。苏途前几天就轧死了一只鸡。他开车过一个村子，一群鸡从院子里叽叽喳喳跑出来，他猛打方向盘躲，还是有只鸡被后轮轧断了脖子。苏途停下车，看着车轮上的血迹、鸡毛，还有地上没有头的鸡，胃里一阵恶心。他愣愣地在那儿站了半天，直到院子里出来一个女人，叫嚷着让他赔钱。多少钱？他问。女人说，给五十块钱，鸡他可以拎走。苏途给了她钱，但是没有要那只鸡。它的血让他想起疤癞脸胸口的血。

他回到矿上，跟韩大哥他们说起这事，他们都笑话他傻脑壳。韩大哥说，轧死只鸡鸭太正常了，你这孩子死脑筋。轧死了拎上车就走，回来炖一锅吃，你竟然还站在那里等人来找，竟然还给人钱，给了钱竟然还不拿鸡。他讪讪地笑一下，说，我们那儿老人说，吃轧死的东西不吉利。韩大哥说，死就是死，有什么吉利不吉利。他不太懂韩大哥说的，但觉得他说这句话的时候面色有些凝重。后来他才知道，韩大哥他们常年下井，总是会见到各种各样的事故。有时候看电视上播某处矿难的新闻，他们都会停下手里的事，静静地看，旱烟卷烧到手指才惊觉，赶紧放到嘴边吸最后一口。苏途不理解，他们满可以回避这些压抑的新闻的。后来有一次，韩大哥拎着几张花花绿绿的保险宣传单来，问他这上面的具体项目到底咋回事，他才略略明白他的心事。那几张宣传单已经沾满了泥垢，显然放了好久了，他凭着自己并不确信的理解，一条一条地给韩大哥解释。韩大哥听完，叹口气说，一只鸡死了，值五十，一个人死了，有时候并不比鸡更值钱。

独怜幽草涧边生

不久之后，春汛就来了，今年的雨水似乎比往年多，竟然还发了一次洪水。他们常跑的那条路被水冲坏，一时半会儿修不好，只能绕路。这一绕就是一百多里地，平常一天能跑两个来回，这回紧赶慢赶也就一趟半。卸了车，他们就住在选矿厂旁的小旅店里，有时候甚至借住在半路的农民家。

他们绕的那条路，沿着木伦河的河岸，弯弯曲曲，经过一片半农半牧区。路上有一段，需要过木伦河，河两岸是浩尔吐村和海力图村。两个村子只隔着这条并不宽的河，但河西的浩尔吐村是牧区，属于红塔苏木，河东岸的海力图村是农区，属于大钟镇。海力图村虽然也养牛羊，但主要收入还是靠种田，小麦、黄豆、玉米。这里是木伦河河道最窄的地方，架着一座坚固的石桥，据说是多年前百诺铅锌矿修建的，那时还没有修公路，这是运送矿石的唯一路线。

前年，内蒙古政府推行了村村通计划，就是村村通水泥路、通电、通有线电视。水泥路修到了每家每户的门口，人们出行方便了很多，苏途他们跑车也方便了。

有一天晚上，苏途在选厂卸了矿石，看着天色还早，就想尽早赶回去，住下的话就要耽误半天。因为天色渐晚，路上人车稀少，他开得很快。快到木伦河桥的时候，迎面过来一辆绿色的三轮车，会车时他的车轮越过了水泥路面，轧在了沙石路边上。哪知道这条路的沙石都不瓷实，瞬间碎裂，整个车一下子就翻到了路沟里。幸好回矿山是空车，如果拉满了矿石，后果不堪设想。

水泥路的规划是十米宽，但是这里的旗长把一部分修路款挪用去盖政府办公楼了，路修好只剩下八米宽。两辆大车会车时，都得小心翼翼，以防剐蹭。苏途从驾驶室里爬出来，动动胳膊腿，好像除了一点擦伤，没什么大事。一转头，看见三轮车翻到了对面的路沟里，开车的也刚从车斗里爬出来，竟然是一个年轻女孩。

女孩也没受伤，冲过马路，指着苏途大声说，你怎么开车的啊？眼睛长到脚底板了？苏途一听，也火了，说，你还好意思说我？路就这么宽，你看看车辙，我要不是为了躲你，能掉到沟里吗？对方愣了一下，可能是听见苏途的南方普通话有点吃惊。她说，你……你胡搅蛮缠。苏途说，咱俩谁也别埋怨谁，都怪这破路，太窄了。女孩突然冲上来，苏途吓了一跳，以为她要打自己，赶紧躲。女孩说别动，用袖子在他脸颊上抹了一把，袖子成了红的。苏途蓦然感到脸上一阵火辣辣，原来被碎玻璃划了一道口子。女孩没说话，匆匆跑到对面翻倒的三轮车那儿，扯出一卷卫生纸，递给苏途。苏途胡乱抽了一段，捂住了脸，卫生纸瞬间被血浸红了。

月亮升起来，他看清了那辆三轮车，车头栽倒，车斗侧翻。让他意外的是，车斗和路沟里竟然是牛羊粪。他不明白，一个年轻女孩拉这些干什么？

女孩看他的脸还是在流血，又到三轮车那里，拿出了一包卫生纸，红着脸递给苏途，说，血止不住，你用这……这个吧。苏途接过来，心里想，我的脸流血，你脸红什么？等他拆开包装，才看出来，这一包是卫生巾。他浑身都像烧起来，仿佛血液都涌到了受伤的脸上。女孩突然抢过卫生巾，打开一条，给他贴在了脸上，然后哈哈大笑起来。

女孩说，你这车太大了，你得叫人帮你才能拖出来。我的三轮车小，要不咱俩试试，看能不能翻过来？

苏途点点头，说试试吧。我这车得打电话喊矿上的人来弄了。

他俩用光了全身的劲儿，才把三轮车车头扶正，又从矿石车上扯下铁锨，垫了半天土。女孩摇响了三轮车，坐在驾驶舱里，苏途在后面推，终于挪到了马路上。他们又一点一点把路沟里的牛羊粪装到车斗里。

女孩说，那我就先回去了。

苏途说，哦，好。他心里想，这人怎么这么不厚道，刚帮你把车弄出来，就丢下我一个人跑了。

他挥挥手。三轮车冒了一股烟，突突突开走了，留给他一片夜的黑影。眼前的水泥路在月光的照耀下，像一条白色的蛇，蜿蜒伸向不远处灯火渐起的村庄。

苏途坐在翻倒的车旁，又累又饿，驾驶室里除了半玻璃瓶子凉开水，什么都没有。矿里刚才回了电话，说工程车都派出去了，在抢修被雨水冲坏的路，等着其他拉矿石的车明天路过，再帮他把车拖出来。苏途知道自己今天回不去了。这时候是四月初，在南方老家已经特别暖和了，北方的白天也暖洋洋的，可太阳一落山，冷意仍然很足。还有风，这些风像是某些胆小的人，躲着白天的太阳，天一黑，都跑出来撒欢。风不大，吹在身上却像是洗冷水澡，一点一点地往骨头里渗。

苏途牙齿打战，歪在驾驶室里，迷迷糊糊，半睡半醒。他脑海里是那次元宵灯会红红绿绿的街，还有熙熙攘攘的人。他记得自己逃走时回了一次头，看见了一家店铺腾起的火光。火光越来越耀眼，直到他眼前一片空白。他睁开眼，确实有一束亮光，又被晃得迅速闭上眼。谁？那人没说话，晃了晃手电，光影浮动里，黑色的夜趁机进入他的瞳孔。

苏途从驾驶室里钻出来，终于看清就是刚才开三轮的女孩。

你怎么来了？

女孩扬了扬手里的一件羊皮大衣，说，我不来，你不冻死也得饿死。

苏途哼了一声，小声嘟哝说，算你还有良心。

怎么，不想穿啊？不想穿我拿回去了。女孩说着转身就走，苏途赶紧拉住她，抢过大衣披在身上，立刻就感到暖和多了。女孩胳膊上还挎着一个柳条编的筐，筐里摆着两只大碗，碗上用一层塑料薄膜覆着。苏途闻到了羊肉的味道，忙问，有吃的？女孩让他坐下，她把筐放下，撕开塑料膜，是一碗白面条和一碗羊肉汤。女孩把羊肉汤浇在面条上，又拿出筷子搅拌了一下，端给苏途。

苏途捧起大碗，挑起一筷子面条塞到嘴里，只一口就把他的眼泪吃出来了。掉眼泪，是因为感动，又冷又饿的时候有人给送来了羊肉面条，更是因为这面条太好吃了。他自小吃的都是南方的阳春面，细细的，汤汁也比较清淡。女孩端来的面条很粗，筋道，有一种纯粹的清香。羊肉汤里更是有大块的肉、鲜浓的汤，吃得满嘴都是香味。

苏途几分钟就把一大碗面吃个精光，胃部温暖后，浑身热乎起来。谢谢，他打着嗝说，谢谢，太感谢了。

女孩说，我本来想喊你去我家将就一晚上，但你的车在这里，也离不了人，只能做点饭给你送来。

苏途不知该说什么好，就抬手指了指天空说，看，今天的月亮真亮。北方的天空辽阔高远，深夜并不是纯粹的黑，而是一种特殊的蓝，尤其是有月亮的夜晚。月亮并不是满月，但因为空气好，特别明亮，几乎能看见里面的桂花树。

女孩说，你不是这里人吧？

嗯，南方，很南的南方。

女孩说，你叫什么？

我？苏途，江苏的苏，路途的途。你呢？

田晓，田地的田，春眠不觉晓的晓。

你赶紧回去吧，苏途说，很晚了，天又冷。

田晓没说话，突然捂住了肚子，龇牙咧嘴。

怎么了？苏途说，刚才翻车的时候伤着了？

田晓摇摇头，没事，浅表性胃炎，饮食一不规律就犯。有烟吗？

苏途摸了摸身上，摸出一个瘪烟盒，里面刚好还有两支烟。他递给田晓一支，自己也叼上一支，又掏出打火机，给她点着。

田晓深吸了一口，闭着眼沉默了几秒钟，像深呼吸那样吐出来。她整个人瞬间精神了些，说，我得走了，家里的鸡还没喂。你一个人没问题吧？

没事，我一个大男人，怕什么。苏途心里竟然生出一点依恋感，希望她能再陪自己一会儿，但这话他可说不出来。

田晓把碗筷装到筐里，说，再见，你自己小心啊。

她是骑电动车来的。几分钟后，她的身影和微弱的车灯消失在那条窄小的水泥路尽头。在月光下，这条弯弯曲曲的水泥路，变成了一条银鱼，浮游在大地和天空之间。苏途裹紧羊皮大衣，想，这个女孩真是有意思。带着暖意和好奇，这一次，他踏踏实实地睡着了。

草木知春不久归

田晓对着手机镜头说，亲爱的朋友们早上好，今天又是新的一天，蓝天白云，太阳明亮。晓晓绿色农场在这里给您请安啦。今天给大家看一下我们农场的土肥灌溉。熟悉农场的朋友一定都知道，晓晓从来不用任何化肥和农药，所有的肥都是土肥，也就是猪狗牛羊鸡的各种粪便发酵之后的肥料，天然有机，没有一点化学污染。

她一边说，一边举着手机向院子外走去。

在手机另一端的人们会看到，镜头晃来晃去，拍到了一个土粪坑，粪坑里堆满了黑褐色的土肥。

看看，看看，亲爱的朋友们，这就是我的农场里用的土肥了。这可不是简单的牛羊鸡鸭粪，这些肥料要堆在这里，等天气再暖和些，温度升高，它们就会发酵，动物粪便里那些植物、草、谷物等会变成非常有营养的有机肥。当然，我还会用锄头把它们全部翻一遍，好让肥料蓬松透气，这样空气中的氮气才能进入肥料里。希望大家此刻没有在吃早餐哦，来，我给大家翻一下看看。

说着，田晓把手机放在支架上，戴上塑胶手套，开始翻昨天才拉回来的牛羊粪。

镜头突然聚焦到一个黑色物体上，田晓拿起来，竟然是一个皮质的钱包，表面有明显的磨损痕迹，看来用了挺长时间了。她翻看了一下，里面掉出一张身份证，上面的名字是：苏途。苏途？田晓突然想起昨晚跟自己撞车的人，看来是他帮忙装车时，不小心把钱包掉在了粪堆里。

亲爱的，为了这点儿牛羊粪，晓晓我昨天差点出了车祸，跟一辆大卡车撞在了一起，惊险啊！不过一切都是为了咱们的绿色农场。好啦，今天的直播就到这里，请大家持续关注哦，我会让大家看见晓晓农场绿色农业的每一个环节。朋友们，再见。

晓晓关掉直播，正想着该怎么联系这个偶遇的陌生人，胃又疼起来。昨晚做的面，都让苏途吃了，她回来之后没再起火，只喝了杯热水，吃了几块饼干。早晨起来，又忙着今天的直播，还没吃早餐。她的胃时时刻刻提醒着她从北京回到老家的初衷。

就在一年多前，田晓还是中关村附近一家校外培训机构的金牌讲师。他们那个培训机构很大，但进入市场晚，所以主要项目不是最热的英语、奥数，而是这两年缓慢升温的作文教学。也是奇怪，之前语文是学生和家长最不重视的一个科目，这两年不但社会上各种公众号每天发文章，就连高校也是一个接着一个开创意写作课、作家班。一叶落而知天下秋，一草发而知春意发，嗅觉敏感的人总能从一点一滴的社会表征里闻到商机，闻到金钱的味道。

田晓大学中文系毕业，先在昌平的一所区重点学校教学，还要当班主任，每天累得臭死。中学里最难干的两个活儿，一个是班主任，第二个就是语文老师，问题是校长们又总是觉得语文老师天生适合当班主任，年轻语文老师就更是责无旁贷了。语文老师们有一句自嘲的话，叫上辈子杀了人，这辈子教语文。

这个机构是比她高几届的一个师兄开的，师兄在校友群里发了招聘信息。那天她被一个学生家长气到，去教务主任那里吐槽，教务主任却告诉她忍辱负重、息事宁人，这个家长是个什么什么局长，惹不起。她心里愤愤，撂下一句这活儿真不是人干的。然后就看到了师兄发的信息，马上跟师兄联系了一下。师兄当然喜欢她这样的一线教师，不谈不知道，一谈吓一跳，去校外教课，她一个月能赚以前半年的钱。虽然跟学校签的服务期限还有两年，但她真心等不及也干不动了，就去校长那里辞职。校长先是劝说，老师是人类灵魂的工程师，是蜡烛，是园丁。但田晓态度坚决，说你见过我们这么悲催的工程师吗？开学才三个月，我们语文组接到的各种乱七八糟和教学无关的任务、文件、表格就有两百多个。我也不当蜡烛当园丁，我就想干点物有所值的事，干吗老让我们奉献，你们咋不奉献呢？校长威胁她说，现在辞职，按协议她要赔偿学校五万块钱。她一咬牙，扔出一张银行卡，这两年攒下来的工资都在这里，赔。校长还说，你的档案可是在市教育局，没有学校同意，你拿不走。她被逼急了，说，那我也得走，我铁了心了。你如果压着，我就去网上给你爆学校的料。任凭校长软硬兼施，她是纹丝不动，最后，她赔了两万块钱"赎身"。

跟校长辞别那天，她最后说，何校长，我当老师的时间不长，但给您提一个真心的建议：学校最重要的就是教学，不能让什么德育、教务各种行政部门整天使唤一线老师，你得让老师们把时间和精力花在备课和上课上。校长说，学校的大门始终向你敞开，欢迎你随时回来。田晓挥挥手说，人不能两次踏入同一条河流。

田晓只用了半年时间，就成了培训机构的金牌老师。每次看着家长发到群里的孩子们作文进步的消息，还有新年之类的节日时，孩子们发来的自己写的祝福，当然更是看着银行卡里不断增长的存款数字时，她都觉得自己这一步真是走对了。按她的规划，再干两年，完全可以在北京五环外买一个小房子，那时候，眼看满三十岁，找个人嫁了，生儿育女，相夫教子。

只是，她的计划被一个狂欢的夜晚彻底改变。

学期末，一切工作结束，全公司的人去郊区团建。老总比较大方，他们住的是一个庄园，伙食好，还有各种健身、游泳、打牌的地方，大家能狂欢三天两夜。第二天晚上，她们几个女同事吃腻了饭店里的自助和桌餐，竟然半夜躲在宾馆里就着辣鸭脖煮泡面。吃完不到十分钟，田晓就胃疼得浑身直冒汗。本来很多同事开车来的，可都喝了酒，没法送她去医院。打120，赶过来也要很久。情急之下，老总找到饭店协调，他们派了一个司机，又跟了人力资源的一个同事，把她送到了昌平医院。胃穿孔，住了半个月院，打了一周营养液，喝了一周的小米粥。

出院后，田晓发现自己似乎一夜之间变成婴儿了，吃东西得特别谨慎，凉一点，热一点，酸一点，辣一点，胃都会有反应。住院期间，她妈过来照顾了她一段时间，带了一些老家的小米。每天她就只喝小米粥，连咸菜都不敢多吃。后来，她自己在超市里买了小米再煮，吃了胃还是会有反应，一阵阵抽搐。她知道这不科学，可能就是一种心理后遗症。

住院那几天，同病房有一个姐姐，只比她大四五岁，胃癌，切除了三分之二的胃才活下来。姐姐跟她说，当你的身体提醒你的时候，就是该做出改变的时候了，否则它就会用更猛烈的方式来报复你。我现在最后悔的就是没在两年前好好调整生活状态。

田晓看着病房雪白的天花板，心里想，自己是不是不能再这样生活下去了？只是要放弃眼下的一切，真的需要足够的决心才行。就在这种犹犹豫豫里，她学会了吸烟。她知道吸烟对自己的胃没有好处，但有根烟夹在手指间的感觉，让她多了种依靠感。她一边想象自己可以做什么改变，一边吞云吐雾。

有一天，在厨房里熬粥的时候，她看着锅里翻滚的金色的小米，忽然想自己也许可以回老家去，就种这种纯天然的粮食。她早就在生活中感觉到了，越来越多的人希望吃到绿色食物，超市货架上那些打了"纯天然"标签的蔬菜和粮食，都比其他同类产品贵一倍以上，但依然能卖出去。这就说明，市场巨大，前景可期。

想到这里，田晓有点小小的激动，她觉得自己终于知道该做什么了。田晓多年养成的利落劲，让她快速地在网上做了前期功课，网店怎么开，物流怎么走，人们最渴望买哪种粮食，心里都大致有了谱。她从北京回去的时候，带着一整份四五十页的项目计划书，几乎把自己能想到的所有情况，都做了预案。

晴日暖风生麦气

第二天一早，从选厂返回来的一辆车经过，帮苏途把卡车牵引到路面上。幸好除了挡风玻璃碎了，别的地方都没坏，他在越来越暖的春风中，把车开回了矿里。

因为这次翻车事故，苏途被扣了半个月的工资。这倒没什么，他更担心的是自己的钱包丢了,而钱包里有身份证。这个很麻烦,如果被人捡到交给警察,警察随便上网核实一下,就可能发现他是一个"逃犯"。他也没办法补办身份证,那得回老家,去派出所,等于自投罗网。

他用小卖部的公用电话给以前的工友打了个电话,他们本来商量好,没有特殊情况,绝不联系。工友告诉他一个好消息:其实警察并没有通缉他们,疤瘌脸已经痊愈出院,而火灾后来被定性为意外事故,承担责任的是当地一家商店的负责人,他违规私拉电线,占用了公共线路。苏途心里放松下来,开始犹豫要不要回南方,他留在这里的理由似乎一下子消失了。

他去找韩大哥讨主意,韩大哥说我没啥主意,就是觉得北方的冬天你都熬过了,开春暖和了却跑了,不合算。他想想也是,就说,我现在也不能开车了。韩大哥说,你没有别的技术,开不了车,想在矿上混口饭,只能下井。一听下井,他就头皮发麻。他有幽闭恐惧症,小时候玩捉迷藏,都不敢整个人藏在被子里,下到几百米深的矿井里还不得要了他的命。他摇头,说自己下不了。韩大哥说,你试试。这里的矿工,一开始都不敢下井,可下了几次就习惯了。

苏途想了想,说,那试试吧。

下井那天,韩大哥亲自带着他,坐着摇摇晃晃的升降机,吱吱呀呀往地底下沉。苏途的两条腿像煮过头的面条一样,根本站不直,气喘得特别长。升降机那么吵,他都能听见自己的心跳,其实不是听见,是感觉得到胸膛里跳得怦怦怦的,好像一个巨人在那里拍皮球。等升降机终于在井道停下,苏途拽着韩大哥说,我……我不行了。韩大哥拿手电对着他照了照,发现他的脸白得像张纸,嘴唇却是紫茄子样,叹口气说,真是完犊子。韩大哥挥了挥手,升降机又升了上去。

苏途在宿舍的床上躺了一天,他没想到自己真这么完蛋。还有更丢人的,韩大哥和工友不知道,在矿井里,他尿裤子了。当初把人捅了,他都没有这么害怕过。升降机嘎吱嘎吱的声音始终在他耳畔回旋，幽深窄小的矿井坑没有尽头，几乎能直接走到地心去。整个过程中，他脑子里一直有一个画面，就是通向地面的道路被突然封堵住了，他再也回不去了。

晚上，韩大哥拎着一小桶散装白酒、两个猪蹄、一包花生米来找他，说给他压压惊。苏途说，真丢人。韩大哥说，没啥，你天生就不是吃这碗饭的料，不下井更好，跟我一样天天下井，说不定哪天就被埋在里面了。韩大哥喝了一大口酒，眼神里有着他从未见过的伤感。他听说了，旁边一个矿井里，昨天塌方，埋了三个人，救出两个重伤，另一个根本没挖出来，永远躺在矿山下了。

天无绝人之路，别想这些了，喝酒。两个人就着猪蹄子花生米，喝了两斤白酒。才几个月的时间，苏途没想到自己已经适应了这种散装的高度白酒，不再轻易醉掉了。最初，下班之后累了，他都是喝一两瓶啤酒，但很快就觉得啤酒不给劲儿了，慢慢跟周围的人一样，改喝白酒。他渐渐喜欢上了把一团火灌进肚子里，然后等着它把全身的血液都点燃的感觉。

韩大哥说，要不到镇子去看看有什么活儿？苏途说，没事，你忙你的，我在这儿转悠几天，看看能不能干点小买卖，我还不想这么灰头土脸地回南方。韩大哥说，行吧，你年轻，脑子活泛，说不定能琢磨出什么发财之道。

苏途在矿区转了两天，没发现什么可干的事。他蹲在一堆矿石上，随手捡起块石头扔到远处，那块矿石瞬间就消失在矿石山中。他突然想起田晓来。现在没事，不如去看看她，那件羊皮大氅还没还给人家。虽然不太清楚她具体在哪个村子，但肯定离撞车的地方不远。

他搭了一辆车到木伦河桥附近，打听来打听去，问出田晓就住在河东岸的海力图村。村人说，你要找那个女疯子？疯子？苏途不解。可不是疯子吗，放着北京一年几十万的钱不挣，跑回农村来种地，还不是疯子？她爹都快被她气死了。

还真是个城里人。苏途心里想，放着大城市办公室的工作不干，跑回这里来种地，确实够奇怪的。她还是从北京来的，乔薇也在北京，不晓得她们会不会见过。苏途转瞬就被自己的想法逗笑了。

苏途找到田晓时，她正在给麦田浇水。这地方不像南方，水多，而且到处打了井。这里只有一条木伦河，从西北边的雪山上流下来，上游有个小水库，秋天蓄水，冬天冰冻三尺，开春时冰化了，河里的水才大起来。这条河前前后后路过七八个村子，每个村子都得浇地，水流到海力图这儿，量就小了。如果上游的村民心坏，悄悄把河道堵上一多半，这边就只能看见毛线细的一条溪水了。为了抢水浇地，田晓凌晨三点多就穿了水鞋雨衣去排队。天透亮的时候，眼看着排到自己了，胃又疼起来，她喝了点保温杯里的小米粥，吃了两片止痛片，扛着铁锹下了田。水量不大，水势又弱，她得随时跑着挖挖这儿、垒垒那儿，好让每一滴水都能蓄在自己的几亩地里，好让每一粒土都浸透春水。去年的麦田，就因为吃水不透，麦子长势比旁边地里的矮半头，当然也是因为人家上了化肥，她上的土肥。去年的土肥也没沤透，肥力不足。看来什么东西都得透了才行。

尽管穿着水鞋，可踩在泥水里，还是觉得腿脚一片冰凉。麦田土的黏性大，站一会儿再往外拔脚，要费好大力气。田晓累得气喘吁吁。她浇得细致，排着下一家的人不干了，觉得她太耽误时间，跟她嚷起来。就这会儿，她感到脚底下一凉，水鞋被一块碎玻璃划破，进了水，整个右脚渐渐冰麻，她一屁股坐到了泥水坑里。

她挣扎着站起时，看到了田埂上一脸惊诧的苏途。

你怎么来了？

我……苏途说不出自己为什么来，我……路过。

田晓笑一下说，路过你还带着我的羊皮大氅？不真诚。

苏途脸腾地红了。

田晓往前走，不想脚出来了水鞋没出来，又一屁股坐到地上。苏途赶忙过去扶她，田晓没扶起来，自己也摔倒了，两个人一脸泥水，看着彼此，哈哈大笑。他们终于互相搀扶着站起来，田晓说，快，那边跑水了。苏途拎了铁锹跑过去，堵住跑水的田埂。他的运动鞋浸透了水，脚丫子像两块冬天的铁砣，又麻又沉，可他心里却生出一种欢快感，自打逃亡以来，他还从未这么畅快过。在南方的时候，他经常跟伙伴们下河游水，但是从未有过在北方的浅水里这种感觉。可能不是因为水，是因为田晓。真奇怪，在她头发和脸上沾了泥点的时候，他才真正看清她的模样。田晓的皮肤有点黑，像这个地方大多数人一样，但又比当地的妇女白些，也细腻些。她的眼睛好看，有一种倔强和凌厉，一看就是个很果断的人。

终于把五亩麦田浇透了，两个人的裤子已经湿到了膝盖，脚几乎冰得全无知觉，凭着本能才走回田晓家。

田晓给苏途打了一盆热水，让他洗洗脚，她自己则躲到了简易的卫生间里。苏途能听见里面哗哗的撩水声，猜测她可能在洗澡。这地方可没有热水器，也没有浴霸，她怎么洗的澡？

苏途趿拉着一双粉红的女士拖鞋，到院子里转了转，看到了两个大园子。园子里一畦一畦的菜畦，有的已经冒出了细小的嫩芽，更多的是耙得细细的土，正等着播种。他又想起老家。在南方，人们总是随意在房前屋后撒一些菜籽，用不了一个月，那些蔬菜都会长得能掐来吃。菜畦旁立着小牌子，写着：茄子、青椒、黄瓜、小白菜，有十几种之多。

田晓在门口招呼他，苏途。

他回头，看到她换了一身衣服，头发还在滴水。她一边擦头发一边说，没时间做饭，我半夜出门的时候，电饭煲里熬了小米粥，喝点粥吧。

苏途点点头。

他们坐在堂屋的方桌旁，就着一碟咸菜喝粥。苏途喝了一口就惊呼，哇，这粥真香，能喝出粮食本来的味道。

田晓说，是吧？我就是要种出这种天然的粮食来。如果是你，你会买的吧？

我？苏途说，应该会吧。其实他心里想，自己现在连工作都没有了，即便有，能是去挑拣什么天然食品不天然食品的人吗？

一边吃，田晓一边告诉他，自己找朋友建了一个小网站，全程直播粮食和蔬菜的种植，等种子全部种下去，她就会开始在网上预售。他看了她的网站，很简单。还看了她在网上开的直播号，粉丝还不少，有几万人，很多人留言说，一定会买她的产品。

你真厉害，敢辞掉工作自己创业。苏途由衷地赞叹。

田晓说，其实不是勇敢，反而是害怕，害怕自己陷在无休无止的工作中，然后身体垮掉了。

苏途的粥见了底，田晓连忙又给他盛了一碗。

你呢？还拉矿石吗？田晓递给他，问。

苏途摇摇头，那次翻了车，矿里不让干了，现在没事，瞎转悠，不知道干点啥好。如果没什么可做的，我打算还回南方老家去找活儿。

田晓说，时兴啥干啥呗。像我这个绿色农产品，搁前几年肯定不行，现在物流发达了，大家都注重吃得营养健康了，才可能有市场。就是有一点麻烦：村子还是太偏，在网上买点东西，都只能送到镇子上，我过段时间再去取，或者找人给捎回来。将来我的产品如果往外寄，也是个麻烦事。

快递只能到大钟镇？

嗯，还只有有限的几个快递公司。现在我最愁的就是这个，好多东西发不出去，我在网上买一些东西，也要不时地跑到镇子里去取，麻烦得要命。

苏途脑子里有道光闪过，他兴奋地说，你说我干快递咋样？

快递？那都是大公司，你一个人怎么干？

不是，我是说，我当个中转，到镇上去拿快递，然后送到各个村子去，大包裹一个一块钱，小包裹一个五毛钱。

田晓愣了一下，想了想说，还真行，每天能挣一百块钱。可你拿啥跑？

苏途一下泄了气。他总不能走着去，要做快递中转，至少得有辆车。

田晓说，要不这样，你先开我的三轮车，等你筹到钱，自己买一辆二手皮卡，也就一万多。条件嘛，一是得免费给我送快递，二就是有啥重活你也得帮我搭个手。我爸妈年纪大了，他们也不赞成我干这个，不愿意帮我。

行行行，苏途赶忙答应，我一会儿就回去让韩大哥帮忙问问有没有二手车，他认识的人多。我自己有点儿钱，再跟他借点，买辆二手车不难。哎呀，我突然觉得自己发现了一个大商机，不是，是你提醒了我一个大商机。我在广州打工的时候，光我们一个厂，每天就有上千个快递，最近我胡乱转，看到农村的快递也越来越多了。

你还在广州待过啊？

待过几年，也不是城里啦，就是在城边的工厂里打工嘛。

我听你口音也不是北方人，咋跑到内蒙古来了？在我的印象里，来我们这边的南方人不是倒爷就是人贩子，真是很少有南方人来这儿打工。

苏途干咳了一声，说，读万卷书，行万里路嘛，祖国大好河山，走走看看。

田晓笑了，没再追问下去。

喝完粥，苏途说，我不能白吃饭，帮你刷碗吧。

田晓摁住他说，这活儿哪是男同志干的，我给你看样东西。

啥？

田晓掏出一个钱包，说，眼熟不？

苏途一看，正是自己的，说，怎么在你这儿？我还以为再也找不见了。

田晓说，我捡的。本来想今天还给你，不过你既然要借我的三轮车，身份证就押在这儿吧，银行卡给你。

苏途接过她递过来的银行卡，说，行，那我走了，你可得在村里帮我宣传宣传，就说以后这片的快递都是我帮忙取了，然后寄的也是我送到镇上。

苏途到院子里，摇了半天，才把三轮车摇响。

田晓问，你会开吗？

他坐上去摆弄摆弄，说，没事，天下的车都一个样，摆弄几下就可以了。

田晓说，你等会儿。她转身回了屋，拎了一瓶酒出来，递给苏途。

啥意思？苏途问。

我又不喝酒，我爸高血压也不喝，给你吧。

苏途拿着酒瓶看了看，嘀，宁城老窖，好酒啊。

他给车加油门，三轮车突突突开动。但这种车的方向全靠车把调整，不像汽车那样有方向盘，车把又跟后面的车斗之间形成张力，劲儿一大了，车就要翻。苏途开得左右乱晃，差一点撞到田晓院子的土墙。出了一身大汗，苏途终于把三轮车开出了院子，行驶到了村道上。他没敢回头，他知道田晓肯定一直在看着自己。

绿荫幽草胜花时

事情既比想象的顺利，又比想象的困难。

苏途的想法得到了韩大哥的支持，他愿意借给他钱，也会帮他打听谁卖二手皮卡。韩大哥说，但凡有其他出路，就别下井挖矿，这不是人干的营生。在矿山这种地方，二手车还是挺多的，就看价格是否合适。很快就有了卖家，韩大哥领着他去看车，谈来谈去，价钱差五百没谈拢。韩大哥说别急，你先开着三轮跑，皮卡咱们慢慢挑。让苏途感到困难的是，咋让十里八乡的人都相信他。他毕竟是个外地人，要做的事又是没先例的。矿上倒没问题，他在这儿干过，海力图村也没问题，田晓能给他担保，但就在跟海力图村一河之隔的浩尔吐，他却遇到了阻碍。

这个村只有十几户牧民，其他人都好说，他们很少从网上买东西，也很少寄快递，要寄就骑马到乡里的邮局，觉得绿皮包裹才有保障。苏途来说代收代送快递的事，他们用半通不通的汉语嗯嗯哈哈点着头，心里没当回事。因为跟汉人挨着住，牧民们都会点汉语，但又都不太精通，只有老酒鬼巴塔说得溜，比汉人还汉人。他整天酒瓶子不离手，不过喝醉了不耍酒疯也不瞎闹，就是躺在自己的马槽里睡觉，要么就骑在墙头上唱曲子。

老巴塔稀罕马，觉得马比人亲，再生个子的马到他手里都能服服帖帖，所以牧民们也服他。有汉人和牧民进行牛羊交易，都找他做中间人，他能估出牛羊的好坏，说一个价，双方就都不还价了。好多大牤牛，看着膘肥体壮，巴塔说，这牛有病。果不其然，不到一个月，牛死了。原来是在草原上吃草的时候，误食了手机电池，电池里的矿物质把胃给腐蚀了，外面看不出来，等溃疡扩散成穿孔，已经回天无力。死了的牛剥皮剔肉，老巴塔拿了一挂牛下水，还有那块锈迹斑斑的手机电池，伤心地说，多好的一头牛啊，就让这么个小东西给害了。他再去草原上的时候，看见各种废电池、破手机、快递的塑料包装袋，就捡起来，可这些东西越捡反而越多。

老巴塔不愿意让苏途收寄东西，一是因为他是个南方人，汉语说得还没他这个内蒙古人好，听着像骗子。他对南方人有意见，他儿媳妇就是南方人，结婚后跟着儿子回来一趟，嫌弃这里脏乱，跟他闹了别扭，后来儿子和孩子再没回来过。还有就是，整个牧民村，只有他经常收到包裹，据说是那个不敢回家的儿子定期寄来孝敬他的。他自己有马，用不着别人代取。

苏途被老巴塔养的那条狗追出了院子。他捡起几块石头打狗，有一块打在了狗头上，狗疼得打了几个转，龇着牙叫唤。见狗被打，老巴塔身上的袍子还没穿好，就从院子里蹿出来，手里还握着马鞭。老巴塔手一挥，马鞭在空中打了一个响亮的鞭哨。苏途赶紧逃走了。

苏途的代收代寄业务，磕磕绊绊地开展起来了。第一个星期免费，为的是跟人混个脸熟，摸清楚这几个村子的情况。算下来，东西最多的还是田晓家，她买了各种绿植和花。苏途开着三轮车给她送过去，有点不解。田晓说，我在网上全程直播绿色农业，人家每天上网来看，可整天看庄稼蔬菜，肯定会审美疲劳，我得把院子弄得漂亮点，种些花花草草。苏途说，你可真会整事。田晓说，你的南方口音都快没了，一嘴大碴子味。苏途说，我这都是为了事业。

田晓留苏途吃晚饭，苏途说来不及，他还得去西沟村送东西。镇上代收点的老板说，这个快递是救命药，西沟有一个老人马上要断药了，必须赶紧送过去。田晓就从碗橱子里找了两个剩包子，又给他的杯子灌满水，一并递给他。苏途接过来说，谢谢。田晓一笑，说，你是十里八乡唯一一个说谢谢的人。

她还保留着在北京养成的习惯，每天在朋友圈里转发各种新闻，哪儿又有非洲猪瘟啦，某地的幼儿园又虐待儿童啦，多少年前的案子是个冤案啦……这些跟她没半毛钱关系，可她得靠这些维持住自己和原来的世界的联系。这么说吧，她辞了城里的工作跑回来种田，是那次生病改变的，又不全是，也包含着某种反抗原来生活的冲动。她需要不断寻找各种理由来说服自己，来证明这个决定是对的，她得自我催眠。乡下比城市更好的地方就是安静，最让人难熬的也是安静，每当夜深，狗都睡了，她还醒着。过度的安静让她耳朵里生出一种嗡嗡声，这种感觉在城里从未有过。城里永远不缺少声音，哪怕是凌晨三点钟，你也能听见小区里宿醉的人在喊叫，还有夜归的刹车声。现在她只能听见嗡嗡的耳鸣和心脏怦怦跳动的声音，除此之外，就是黑色的寂静。

或许，这就是她莫名对苏途感到亲切的原因，她觉得他和自己某些地方有点像。他们都是善良的普通人，都想做点事，这事不是什么宏图大业，但也不是光吃饱了饭为算。她觉得世界上大多数人都是这样的，但大家从来不承认这一点，中国人都是走三步退一步，这样才安全。她不，她想走三步就三步，不到万不得已绝对不退。尽管，这么多年的摸爬滚打让她干任何事都会给自己留一步退路。

他们互加了微信之后，她想翻看一下他以前的生活，但他朋友圈里什么都没有。她想起他的身份证，找出来，对着名字和上面的地址在网上搜，还真让她搜到不少信息。

他比她小四岁，生于九十年代初，天蝎座，老家在南方的一个小镇。有一条河穿过镇子，河上是典型的南方石桥。她想，他小时候一定经常从这里跑过。她还找到一张他初中的照片，是在一个网站里，他初中同学发的。那时候他还没发育，个头小，但脸型和现在没任何区别。她也偶尔会想，我是不是有点喜欢上他了？再想呢，又似乎不是，她只是想找个朋友，而不是男朋友，更不是老公。那，他是不是有点喜欢我呢？也说不准。

她又看看手机屏幕自拍框里的自己，一个典型的三十多岁女人的模样，不难看，在老家这种地方甚至可以说是个美女。前两年，爸妈当然跟所有的爸妈一样，时不时地催婚，说人差不多就行，关键是能让你在北京站住脚。哪承想，田晓不但没扎根北京，还扔了工作跑回来种地。她跟父亲摊牌说这事那天，老爷子一口假牙，愣是把抽了几十年的烟袋嘴给咬断了，断口处黑黄的烟袋油渍涂了满嘴。他忍着没当场发火，差点憋出心脏病。等田晓出去，老人才把憋着的那口气吐出来，跟她妈说，这孩子，怕是脑子出问题了。她妈皱着鸡皮样的脸说，那咋办呢？老头说，先让她折腾两天，不行，你就得请孙大娘来给念叨念叨。

田晓照常吃喝拉撒，看不出有啥病，每天还挺忙，打电话、弄电脑。她花了好几千块装上了网线，然后就开始收拾门前的两个园子，把原来堆的乱七八糟的东西全都清理了，土翻了一遍，耙碎了，浇水。还有村子前头最好的几亩地，不让父亲种大豆，说她要留着种麦子。接着自学开三轮车，去镇里的改良站买种子，去牧民家里买牛羊粪沤肥。

折腾了半个月，她爸跟她妈说，去请孙大娘吧，我看不是脑子的问题，可能是碰着啥邪性物了。她妈说，要碰见也是在城里，孙大娘一个乡下的大神，能管得了城里的事？他爹说，管不管的先来一趟再说，哪儿的小鬼不怕神？她娘就去西沟村请方圆几十里最有名的大神孙大娘。

孙大娘其实不是什么大娘，也才五十多岁，一辈子没嫁人。二十多岁时，据说有一天睡觉起来，就狐仙上身了。她跟人说，她是个仙体，不能嫁凡人，嫁给谁就是害谁，她这辈子天生就是要帮助人的。人们都信她。有治不了的病，就找她去下仙。她下完仙，有的人死了，有的又活了好几年。死了的，自认命不好；活着的就说灵验。

孙大娘给田晓下仙的时候，田晓很配合。她琢磨着，一是得了了父母的心病，再者自己要在老家做这个，怎么也得入乡随俗，不能拿城里那套来办事。孙大娘一通念叨，又是公鸡血又是手指头粗的香烧的灰撒了一屋地，完了悄悄跟田晓说，丫头，大娘知道你不信这个，但你爸妈信。你给我五百块钱，我一定让他们不再找你麻烦。田晓掏了掏衣服兜，找出两百多，孙大娘却把手机拿出来说，扫码也行。田晓给她微信又转了三百，说，你们仙界也用这个？大娘说，我们也得与时俱进嘛。

孙大娘跟爸妈说，田晓在城里确实碰见不该碰的东西了，但没大事，她回来得正好，只要在老家这里待上几年，不好的东西就会被地吸收干净了，再往后她就一帆风顺。老头老太太半信半疑，但既然孙大娘说了，也就认了，从此再不管她的事。

田晓的农场这才开起来。她的计划书修修改改，每天都会面临新问题：网速太慢，直播老是卡；想找没有经过改良的非转基因种子，可到处都买不到；种田的技术按说最简单了，但等她去向村里的农民请教，他们却说不出所以然来，都只会讲：就是这样的嘛，凭经验就知道，可她没有这么多经验。她一样样克服，一样样解决，这种集中精神过关斩将的感觉让她获得了成就感。她想起自己在北京的课堂上跟孩子们讲的课文：不积跬步，无以至千里。她觉得自己就算用脚尖走，只要不停下来，也能走到目的地。

麦花雪白菜花稀

木伦河已经很多年没有这么大的水了，因为这里已经很多年没有这么大的雨了。

大雨下了四天四夜，常年干燥的北方大地和很能蓄水的草地，已经被浸透。许多山坡踩一脚，土坑就会汩汩往外冒水，好像整座山是一个灌满了水的气球。山杏树露出了树根，疤疤癞癞，倒是那些最细小的根须，仍紧紧地抓着小块的石头，才让整棵树不被水冲走。

河水漫过了河岸，继而漫过了人们连夜垒起来的防洪堤，附近的农田全都被淹，绿色的庄稼泡在浑黄的泥水里，看着让人心疼。田晓的五亩麦田虽然离木伦河有段距离，但地势比较低，现在也是半尺深的水，而麦苗只比水高了几厘米。好在这里的水是慢慢积蓄起来的，麦苗还勉强挺着身子没倒。她急得起了一嘴火泡，整天泡在地里疏导水，可她哪有天上的雨快啊！

节令刚进农历五月份,她的菜园子里下来了黄瓜和青椒,黄瓜脆甜,青椒香辣,但在网上卖得一般,因为量小,也不太方便远途运输。就算有想要的网友,也犯不着从这么老远的地方买几根黄瓜,运费是菜价的好几倍。不过田晓找到了买主——镇上新开的一家西餐厅,他们主打的就是绿色有机招牌。不知道从哪一天开始,大钟镇上的饭馆悄悄地更新了。之前,这里大都是一些馅饼店、面馆、汤饺馆、羊肉馆,后来有了火锅、烧烤,再然后有了过桥米线和沙县小吃。也就是全国人民都用上智能手机,快递开始从城市向农村蔓延的这两年,大钟镇又开起了自助餐厅、海鲜餐厅,接着也就有了西餐厅。人们不但很少再喝散装白酒,甚至开始喝红酒了。这些变化跟田里的麦子一样,春天种下去,一晃眼就冒了芽,再一晃眼就是两拃高的青苗了。

苏途的代收代寄业务开展得不错,一个月后就把三轮还给了田晓,自己开着二手皮卡跑活儿了。就连当初放狗咬他的老巴塔,也跟他成了好朋友,但凡杀羊炖肉,总招呼他去吃。有段时间,附近几个村的代收代寄都拿下,只剩下老巴塔时,他去找了一次田晓。他问田晓,怎么才能把老巴塔拿下?

田晓一边在院子里侍弄蔬菜,一边跟苏途说,他就是爱喝个酒,你去跟他喝,只要喝好了,肯定就成了。苏途说,这么简单?田晓说,蒙古族都是直性子、真性情,我听我爸说,老巴塔年轻的时候养马,爱惜马比爱惜自己还厉害。有一年,有匹马让狼掏了肚子,搁别人就不要这马了,但老巴塔竟然找了一辆车,把那匹血肉模糊的马拉回家里来,让它一定死在自己的马圈里。苏途一阵唏嘘,说,没想到。

傍晚的时候,太阳落下西山,可光芒仍在人间。苏途拎着两瓶六十度的老白干、一包花生米、几条风干牛肉去找老巴塔。老巴塔看在酒的分儿上,把狗拴起来,让他进了屋。两人就着花生米和风干牛肉,把两瓶酒喝见了底。这一天之后,老巴塔虽然还是不用他代收东西,但两个人成了酒友。

老巴塔跟苏途吐槽自己的儿子儿媳妇,说他们已经好几年没回家了。他用智能手机,全都是被逼的:他想看孙子,又去不了城里,只能跟孙子视频。老巴塔说,我老婆死得早,儿子自小没妈,长大了就容易是个妻管严,我不怪他。他也经常给我寄这个寄那个,不信你去村里打听打听,我每个月都能收到儿子寄来的吃的用的。每个月总有几天,两个村的人们都会看见老巴塔穿上他那件蓝色的蒙古袍,骑上他那匹高头大马,马蹄急急地去镇子上。他的快递,从来都是自己拿,他炫耀般地带着大包小裹,骑着马慢悠悠地过木伦河桥。

但是没人知道,老巴塔的这一切,都是在演戏。

苏途也是无意中撞破的。有一次,他在镇上快递点库房里找一个压了好几天的包裹,听见进来个人,跟快递员说事。再一细听,竟然是老巴塔,刚要出去打个招呼,就听见老巴塔说,这事千万不能让苏途知道。苏途赶紧停住脚。等老巴塔走了,他问快递员刚才是不是巴塔。快递员打哈哈说,不是,一个寄快递的。苏途说,我刚才翻出一个快递来,就是他老人家的,没必要让他再跑一趟,我给他捎回去。快递员犹豫了一下,答应了。

苏途载着东西,最后回到牧民村。进老巴塔家的时候,他习惯性地瞅了一眼快递上的单子,忽然发现,发件人的手机号跟收件人是一样的。苏途进屋时,老巴塔正在捣鼓手机找信号。他把快递给老巴塔,老巴塔看了,惊了一下,说咋在你这儿?苏途说他翻积压的包裹偶然看见的,就帮他带回来了。老巴塔说了句受累了,就往外送苏途。苏途靠着门框不走,颠了颠中午买的一挂羊盘肠,说,老巴塔,我听说做这玩意,就你手艺最好,我这儿还有一瓶好酒,咱俩整点不?老巴塔看见盘肠和宁城老窖，吧嗒吧嗒嘴，他好这口，馋虫勾得他忘了快递的事。

一个小时后，老巴塔把盘肠端上桌，苏途给俩玻璃杯倒满了酒，端起一杯递给他。老巴塔说，不急，你先尝尝盘肠咋样。苏途夹了一筷子塞嘴里，吃得满嘴油，盘肠带着轻微的羊膻味儿，但不腻不冲，香。老巴塔也吃，边吃边说，羊身上都是宝，但这个是宝中宝。吃盘肠，喝烧酒，喝着喝着把老巴塔喝多了。

苏途问他，老巴塔，你就不想你儿子孙子？

老巴塔说，想啊，咋不想呢。

那你咋不去找他们？

远，太远了。

现在交通方便得很，我可以帮你在网上订票。

老巴塔仰脖干了一杯酒，就不说话了。沉默了好长时间，他突然呜呜哭起来，哭着哭着，用蒙古语唱起了歌。苏途听不懂什么意思，但老巴塔唱得沧桑极了，苏途感觉自己好像在一片阔大的草原上，百草衰残，牛羊离去，孤独一人对着萧瑟天地。

老巴塔唱完，又喝了口酒，然后告诉了苏途他从未向人透露的秘密。

老巴塔说，儿子大学毕业后，跟着单位外派到非洲去援建，一年能挣三年的钱，买了房子，结了婚，有了孩子。可就在即将回国的三个月前，却在街头被人抢劫时开枪打了，没抢救回来。本来儿媳妇就不待见他，儿子死后，儿媳妇带着孙子又嫁人，他现在都不知道他们在哪个城市。

苏途听得目瞪口呆。他难受极了，想不到老巴塔心里藏着这么重的事。

可你不是说，你儿子总给你寄东西吗？而且，你也确实是经常收到包裹啊。

老巴塔叹口气，拿出自己的手机，打开给苏途看。网上所有订单都在那里。苏途终于明白了，原来这一年多来，老巴塔收到的所有东西，都是他自己买给自己的。他一直守着这个秘密，不想让人知道儿子没了，孙子找不见了。

从这天起，苏途一有空就去陪老巴塔喝酒，不过老巴塔再也不给自己买东西了。他说累了，也不想再骗自己了，反正他很快就会去另一个世界见到儿子。

大雨在第五天下午小了些，苏途冒着小雨给几户人家送了东西，正好晚饭时间走到了老巴塔家里。老巴塔煮了一锅奶茶，把昨天剩的羊骨热了热，两个人就围着茶炉喝了起来。

这一塑料桶白酒，还是苏途前些天给老巴塔从镇上打回来的，有十多斤，他已经喝掉了一多半。他们俩对着一大盆羊骨，可谁都没怎么吃。虽然是夏天，但连续的阴雨让气温很低，油脂都凝固在粉红色的肉和白白的骨头上。他们喝酒时，只吃那种袋装的腌辣椒，辣椒就酒，越喝越辣，整个口腔都像着了火。然后再用奶茶去浇灭那火，如此循环往复，水深火热。

老巴塔说，你们南方人有那种说法不？苏途说，什么说法？老巴塔说，就是人死后还能见面。苏途想不起来老家是否有过这种说法，但是说，对，活着走散见不着的人，死了肯定都会见着的。老巴塔说，我呀，就想着快点死，快点去见老太婆和儿子，可是怪呀，人越想死就越死不了。说完，他眯起眼睛，又开始哼唱蒙古语的歌。苏途还是听不懂，但老巴塔歌声里的悲伤却比酒还让他迷醉，他感到自己的心被浸泡在歌声里，那里面不是酒精，是咸涩的泪水和汗水。

屋子外的雨似乎更小了些，但还是淅淅沥沥不停。老巴塔喝醉了，脑袋耷在胸口，打起了呼噜。苏途没有扶他躺下，他知道他习惯这样睡。有时候，他坐在马背上都能睡着，任凭马儿慢悠悠地把他从牧场驮回家。苏途也有些醉，看了看手机，有好几个人问快递到了没，急着用。他看看外面的雨，穿上雨衣，冲了出去。

肚里的酒和辣椒烧着，还有几大碗热乎乎的奶茶，苏途觉得自己浑身充满力气。他发动了皮卡车，车轮甩起一阵泥点，车滑出了老巴塔家的院子。苏途想趁着热乎劲，把附近几家人的东西送过去，何况那其中还有田晓的一个箱子。

　　皮卡车在泥泞的路上扭秧歌一样行驶着，车的下半身被泥水糊住，苏途又醉了酒，开得更是歪歪斜斜。正在麦田里疏水的田晓，从蒙蒙雨雾里看见一辆车像个醉汉，先是往道路的下坡滑，然后司机打轮，车又猛地向高处冲去。冲到路基上突然停住了，过了半分钟，整个车滑向了车头的侧面，而且越滑越快。田晓眼瞅着那辆车滑到了低洼处的大水淀子，猛地扭头，撞在一块石头上，车身倾斜，车斗里的东西全部翻倒在水淀子里。就是这一刻，田晓看清了那辆车，也明白了车里的人是谁。她扔下手里的铁锹，磕磕绊绊地跑过去。

　　等田晓跑到那儿，苏途已经爬了出来，正蹚进水淀子，往外捞那些落水的快递。很多没有塑料包装的纸箱已经泡得软烂，里面的东西零零散散地漂浮在水面上，有衣服、鞋子、书包、手机壳等等。

　　一个粉色的箱子在微风中慢慢地向深水处漂去，苏途拼命去追，他认出了，那就是田晓的包裹。他越走越深，眼看水要淹到脖子，他听到了田晓的喊声。

　　回来！苏途，快回来，你不要命了？

　　苏途回头，看见岸边田晓一边招手一边大喊。

　　他没听见一样，转过身继续往前走。他的手已经够到箱子边了，可是抓不牢，手指一碰，箱子反而更往前漂了一下。苏途又往前迈了一步，脚下一空，整个人向水底沉去。他开始挣扎，可是不管手脚都找不到任何依靠，然后口鼻中涌进污浊的水，在一阵昏暗和闷而钝的水声里，他昏了过去。

小麦吐秀南风凉

小麦开始抽穗了，麦穗的绿里透着轻轻的白，好像在预示着若干日子后它会化成面粉，再变成雪一样的馒头。麦穗在烈日下微微摇动着稚嫩的脑袋，它们为自己挺过了那场大雨而得意。雨停后，没有被淹毁的庄稼都吃饱了水，迎着晴天的大太阳疯长。

田晓蹲在田埂上，手机的摄像头对着麦田，屏幕那一端的网友在惊呼，哇，我还是第一次看见麦田，真漂亮啊。还有人说，田晓姐，我预订你家的面粉啊，你一定要给我留，我马上生宝宝了，赶明儿给宝宝做辅食就用你家的面粉。田晓说，好嘞，你在网上给我留好地址，等麦子黄了，我通知你。开镰收割的时候，我也会直播的，那才叫热闹呢。

还没等麦子泛黄，她这块麦田的面粉已经全部预订出去了。第一年试验，种植面积小，总共也打不了多少麦子，磨不了多少面。她已经计划好，这一茬麦子割倒，就跟父亲去村里承包地，明年的麦田至少要增加到二十亩。按照原来的想法，她计划扩大菜园子。很多蔬菜能一年种几季，土地利用率高，只是长途运输成本也高，保鲜困难，而自己的产量又不够大，能保证跟镇上的西餐厅对接就可以了。还有就是，在乡下很多人都自己种菜，一入伏天，各家各户菜园里的黄瓜、茄子、角瓜、辣椒吃不完，笨黄瓜挂在藤蔓上，里面的瓜子都满仁儿了，只能摘下来腌咸菜，或者切丝晒干。还是粮食作物更有市场，明年扩大麦田，还要试验几亩谷子和大豆。她在北京的时候，经常去一家早餐店喝豆浆，超市里也有卖的。如今豆浆已经成了跟牛奶二分天下的早餐饮品了，据说还有降血压的功能。豆浆机几百块一台，便宜得很，哪家都买得起，所以有机大豆肯定有市场。

田晓把镜头转向远方，青山绿水，那条通往村外的公路，小汽车一辆过去不久，又来了一辆。她心里想，有些变化看着慢，但其实挺快。她前年回来的时候，公路上哪有这么多小汽车呢。可现在，每隔几分钟就能看见一辆，到过年的时候，木伦河桥上说不定得堵车。她也考虑买一辆车了。

再往远一点儿，修路的工人正在补修公路。这条水泥路之前因为前任领导挪用公款而窄了几米，去年年底上面来检查，有人举报，现在又开始在两边各补一米左右。那些刚补完的路，看起来像是一宽两窄拼起来的，颜色也不一样，新的泛青，旧的泛白。她忍不住想起自己第一次跟苏途碰见，就是因为路窄，两辆车互相躲，才翻了车。

那次溺水，让苏途彻底戒酒。他不但差点死在水里，还因为毁了几十个包裹，赔了人家三四千块钱。只有田晓的没有赔。从医院出来，他第一个去找田晓，问她那个包裹是什么，多少钱，自己赔给她。但田晓死活不让，就说都是些不重要的东西。其实，那个箱子里是她最重要的东西，曾经。

大四的时候，她谈了一个男朋友，两个人在一起四五年，可一直没结婚。直到田晓回老家的前一年，他们才彻底分开。他爱她，她也一心要跟他过一辈子。分开的原因是男孩的家里不同意。男孩是一个妈宝，对家里人言听计从。他曾想着把家里的户口本偷出来，跟她去领证，先斩后奏。不想偷的时候刚好被母亲发现，母亲大怒，把他关在家里一个星期。等他再出来时，母亲已经私下跟田晓谈过了：她死也不会同意这门婚事，早断早好。尽管充满了委屈和不舍，田晓还是果断地与男友分手了，大哭一场之后，成了学校的工作狂。

分开之后，他们再没有联系过。田晓回家种田，男孩从同学群里知道了，在网上给她发消息：好久不见，你还好吗？他还没结婚，只要他妈妈还活着，他估计结不成婚了。他又谈过两个女朋友，但最后都被母亲否了。男孩说，他还想着田晓，可田晓发现自己对那段感情彻底释然了，尤其是在那场大病之后，很多以前觉得重如泰山的事，如今想来都轻如鸿毛。

那些年，她给他写过很多信，哪怕两个人都在一个学校，哪怕是他们同居，她也经常写信来跟他沟通。这些信，都保留在男孩那里。青草泛绿的时候，她打电话给他，请他把所有信还给他。男孩一直拖着，直到前一段时间，他终于死心，才把东西寄回来。

那个箱子，就是她当年全部的感情和记忆，已经沉入水中。她觉得这种告别很好。

他们一起去了趟镇上，田晓联系自己的客户，苏途去拿快递。临近中午时，两个人事情都办完了，约好了一起吃饭。田晓找的地方，是一家西餐厅。

坐在餐桌旁，苏途对面前的刀叉有点不知所措，田晓就一样一样告诉他怎么用。她还点了一瓶红酒，喝起来酸酸的，不像啤酒更不像白酒。整顿饭苏途都恍恍惚惚，他真是不适应在这种地方吃东西，沙拉没有味道，牛排不够熟，红酒劲儿小。

饭终于吃完，苏途开车，田晓坐在副驾驶。田晓吐了吐舌头，说我真晕，忘了你开车了，还让你喝了酒。没事，苏途说，这个季节没人查车，而且红酒度数那么低，放心吧。田晓还是很担心，说，要不我们过几个小时再回去吧。苏途已经发动了车，发动机轰鸣起来，二手皮卡略带颠簸地驶上了路。苏途看出来，田晓有点醉了，脸上始终带着一种微笑的表情。

开到木伦河边的时候，田晓让他停车。

车停下，田晓下车，走到河边说，我好想下去洗个澡。

苏途吓了一跳。她沿着河边走，摇摇晃晃，他怕她掉进河里，只好拉住她一只手。

你是不是喜欢我？她突然转脸说。他心里一惊，手松了一下又赶紧抓紧。

我……他不晓得该怎么回答。不用他回答,她已经继续说了起来。

我明天要去相亲了。

什么?

明天,我要去相亲了。

他心里有个特别轻薄的东西,啪的一声破掉了。恭喜你呀,苏途说,是什么人?你爸妈介绍的?

不是。她说。也许她并没有喝醉,只是想借着酒劲把这些话说出来。是一个网上认识的人,他在赤峰郊区,也是做绿色农业的。

哦。

他没什么可说的了,而她说完了想说的话,醉意才真正袭来,靠着他睡着了。他把她扶上车,系上安全带,往前开去。

压车麦穗黄云重

连绵的阴雨过后,是一段长长的晴朗天气,温度持续走高,水淀子里的水面持续下降。水终于降到薄薄的一层时,苏途身上拴着一根绳子,绳子那头绑住岸上的车轮,下水去找那个粉色的箱子。在一堆树枝杂草和淤泥之中,他找到了已经泡烂的箱子,但箱子里几乎没剩下任何东西。他又在附近的淤泥杂物中翻找,找到了一张照片,尽管被浸泡了很久,画面模糊,他还是能认出上面的人就是田晓。她站在颐和园的十七孔桥上,张着手,应该是在笑。

但苏途没有跟田晓提这件事,晾干后皱巴巴的照片一直保存在他钱包的夹层里。

代收代寄快递,苏途其实没赚多少钱。前几日,他去镇上拉快递,看见快递站点正在装修,一打听,说是要扩大门面。汽车站附近,他还看到最大的那家快递公司顺风的站点也开张了，他们打出的广告是：上门收货，送货上门。他们还给他发了张传单，单子上显示，顺风不但能快递衣物，还能做牛羊肉的冷鲜速递，也就是说，你在这里买了新鲜的牛羊肉，他们能在几天之内送到全国各处。

他早在一个月前就隐约感觉到自己这事干不长了。首先是，他再去一些乡下人家收件代寄，人家说不用了，有快递员过来拿走了，代收的当然也一样。除了两个特别偏的、人口少的村子，他几乎没什么业务了。只有田晓还是一如既往地把要寄的东西让他帮忙寄。

前天，田晓发微信说，苏途，眼瞅着麦子第一次灌浆了。

苏途说，我想去看看。

田晓说，那你明天来。

第二天，他的皮卡冒着一股浓浓的黑烟，停在田晓家的院子里。园子中各色蔬菜正长得疯，果实累累，他经常从这里拿走一兜黄瓜、一兜茄子什么的。两人对那次喝酒之后的谈话只字不提，但苏途从蛛丝马迹中感觉到了，田晓的相亲很顺利。她经常抱着手机回微信，或者跟人视频。更主要的是，她显现出了从未有过的活泼和积极。

田晓在浴室里洗头。端午节的时候，她找人用板子隔了一间小浴室。苏途坐在她的卧室里等她，看见她桌子上放着一本书，书上画了不少横线，空白处还有娟秀的笔记，知道是她平时认真读的。他翻看了几页，字倒是都认识，但一句话也没看懂。

田晓拧着头发上的水出来，看见他翻那本书，说，你也喜欢看吗？苏途悻悻地把书合上，说，没，我看不明白。田晓说，那你喜欢看什么书？苏途晃了晃手机，说，我就喜欢看网络小说什么的。田晓拧了拧鼻子，说，太没品位了，你应该看点有营养的书。苏途说，我就是营养过剩，消磨时间。田晓放下毛巾，开始往脸上敷面膜，面膜贴得有点紧，她张不开嘴，就小声说，你看的书和我看的书，就是那些农药化肥种出来的粮食跟我的天然有机农作物的区别——不对，你那都不能叫粮食。苏途闻到她身上好闻的洗发水、沐浴液的味道。他有点疑惑，这一年他在这边接触过的人身上，很少闻到这么清香的味道，尽管他们也用洗发水、沐浴液。他能记起的上一个这么香的人，还是在广州打工时，理发店里的洗头小妹。他觉得那是一种城里人的味道，乡下人就算用同样的洗发水、沐浴液，出来的味道也是不同的。

麦子黄了吗？他赶紧收了收心思。

一天深一层，这几天太阳毒得很。田晓揭开面膜。

两人一前一后走出院子，田晓又突然转身跑回去，把自己直播用的自拍杆和架子拿上。

他们步行到麦田。一路上，村子安静极了，鸡闲散着步子，寻找散落的粮食，狗懒趴趴地躲在阴凉处，猪躺在粪坑的灰堆里。田晓的高跟鞋走在水泥路上，发出轻轻的笃笃声，好像在敲击苏途的心。出了村口就是木伦河，河边的草长到了一米高，车前子也已经开始泛黄了，再过一个月，孩子们就会把已经干燥的车前子撸下来，送到供销社收药材的人那里换钱，然后买几根奶油冰糕吃。

两个人沿着河岸慢慢走，田晓随手扯了一根水稗子草，叼在嘴上。苏途想起春天时河岸慢慢泛绿的样子，才过了几个月，大地就完全不同了，人们似乎也是。田野里，玉米正在抽穗，嫩嫩的苞谷已经成形，更嫩的玉米须长到一寸多长，少年老成。谷子还绿着，黄豆也绿着，它们离成熟都还早。然后眼前就是一片麦黄色，田晓的几亩地到了。

田晓把手机架在自拍杆上，开了直播。她每次来都会直播，网友们每次看见麦田的变化也都会惊叹，这些麦子，仿佛就是在他们家里渐渐黄起来的。

麦子垂着头，秸秆已经褪去了绿意，几乎全黄了，但仍能感觉到纤维里还含着水分。麦穗要更干爽些，麦芒尖利，麦粒圆鼓鼓的。田晓一边跟网友聊着天，一边掐了一穗麦子，递给苏途，示意他尝尝。苏途从麦穗里剥出一粒麦子，颜色是褐色的，但还很饱满，带着一种温润感。他放进嘴里嚼了嚼，立刻满嘴都是麦香味。田晓突然把镜头对准了他，问，这位朋友，请跟大家说一下，新鲜的麦子什么味道？

苏途满脸通红，想躲避，可又怕匆忙间踩到麦子，只能愣在那里。

说呀。田晓的镜头又近了些。

特别香，是一种我从来没……没尝过的香味。苏途磕磕巴巴地说。

田晓大笑起来，转过镜头，跟网友说，只有亲自尝了才知道。我想过了，今年购买了我的面粉的顾客，我都会赠送一小包原粒麦子，大家收到了一定别忘了尝尝哦。

他们一起吃了晚饭。田晓烙了几张饼，凉拌了一盘黄瓜，还用排骨炖了豆角。苏途吃得很饱，他几次想跟田晓说自己可能要走了，几次都没开得了口。饭后，苏途说了句谢谢，就离开了。离开时，趁田晓不注意，他把那张照片偷偷夹在了她床头那本书里。

之前，苏途对自己的离开心存犹豫，但下午在麦田时，特别是尝到那粒麦子之后，他下定了决心。他终于清醒地认识到，自己和田晓之间的那层隔膜在哪儿了，那就是他们本是完全不同的人。对她来说，这儿是家，是回归，而他来到此地，则是一场逃亡。现如今，他已经没有了逃亡的理由，也没有了留下的借口。更何况，他还在她家看见了一大摞顺风快递单子：她的面粉，只能走这家快递才能送到那些期盼了很久的买主手里。

麦子一天比一天成熟，田晓到了最忙的时候。她得统计之前要买面粉的人的信息，要找邻村的康拜因给麦子脱粒，要找靠谱的加工厂磨面粉，更要紧盯着天气。如果这时候遇上阴雨天或一场大风，麦子就会"扑秧"，整片地伏倒在地上，不好收割不说，麦子的质量也会受损。所以，她根本无暇顾及苏途，更不会注意到他正准备离开这儿。

苏途是在一个月夜离开的。

他卖掉了皮卡，还了韩大哥的钱，买了一辆摩托，兜里是剩下的全部积蓄，一万多块钱。他准备一路骑行回到家乡去，从北方到南方，沿途走走看看。第一站，他想先到北京去，至少去天安门和北京外国语学院转转，至于是否去找乔薇，他还没想好。北京之后再去哪儿、干什么，他来不及思考，这漫漫几千里路，有足够的时间给他去想这件事。他这几十年的生活都差不多是这样，来不及细想或者想不明白便不去想。他凭着心里的冲动，去打工，去逃亡。如果没什么大的意外，他之后的生活应该也是这样。他不具备改变自己性格的能力，那些看不懂的书，永远都不会看懂，他不强求自己去看。

矿山放晚炮时，他骑着摩托出发，路过木伦河时，月亮升到了天上。

田晓家的院子外，远远地，他看见屋子里坐满了人。他知道，田晓的麦子第二天开镰，那些都是她找来帮忙割麦子的人。她也告诉了他，没说帮忙，说是让他看看热闹。他答应了，说第二天一早来。

他看见她的身影，蛾子一样在玻璃窗里飘来飘去。他还看见一个穿着迷彩装的男子，像一盏灯，在吸引着那些趋光的蛾子们。

苏途的摩托，把他带到了那片麦田那儿。他停好车，用他早早准备好的那把还没有开刃的镰刀，割了一把麦穗，装在兜里。

苏途的摩托沿着水泥路右侧窄窄的一条行驶，月亮上到了中天，大地如此安静。麦田在微风中波浪一样起伏，一波赶着一波，也像是在远行。苏途没有找田晓要回身份证，他想留给她，留给这个地方。迎着摩托带起的风，他泪流满面，他永远地告别了北方。

他来的时候，草青青；他走的时候，麦黄黄。

人人都爱尹雪梅

1

人人都爱尹雪梅。

谁能不爱她呢？那么热情、活泼、善良，对所有事物都充满照顾的欲望，又那么勤快、能干、心灵手巧，随便做个菜或小吃，都能让人把舌头吞掉。不爱她的人，也只能说根本就不爱生活了。

尹雪梅是东北人，老家在辽宁省的葫芦岛，十岁时母亲改嫁，迁到吉林长春郊区的一个小镇。说是镇子，其实也还是农村，只因毗邻城郊的几家工厂，比一般的村子繁华些，多了几条街、几家商店。她就在那儿长大，再后来就在附近嫁了人。尹雪梅生了两个儿子一个女儿，当年算超生，为这个没少受折腾。大儿子以前是长春铁路局的司机，现在大部分列车都改动车、高铁了，他这种过时的内燃机司机摆弄不了新玩意，内部调整了工作，整天站在检票口检票：旅客朋友们好，通往北京的D26次车可以检票了……二儿子也在长春，东北师范大学研究生毕业，现在是长春师范学院的老师，教马列主义邓小平理论一类公共课。大儿子生了女儿，还想再生，可不管怎么努力就是怀不上了；二儿子也生了女儿，有条件生，但坚决不生二胎。两个孙女，尹雪梅都帮忙带到了上小学的年纪，有那么几年，她觉得自己比吉林省省长还忙。一大早，在大儿子家把大孙女喊起来，吃口东西送到幼儿园，就赶紧骑电动车到二儿子家，让二儿媳妇上班，她看二孙女。晚上二儿子回来替她，她又赶紧去接大孙女放学。

尹雪梅的头发就是那几年白的，先是一两根，后来不知不觉也就满脑袋了；先是白发根薄薄的一层，后来不知不觉也就整根白了。头发白了的时候，尹雪梅想起几十年前，父亲临死前说的话：雪梅雪梅，踏雪寻梅。这是她父亲会的唯一一个成语，是跟村里的老中医学的。老中医和父亲是酒友。尹雪梅八岁时，发过一次癫痫，是老中医把她救下来的，她把老中医的手腕子咬了上下两条疤。老中医不光会看病，还会算命，跟她父亲说，雪梅这孩子吧……一辈子操心的命，好在她心大，啥事最后都能想开。想起这些话，她开始觉得满头白头发就是满头的雪，可好看的梅花在哪儿呢？她稀罕花，但从来没见过梅花，对她来说，那就是一个摸不着的念想。

二孙女在堆她的乐高城堡，尹雪梅得空把屋子里乱七八糟的衣服归拢好，坐在沙发上，想把满头的白雪扎成辫子。她梳得仔细，心里头想，白归白，好在没掉，染一下就成黑的了。头发才梳到一半，北京的小女儿晶晶的电话就打过来了。

妈，我怀孕了！晶晶在电话里兴奋地尖叫。

这会儿得知小女儿怀孕，尹雪梅刚刚放松点的身体，一下子又绷紧了。郝晶晶说，妈，你帮我哥带孩子，可不能不帮我呀，我工作可比他们忙多了，北京的生活节奏，比长春快好几倍。小孙更是，他爸妈都有病，自己照顾自己都难。小孙一年有半年都在外面，这个家对他来说就跟旅馆一样。

哦。尹雪梅说。手一松，没扎紧的头发立刻散下来，像瀑布，遮住了大半张脸。

小孙是女婿，在一家银行上班。这家银行在非洲有项目，员工都要轮流到非洲去出长差，工资比国内高三倍。女儿去年买了个小房子，一大半首付是借的，还欠了两百万银行贷款，为了多赚点补贴，女婿恨不得留在非洲不回来。

尹雪梅算了算日子，小孙就春节时回来一趟，郝晶晶就怀上了，她心里喊一声，咋就那么准呢？再一算，二孙女上小学还不到十天，就是晶晶的预产期，俩孩子商量好了一样，无缝对接，一点休息时间也没给她留。带吧带吧，自己生的儿女自己造的业，一碗水得端平，三碗水就更得端平了。她活动活动胳膊腿，觉得身子骨还成，把头发染一下，换一身新衣裳，看起来也没那么老。她心里也不想老，总觉得自己还没年轻过呢。

站好最后一班岗，她还是有信心的，最不放心的就是老伴儿郝胜利。郝胜利比她小两岁，前年退休后，二儿子把他接到了市里，找关系在一家厂子里看大门。老头有高血压，犯过一次脑出血，幸好抢救及时，但留下了点腿脚不利索的后遗症。犯病后，人家厂子怕担责任，不敢再用他，他又不愿意住在城里，拧着劲跑回郊区的老家去了。眼下他自己还能做口热的吃，可再过一两年呢？再犯病呢？老头见天跟邻居念叨，养了三个儿女，活得像孤寡老人一样。

去北京前，尹雪梅回了一趟家，看着屋里屋外那个脏那个乱，心里真不是滋味。她尹雪梅当年是多干净的一个人呀，甭管屋子院子，她都收拾得比楼房还干净，苍蝇站在桌上都能摔一跤。这会儿呢，锅里是几天没洗的碗，冰箱里各种咸菜馒头，还有几头蒜，已经长出了一指头长的蒜苗。老郝整日拖着一条没知觉的腿进进出出，院子中间已经犁出了一条沟，磨坏的破鞋就扔在边上，都是右脚。幸好老郝的血压维持得还算平稳，也可能是一个人过了一年多，什么都得自己操持，活动得多了，人反而有精神。

尹雪梅想在家多待几天，帮老郝收拾收拾，洗洗涮涮，给他包点饺子冻上，但郝晶晶肚子里的孩子可不管这些。这小家伙就跟故意的一样，提前把他妈催到了医院里，说是随时可能生。尹雪梅只在家住了一个晚上，第二天一大早就急急忙忙赶去火车站。真是无缝对接，这边还没检票呢，那边已经传来了消息，生了。让尹雪梅重新打起精神来的，是郝晶晶生了个男孩，小名嘟嘟。她虽然没什么重男轻女的观念，但老大生女儿，老二生女儿，如果郝晶晶还是女儿，总觉得美中不足。这回好了，终于来了一个带把儿的，外孙子也是孙子嘛。

2

尹雪梅成了成千上万在北京带娃的外地人中的一员。刚来的时候，女儿的新房子还没装修完，他们租住在西五环外的一个小区，环境挺好，宽敞，门前就是一大片空地，能抱着孩子溜达、晒太阳。不远处还有一个小花园，各类花花草草不少。尹雪梅喜欢花，在乡下时就摆弄，没好的花种，她就把山上的野花挖回来栽上。干一天农活回到家里，她不喂猪不喂鸡，先看看自己的花渴不渴、开没开。小区花园里一大片红红粉粉，看着就让人高兴，她得空就跑到小花园里去松松土、浇浇水，惹得好些人以为她是物业雇来的花匠呢。尹雪梅找来嘟嘟的用过的奶粉罐，移了五六棵花苗，摆在家里养，没多久，一棵棵都开花了，屋子里四季都有花香。嘟嘟睡午觉，她难得休息一会儿，就看着这些花，心里头想，踏雪寻梅，梅花寻不着，别的花也成。

嘟嘟一岁生日那天，也是他们搬进新房子的日子，双喜临门。尹雪梅千叮咛万嘱咐，搬家公司的小伙子还是摔了她两盆花，一盆是月季，一盆是牡丹。尹雪梅心里头难受坏了，可看着他们背着冰箱、柜子、床板楼上楼下跑，一脸汗，眼睛憋得跟嘟嘟的小拳头似的，也不忍心叫他们赔。等东西全搬上楼,还把嘟嘟的生日蛋糕拿出来几块给他们吃。她想着,到这边找地方再移几棵,几个月又能开起来。

新房子其实是老房子,还是20世纪80年代建的,属于国家某部委的自建房,之前不允许上市销售,这两年才放开。老归老,位置好,就在三环边上,离地铁很近。只是这种自建房小区没什么规划,正式的大门都没有,地上到处是车,路边的板房开满各类理发店、小菜摊、小商店,还有卖猪头肉的,卖豆腐丝的,卖爆米花的,修裤脚的,像一个混杂的大市场。尹雪梅转了一圈,整个小区里别说花园,连树都没几棵。她攒下来的奶粉罐,就一直扔在杂物间。

嘟嘟开始学走路,走得歪歪扭扭,可老想自己走。这时候的孩子最难带,不能背不能抱,得像老母鸡一样爹着手在身后紧跟,一不留神孩子就摔个跟头。很快,尹雪梅才染了一个月的头发,又落了一层雪,洗头的时候,洗脸池里还漂着一大把。她心里一咯噔。不过让她高兴的是,新小区虽然闹腾、挤,也没有赏心悦目的花花草草,却比原来的小区热闹。她很快找到了一群朋友。说是朋友,其实就是另一些看孩子的老太太,大概有七八个。

一开始,尹雪梅带着嘟嘟下楼,到小广场上玩,发现有几个老太太总在一块儿,她上去搭话,她们嗯嗯呀呀地回答,臊眉耷眼的,不怎么热情。尹雪梅也不在意,碰见了还是热情地打招呼。有一天,她们商量着带孩子去附近的公园玩,尹雪梅就说,我能跟你们一起去吗?这儿我还不太熟,也不敢一个人带孩子出去。人家也不好拒绝,就随口说去就去呗,公园谁都能去,也没人拦着你。尹雪梅就乐呵呵地推着婴儿车跟着,一队老老小小,走出了浩浩荡荡的气势。玩了一会儿,孩子们有点儿饿,要吃零食,各家分别把自己带的吃食拿出来。尹雪梅从包里掏出一个乐扣饭盒,里面是她做的小面龙,小巧可爱,栩栩如生,连龙的眼睛都不含糊,是两颗亮晶晶的红小豆。小面龙一亮相,一群孩子眼睛都放光，自家的面包水果鱼肉肠都不吃了，张着小手，嘴里不清不楚地嚷，要，要。尹雪梅笑眯眯地给每个孩子发一个，孩子们捧在小手里，一开始舍不得吃，左看右看，过了一会儿又比着赛吃，各位姥姥奶奶赶紧把水壶递过去，怕噎着了。

吃完了，这群里领头的多多姥姥，在自己孙子嘴边捻了一点渣渣放嘴里尝了一下，问，你这是在哪儿买的呀，真好看，味也挺好。我自己做的。尹雪梅说。一群人一惊，自己做的？尹雪梅拢拢头发，轻描淡写地说，是呀，这不算啥，我能用面捏十二生肖。哪天我给孩子们做，你属啥，我就给你捏个啥。老太太们都围过来，说，哎哟，你不会以前是饭店的白案厨子吧？尹雪梅说，啥饭店，我一辈子就是个家庭妇女，伺候老头儿女，伺候孙子孙女。

尹雪梅很快就融入这个小团体了，在她的建议下，这个宝宝团还接收了两个新的成员，人数达到十个。尹雪梅说，咱们都是抛家舍业来看孩子的，都是一样的人，得互相帮助不是？再说咱们一群人互相照应着，有个大事小情也方便，又热闹又安全。大家都说，雪梅说得是。这个小团体以前不这样，虽然松散，但是保守封闭，除了一起带孩子，其他方面几乎没交流。但尹雪梅一来，就不一样了，她有这个能耐，几句话就把气氛带得活泼热闹。尹雪梅做这些的时候，能让人感觉到她的真诚和热情，她说话是笑，不说话也是笑，而且提任何想法你听着都觉得她是真心的，都觉得要不这么办简直是罪过。尹雪梅也不是光有一腔热情，分寸掌握得也恰到好处，跟谁说什么样的话，她清楚得很。她早就看出来了，这一群里的领头羊是多多姥姥，老太太退休前是街道的干部，喜欢冒充个领导，其实没什么主见。尹雪梅不管说什么，最后都跟着一句，你说是吧多多姥姥？多多姥姥就点点头，说，可不是，我就这么想的。

时间再长一点，老太太们发现自己离不开尹雪梅了，一旦哪天尹雪梅不参与集体活动，她们就有点魂不守舍，互相问，雪梅呢？

雪梅带孩子打预防针去了。

哎呀，我还想问问她上次那个面皮咋做的呢，我做了半袋子面，都成糨糊了。

是呢，我蒸的面龙，放锅里时还像模像样的，可一出锅就成面疙瘩了。

孩子们更是离不开嘟嘟姥姥的各种小吃，就算是一样的东西，尹雪梅做的就比别人做的精致，哪怕是切苹果，她也能多切出一个花来。尹雪梅还会唱二人转，调起得高，边唱边跳，如果刚好手头有块手绢，她一抖就转起来了，像模像样。大年初一头一天呀，家家团圆会呀，少的给老的拜年呀……孩子们玩得安静的时候，她经常来上一段，听着让人心里透亮、舒服。很快，老太太们的接触就从白天往黄昏延伸，看了一天孩子，儿子女儿回来，终于交班，她们就凑到小广场去跳广场舞。尹雪梅跳舞有天赋，不管什么动作，不管是上海传过来的广场舞还是西安传过来的广场舞，四五遍准学会了，她也就顺理成章地成了领舞。预备，开始，走，对，摆臂，然后转个弯，对对，你是我的小呀小苹果，怎么爱你都不嫌多……

尹雪梅又那么热心肠，那么敞亮。有时候，哪个老太太抱怨超市卖的馒头太难吃了，尹雪梅就说，别买呀，我给你蒸一锅。蒸起来就不是一锅，至少两锅三锅，大伙一人一塑料袋拎着回去当晚饭了。谁弄的十字绣出了点问题，尹雪梅说，拿来我看看。用不了多久，十字绣就挂在墙上了。时间一久，大家对尹雪梅的一切都已习以为常，不管尹雪梅做什么，也不会引来更多的惊叹和赞扬了，应该的嘛，反正尹雪梅什么都会做，什么都能做好。人人都离不开尹雪梅，人人都爱尹雪梅。

坏了，尹雪梅要回趟家。老太太们听了这个消息，简直有点手足无措。前一段，郝胜利打电话来，说让尹雪梅回去一趟。尹雪梅问啥事，郝胜利说你回来就知道了。尹雪梅跟女儿说得回趟家，晶晶很不乐意。

小孙在非洲回不来，尹雪梅一走，她就得请假带孩子。尹雪梅说，你爸肯定有事，要不然不会让我回去的，他都是半个废人了，你得体谅。郝晶晶只好给她买票，说，家里没啥事就赶紧回来，我把你的返程票也买了吧。尹雪梅张了张嘴，又把一句话咽到了肚子里。

尹雪梅一回家，宝宝团都快散了。大伙儿下楼，推着娃娃们去公园，路上就说，雪梅呢，咋还不回来？一个说，昨天才走的。又一个说，不会不回来了吧？大伙都沉默着，然后互相宽慰说，不能吧，嘟嘟还那么小。她要真不回来，怎么也得跟咱们正式告个别呀。

三天后尹雪梅就回来了，带着一大堆东北特产，每个老太太都有份。老郝叫她回去，是他们家那一片要拆迁，让尹雪梅回来签一份意向书。老郝暂时不想让儿女知道这事，否则兄妹几个可能就有想法，弄得鸡犬不宁。尹雪梅一边给他测血压，一边埋怨他，这事打个电话不就行了？老郝说，你个老娘们儿，真是在外面跑野了，让你回趟家咋这么磨叽？老郝的血压高压一百三，低压九十，还成。收血压计的时候，尹雪梅把自己的胳膊也伸进去测了一下，高压一百四十五，低压一百。她吓了一跳，赶紧关上，没敢让老郝瞧见。她转头，发现老郝正盯着自己看，尹雪梅转念一想，非让自己回来，是老郝想自己了，又不好意思说。她心里一暖，说，回去咋跟晶晶说？咋说？老郝喊了一嗓子，就说她爹又犯病了。你卖给她了还是咋的？尹雪梅说行行行，你有理，我给你包饺子去。尹雪梅出了里屋，听见老郝在身后喊，我要酸菜馅的，你给我多包点冻冰箱里。

不一会儿，尹雪梅当当当地剁开了酸菜馅。

尹雪梅回到北京，就跟女儿说，自己手机摔坏了，想换一个。郝晶晶说妈你想换啥样的？尹雪梅说，我就要那个智能机，就是能用微信、能上网啥的那个。尹雪梅原来用的是二儿子多年前淘汰的诺基亚，只能打电话发短信，还经常信号不好。女儿说妈你行呀，回去几天，都知道智能机了。尹雪梅坐火车的时候，看见邻座一个老太太用的就是智能机，小团体里也有几个人用，那简直是个百宝箱啊，能上网，能听歌，还能视频通话，她早就心痒痒了。

网上购买，手机第二天就送到了，女儿给她连上家里的无线网络，尹雪梅抱着手机一晚上没出卧室门。第二天吃早饭的时候，女儿看见她眼睛红红的，问是不是没睡好。尹雪梅兴奋地说，我就没睡，我研究了这个手机一宿，发现这东西太厉害了，啥都有。女儿说，你疯了啊妈，你还得跟嘟嘟折腾一白天呢，可不敢不睡觉。尹雪梅说没事，我们有组织呢。

这天组织开小会的时候，尹雪梅跟大伙提议，说咱们建一个微信群吧。多多姥姥一听，惊讶地说，嘟嘟姥姥，你够潮的呀。尹雪梅说，啥，你咋骂人呢？多多姥姥说，我这是夸你。尹雪梅笑了，在我们东北，潮是骂人的。我琢磨了，建一个群，咱们能随时打招呼，分享点啥好玩的东西，再约着出来也方便，是不是？然后就建了群，群的名字叫宝宝天团。有几个没开上网功能和没用智能机的，都说回去就让儿子女儿弄，绝不能拖组织的后腿。尹雪梅说了句昨天晚上从手机上看到的话：咱们人老了，可是得使出最后一点劲儿，抓住这个时代的尾巴。尾巴这俩字，尹雪梅老是念成"已巴"，老太太们听了都笑。

3

自从用上了智能手机，尹雪梅的睡眠时间严重缩减了。她第一次发现，这个世界有那么多她不知道的事儿：朝鲜在鼓捣核武器，离东北老近了；有幼儿园老师竟然拿针扎孩子，这是得多缺德；原来韭菜也算是荤腥，跟吃肉一样；晚上是身体排毒的时间……尹雪梅从微信上读到了各种各样的东西，看到了稀奇古怪的视频，她转发也评论，对那些看不惯的破口大骂，为那些感人的泪流满面，给那些讲人生道理的"鸡汤"点赞。尹雪梅像是刚刚发现新大陆的拿破仑，一个全新的世界敞开在她面前，她一寸一寸地往前摸索着。

还有就是，她这次回老家，收拾东西翻箱倒柜时，把自己年轻时不多的十几张照片都找出来了。看着那时候的自己，有些旧事像田里的土一样，又被犁杖给翻到了阳光下。她把照片带到北京，用新手机翻拍，又用软件弄了一下，把自己的照片和两个孙女一个孙子的照片拼到一张图上，做成了手机屏保。每次摁亮手机，看着三个小宝贝，她都会告诉自己，这一辈子受的累，也值。

尹雪梅最喜欢自己三十岁那年照的一张相：她蹲在秋天一望无际的金色稻田里，戴着草帽，手里拿着一把稻穗，笑着。她觉得自己真好看呀，那是她最饱满最成熟的时候。好看是次要的，她喜欢这张照片，主要是就在那一年，因为生活的压力，她曾经有过一个不大不小的梦想——这个词也是在微信上学来的，她不喜欢，她更愿意说自己当年一心要"干点啥"。她想开一家小吃店，几乎一切都准备好的时候，却发现意外怀上了晶晶。本来是超生，老郝要把孩子打掉，尹雪梅哭着喊着没让，交了罚款才保住。晶晶很不省心，三天两头把她折腾到医院去，小吃店还没开张就关了门。后来的几十年岁月里，这个念头不时从她心底浮上来，但杂七杂八的事很快又把它压了下去。

到现在，尹雪梅还能想起自己每天张罗着开店时的情形。那时候她真有心气儿，觉得只要自己干，就一定能干成。老郝其实不支持她，家里的其他人也不支持，但尹雪梅就是想干，她喜欢小饭馆里那种热闹，那种热气腾腾人来人往。她觉得那些叫嚷喧闹是水，而自己是一条鱼，鱼在水里的时候才是最自在的。可惜，最后功亏一篑了。那一年，她请小镇上的照相师傅给自己照相，照了十几张，后来洗照片的时候底片出了问题，只有这一张洗出来了。如果能重新回到三十岁的话，尹雪梅一定会把小店开起来的,哪怕挺着大肚子切菜做饭,她也得把火点着了。

周末的时候,宝宝天团的团员们约着一起去附近的大集买东西,据说那儿老年人的衣服特别多,还便宜。尹雪梅去了,挑了半天什么也没买,倒不是觉得贵,是觉得贵得不合算。小区附近也有高档商场,尹雪梅偶尔路过,看着橱窗里的衣服想,那件大衣如果我穿上,是不是能年轻十来岁?还有那条裙子,裙子上的白花据说就是梅花,挺像老家的杏花……她只能想想,应该永远都不会走进去,就算她有这笔钱了,大半辈子养成的勤俭的生活习惯,还是不允许她对自己这么奢侈。

尹雪梅的想法是怎么一点点变的,她自己也没注意到。如果非要找一个起点的话,可能就是那次所谓的同学聚会闹的。中秋节之后,天一天比一天冷了,尹雪梅突然被人拉进了高中同学群,那些快四十年没有任何音信和联系的人,重新聚在了一起,每天怀念当年的青春岁月。尹雪梅被谈论得最多,好几个已经过了六十的老头说,尹雪梅呀,你是班花校花,当年我们都暗恋你。尹雪梅发了一连串惊讶的表情,说你们别瞎说,老不正经。接着就有人说,是真的,我能证明。虽然关着灯,尹雪梅感到自己脸竟然红了。她想,原来当年那么多人喜欢我呀。班长在群里说,今年过年都回当年读书的中学,咱们搞一个毕业四十周年大聚会,谁也不能请假。同意!同意!几乎所有人都举手同意,说,人生能有几个四十年?

班长说,尹雪梅你一定要来。

尹雪梅说,我一定来。

这成了尹雪梅心里最大的一件事。

尹雪梅跟女儿说,丫头,过年小孙会回国吧?郝晶晶说,应该回的,他去了四个月,回来能休一个月呢,带薪的。尹雪梅说,好,那我就回老家过年了。郝晶晶说,行,你先回去,等我放假,我们带孩子一起回去陪你和爸。尹雪梅想跟女儿说一下同学聚会的事,但想了半天没张嘴。

等到腊月，小孙突然在视频连线时说，自己过年回不去了，得年后。年后回去的话，不但可以多休息十天，还能多拿三万块钱。郝晶晶说，那也行，年在哪儿都能过，钱可不是在哪儿都能多拿的。但尹雪梅心里不痛快。小孙不回来，她就回不去老家，回不去老家，她就参加不了同学聚会。她可是答应了同学们，一定回去的。怎么跟女儿女婿说呢？她找不到合适的理由。

尹雪梅在同学群里说，我可能回不去了，群里立刻就炸了。班长说，尹雪梅我知道你现在在首都北京呢，北京人了，瞧不起我们。那几个号称暗恋过她的老头说，尹雪梅你是故意的吧？你伤害了四十年的同学感情你知道不？这次你不回来，咱们就只能下辈子见了。尹雪梅说，我真没办法，我在北京给女儿带孩子，走不开。班长说我号召大家每人发一个大红包，捐钱找一个保姆替你，实在不行就让我老伴儿去北京帮你带孩子。没有尹雪梅，我们还聚个什么劲呢？我们还等着看你跳舞，听你给我们唱二人转呢。

尹雪梅心里十分难过，她甚至悄悄退了一次群，但又被班长拉了回去。同学们对这种行为一通"批斗"，直到她道歉，说自己一定想办法再争取争取，他们才饶了她。

宝宝天团的团员这几天发现尹雪梅眼窝深陷，情绪低落，都关心地问是不是生病了。尹雪梅摇摇头，说我没事，就是有点累，有点烦。哎呀，你尹雪梅还有烦的时候？不能够。是人都有，我又不是神仙。烦什么说说呗，看大伙能不能帮你。尹雪梅摇头，不说话，可又想跟谁聊聊，终于忍不住了，扯开了话头。同学聚会的事第一次让宝宝天团分裂了，一派以多多姥姥为首，说这种同学聚会最没意思，就是一群退休的老头老太太，闲着没事，聚到一起，看似是交流多年的同学感情，其实是在交流多年的同学病情。你血压多少？一百八。我最高的时候都两百。啥，你心脏都支了两个架了？那算什么呀，我这起搏器都装上了，别惹我啊，惹我心脏骤停。四十几个病秧子，饭还没吃呢，先得让服务员倒白开水。干吗不喝茶？吃药啊，得白开水。

另一派以果果奶奶为首，说去，干吗不去？你不是为别人去的，你这是为自己去的。我告诉你嘟嘟姥姥，我们这一代人啊，最亏了，小时候穷，吃了上顿没下顿，长大了呢都是为老公孩子活着，老了刚要清闲几天，又得看孩子，等孩子大一点，咱们这一辈子也就交代了。啥时候为自己活过？没有，一天都没有，一个小时都没有。去见见老同学，不能整天都是家里孩子家里孩子，然后两眼一闭就完了。你能甘心？说着说着，果果奶奶眼圈都红了。

尹雪梅觉得脑仁疼，这两派似乎把她的脑袋给切开了，听着都那么有道理，谁也说服不了谁。尹雪梅的头疼在这天晚上严重了，她拿脑袋直撞墙，结果把嘟嘟惊醒了，嘟嘟的哭声又吵醒了郝晶晶。女儿发现尹雪梅情况不太对劲，赶紧给她测血压，上两百了，直接打电话叫救护车。嘟嘟没人看，只能用被子裹了抱着一起去。

躺在救护车的小床上，尹雪梅想，我不会要死了吧？可千万别瘫了，死就死，瘫了怎么办呀？嘟嘟还那么小，老郝也照顾不了自己。救护车的笛声刺耳，但并不能缓解她去医院路上的焦虑。郝晶晶在旁边啜泣着，紧紧抱着孩子。郝晶晶说，妈，你没事吧妈？血压啥时候这么高的啊？我就知道我爸高血压，你咋也高血压呢？妈你别吓唬我，你从来不生病的，这回是咋了？不一会儿，救护车笛声和车的摇晃把嘟嘟也吵醒了，他开始大哭起来。尹雪梅心里充满了悲伤，这似乎是她从未有过的一种情绪。她想我绝对不能死，更不能变成一个半身不遂的人，我还有事要做呢。挺住，尹雪梅，你还得带孩子、照顾老郝，你还得去参加同学聚会呢，你还得……

救护车终于到了医院，几个穿白大褂的年轻人帮着把尹雪梅用小床拉到急救室，各种仪器上来一通检测，还好就是血压高，没有脑出血或脑梗，不至于太危险。打上了点滴，或许是药里掺了点镇静剂，或许是累了，尹雪梅竟然沉沉地睡着了。她做了一个梦，在梦里，她回到了三十一岁。村子里刚刚单干没几年，二儿子已经会跑了，闺女郝晶晶在肚子里九个多月，她仍然扛着锄头去锄地。那时候的人们都这样，只要人能下地，就都得干活。她锄了一下午，太阳快落山了，只剩下半条垄，她想着一口气锄完，明天就不用再来，却突然感到肚子下坠，心想坏了，小三可能着急出来，就往回走。等她翻上一个小土坡的时候，已经来不及了，只能躺在草坡上。她把自己的褂子铺在身下，毕竟是第三个，经验已经很足，一个人花了二十几分钟就把孩子生下来了。这时候，夕阳刚好从西山顶上往下落，田野一片辉煌静谧。小三哇的一声哭出来，尹雪梅长长地呼出一口气，掰开孩子两条腿一看，是个女儿，笑了。村里有人从山里回来，赶着一辆马车，看见了尹雪梅，帮着把她和孩子抱上车，直接拉到了村西头的老中医那里。

就算在梦里，尹雪梅也觉得这段不像梦，像回忆。接下来，她想起有一年，她跟几个相好的姐妹坐着大卡车，去附近的矿山上打零工，半个月赚了五百多块钱。她们到集市上，每个人买了一件新衣服，欢天喜地地回去。她穿了衣服给老郝看，却被喝醉酒的老郝骂了一顿，说她抛家舍业不顾男人孩子，说她乱花钱，仨孩子的学费还没着落，她竟然给自己买了件八十块钱的衣服。说前天老二在墙头上掉了下来，眼角划了一条手指长的口子，差点瞎了一只眼。尹雪梅哭着把那件衣服压在了箱子的最底层，再也没穿过。

这梦怎么没完没了呢？尹雪梅想醒过来，可就是睁不开眼睛。她又梦见第一次到长春的时候，是去给老大看孩子的。从火车站出来，她有点吃惊。在尹雪梅的印象里，长春好歹也是吉林省会，是个大城市，街道怎么那么破旧啊，那儿的人说话，跟自己也差不多。她不是瞧不起长春，只是有些吃惊，吃惊的背后是自己有点不甘心：既然这样，我为啥就在村里过一辈子呢？我也可以到城市过日子。到了大城市，并没有过上城市的日子，她的日子只有孩子的尿布衣服奶粉，只有一日三餐洗洗涮涮，只有跟儿媳妇不撕破脸皮的互相争斗。然后是二儿子家，又是四五年。近十年下来，尹雪梅的头发白了，皱纹多了，背也驼了，整个人的精气神都泄掉了一半。在老二家时，她偶尔也跑到小区的广场跳跳广场舞，可不久她们被警察给驱散了，说有人报警投诉，扰民。再后来呢，尹雪梅就偷偷在家里跳，孩子睡的时候，她就去客厅，也没有音乐，她就自己哼唱自己跳，也挺开心。

这个梦可真长啊，好像把尹雪梅的大半生都打乱了，又重新拼凑了一遍。一些事接着另一些事，一些人覆盖了另一些人，一种情绪抵消了另一种情绪。

4

尹雪梅终于醒了过来，也许她根本不是睡着，只是陷入了杂乱的回忆中。

醒过来后，她觉得头脑清爽了很多，一转头，看见嘟嘟睡在旁边，小手还紧紧地抓着自己的衣角。尹雪梅心头一酸，又一暖，轻轻摸了摸嘟嘟的脑袋。门开了，郝晶晶手里攥着一堆单子进来，看见她醒了，高兴地说，妈，头还疼吗？尹雪梅摇摇头，轻轻坐起来，说，三儿，妈没事了，咱们回去吧。

郝晶晶说，我刚去问大夫了，可能得拍个片子。尹雪梅说不用，我现在头不疼也不晕，眼睛也不花，刚动了动手脚都没问题，妈的脑袋没事，没有脑出血。真的？郝晶晶说。真的，妈还能糊弄你？郝晶晶还是有点疑惑，说，那你下来动动我看看。尹雪梅从病床上下来，活动着胳膊腿，确实没事。郝晶晶说，行，那咱们回去吧，天都快亮了。尹雪梅要去抱嘟嘟，郝晶晶抢在前面说，还是我来吧，出门能打车。

这次生病之后，尹雪梅并未留下任何后遗症，但她的心思开始慢慢变了。第二天，宝宝天团再开会的时候，尹雪梅说，姐妹们，我决定了，回去参加同学聚会。大家伙说，想通了？尹雪梅点点头，说我那天差点一觉睡过去，想明白了，人这一辈子总得随自己的心意做两件事，总得干点啥。尹雪梅的话，不小心把每个人的心事给勾了出来，一个个开始诉说自己年轻时的……梦想。她们找不准怎么说，只能借用网上、电视上听来的这个词。多多姥姥说，她当年想当模特的。众人都说你就是个模特。老太太六十多岁了，还有近一米七的个头呢，而且据说在家天天练瑜伽，身材保持得很好。瓜瓜奶奶说，她倒没什么大梦想，就是想坐飞机，到现在也没坐过飞机、看看云彩。小雨姥姥说，她就想回到二十岁，然后谈一场轰轰烈烈的恋爱，如果那时候有《非诚勿扰》节目就好了，她肯定报名参加。大伙都笑，说你这不还是相亲吗。小雨姥姥说，那不一样，在《非诚勿扰》上咱有选择权啊，亮灯，灭灯。你呢尹雪梅？多多姥姥问。我？尹雪梅引起的话题，到她这儿却有点心虚了，这么多年她从未认真想过这个问题。好像隐隐约约有过，我年轻时想过开个饭馆，这个算吗？我们说的是梦想，多多姥姥说，开饭馆不还是为了赚钱吗，不能算。那我没啥具体的想法。只是这些天我多少明白了，谁都不是生孩子做饭看孩子的机器人，除了这个，谁都能追求点别的东西。

问题是你到底想干啥事呢？小雨姥姥说。

对呀，干啥？一时半会儿还想不出来。想不出来就不想，尹雪梅毕竟不是一个叽叽歪歪的人，她干脆利落，跟她干活儿一样。哎呀，该给孩子们吃水果了，尹雪梅的话音还没落在地上，手里已经打开了一盒火龙果。老太太们纷纷把自家准备的水果拿出来，瓜瓜的不用看就知道，肯定是苹果，他们家的水果永远是苹果。七八个孩子坐在婴儿车里，红红绿绿的一排，一个个小脸红扑扑的，好看极了。老太太们一人端着一盒水果，手里拿着一根牙签，排着队从第一个孩子那儿喂过去，一人一块。每天每个孩子至少能吃到五种水果，营养丰富，富含维生素ABCDE。孩子们吃得一嘴果汁，这个张着手要猕猴桃，那个叫嚷着吃哈密瓜，老太太们比最繁忙的饭店的服务员还忙，刚才那些所谓的梦想，早就不知道哪里去了。水果吃完，各自掏出湿纸巾来擦手擦脸，临了忍不住在小脸蛋上亲一口，有的使劲大了，小家伙不乐意，含混不清地说，奶奶你咬我。一阵嘻嘻哈哈，说咱们再转转吧，溜达一圈，就该回去做午饭了。

别人不知道，尹雪梅心里留了一件事：如果让我随便选，我到底该干点啥呢？

尹雪梅跟女儿吵了一架，准确地说是尹雪梅跟自己吵了一架。等嘟嘟睡了，尹雪梅说，晶晶，我跟你说点事。晶晶说，妈我开了一天会累得不行了，明天还要早起。尹雪梅说就几分钟。两人到了客厅，尹雪梅说，晶晶，你让小孙过年回来吧，我……想回去参加同学聚会。郝晶晶愣了一下，说，妈……这一下损失多少钱呀，你想想，就算这一个月咱们全家出去打工也赚不了这些钱。尹雪梅突然火了，说，郝晶晶，合着你们眼里就只有钱是吧？算账是吧？那我跟你算一算，你别以为我不知道，现在北京随便找一个保姆就得七八千，好的一万多呢。我在这儿给你看孩子做饭洗衣服，你给我一分钱了吗？郝晶晶没想到母亲突然生气，更没想到她心里还有这么一笔账。话说回来，尹雪梅算得没错，就算你花一万块钱请保姆，哪个保姆能比孩子的姥姥更放心呢？但也没听说谁家给孩子姥姥或奶奶看孩子钱呀。

郝晶晶想起前几天母亲生病的事，千万不敢气着老太太，说妈你别生气，我明天就和小孙视频，让他过年回来。你放心，一定让你参加上同学聚会，你告诉我日期，我给你买回去的火车票。女儿同意了，可尹雪梅心里并没有十分痛快，她有点后悔说保姆和钱的事了，那不是她本意。她就是想说，你们考虑事情的时候不能光考虑自己，能不能想想我呢？我不是一个木头人，我也有我自己的想法呀。

尹雪梅的想法越来越多了。既然要参加同学聚会，总得有件像样的衣服吧，就算不给那几个当年暗恋自己的人看，也不能在女同学那里丢面子，她可是从北京回去的。她的衣服都是小摊上淘来的，郝晶晶带她去过几次商场，她都嫌贵，没买。其实她自己手里有一千多块钱，是大儿子二儿子女婿小孙过年过节发的红包，她都攒着，一分没花。现在，是这点钱派上用场的时候了。

周六，郝晶晶带嘟嘟去参加早教机构的亲子班，尹雪梅拒绝了宝宝天团老太太们逛大集的邀请，独自一人去了附近的商场。在三楼女装区转了一个多小时，相中了一件大衣，好家伙，一千二，还不打折。但是吧，她穿在身上往镜子前一站，就有点想哭。原来我尹雪梅没那么老，原来我尹雪梅还有点姿色呢，原来我缺的不是别的就是一件像样的衣服呀。左看右看，怎么看都好看，舍不得脱下来。卖衣服的说，阿姨您穿这件年轻二十岁。尹雪梅点点头，说，能不能便宜点？卖衣服的摇头说，真不行，这是新款，而且我们店里L号的就这一件了。尹雪梅始终下不了决心，一千二啊，大衣好是好，可平常根本没机会穿，就穿一天，怎么想都有点不合算。她恋恋不舍地脱了下来。

又去别的地方转，又试了几件，都不满意，心里还是惦记着那件大衣，只好回去那家店，又试了一遍，仍然下不了决心。尹雪梅心里老想着，有一年仨孩子一起开学，家里没学费了，就差两百块，交了这个的就交不了那个的，跑到一个有钱的亲戚家去借，人家给了她五十块钱打发了。她路上哭了一鼻子，刚好碰见一个收头发的，一狠心把自己养了几十年的大辫子剪了，卖了两百块钱。一米多长，油黑发亮的辫子。从此之后，她的头发就再也没留起来，后来就开始白，开始掉。她舍得一头秀发，可舍不得一千二。

尹雪梅夜不能寐，买还是不买，这个问题纠缠着她。早晨起来，脑袋有点疼，她心里一跳，想血压可别再上来。想起那次犯病，就觉得自己有点磨叽了，买，一辈子总得放纵一回。她又去了那家店，尽管试过好几回了，还是忍不住又穿上试。这时候，商场人多，这家店还有三个人在试衣服。卖衣服的说阿姨你帮我瞅一眼，我去库房拿件衣服。尹雪梅说去吧去吧，我肯定帮你看好了。等店员回来，另外三个人都走了，就剩尹雪梅了。尹雪梅说姑娘我买了。店员却脸色大变，说阿姨我真没想到啊，我那么信任你，你竟然坑我。

　　咋了？尹雪梅不明白。

　　店员说，原来你跟他们是一伙的，骗子小偷。

　　尹雪梅说姑娘你可别瞎说，这话可是要负责的。

　　店员说，刚才仨人呢？

　　尹雪梅说，他们说衣服不合适，走了。

　　店员说，那他们试的衣服呢？

　　尹雪梅脑袋嗡一下，说，衣服……衣服……

　　店员说，我看明白了，你就是他们的托儿。昨天你在这儿试衣服，我们就丢了一件，今天好家伙，丢了两件。我说呢，你老在这儿试就是不买，敢情是为了打掩护。

　　尹雪梅说姑娘你冤枉我了，真的，我跟他们不是一伙的。

　　店员说你甭狡辩了，走，咱们去找保安，看监控。

　　监控室的录像显示，确实是在尹雪梅试衣服的时候，几个人拿着衣服跑了，走之前，那个女的还和尹雪梅打了个手势。尹雪梅以为就是打招呼呢，跟她笑了一下。尹雪梅一屁股坐在地上，她想自己真说不清了。

　　店员说，我也不为难你，赔我钱，要不然咱们就去派出所。

　　尹雪梅说，姑娘我真不是他们一伙的，我怎么说你也不信，我想赔你，可我就一千多块钱。

后来监控室的人说，这事要说是一伙也行，要说不是也行，很难判断。店员说，行，一千二，就你试的衣服的价儿，我就当这两天白干了。

尹雪梅身无分文了，她最喜欢的那件大衣却没穿回去，她觉得自己这辈子也不会再买新衣服了。

5

小孙气冲冲回到北京，他搞不明白，为什么放着好几万块钱不要，非得把他叫回来。后来，他弄明白是岳母想回去参加高中毕业四十周年聚会，心里更是不满，但已经回来了，也不好再说什么。他从非洲给所有人都带了礼物，是一个少数族群的树根，被雕刻成非常厚重的工艺品。郝晶晶对此已经没什么感觉，每年回来都是这些东西，看着好，但不堪用更不值钱。尹雪梅收到一个动物雕塑，是角马，她看《动物世界》的时候看到过。她非常喜欢这种动物，老觉得自己跟角马有点像。

小孙既然回来了，尹雪梅也没必要在北京待太久，很快就买票回了家。回家前需要到长春大儿子和二儿子那里一趟，主要是看看两个孙女，半年没见了还挺想她们。

老二去长春站接她，两个人在车站外绕了一个小时，愣是没找见彼此。后来终于发现，他们一个在北广场，一个在南广场，而尹雪梅把南北搞混了。二儿子说，妈，你在晶晶那儿是不是太辛苦了，都把你累傻了。哪个孩子也不好看，都一样，尹雪梅说，你们家莉莉更闹人。在老二家住了一晚上，尹雪梅本想跟莉莉睡一个屋，亲热一会儿，可莉莉说她现在想自己睡。尹雪梅没办法，只能在沙发上将就了一宿。第二天一大早给他们烙了饼，做了羊肉汤，自己也没吃，就用保温饭盒装了一份坐公交去老大家。

没想到老大三口人早就出门了，今天大孙女要去上美术课，上课的地方远，走得早。尹雪梅记得门前的垫子下有一把备用钥匙，可找来找去也没找到，也不知道是丢了，还是她走之后他们就换了地方。

尹雪梅只能拎着烙饼羊肉汤在小区里溜达。她在这个小区住过好几年，挺熟悉的，但现在看起来，却又很陌生。她知道是怎么回事，因为这里不是她的家。如果是自己家，就算过了十年再回去，也一样不会感到陌生。她发现小区旁边有好几个早餐摊，卖什么的都有，就找了个看起来还算干净的小摊坐下，要了一个馅饼、一碗鸡蛋汤。馅饼刚一进嘴她就后悔了，东西做得实在难吃，旁边的人吃得还挺来劲。鸡蛋汤更是清汤寡水，只能吃出味精味。这么难吃都有人吃，尹雪梅想，嘴上的钱可真好赚。等一结账，要七块钱，她吓了一跳，啥时候早餐都这么贵了。要是我自己开个早餐店，就卖发面饼羊肉汤，肯定比这好吃，比这赚钱。这个念头一闪而过。

快中午了，老大一家才回来。这时候尹雪梅手里拎着一兜菜和保温饭盒，在门口睡着了。大孙女跑上来把她摇醒，奶奶，我想你了。尹雪梅差点掉下眼泪，还是有人惦记自己的。一通忙，快吃午饭的时候，老二一家也来了。一大家子人坐在屋子里吃饭，俩孩子闹腾，被赶到了里屋。饭吃到快结束的时候，尹雪梅咳嗽一声，没人注意，她又咳嗽了两声。大儿媳说，妈你是不是感冒了？没有，尹雪梅说，是有个事，想跟你们商量一下。

尹雪梅说，高中同学毕业四十周年聚会，她想参加一下。

好事。老大说。

好事。老二也说。

可……我就怕你爸不同意。尹雪梅说出了自己的担心。

二儿媳扑哧乐了，说我爸这么大岁数还爱吃醋啊？

不是不是。尹雪梅脸红了，她没想到自己竟然会脸红。那几个号称追过自己的男同学，她都记不清他们长什么样了，而且自己要参加同学聚会，其实跟他们没多少关系。她就是想去，让老同学们帮她回忆回忆，当年都发生过什么事。高中的事情，她现在还能清清楚楚记得的，已经不多了。她害怕忘掉，一旦忘掉，就好像自己没有年轻过一样。

你爸那人你们还不知道？他才不会吃醋，他就是会觉得我这是瞎折腾。让他说啊，什么同学，什么聚会，什么年轻，都既没用也没意思。这么多年，凡是我特别想做的事，他都不支持，都觉得那是我在胡闹呢。

没事，妈，我们支持你。儿子媳妇们说，你为了这个家忙了大半辈子，去参加个聚会有什么呀。是不是需要凑份子钱？我们给你出。

听儿子媳妇这么说，尹雪梅心情好起来，说，你们啥时候跟你爸爸也说说，也不用他支持我，就让他别因为这个跟我板着脸生气就行了。

第二天下午，老大开车送尹雪梅去的车站，她还得坐一个小时汽车才能到家。

到车站附近，老大说妈我不下车了，你东西也不多，这儿不好停车。尹雪梅说，你把我放下就行。老大掏出五百块钱给尹雪梅，说妈你拿着。我有钱。尹雪梅说。你拿着，不是要同学聚会吗，到时候得交点份子钱吧，不够再跟我说。尹雪梅笑了一下，说，那不用现金，你要给我就发红包吧。我们班长说了，收现金太麻烦了，都微信收钱了。老大有些吃惊，说你还会用微信？尹雪梅说别瞧不起你妈，你妈就是生错了时代，我要赶上好时候，比你们强。

就是就是，老大敷衍着，条件允许，我妈能去联合国。

但最后，尹雪梅心心念念的同学聚会没去成。不是老伴儿不让她去，是她自己决定不去的。他们的聚会日期定在腊月二十三小年那天，之前好几天，她就心绪不宁。大儿子二儿子都给老郝打了电话，说了她要去参加聚会的事，老郝没说同意也没说不同意，就说知道了。后来尹雪梅又问他到底啥意见，他说你想去就去呗。尹雪梅说谢谢你老郝。老郝不说话，拖着一条腿走了出去，当啷一声，不知道碰掉了个啥东西。

到了腊月二十二晚上，尹雪梅失眠了，一晚上都在炕头烙饼，翻过来翻过去。她犹豫了，不怕见了面一切都物是人非，也不怕没什么聊的，她主要是预感到了聚会之后，自己可能会陷入一种困境。她很担心这么个聚会，把自己年轻时有过的那点心气儿再给点着了。几十年的生儿育女，几十年伺候老郝，再加上这几年看孩子，尹雪梅当年的那点劲儿早就被消耗光了。不管干什么，她都风风火火，是一把好手，可只有她自己知道，这背后都是累，都是疲惫，全靠一股劲儿撑着呢。她已经认了。这辈子其实挺好的，老郝本本分分，没闹出什么出格的事，对她虽然冷眉冷眼，但真有事的时候也知道心疼人。儿子女儿也算有出息，孙子孙女都有了。自己的身体呢，也就是血压突然高起来，别的都还成，再说了，这年头没点病还叫人吗？她没啥不满意的，她已经是镇子上最让人羡慕的老太太了。

现在让她把顶了几十年的一口气撤了，换上年轻时那口气，她还能喘匀吗？她怕，怕辛苦了这么多年建立起来的生活和心理上的平衡被打破，怕年轻时那个自己又借着这口气活过来。再有就是老郝的那句话。老郝也不是第一次说这句话了，可在这个节骨眼上，这句话就不一样。班长在微信群里"艾特"所有人，说马上交份子钱，每人六百，包吃包住包唱歌。尹雪梅的手机零钱里只有五百八，还差二十块钱。她就跟老郝说，我得让晶晶往我微信里转二十块钱。老郝弄明白了她要干吗，说了句，真行，一辈子不挣工资，花钱可挺大方。尹雪梅听了一愣，心里头特别不是滋味。除了在粮油公司那几年和跑出去打过两段短工，尹雪梅确实一辈子没拿过一分钱工资。她整天都是围着家里转，下地种田，回家做饭，伺候完公婆伺候老郝，顺带还得养大三个孩子，然后是孩子的孩子。这么多年，谁给她算过工作量、开过工钱呢？

尹雪梅就觉得这聚会挺没意思了，算了，不去了。

真不去了？老郝说，我就那么随口一说。

就因为是随口一说的，才是你的真实想法。老郝，你是不是特瞧不起我？是，你一辈子有工资，你退休了还有退休金，你们都有，全家就我一个吃白饭的。尹雪梅差点哭出来，可随即想到不能哭，一旦哭了，可能就收不住。老郝一准儿得笑话她，这人永远这样，永远体会不到女人的心思。

老了，尹雪梅想，容易多愁善感了。

尹雪梅年轻的时候，可是不一样呢。

6

尹雪梅三十五岁的时候，老大郝春阳十岁，老二郝春辉七岁，老三郝晶晶马上五岁。那年夏天，尹雪梅失踪了。老郝找遍了镇子，问遍了亲朋好友，没人知道她去哪儿了。找了三天，老郝觉得她肯定被人贩子拐跑了，正要去派出所报案的时候，镇子中心台球厅老板胡二让他去接电话。那是镇子上唯一一部电话。

老郝到台球厅时，尹雪梅已经是第三遍打来了。电话通了，尹雪梅说老郝，孩子咋样？老郝已经快疯了，说尹雪梅你是不是被拐卖了？尹雪梅说老郝，我没被拐卖，我出来打工了。老郝对着电话咆哮，你有病吧？你是不是脑子有病啊，一声不响就跑了，扔下仨孩子。尹雪梅说我给你留了张纸条，你没看见啊？坏了，可能被老三给吃了，我放在老三衣服兜里，想着你晚上给孩子一脱衣服就能看见的。

尹雪梅你看你回来我不打断你的腿！老郝一激动，猛地一扯电话线，把电话线扯断了。胡二的台球杆子甩了过来，就在快抽到老郝脑袋的瞬间停住了。看你是个被老婆甩了的人，这账不跟你算了。

尹雪梅是跟同村一个妇女跑出来的，她在沈阳。家里的日子不好过，仨孩子要吃要穿，公公婆婆那时都活着，每个月要吃药。大冬天的，婆婆还说，我口淡呀，我想吃黄桃罐头。老郝是个孝子，听妈这么说，就骑摩托车跑七八十里地去买，回来的时候刮大风，把腿给吹坏了，一变天就疼。我这腿里好像有一根大冰溜子，冻得我骨髓都疼。老郝哀号。尹雪梅来例假，连贵点的卫生巾都不舍得买，只能用一大沓厚厚的卫生纸垫着。她早就想出去了，也知道自己跟老郝说，老郝肯定不同意，还得发脾气。出去打工的事，尹雪梅提过不止一次，每一次老郝都气急败坏，说，尹雪梅你就是说我没能耐是吧？尹雪梅说，我不是这个意思，我就是想……你啥也别想，我不会让你出去的！老郝喊。

其实老郝冻坏的不只是腿，还有他作为男人的根本，从那次以后，他跟尹雪梅再也没有过亲热。孩子都好几个了，还亲热个什么劲儿？外头人不知道，尹雪梅从三十五岁就守活寡了。她那么年轻，也有自己的欲望。但尹雪梅不会离婚，更不会做出什么伤风败俗的事。她想的是，改变点什么，哪怕只是改变点家里的状况也好。

尹雪梅的打工生涯只进行了半个月，就带着一身伤回来了。村里的那个人搞的其实是传销，到那儿第二天，尹雪梅就觉出不对劲了。她热情，好说话，就跟"组织上"的人聊。话一多，人家就不对她设防，很快就搞明白怎么回事了。

尹雪梅还是机灵，半夜瞅着一个机会跑了出来，磕磕绊绊地摔了好多跤。

回到家的尹雪梅，抱着三个孩子哭了一通，老郝竟没为难她。那年冬天，领她去打工的那个同村妇女也回来了，不过回来的是尸体。她出殡那天，尹雪梅也去送行，葬礼现场被一群亲戚闹翻了天，骨灰盒都碎了，骨灰让风吹得到处都是。这个女人骗了几十个人，好多人把一辈子的辛苦钱都搭了进去，还有一个精神出问题，成了疯子。

打那以后，尹雪梅再也没出去过。

可是再往回倒十年的话，尹雪梅二十五岁，刚跟老郝结婚。两个人是自由恋爱，二十五岁的年纪结婚刚刚好，再过一年，就成老姑娘了，再年轻一点呢，又显得不成熟不稳重。尹雪梅十八岁高中毕业之后，就在镇上的粮油加工厂上班，工资不高，但还能过日子。五年后，粮油加工厂倒闭，尹雪梅失业在家。那时候，小镇根本没有发廊，只有一个很小的剃头铺。尹雪梅想开一个小发廊，她说干就干，到市里学了三个月，回来就开了一家发廊。发廊的地址，就是之前粮油加工厂靠街的一间厂房。镇上开小发廊很简单，刷一下门脸，贴上"剪发""烫发"几个美术字，门口再支一个架子，架子上随时搭着湿毛巾。有钱的，再放两只红红绿绿的灯箱。尹雪梅的发廊开业后，生意很一般，一开始是因为大家还不习惯花十五块钱去那儿剃个头，在剃头铺五块钱就解决了。等大家慢慢习惯起来的时候，发廊一下子冒出四五个来，还一个比一个装修豪华，不光能剪发，还能染发烫发，甚至有的都开始做SPA了。尹雪梅这个一个人的小作坊就不行了，只能关门大吉，彻底成了农民。

在发廊刚开那年，老郝还是小郝，在汽配厂修车，是尹雪梅最稳定的顾客。他每两个月肯定来一次，理发的要求也一直没变过：寸头，短点。小郝一直坚持到尹雪梅的发廊倒闭，又去找她，说，你不开了，我以后想剃头怎么办？那么多理发店呢，尹雪梅说，哪儿不能剃啊。不行，我就找你剃，要不，你跟我结婚吧。尹雪梅一愣，说开玩笑。不开玩笑，小郝说，我喜欢你，要不我干吗老到你这里来剃头啊。他俩谈起了恋爱，一年左右就结婚了。然后就怀孕生孩子，再怀孕再生孩子，成了三十五岁的尹雪梅，成了现在的尹雪梅。

十六岁的尹雪梅刚上高中，学习成绩一般，可她活泼，会唱歌，也会跳舞，尽管唱的不一定在调上，跳得不一定在点儿上，可在那个普普通通的北方小镇中学，谁在乎这个呢？特别是每年的元旦晚会，是尹雪梅最风光的时刻，她是组织委员，要组织大家排练节目，要准备自己的歌舞，还要当主持人，那几乎是尹雪梅一个人的元旦晚会。她并不是多么享受被人鼓掌的虚荣感，她就是喜欢那种忙碌的热闹，要是按她的想法，就应该整天都办晚会。高中的时候，她在图书馆的角落里发现了一本外国书，封皮都没了，那里面写的俄国人，每天不是舞会就是舞会。过了几十年，她才从老二那里知道，那是本俄国人写的书，叫《安娜·卡列尼娜》。

好几个男生对尹雪梅有好感，还有的跟她表白过。尹雪梅心里头暗自高兴，但她不想谈恋爱。老师家长不允许不说，她主要是瞧不上那些男生一个个窝窝囊囊，没志向。如果说十五六岁的尹雪梅对谁都没动过心也不对，有一个，是插班生张灏。张灏是从另一个镇上转学来的，成绩中等。开班会第一天，他就说，我的梦想就是考清华，而且我一定能考上清华。一堂哄笑，他们学校还没有考到清华的。可是随着一次又一次的考试，人们渐渐发现这个张灏还真不是说说的，每次考试他的排名都往前走，不知不觉就成了班级第一、年级第一了。

尹雪梅觉得这样的人才是牛人，才是值得喜欢的人。当然，她更清楚这样的人不会喜欢自己，他为了考清华，绝不可能谈恋爱的。尹雪梅也不想去跟他表白，她只是觉得，自己的学校里能有这样一个男生，本身就是很幸运的事。她以为自己跟他其实挺像的，都是有想法的人，只不过张灏的想法很明确，而尹雪梅的想法不是很模糊，就是隔一段时间就变。

高中毕业，张灏真考上清华了，尹雪梅连地区的专科也没考上。看到学校张贴的大红榜上打头的张灏，尹雪梅心里特别高兴，就跟自己考上了一样。对她来说，张灏是一个有力的证明，证明什么呢？证明就算是在这样一个小镇里，也有人能做出惊天动地的大事。这种可能性对尹雪梅来说多么重要，只要还存在，她就还有希望。

所以呢，二十三岁的那个小发廊，可能是她想干的事。三十五岁出去打工赚钱,也可能是她想干的事。结婚后,特别是生孩子之后,就忙了,只能勤勤恳恳地干必须干的事,一干就到了现在。

7

春天来了,护城河岸边的草一点一点地从泥土下往上绿,树叶一片一片地从芽苞里往外抽。尹雪梅扎了条花围巾,带着嘟嘟去跟宝宝天团汇合。过完年之后,好几个宝宝接连感冒,她们已经挺长时间没集体行动了。天气转暖,尹雪梅熬不住在群里吆喝,今天公园见。她用电饼铛烤了很多动物小饼干给孩子们。

宝宝天团人员没法凑齐了,有两个满三岁的,上了幼儿园,还有两个租的房子到期,搬到了其他小区,剩下的就五六个人。五六个也是一个组织,尹雪梅很珍惜这个组织。后来,有一个新成员加入进来,但相处得不太好。大家都觉得新来那个好像挺事儿,整天显摆自己的儿子媳妇在大公司工作,一个月挣四五万;要么就说,自家孩子的鞋几千块、衣服几千块,让别人很不舒服。她们就商量好,把她踢出群去,不带她玩。

五一假期的时候,几个搬走的老太太约好了回来,要聚一聚。而且都各自安排好,一整天不需要带孩子,就她们一群老太太,先去逛逛街,然后去聚餐,再然后去看个电影,彻底放松地享受一天。

她们逛街的时候,又路过尹雪梅试衣服那家店了,她借口上厕所,没进去。尹雪梅有点难受,比那天还难受,那天主要是气愤。吃饭本来要AA的,后来是多多姥姥出的钱,说咱们不学外国人,A什么A,又没多少钱。看电影的时候,是尹雪梅买的票。我会团购,电影票团购很便宜,还送爆米花。尹雪梅觉得自己挺厉害,用一百多块的电影票钱,起到了跟多多姥姥五百块钱的饭钱一样的效果。

吃饭的时候,小雨奶奶说,尹雪梅,我要是像你做饭那么好吃,我就开个小饭馆。尹雪梅说，在北京开饭馆，办手续老麻烦了。小雨奶奶说，麻烦啥，我儿子就在工商局呢，办执照找他。多多姥姥说，开饭店事儿还是挺多的，你就跟人家卖鸡蛋饼的一样，弄一个小摊就行。尹雪梅说，都是空想，我女儿女婿能让我干？那倒是。几个人又都点头。

晚上，嘟嘟在看动画片，尹雪梅在厨房里做晚饭。当那条鲤鱼刺啦一声滑进油锅时，小雨奶奶的话顺着油烟钻进了她脑袋里。开个饭馆？再不济支一个小摊？忘了是哪天了，尹雪梅在微信上看到过一条消息，说一个卖早餐的大妈，月入三万。三万是啥概念？比女儿女婿的工资还高呢。论手艺，尹雪梅自信比大街上的早餐摊好太多了。鱼在锅里颤抖着叫，渐渐变得金黄，尹雪梅暗觉自己可笑，多大岁数了，还想着下海创业？

马上要六一了，尹雪梅想给远在长春的两个孙女买点礼物寄过去。商场里的东西太贵了，她学着在网上购物，淘宝有很多便宜货。尹雪梅挑了两套裙子，就把微信里的钱花光了。她还想给她们再各买一双小皮鞋，可没钱了。这天她去买菜，从餐厅的抽屉里拿零用钱。零用钱是郝晶晶或小孙放的，每次三百五百不等，没了就再放。小孙昨天结了一个项目，拿到了分成，多放了一些，差不多有一千块。尹雪梅也没数，拿着信封，挎着小包出了门。

到了平常去的小菜摊，却发现关门了，不但关了，连门也没有了。墙上贴着一纸通告，说这种扒墙凿洞弄出来的小门脸，都是不合法的，近期都将整顿。尹雪梅茫然了半天，心里想，卖个菜都不行？来到这儿这一年多，几乎每天都在这里买菜，买水果，还有馒头豆沙包等。全没了，买根香菜都只能去商场的超市。

超市里人山人海。那里的菜价本来就贵，又趁机涨了一些，一把小白菜都得五块钱。但你也得吃呀，方圆几里地就这一个卖菜的地方。尹雪梅看排队的人实在太多，做饭也不着急，就忍不住又往服装部那边转过去了。商场里的裙子就是不一样，比淘宝上的好看，就是贵，贵好几倍。尹雪梅一边感叹一边走，不远处摆着甩卖的牌子，全是儿童鞋，尹雪梅大喜，赶紧冲过去。

尹雪梅花了四百块钱，买了两双小皮鞋。再回到超市，发现人少了一些，她挑了几样菜，一结账竟然要七八十。到家的时候，郝晶晶和嘟嘟回来了，嘟嘟正在吃火龙果，吃得满嘴粉嘟嘟的。尹雪梅刚把菜洗好，小孙就回来了，直接奔厨房，翻抽屉。

找啥？尹雪梅说。

零花钱呢？我刚打车回来的，身上没带钱，那个师傅也刷不了微信。

尹雪梅犹豫了一下，把信封从身上掏出来，递给小孙，我买菜拿走了。

小孙接过去，就下楼送车钱了。

这天晚上，尹雪梅就快睡着时，郝晶晶进她这屋里来。

咋了？她问。

没事，郝晶晶说，嘟嘟睡了，陪你待一会儿。

她们母女俩已经很久没有这样单独相处过了，最后一次两个人躺在一张床上，漫无目的地闲聊，还是郝晶晶怀孕不久，尹雪梅来看她的时候。那时候，她们说得最多的是孩子。现在呢，说得最多的还是孩子，只是感觉完全不一样。郝晶晶问尹雪梅，你们那个宝宝天团，最近好像活动少了呀。人不齐了。尹雪梅说。然后又说买菜不方便，得跑到超市去排队。不单是买菜，干洗个衣服，修个鞋，洗个照片，似乎干什么都不方便了。那些小门脸已经被统统堵死，刷了一层水泥，很难看。尹雪梅有点犯困了，但郝晶晶似乎有说不完的话。

晶晶，你是不是有啥事？尹雪梅心里头一凛，问。

郝晶晶沉默了一下，说，妈，你今天去超市，除了买菜，还买别的没？

别的？尹雪梅明白了，是零花钱的事。买了，我给嘟嘟的姐姐买了两双鞋，商场里在甩卖，打折的。

您回来咋不跟我说一声。郝晶晶有点埋怨地说道。

晶晶，我是正巧碰见，就用买菜的钱买了。钱赶明儿我还给你。是不是小孙说什么了？

没有没有。郝晶晶连忙否认，说哪儿是钱的事。我就是说，您跟我说一声，小孙问起来，我就能说明白，要不然稀里糊涂的，怕误会。

行了，我困了。尹雪梅明白过来，心里头一阵泛酸。

那我回去睡了妈，您别多想啊，真没事。

尹雪梅躺在床上翻来覆去，脑子里纠纠缠缠，既埋怨自己不该拿买菜的钱去买鞋，又觉得他们小题大做。说真的，小孙不是小气的人，经常跟郝晶晶说，晶晶，你带着妈买件毛衣去，天冷了。但他喜欢一切都在自己的掌握之中，丁是丁卯是卯，他可以给你钱花，但你不能背着他拿钱花。

我就应该有自己的钱。尹雪梅最后得出这样一个结论，那样我想怎么花就怎么花。就是在这一会儿，尹雪梅突然又想干点什么了，心底那口气，终于缓缓地喘了上来。

再有半年，嘟嘟上幼儿园小班，她就能彻底脱身了。

8

尹雪梅失踪了。

尹雪梅回家一个多月后，郝晶晶和老郝及全家人才发现这件事。

九月的时候，嘟嘟上了幼儿园小班，他适应得很快，一周左右就解决了分离焦虑问题。尹雪梅跟郝晶晶说，丫头，嘟嘟上幼儿园哩，今年你和小孙工作也没那么忙，我想回去。

郝晶晶说，妈，你再待一段时间吧。嘟嘟上学，白天没什么事，你也好歇歇。

妈是累了，妈想回家歇着。尹雪梅态度很坚决，郝晶晶只好同意。她能感觉出，自从那天她跟母亲夜谈了一次之后，尹雪梅开始跟她和小孙有所疏离。倒不是闹矛盾，而是尹雪梅变得客客气气，不像是孩子姥姥，倒像是请来的一个保姆。郝晶晶想可能是那次谈话伤到母亲的自尊了，但又不敢再提这事，怕越说越起反作用。她想尽办法对母亲好，给她零花钱，给她买吃的穿的，但尹雪梅什么都不需要。

她给母亲买了火车票，让小孙送她去火车站，尹雪梅死活不同意，说自己能去。他俩没办法，就给她打了一辆车。四十分钟后，尹雪梅打来电话，说到车站了。又过了半个小时，说上车了，十分钟后发车。

母亲一走，郝晶晶才知道自己有多忙。早晨得准点起床，洗脸刷牙，然后叫嘟嘟起床，这个过程就得半个多小时。给嘟嘟穿好衣服，送到幼儿园，她就得赶紧坐地铁往单位去。下午呢，四点钟她必须下班，才能赶上接嘟嘟。过了半个月，郝晶晶眼睛周围就黑了一圈，她忍不住跟小孙念叨，妈这些年真是太辛苦了。

十一后，二哥来北京出差，跟郝晶晶见面。小孙请他吃饭。

到了饭店包间，菜快上齐了，老二问，妈呢？

妈？郝晶晶疑惑着，妈在家呢。

咋不叫妈过来一起吃饭？

小孙也愣了，说二哥，妈在老家呢，回去一个月了。

老二大惊，啥？不可能，我前天还给爸打电话，爸还问妈啥时候回去，要不要跟我一起呢。

郝晶晶和小孙面面相觑，赶紧掏出电话来打给尹雪梅，可始终无人接听。三个人也顾不上吃饭了，开始四处联络亲戚们，问最近有没有尹雪梅的消息，答案全是没有。

郝晶晶哇的一声哭出来，说，我把妈给弄丢了。

小孙说，不对啊，那天妈明明坐上了回家的火车啊，她发的消息还在呢。

他们想过了各种可能性：被绑架了，走丢了，甚至……出了大事。五点钟接了孩子，郝晶晶抱着嘟嘟，又忍不住哭出来，宝宝，姥姥找不见了。嘟嘟还不明白这句话的意思，说，妈妈你是不是想姥姥了呀？郝晶晶使劲抱着嘟嘟，突然想起了什么，急匆匆冲出幼儿园，去找多多姥姥。她想，也许她们那个宝宝天团的人会知道点消息。

多多姥姥说，她们最近也没尹雪梅的消息，还以为她回老家了呢。郝晶晶准备离开的时候，多多姥姥突然说，我想起个事情来，两个多月前，嘟嘟姥姥在她们群里问，哪儿能买小板车。

她买小板车干吗？郝晶晶不解。

多多姥姥说，我也不清楚，她就问了一句，大伙都不知道，也就没信儿了。我帮你在群里问问，看她还联系过谁。

郝晶晶点点头，说谢谢。

老二把回去的车票退了，老大也连夜坐车赶来，第二天一大早到了北京。

兄妹三个人坐在麦当劳商量来商量去，最后决定，报警吧。郝晶晶已经拿出了手机，按完了11，就差0了。突然有一个电话打了进来，是多多姥姥。

多多姥姥说，晶晶，你看你妈的朋友圈了没？

朋友圈？我妈有朋友圈？

你看看能不能看，我刚在群里说了你妈的事，后来已经搬走的瓜瓜奶奶说，她前几天还看嘟嘟姥姥发朋友圈了。我手机里看不到，其他人也看不到，我估计是你妈屏蔽人的时候，忘了瓜瓜奶奶了。

我妈发的啥？您能发给我吗？

你加我微信，多多姥姥说，微信号就是宝贝多多的拼音。

郝晶晶放下电话,老大老二都问说了什么。妈可能有消息了。郝晶晶说着,赶紧加多多姥姥的微信。多多姥姥传过来一张截屏图,上面是一个早餐摊,写着几个字:只要手艺好,赚钱跑不了。多多姥姥说,瓜瓜奶奶之前看到,也没当回事,就以为是你妈出去吃早餐,随便拍的呢。后来又一翻之前的朋友圈,好像没那么简单。接着,多多姥姥又发来几张截屏图。一张是看起来半新的平板车,一张是地下室阴暗的室内,还有一张是条大街。老大眼尖,在第三张图上看到了一个垃圾桶,垃圾桶上写着朝阳门外大街环卫。

在朝阳,妈在朝阳区。老大看了看表,说咱们马上赶过去。

妈会不会是……老二不太确定地说,摆了个早餐摊?可她为什么呀?

三个人打了一辆车,在朝阳门外大街四处转,寻找着尹雪梅。

尹雪梅并不难找,他们没用半个小时就找到了,因为在朝外大街的一个十字路口,排着长长的一队人。兄妹三个,远远地就看见了尹雪梅。天气还没那么冷,她穿着一件紫色的罩衣,正在给买早餐的人盛东西。尹雪梅满脸都是笑,眼睛里像夏天的泉水一样,叮叮咚咚地流淌着。今天羊汤免费,其他的全部半价。她高声喊着。最后一天了,明天你们可就吃不到这么好吃的早餐了。

三个人互相看了看,默默排在了队伍里,跟着往前挪。他们看见那些买了早餐的人,拿着油饼、包子和羊汤从身边走过,一个人感慨着,太可惜了,这么好吃的早餐。另一个说,就是啊,这是我在北京路边吃过的最好吃的早餐,又干净又便宜。

一个穿着西装的人排到尹雪梅前面。尹雪梅说,还是老三样?西装男说,是。大妈,你是不是遇到什么困难了,咋不干了呢?

尹雪梅说,也不算啥困难,我租的那个地下室,不让住了。我也犯不着去租个楼房住,一个月得多少钱。西装男说,阿姨,你要想做大,我给你投资,咱们合伙开一家店,咋样?尹雪梅笑了,说别瞎说,开店得多少钱呀。

西装男说,不开玩笑,我出钱,你出力,赚了钱对半分。

尹雪梅愣一下,说谢谢你,不过不用了。

西装男拿了自己的食物,放下一张名片,说你要改主意了给我打电话。

尹雪梅点点头。

尹雪梅看见老大老二和老三,没怎么吃惊,说,你们才来呀,还没吃早饭吧,先吃点东西。她给三个孩子各盛了一碗羊汤,拿了三张发面饼,还有一碟自己腌的小咸菜,他们就坐在马路牙子上吃起来,一边吃,一边掉眼泪。

最后一点汤和最后一张饼都卖出去了,七八个没买到的年轻人依依不舍地离开。尹雪梅收拾东西,三个人上去帮助尹雪梅,他们心照不宣,谁也不问尹雪梅为什么在这儿卖早餐。然后他们推着平板车,进了附近的一个小区,找到地下室。尹雪梅已经把东西收拾好了,就一些做饭的家伙什、一床很简单的被褥。

尹雪梅说,都放这儿吧,收废品的老冯下午自己过来拿,我都给他了。

尹雪梅只拎了一个蓝色的塑料袋,说,走,回去。

四个人打车回到郝晶晶家里。尹雪梅把塑料袋打开,稀里哗啦倒了一通,全是钱。最后数完了,竟然将近两万块。

几个人都吃惊地说:妈,你卖早餐赚这么多?

尹雪梅说,得刨出去两千的本钱。

那也够多了。

尹雪梅掏出两片药,就着水吃下去,说,老大,老二,老三,不好意思，妈让你们担心了。

郝晶晶眼圈又红了，说，妈，是我对不起你。

老大老二接着说，是我们不孝。

尹雪梅说啥不孝，你们都挺好的，是妈自己有点不甘心，想试试。我就怕我这一辈子，啥也没干成，就是个废人。试这一个月，妈满足了，妈也心安了。我尹雪梅不是个废人，要是给我机会，我能干成不小的事儿。只可惜，我年轻时没条件，现在想干，也没那么多力气了。

尹雪梅指着桌子上的钱，说，这点钱，我自己做主，行不？

三人连忙点头。

尹雪梅把钱分成了四份，一份给老大，一份给老二，还有一份给老三，说这是给仨孩子的。尹雪梅还留下一份，大概有四千块钱。她说，晶晶，你跟妈出去一趟。

郝晶晶和尹雪梅到了商场，尹雪梅到那家服装店，看见那件衣服还在，这会儿已经半价了，六百。她让卖衣服的开票，本来还想解释一下自己当初真不是托儿，可卖衣服的换了人，她的冤情无处诉说了。她又给老郝买了一块一千多的手表，剩下的钱，她要请宝宝天团的姐妹们去吃饭K歌。

饭吃得很热闹，歌也唱得很热闹。尹雪梅是焦点，老太太们都说，尹雪梅你太厉害了，你要是年轻五十岁，能当明星。尹雪梅说，那是。她们唱《二十年后再相会》，约好了只要还没死，每年都找机会聚一下。

> 来不及等待来不及沉醉
> 噢来不及沉醉
> 年轻的心迎着太阳
> 一同把那希望去追……

9

　　尹雪梅跟老大老二一起坐火车离开了北京。这次是真离开。虽然跟姐妹们有约定，但她已经想好，自己可能不会再回来。也不一定，如果嘟嘟想她，她还会来的。

　　尹雪梅在火车上睡着了。

　　老大老二给她买了一个商务座，可以躺着的那种。尹雪梅看着车票上的八百多块钱定价，心疼地想，这得卖多少碗汤、多少张饼啊。在高铁的轻微晃动中，尹雪梅睡着了，这一回，什么梦都没做。

换灵记

雅阁十五岁时醍醐灌顶，躺在稻田埂上，从乌云层层的空中落下了他有生以来的第一句诗。从此之后，不论吃饭、睡觉、走路，还是与别人聊天、插秧、收割，甚至是在吭哧吭哧拉大便的时候，都会有精彩绝伦的诗句从四面八方钻进他脑海里。毫无疑问且毫无道理地，雅阁成了一个天才诗人。

十八岁的雅阁考上了大学中文系，但他不耐烦听所有老师的课。在雅阁看来，他们全部不懂文学不懂诗，所有作为都只是用堆砌的文字和聒噪在侮辱神圣的诗歌。雅阁在他们的课堂上神飞天外，奋笔疾书，写了若干诗句。

十九岁时雅阁的诗被人挖掘出来，并很快获得某著名诗歌奖，半年后国内最好的出版社出版了他的诗集《稻田里的雅阁》，轰动了好一阵子。

二十岁的雅阁感到诗情更为充盈，似乎给他一支笔、一沓纸，他就能无限地写下去。雅阁已经超越了技巧和传统，他的写作完全是灵魂式的，你和雅阁面对面坐着，不能看他的黑眼仁，因为你一看，那儿就深不见底。

然而就在这一年，一件不同凡响的事情发生了，雅阁爱上了学校门口一个卖服装的姑娘。姑娘叫夏华，但雅阁觉得这个名字毫无诗意，配不上她淳朴的魅力和音乐般的声音，他只称呼她夏笙。夏笙成了雅阁的灵感代言人，只要一想到这个可人的姑娘，雅阁便觉得整个世界都水色充盈，仿佛泽国。于是他的诗风变得柔美而多情，每一句都能让少女怀春，少年动心。自然，这期间也有因为上课或其他事情造成夏笙不能如约出现在雅阁面前的时候，雅阁所感受到的痛彻心扉的苦痛，一样在他的诗里，埋成字句里的针尖。

　　雅阁和夏笙的恋情，一时间成为这所学校的爆炸新闻，天纵诗情的才子雅阁和遥远南方农村的姑娘夏笙，真是天造地设的一对。人们在最初的意外和惊叹之余，均在各种场合点头承认：确实只有这样的爱情，才配得上诗人雅阁。难道你希望雅阁去找一个艺术系涂脂抹粉、花枝招展的女学生？难道你希望雅阁去找一个数学系戴着眼镜、面无表情的女学生？难道你希望雅阁去找一个比他大十几二十岁、饱满丰腴的成功女人？不，没人这么想，诗人雅阁必须走诗人雅阁的路。

　　在二十一岁的七月到来之前，雅阁每天过的都是诗一般的生活：清晨的吟诵，白日酣眠或坐在夏笙服装店的柜台前看各色人物，傍晚在教室角落里涂涂抹抹。雅阁走在校园里，迎面走来的学生们都会指指点点，说看哪，这就是诗人雅阁。对此，雅阁既不感到欣喜，也不感到厌烦。在他若干年承自上帝的深刻思索之中，在对诗歌内在的无限探索之中，雅阁已经具备了前世诸多伟大诗人所有的悲悯之心，他常会在心里默念"怜我世人"之类的话。雅阁相信，世界上的万物都各有各的归途，他的任务就是把诗写好，留给成千上万懵懵懂懂、蝇营狗苟的人们。

　　有一天夏笙情绪低落，梨花带雨，可以说是我见犹怜，更何况多愁善感的诗人雅阁呢？于是雅阁买了她最喜欢吃的鸭脖子和冰激凌，但夏笙并没有往日的雀跃，只孤坐在柜台后。雅阁沉闷极了，他发现这样的时刻，竟没有一句诗能安慰到夏笙。最后，夏笙终于告诉他，房租又涨了，小服装店每日进项不多，恐怕即将倒闭。对于生存上的事情，雅阁只知道那些最本质的真理，面对困境无任何实质的办法，于是一种个体情感之外的郁闷、无助和痛苦涌上心头，这与从前雅阁所体味的大悲大痛不一样，它简单、琐碎、平常，却又无处不在，像极了内心深处被跳蚤咬了一个大包，痒却没法抓挠。雅阁回到他的常途，坐下来，抽出纸，写下一堆苦难的诗句，这些诗句可谓力透纸背。写完了，雅阁的内心得到舒展，觉得满意，便高声朗诵起来。他想，这些诗对他有用，对同是人类的夏笙也应该有用。夏笙看着他，皱着眉头，听着他饱含深情的朗读，她的表情变成了愤怒，起身扯过这些诗撕碎了，你写的这些有什么用呢？能当饭吃吗？能当钱花吗？

对此雅阁先是感到不解，继而很愤懑，他很奇怪一向出淤泥而不染的夏笙对诗歌如此粗暴，并且说出这等世俗的话。雅阁无言了一会儿，觉得现实和现实有了一定的错乱，而这错乱竟然再一次让他没有一句诗能够形容。

夏笙止住了哭泣，说，雅阁，我朋友给我出了一个主意。

雅阁抬起头，看着夏笙。

我朋友说，你在学校里好有名气，全校学生都晓得你，知道你是诗人，你明白吗？

雅阁眨了眨眼睛，他等夏笙说下去，因为到现在为止，他还完全不知道夏笙是什么意思。

如果，你能在学校里帮我做下宣传，或者是，我卖一件衣服，就送一本你的诗集，会不会更好？

雅阁不再眨眼睛，而是把眼睛睁得很大，他只是惊讶，而且很快这惊讶变成了惊恐，你是把我的诗集当作一袋洗衣粉了吗？

不，没有，不是那样的。夏笙说，难道你不爱我了吗？

雅阁因紧张而扩展的身体突然松懈下来，各种骨节、韧带、肌肉、皮肤都松懈了，原来看起来略显高大的雅阁缩成了一个干干瘦瘦的小人儿，嘴里喃喃着，爱，自然，我自然爱你。从来都一往无前的雅阁发现，原来那个圆圆的完整的世界扭曲分裂了，他身处一个巨大的悖论旋涡里：他已经习惯以夏笙作为灵感，夏笙却要他背弃诗。必须要做出选择，天纵奇才的雅阁甚至在脑海里寻找了其他诗人的句子，但古往今来的一切诗歌，包括那些最伟大的诗句，仍然没有一个字能解释他当下的困境，没有一句话能安慰他的心情。这时候，依然是他的灵感夏笙解救了他。

亲爱的雅阁，其实，是这样的：我们卖你的诗集，有人买了你的诗集，就送他一件衣服。

雅阁立刻觉得豁然开朗，不是尘世令他堕落，而是他赋予那些吊带、牛仔、涤纶、亚麻以诗意。人们将穿着他的诗句行走在大街上，无数精雕细刻的词语噼里啪啦落在地上，也许它们会生根发芽开花结果呢？也许有个孩子将它们捡起来，并且带到梦里呢？

雅阁的心，获得了充足的血液，他又膨胀成原来的体格，抱起夏笙，狠狠地亲吻她的嘴、她的颈、她的胳膊、她的坚挺的胸脯。

我爱你，我的灵感。

这个夏天雅阁勉强毕业了。其实他有好几科都不及格，文学院一位老诗人爱其才华，亲自拜访了教务处处长及分管教学的副校长，让雅阁拿到了硬壳毕业证和学位证。这令人欣喜。但遗憾的是即使赠送诗集，夏笙的服装生意也没有好起来。如诸位所知，网店早已经星火燎原了，常有学生到夏笙的店里来试穿，记住牌子、型号去淘宝买便宜货。至于从出版社库房拉来的五百册《稻田里的雅阁》，被当成纸做的砖头，一摞一摞垒成了一个简易的试衣间。试衣间刚刚搭建成的那天，雅阁很兴奋，他想，从此以后他的诗集将会和前来买衣服的顾客们裸裎相见、彼此亲密无间了。他们会在套上一件T恤或者一条牛仔裤的同时，看到一排又一排密密麻麻的《稻田里的雅阁》；他们或许会吟诵出一两句雅阁的诗，啊，哪怕是想起一两句其他人的诗，也是一种有意义的事情。

最初的几个月，雅阁没能找到一份工作，只是在夏笙的小店里，帮忙叠叠衣服，打扫卫生，或者端坐在那儿，用单纯而深邃的眸子看来来往往的人。夜晚来临，他们会锁上小店的门，一前一后走进胡同不远处的成都小吃店，每人吃一碗酸辣粉或担担面，然后再一前一后往胡同深处走，绕过无数院落，在夏笙十平方米的地下室隔间单人床上睡觉，偶尔做一次爱。

说起做爱，雅阁感到无限委屈。在第一次来临之前他耽于幻想，以为那必将是他一生所经历的最美好的事情，他甚至为此有一个月的时间没有写诗，不但没写，连想都没有想。雅阁企图通过高潮来临的美妙感觉，让自己的诗冲上新的高峰。可事实是，夏笙的羞怯、拒绝、疼痛以及叫喊，搞得他烦躁不已，只有床单上星星点点的血迹，让雅阁找到了一点激动人心的神秘感。他光着干瘦的屁股蹦下床，找到纸笔，要记下心里仅有的那点突如其来的灵感，但是他一个字也写不出，完全写不出。雅阁扔掉纸笔，干号了一声，瘫倒在地上。

然而渐渐地，夏笙从这种运动中找到了享受，会在身体不是很累的时候主动要求雅阁来满足她。

老孙，到我的身上来找找灵感嘛！

夏笙不再喊他亲爱的雅阁，而是直接称呼他老孙，她默默地要用所有的细节把他规划成自己的丈夫一类的角色。雅阁装作没听见，在那儿捣鼓一台永远转不快的二手电扇。他是雅阁，不是老孙。老孙可以是任何人，但不是他。相持到最后，总是以雅阁的失败而告终，夏笙已经完全掌握了他的软肋。她脱光衣服，把自己袒露给他，然后捡起一本他的诗集来随便朗读几句，雅阁那话儿就立刻变成一杆长枪了。荷尔蒙的刺激，让雅阁感受到和写诗同样的快感，他需要释放，于是就又趴在了夏笙的肚皮上。当然，也有的时候，夏笙朗读了十几页，雅阁还是软趴趴的，丝毫没有精神，这时候夏笙便很不耐烦，说，你还能干些啥？挣不来钱，也干不了事？

我会写诗。雅阁会反驳。

你写，你写，你写。夏笙连珠炮般回击他。雅阁不语。确实，在他心里是酝酿着一首伟大的长诗的，现在还不是动笔的时候，至于什么时候合适，要看上帝的安排，他也说不准。

雅阁于是爱起酒来，每餐都要喝一瓶最便宜的啤酒，喝完便会双眼放光，站在天桥上高声朗诵多年前的美妙诗句，或者对着过往的行人高喊，你们要知道，一个伟大的诗人，毕生都在等待一首伟大的诗。我已经看见了，我看见它若隐若现，在空中飘扬，很快我就会完成它，你们就等着震撼颤抖吧。

人们最初是惊诧，继而嬉笑，最后习惯了雅阁成为天桥上的一道风景。

九月末的时候，小店租约到期，夏笙清点了所有衣服，低价销售出去，带着多年积攒的三万块和一个疯傻样的雅阁，离开北京往南方去了。她想回到家乡的小县城，用这笔钱开一个小店，那儿生存起来要容易些；她也想顺便带雅阁去见见父母，甚至就直接把婚结了。

夏笙的家，在一个偏僻的江南水村，四季都是绿色，清晨湿漉漉的。第一次到南方来的雅阁，看见什么都觉得新鲜，有人背着竹篓子卖河虾、卖菜，他会跑上去趴在篓子边上仔仔细细地看，边看边啧啧赞叹。水田附近的河里，有小孩骑在牛背上吆喝，他也站在岸上与之应和。雅阁听不懂他们叽里咕噜的方言，但他从那些安然的表情里看到了一种从未经历过的人生，或者是诗意。虽然雅阁也生长在多水的地区，也种水稻，也在夏日里洪水滔天，但他并不知这世界上的水与水是截然不同的。这时候，夏笙觉得雅阁像个好奇的婴孩，她则是那个带着孩子郊游的母亲。

他们到了夏笙家,见过她又瘦又小的衰老的父母。雅阁坐在小竹凳上,不眨眼地看夏笙的妈妈剥蚕豆,一颗一颗地数着。老太太问了他一句话,他听不明白,夏笙解释给他说,是问他做什么的。

诗人,雅阁说,我是写诗的。

老太太非常吃惊,嘟囔了几句话,冲夏笙喊叫起来。

夏笙哈哈笑了,说,是写诗的,不是赶尸的。

老太太恢复平静,继续一颗接一颗地剥蚕豆,过一会儿又问,写诗是做什么的?

雅阁没听清这些词语,但他猜到了老太太的意思,便用手比画写字的样子说,写诗就是写字,写一些非常特别的字,让它们组成奇妙的句子,表达丰富的意思。

老太太把剥好的蚕豆倾倒在一个铝盆里,装满水,淡绿色的豆子在盆子里便如同一颗颗绿色的鹅卵石,安静地躺在那儿。

这世界上竟然还有人写……诗……老太太嘟囔道。

又一会儿,雅阁已经和水边几只鸭子玩了起来。鹅鹅鹅,曲项向天歌。白毛浮绿水,红掌拨清波。他念起古老而单纯的诗。

那不是鹅,夏笙说,那是鸭子。

我知道,雅阁说,可我觉得它们很认同当鹅,一些特别的鹅。

雅阁没有注意到,夏笙的父亲面孔一直板板的,两只豆子般大小的眼珠,深陷在眼窝里。他嘴里叼着褐色的烟袋,不停地吸着烟,那烟像是没有止境似的从他鼻孔里喷出来,烟丝在烟袋锅子里燃烧着。雅阁从中听到了呻吟一样的声音。

晚饭后雅阁困极了,躺在堂屋的竹席子上就睡着了。他裸着上身,身体瘦得能看见一根根肋骨,像饭店里煮熟又风干的羊排。老太太悄无声息地从里屋走出来,在屋角划着火柴,点燃了一把半干的艾蒿,很快那种艾蒿的香味就飘荡在屋子里,蚊虫都被这味道驱散了。

这孩子脑袋里有个怪物,把身体都吸干了,看瘦的。

雅阁是被压低的争吵声弄醒的。他听见里屋夏笙急切切的声音,还有一个硬邦邦的声音,想来是夏笙父亲。他听得出两人在争吵,而后夏笙哭起来。很快,里面乒乒乓乓有东西从高处落下,夏笙红着眼睛拖着下午才拖回来的皮箱出来,拉住雅阁的胳膊。

雅阁就跟着她往外走。老太太叽里咕噜说着什么,但他们刚出门,雅阁的父亲便关上了门,还能听见门闩闩上的吧嗒声。

我再也不会回来了!夏笙冲着屋子喊。

雅阁完完整整地听懂了这句话,他觉得有什么地方不对,但说不出,只能跟着哭哭啼啼的夏笙在月亮下往外走。路过了池塘和水田,来到通往县城的较为宽阔的土路上,夏笙大声地哭了起来。

雅阁看着月亮、夜晚和哭泣的夏笙,忽然间觉得自己将要写的那首伟大的诗,就在咫尺之间了,仅仅隔着一层淡薄如纸样的夜色。

我要写点什么。他说。夏笙没有理他。

给我纸和笔,他说,我要写诗,快给我。

夏笙愤恨地把包扔给他,说你写吧你写吧,快写你的诗吧,我就去嫁给那个娃娃亲算了,一万块钱,卖得真值。

雅阁完全没有注意到夏笙话里的信息。他翻检包裹,找出纸笔来要写下什么。可是他发现,整首诗,上千上万句诗就在胸膛里装着,但就是没法写下一个字。雅阁难过至极,他也呜呜地哭了起来。

夏笙没有在县城开小店,她要离家远一些,到了省城,还是卖服装。夏笙的小店开在省城郊区的一条街上,虽然是郊区,但这儿是交通要道,若干年来形成了一个小小的繁荣圈,有各种各样的商店。而且省城的触角,总是悄然就延伸了过来,离这儿不远的地方,已经有一批又一批灰色的毛坯楼立了起来。从这儿再往外五六里，是省城最大的火葬场，而我们的天才诗人雅阁，就在那儿上班。

雅阁在火葬场里做最有技术也最没技术的工作：按按钮。他的全部工作只是按一个红色按钮。有人死了，拉到火葬场，装在铁匣子送进火葬炉，然后有人通知开始，雅阁就按下红色的按钮，有人说可以了，他再按一下，一具具肉体就变成了灰烬。每当手指伸向那个红色按钮的时候，他都有一种奇怪的感觉，仿佛自己是在为天上和地下开电梯，一次次将人送到天上一样。

总有什么事奇奇怪怪不对劲，他想，总有什么。

是的，让雅阁最难过的是夏笙即将生下他们的第一个孩子，而他们还住在一间破旧的六平方米的平房里。每一天雅阁从家里出来，都要经过常年漫着污水和泥垢的一百米路途，那儿，有的是鸭子粪、塑料袋、水瓶子、破布，总是散发着腐朽的臭味。

我们的孩子就要在这里玩耍了，雅阁，我们可怜的孩子。夏笙哭喊着。

雅阁不免生出悲哀，想起自己童年时躺卧的浩渺的稻田，想起星空，而自己的儿子只能在这个地方的泥水里滚动。夏笙的肚子一天比一天大，脸上生出很多妊娠斑，头发变成了黄褐色，而且因为怀孕而变得肥胖，甚至是臃肿。她总是坐在小服装店柜台里大大的竹椅子上，每站起来一次，都要费很大的力气，后来，便任凭顾客自己去挑拣衣服，自己去试穿，她只管收钱。炎热的夏天闷热极了，头顶的小电扇只是把这边的热气吹到那边而已。夏笙常常瞌睡，会做一点梦，梦到自己在京城学校旁边开小店的日子，梦见雅阁瞪着两只大眼睛看自己。而这些梦的结束，总是因为一声巨响，每一次都是，夏笙不知道它来自哪儿。

雅阁似乎忘记了他的诗。走在去往火葬场的路上，他脑海里一直填满夏笙肥硕的身体和气球一样的肚子，他总是担心她的肚子会突然间爆掉，血肉横飞。雅阁继续喝酒，而且学会了吸烟，牙齿上已经积累了一层烟垢。搬到这里后,他们连买牙膏的钱也省下了。夏笙在攒钱,她知道养活一个孩子需要多大的花费,所以拼命压缩家中的各种开销。而雅阁的烟酒,却都是一种瘾,他经常从邻居和同事那儿借了钱去买来,久而久之,他所熟识的每个人都成了他的债主。雅阁走路不再看天上,他盯着脚下,这样是安全的,即使有认识的人走过来,如果不叫他,雅阁便假装没看见。然而债主总会叫住他,说,火葬场的雅阁,你欠我的钱,该还了,再不还,我就要去找你家婆娘了。雅阁就会像被电击一样跳很高,说,不不不,求你千万别去找她,我一定还给你。说还,他却永远也没有准日子。一旦这事情到了夏笙那儿,她的拳头便像一首巨大的组诗那样,一拳接一拳地擂在雅阁身上;她会默然一个小时不说一个字,之后一个小时无声地流泪,然后号哭一个小时,再然后就把雅阁坐在屁股底下。

有几次,雅阁被打了之后,一个人跑到火葬场去,想偷偷钻到那个大铁匣子里,把自己烧掉算了。可是他躺在那儿,没有人能帮他按红色的按钮,雅阁分身乏术。

一整天的嘶喊后,夏笙的胯下滚出两个血色的肉球,她诞下了各六斤重的两个孩子,双胞胎,都是男孩。在这之前,夏笙找人在平房的窗子下搭了个小厦子,能放一张床和窄窄的一条桌子,这就成了他们养育婴儿的地方。这一日,雅阁是在惊恐和欣喜中度过的,他惊恐于夏笙杀猪般的叫喊。诗人雅阁从来不晓得,女人生孩子时会这么恐怖,他以为人会像牛马一样,自然而然地就生下来了。他还惊恐于那两个血色的肉球,最开始,雅阁以为妻子生下了两个怪胎,等人把婴孩擦洗干净,露出小而模糊的鼻子眼睛时,他才笑起来。就是在这一刻,雅阁脑海里此前所有的人生场景飞快地过了一遍,他看到了那个伟大的和失败的家伙——猥琐、蜡黄、惊恐——感到羞耻极了。雅阁再走起路来,就觉得肩膀沉甸甸，每头都像是压着一个人。

雅阁找火葬场的领导，他说，我有孩子了，我不想按按钮了。

那你想做什么？你能做什么？

我想去整理遗容呀。雅阁说。无论如何，他知道那是整个火葬场最赚钱的工种。

领导笑了，说不，雅阁，我不能让一个诗人去给死者整理遗容。

雅阁看着领导，领导也看着他，最后诗人雅阁的目光还是退缩了。

老子不干了，雅阁说，老子再也不按按钮了。

但是诗人雅阁，火葬场的按钮工雅阁，临走时生出了愤懑，他拿走了五个可以像套娃那样依次装起来的骨灰盒，最漂亮的那种。火葬场外面，也有一些售卖花圈、寿衣、骨灰盒的小店，雅阁把五个骨灰盒卖了五百元，去商店里买了奶粉、鸡蛋、红枣，回家给夏笙煮了红枣粥。也许是生孩子时夏笙把所有的力气都用光了，或者那两个小小的肉体带走了她身体里的所有戾气和怨气，夏笙脸色苍白但面容安详，半躺在刚刚换过新床单的床上，两只臂弯都有一个包裹着的婴孩熟睡。

夏笙第一次安然地睡着了。诗人雅阁终于成为丈夫雅阁，很快又变成犯人雅阁。

他偷走五个骨灰盒的过程，被监控录像完整地记录下来了。这一天傍晚，公安局的人铐走了雅阁，他被判了六个月有期徒刑，后来火葬场的领导说了情，改为三个月。不管怎样，我们的诗人雅阁要到监狱里去了。有意思的是，省城监狱和火葬场相隔并不遥远，雅阁在每天放风时常常能看见远处天空升腾起的淡灰色烟雾。

那是火葬场的烟，雅阁说，只要我一按按钮，装在铁匣子里的人就会被推进炼人炉里，几分钟就烧成灰了。狱友们津津有味地听雅阁说他的按钮，说那种上千度的高温所带来的奇特感受。在这儿，没人晓得他曾经是个诗人，人们只知道他有一个老婆、一对双胞胎，他为了给双胞胎买奶粉而偷骨灰盒，进了监狱。雅阁被看作顾家的好男人，狱友们极为敬佩，所以也并不欺负他。然而夜深人静的时候，雅阁还是会有一种超越众人的孤独，牢房里那巴掌大的一小块天窗外，是深深远远的天，那儿再也没有美妙的诗句掉下来了。可是雅阁心里藏着的那首伟大的诗，却依然若隐若现，他抓不住，只好苦笑：现在，伟大的诗还有什么用呢？如果有人要，我宁愿拿我所有的诗才去交换一份好生活。

第九十天的夜，最后一夜，雅阁看着天窗，又自语起了这句话。

你真的愿意？突然有一个声音从牢房深处跳出来。

雅阁吓了一跳，我愿意啊，我想过好日子。

你别忘了，你心里那首伟大的诗，一旦你把它写出来，很可能会轰动世界，让你功成名就。

它是伟大的诗，没错，我想是的，但是现在我愿意拿它来交换。

这样，那个声音说，明天你走出监狱大门时，遇见的第一个人，就对他说，我们交换吧。你说了，你的全部诗才都会归他所有，而他所有的生存的智慧，将全部赋予你。

雅阁笑了，这只是一个神秘的笑话吧，难道人的灵魂是可以互换的？诗人雅阁失去了相信神秘力量的可能，他的眼里只看见躺在床上的妻子和儿女。

第二天的上午十点钟，雅阁带着小小的包裹走出了监狱大门。外面空空荡荡，没有人来接他，也没有昨晚那个声音所说的可以互换灵魂的人，雅阁有些失望。突然有一阵轰鸣声，一辆汽车从远处开过来了，汽车停在离雅阁不远处，下来荷枪实弹的押解人员。然后车上走下一个穿着西装的人，他抬起头，雅阁不禁低声惊呼了一下，这个人，不就是他大学时的同学涪城吗？那个最聪明、最能干的人？他们走了个对脸，互相看着，他已经完全认不出雅阁了。但是即将错过的一刹那，雅阁说，我们互换吧。两个人随后觉得有什么从自己身体里消失，又有一种其他的东西钻进来。涪城惊讶地看着眼前这个衣衫褴褛的瘦子，冷笑了一下，走了。

已经过了冬日，过了春节了。雅阁回到家，门锁着，从窗子里窥进去，只见一切都整整齐齐干干净净的，木板制作的简易婴儿摇篮摆在小房间的床上，长条桌上面奶粉、奶瓶、暖水瓶挤得满满当当。没有我的三个月，他们娘儿仨过得还挺好，雅阁想着，略有些失望。有一阵湿润发凉的冷风从院子拐角处吹过来，雅阁闻到一股骚味，抬头时，脸被这种浓重的味道整个遮住。就在窗前，他急匆匆地并未注意到一条细绳上晾满了花花绿绿的尿布。雅阁依稀辨认得出，这其中有自己衣服撕碎缝补的影子。他知道，这味道是他的孩子的，便将尿布捂在脸上，拼命吸了几口气。

雅阁很饿，但是他打不开门上的锁，只好将包裹放下，出院子去夏笙的小店。几步路之后，雅阁惊奇地发现，原来那条泥泞的路没有了，地上铺了密密实实的碎砖头，砖虽然是碎的，却平整，自带某种花纹。而那条小街，竟然比他进监狱前要显得宽阔，两边的各种杂货店商店也更为干净整洁了。雅阁清楚，在三个月的时间里，这儿一定发生了某些变化。

远远地，雅阁看见夏笙坐在小店里，身材还是偏胖，但已经恢复了几分当年的容貌。夏笙的身旁，有两个粉红色的婴儿坐在筐一样的坐垫里。他们也看见了他，但并不认识。

走进来的雅阁让夏笙吃了一惊，她仿佛突然发现自己还有个丈夫。

你来了。很长一段沉默后，夏笙说。

雅阁点了点头，就蹲下去看自己的两个孩子。他心中有说不出的欢喜，本能地要用什么去形容眼前的天使般的婴儿。但这念头转瞬即逝了，他只是亲着他们，像极了一个得意的、成熟的父亲。

几个月来，这儿的确在被改变着：又有几栋楼开始建设，而最初盖起来的那些楼房，有人陆陆续续住了进去，这条街便渐渐成了人们的消费之地。有人从建筑工地捡了许多碎砖，铺上了那条污水路，各家商店生意好起来，就换门换窗，装上夜晚也能闪亮的灯箱。夏笙的衣服卖得也比之前好，又有两个孩子在店里，就常有很多女子，因为喜欢两个孩子，欢天喜地地买了衣服回去。

这时有客人进店，夏笙要站起来，但雅阁已经迎了上去，说，美女，今天看什么衣服？

夏笙愣在欲起未起的动作里，她无法相信这是当初的诗人雅阁。雅阁浑然不觉，像一个干了三五年的成熟导购那样，给人介绍起店里的服装来。客人试穿，满意，砍价，退让，成交，收钱……雅阁最后将一百二十元递给仍在发愣的夏笙。

你是不是在监狱里被人打坏了脑子？夏笙说。

雅阁不说话，开始整理衣服，有一些挂着的拿下来，有一些叠着的打开挂上去。他改动了所有价签，每件衣服的价钱都提高了三分之一左右。夏笙明白过来，雅阁刚刚卖出去的那件衣服，平时顶多卖一百元，而他卖了一百二十元。

一个月后，雅阁全面掌管了服装店；两个月后，他们盘下了隔壁的杂货铺，店面扩大了一倍；半年后，雅阁的服装店开到了靠近省城的四环。之后，他又给夏笙开了一家小的首饰店，而首饰店也很快扩大了经营。时间仅仅过去两年，雅阁住进了一百平方米的楼房，有了两家服装店、两家首饰店。不知道为什么，他做什么都赚钱，都有人光顾。不仅仅是生意，雅阁似乎获得了一种神秘的能力，他认识了各种各样的人，并在这种关系网里游来游去；他开始出入一些时尚场所，并很快成为红男绿女中的佼佼者。成功的雅阁坚守着自己的原则，从不在外过夜，对夏笙体贴入微，对已经快上幼儿园的双胞胎疼爱有加，不吸烟，不喝酒。

他像一轮太阳那样，散发着光和热，让万物生长，而自己连一个斑点都没有。

雅阁带着夏笙回了小村，和夏笙的父母和好，给他们盖屋买家电。

然而，在这一切的美好生活里，夏笙感到奇怪和不安。她不知道雅阁何以忽然间变得这样神通广大，觉得他的身体里，丢掉了某种什么东西，可究竟是什么呢？夏笙也说不出。

终于有一天，在孩子们微笑着入睡，夏笙吃完雅阁做的消夜后，她仿佛不经意地问道，雅阁，你怎么再也不写诗了？

诗？雅阁对这个词竟然感到些许陌生。

哦，不，没有什么诗这回事，雅阁说，只有好好活着，活得好好的。

夏笙朗诵起雅阁大学时写的诗句，这么多年了，她奇怪自己竟然还记得清清楚楚，一个字一个字地从嘴里跳出来。愚钝如夏笙，也发现和感受到了这些诗句的美，但雅阁毫无感觉，他既不为诗感动，更没觉得它们曾是自己的最爱。

很好，他说，诗很好。我们明天一起去幼儿园吧，见见老师，孩子们到了入园的年龄了。

雅阁心底对此清楚无比，他知道那诗是自己写的，也记得起当年的所有事情。而他更记得的是出狱前那个夜晚的神秘声音，是遇见的同学涪城。这一天之后，他悄悄关注了涪城：涪城被捕一年后出狱了，开始写诗，现在已经是全国最著名的诗人了。雅阁从报纸上看到他的照片，长发，白净的脸，深幽的眸子。雅阁恍惚间如在梦里，他觉得涪城看起来眼熟之极。报纸上说，诗人涪城数年来都在创作一首长诗，已经写了一千多行了，就在今年的夏季他将完成并出版。仅仅是一千行里最早发表的那部分，已经让全国甚至全世界的诗人为之惊叹，人们相信，近百年来最伟大的诗作即将诞生。杂志上的评论文章，在写到涪城的时候，偶尔会提到涪城曾经的同学,曾经的天才诗人雅阁。他们说,雅阁浪费了他的天才,而涪城的诗在许多地方与雅阁早年的诗一脉相承。

雅阁有一种焦虑,他期待涪城那首诗写出来,又害怕他写出来。他开始相信,那一天的一句话,真的互换了他们各自的"灵",把他的诗才全部给了涪城,而把涪城的全部生存智慧给了自己。

雅阁的生意和生活,永远是向上的,有时候美好得让他难以相信。这种虚幻感进到雅阁的内心里,慢慢地,竟重新滋生出一种痛苦来。雅阁飘在美好生活和未来的空中,失重,永远是失重,他的脚仿佛不存在了。

涪城的长诗《灵》终于出版了,它的确是当之无愧的伟大。雅阁收到一个包裹,打开后竟是涪城的诗《灵》,扉页上写着一句话:我的,也是你的。

当时雅阁在一座玻璃大厦的二十三层。他旁若无人,大声读着书里的句子,一个字一个标点都不放过。他觉得那些带着意义和情感的字,像一支走过漫漫征途的部队,分成两排,从他的双眼里往身体内部走,步调整齐,节奏铿锵。

雅阁的眼前天地旋转,他捧着《灵》重重地摔下了楼。在空中的瞬间,雅阁看见大厦最顶端的玻璃,仿佛小小的天窗,只是外面没有星也没有月。雅阁撞在花岗岩大理石地面,听见自己的骨头咯吱咯吱响个不停,好像有谁在用奇特的语言读诗。

这,是雅阁在人世上所听到的最后的声音。

小镇简史

阿珍的头发、眉毛、嘴唇、指甲,还有衣服和鞋子,都在明晃晃地告诉你她是一个"90后",而且,是一个北方小镇上的"90后"。那样一个正午,她从带篷的人力三轮车上跳下来,把正在大钟镇街上走的我吓了一跳。我以为有人要抢东西,正打算撒腿跑,她喊了我一声大哥,我看了看,才晓得是阿珍。事实上,对于被抢劫的恐惧已经持续了一段时间,在回来的长途车上,隔壁座的两个人一路都在说大钟镇现在出了一伙抢包贼,男女都有,抢前直接就亮刀子:破财免灾,瞎嘚嘚捅死你,刀子不长眼。到现在为止,他们还没有捅死过一个人。这表明这种抢劫的成功率很高,而危险系数很低,人们基本上都会乖乖就范。破财免灾嘛,不破财,怎么免去灾祸呢?两个人中的一个问,难道你们镇上的警察不管吗?另一个扑哧笑了,你咋跟学生似的,头脑忒简单了,现在这社会,据说上头都有分成的,谁敢管?再说了,就算你是警察,你愿意管啊?你敢保证哪个小青年不会一不小心,把你捅了?那倒是。问话的表示了理解和认可。我假寐侧耳细听他们的谈话,心里想,我几年不回来,大钟镇就变一个样子,想不到现在它已经堕落到这个地步了,许多年前,这儿几乎是夜不闭户路不拾遗呢。许多年前,就是我读高中的时候,大钟镇虽也有混混和黑社会,但他们的主要任务是互相火并，很少抢普通人，如果你不主动去惹他们的话。所以，说那时候大钟镇的治安很好，绝对不算瞎说。看来现在不同了。

　　我从汽车站出来的时候，太阳很高，又热又亮，北方夏日中午的那种干燥，让人觉得像是被摁在一眼黄土灶坑里，特别不舒服。站在车站广场上，我觉得自己眩晕了好几分钟，类似那种高烧到四十度时猛然站起来的感觉。终于头脑清醒了些，我看见车站对面街上的"烟酒茶糖""老张饭店""饮料水果"等各种小店，觉得自己好像在做梦，因为这景象和我工作生活的河北小城的车站外面，和我打工的深圳郊区车站外面，和我出差时去过的所有小城车站外面，几乎一模一样。每一个商店门口，都站着一个或两个中年妇女，嗑着瓜子，摇着扇子，闲等着有人来买东西。

　　还未等我回到现实里，一群人力三轮车夫就涌了上来，拉我坐车。我装作久居镇上的人，很自然地告诉他们，家就在附近，不坐车，他们就毫无表情地又去拉扯别人。我记起来了，在十几年前的老车站——那时候还在四道街吧——是没有这些拉客人的三轮摩托、人力车和黑出租的。那时候有什么呢？什么都没有，你走出车站来，和你走出其他地方一样，只不过就是面对着脏兮兮的大街，马路上散布着马粪驴粪——现在没有了，路上有的是各色的塑料袋，马粪驴粪只是在路面上，而塑料袋在风里到处乱飞。那时候车站也不像现在，里面专门设了门脸，租给卖水果香烟饮料和卫生纸的商贩们，只不过门口有人推着自行车，车把上绑着插满了冰糖葫芦的铁管子，再就是自行车后座驮着一筐自家的杏子或梨的。自行车一定是"二八"的，永久牌最好，黑漆；现在，满大街都是"二六"的，粉的绿的蓝的黄的红的，没大梁。看着眼前的一切，想起老车站，有一种安静的感觉，仿佛是某面墙上挂着的一幅风俗画。

　　我从人群中挤出来，想起在新车站附近，有一家很地道的蒙古餐馆，没错，乌兰茶馆，那儿有很棒的奶茶、嚼口和炒米，当然他们的爆炒羊杂更是美味，我这一路都在惦记着，下了车一定到乌兰茶馆去饱餐一顿。太久没有吃过家乡的饭了，深圳那种口味，这么多年我也仍未习惯。

我顶着太阳往西走，寻找着据说搬迁了的乌兰茶馆。一辆明显改装过的小汽车猛地在我旁边刹车，吓了我一跳。车上下来两个人，其中的一个矮胖且黑，我认出来了，是高中同学小郑。小郑看了我一眼，笑着说，不好意思，这车刹车有点不好使。他已经完全认不出我了，我没有点破，只是问，乌兰茶馆呢？小郑又笑了，哥们儿，好几年没回来了吧？早就搬走了，往西，过了政府那边的路口就到了。小郑和朋友进到一家手机维修店里，我怔了几秒钟，脑海里瞬间想起小郑的许多事情，但很快就破碎了，我担心自己认错人了。现在，我还是更急于去找乌兰茶馆，填饱饥饿的肚子。

我就是在去往乌兰茶馆的路上碰到阿珍的，她从一辆带篷的人力三轮车上下来，那辆车和小郑的车一样，差点撞到我。司机们喜欢把车停在人跟前，以炫耀他们的车技，也可能，这是他们的习惯。在这个意义上，我发现大钟镇已经成了一个危险的小镇，这儿的车祸发生率一定比大城市还要高。

大哥。阿珍喊我。

我心里本能地泛起一阵嫌恶，想她该不会认错人了吧，看她的样子，不像是好人家的姑娘。我说我不认识你。阿珍说，大哥，你啥时候回来的？

阿珍冲上来，抓住了我的胳膊，她的劲儿还挺大。大哥，我是阿珍呀。我吃了一惊，细细看了看，终于从浓重的粉底和眼影唇膏中，看出了当年那个小堂妹的影子。这孩子，怎么成了这般模样呢？比现在的大钟镇还让我难以接受。

阿珍，你怎么在这里？我问她。

我在镇上打工。我要去找我朋友玩，看到有个人像你，嘿，没想到真是大哥。她说话时，脸上的粉被微微的热风吹起来，像一层飘浮的尘。

你不是在职业高中念书吗，怎么又打工了？我问她。

去年就不念了，没意思。打工多好，虽然累点，但能挣点属于自己的钱，也没人管，自在。

那你具体是做什么？

我在四道街的一家火锅店当服务员。大哥，你去我们店吧，我请你吃火锅，你喜欢什么口味的？清汤还是麻辣？

麻辣的。哦，怎么说起这个了，再说吧，我还有事。

三轮车夫看见我们聊起来，不耐烦地说，你还走不走？你不走我走了。

阿珍回头说，走，这就走。

她又转过头来说，大哥，我得走了，你电话号码没变吧？我给你打电话。你没事去找我玩呀，我请你吃火锅，麻辣的，我们服务员能打折。

说完，阿珍坐上三轮车走了。

我一抬头，看见了不远处乌兰茶馆大大的招牌，可忽然一点胃口也没有了，什么奶茶嚼口炒羊杂，都失去了吸引力。反而是另一些毫无实际用处，也似乎完全不可捉摸的东西，开始让我感到好奇。阿珍，那个单纯得有些愚笨的小妹阿珍，怎么变成了今天的样子？用一般的标准判断，这完全就是一个不良少女，涂红得吓人的口红，染头发，穿得像个怪物，化浓妆；阿珍明明就是个老实巴交、脾气有点倔的农村姑娘而已。我没了胃口。我想，如果大钟镇变了，阿珍变了，那乌兰茶馆的东西，无论如何也不会是原来的味道了。

我原路返回，去小商店里买了一碗泡面，找了车站附近十元一晚上的小旅馆，要了一壶开水，把面泡了吃。也许是真饿了，也许是想用吃来填补心里的空虚和难过，那一碗泡面，我吃得汗水淋漓，连汤带面全都吃光了。房间里有一块中间裂开的镜子，我抬起头时，看到里面一个头发很长很乱、面无表情的男人，嘴里正叼着一坨泡面。我心里忍不住想，这是谁？怎么这个样子？随即明白，那就是我自己，心头就开始烦乱得很。我把泡面盒子放下，把房间里的老旧电风扇开到最高档，让那热烘烘的风直接吹着我，就倒在床上睡了起来。

我做了一个梦，梦见大钟镇被一根巨大的棍子支在半空中，有点像《大话西游》里至尊宝用金箍棒把一座城支在空中那样。大钟镇摇摇欲坠，但却始终不坠，只是一个劲儿地在那儿摇晃。然后，就有混着泥沙的水从空中倾泻下来，像泥汤子，很快在地面上形成另一条混浊的黄河。我在黄泥里，使劲儿地往岸边游。我游不动了，黄泥往嘴里灌……这时候我醒了，是热醒的，满身都是汗，油腻腻的。我看见床铺对面那台本来就不太好用的电风扇已经彻底停掉了。我感到有点虚脱，身子轻飘飘的，心想，我得出去走走，再在屋里闷着，我肯定会中暑晕倒的。我得出去走走，看看大钟镇的夜晚是什么样子的，还有，我回来要办的事情，总得办。

这次回来，我连父母也没告诉，没想到意外遇见了堂妹阿珍。

我是回来办一件事情的，这件事情拖了七八年。也不是拖，是本来已经完结的故事，却突然间出现了新的情况，不得不再次接续上。事实上，有些事情并不是你离开就能躲掉的，它总会通过七转八折的方式走进你耳朵里，你眼睛里，你心里。你可能会假装不在意，该吃饭吃饭，该睡觉睡觉，可一旦无聊发起呆来，就会不自觉地想起这件事，它会扎根。时间一久，你就成了记忆和可能性的俘虏，你就想，那么，还是去看看吧，不管怎么样，还是去看看吧，看看又不会死人是不是？可等这个决心变成行动，又过了几个星期，或者几个月。这是一种可怕而无奈的消耗和挣扎。最终，道理总是输给情感，我还是踏上了回大钟镇的路。

我走在大钟镇的街上时，虽然努力控制着让自己不要去回忆，不要去想多年前的往事，但往事自有其性格，它不由分说地从马路边的商店里，从小饭馆里，从那些还没倒掉的老房子里，笑嘻嘻地走过来。伸手不打笑脸人，何况是往事呢？你怎么能狠心把它赶走？何况你也赶不走它，它就在空气里。我曾分析过，原来的我，并不是这样一个善感的人，就是这些忘不掉的事，把我变成了这样。他们说天秤座的人本就如此，性格犹豫不决，舍不掉，也放不下，总是对任何事情都下不了决心。我就是天秤座。我知道，要是阿珍就不会，她果断得很，说不读书就不读书了。

我看见了那家租书亭，也是小商店。让人吃惊的是，它周围的建筑几乎都发生了或多或少的变化，只有它，还是当年的样子。破旧的门脸，门口的水泥台阶被踩得黑黑的，裸露着水泥残渣。这残渣表明，主人曾不止一次地修补它，可它还是破碎了。租书亭的两扇门和窗玻璃上仍然贴着"冷饮，租书，烟酒糖茶"的字样，已经被雨水泡得发了白。我就知道，总有些东西是不会变的。

这时候，夕阳正从西边的古塔那儿落下去，残留的光也仍然很亮，余热还让人觉得气闷。我正犹豫着要不要进去，看看租书亭是否换了老板，突然听见一个人尖声喊，大哥，大哥，救救我！我看见阿珍披头散发地跑过来，身后一个同样烫了头发的男子举着棍子在追她。天哪，真有抢劫的。我赶紧冲过去，拦住男子，连忙问，怎么回事？怎么能打人呢？你是谁？

男子站住，看着我问，你是谁？我打我女人，关你屁事？

我吃惊道，你说什么呢？你女人？这是我妹妹。

男子也很吃惊，你妹妹？真的假的？

他突然扔掉棍子，冲上来就抱住我，哎呀，有眼不识泰山呀，大舅哥，我想起来了，中午她确实说在路上遇见堂哥了。

我挣扎着推开他，怎么回事？你说什么呢？

男子说，我叫石头，是珍珍的未婚夫，她没和你说呀？

我看了看阿珍，她已经把头发拢了起来，脸上有一块地方在流血，还有几处青紫，倒没有碰见劫匪的那种慌张。

阿珍说，大哥，他是我对象。

我生气地说，就算你是她未婚夫，也不能打人呀。

男子突然蹲下，呜呜哭起来，大哥，你是不知道她做的事情，你知道了，也得揍她。

阿珍上去就抓他的脸，一下抓出了几条血道子，让你揍我！

他捂住脸，你看你看。

我连忙说，别打了。

他突然站起来，说，大舅哥，走走走，我请你喝酒去，喝酒去。哎呀呀，早就听说你在外面发财，混得好，想见你，老天爷给机会呀。

我看了看租书亭，有一个身影闪了一下，我心头一紧，说，那好吧。

我们并没有去阿珍打工的火锅店，三个人进了不远处的一个小饭店。石头点了几个菜，无非是小鸡炖蘑菇、排骨炖豆角之类，他又要了一箱啤酒，说，今天要喝个痛快，天热喝啤酒最解渴了。

服务员搬着一箱啤酒，蹾在地上，啤酒瓶上淌着水，散发着凉气。我知道，这些啤酒是在水池子里冰的。

石头说，大舅哥……

我摆摆手，别这么叫了，你就叫大哥吧。

他说好。才说完，阿珍已经咕咚咕咚喝了半瓶冰镇啤酒，天热死了，真解渴。

我不是很想喝酒，问石头，你说你们已经订婚了？

石头端起酒杯，想和我碰杯，我和他碰了一下，说，不急着喝，咱们先谈谈。

石头告诉我，他是去年腊月和阿珍订婚的，他们家给了阿珍和四叔六万块钱彩礼钱，他还到乡下老家去拜访过，和未来的老丈人喝了好几天酒，也见了七大姑八大姨的亲戚。年后，他和阿珍一起回到镇上，各干各的活儿，似乎一切都很正常。但是后来，大概是今年五月份的时候，石头发现阿珍和一些混混混到了一块儿。有一次，他去火锅店找她，正看见她跟着一群混混叫嚷着，要去镇子南面的空地上。他们是去和另一群人打架的。石头悄悄跟了去，阿珍并没有参与打架，她只是坐在车里，看着一群人和另一群人厮打。石头吓坏了，缩在土坑里。其实阿珍也吓坏了，那还是她第一次真的看见人们打架，不要命的愣头小子们砖头石块都往对方身上招呼，哭爹喊娘。石头壮了胆子，趁着乱，把阿珍从车里拉出来，用自行车载着她逃离了现场。石头恳求阿珍，不要再和这群人来往了，咱们赶紧结婚吧。阿珍答应了他，可是很快，她又旧病复发，再次跟着人去看热闹了。今天下午，石头偷看阿珍的短信，知道她又要跑去和那群人在一块儿，他生气了，拿着棍子打她。

我是没办法呀，大舅哥，我打她是为她好。石头说。

阿珍已经喝掉了一瓶啤酒，瘪着嘴，冷眼看着石头。

孬种。她说石头。

我问她，石头说的是真的吗？

阿珍说，大哥，你别听他瞎说，根本没这回事，他打我是因为他吃醋。

吃什么醋？我问。

因为我和火锅店的厨师小张关系好呗。阿珍说，脸上竟然是一副无所谓的表情。

你已经订婚了，订了婚就得注意了。我说。

我说了，小张是我干哥，我俩没啥，他不信。

石头的脸气红了，你胡说，阿珍，你怎么能胡说呢？你敢当着大哥的面，把事挑明了吗？

阿珍拍桌子，我怎么不敢？我还没说你给我们的六万彩礼钱，有七八张假钱呢。

石头脸红了，不可能，那都是我从银行取的。

看着他们两个，我心里烦躁起来，这种乱七八糟的事，我哪儿掰扯得清楚？我喝了一杯啤酒，冰凉的啤酒顺着喉咙和食道进入胃里，胃被刺激得一阵轻微痉挛，带着点疼。妈的，浅表性胃炎，一受刺激就犯。

我想了想，说，算了，我也不管你俩谁说的是真的，谁说的是假的，总之以后好好过日子，谁也别打谁，往事一笔勾销，行了吧？

阿珍端起酒杯来，说，大哥说的，我能不答应吗？

我们三个就碰了杯。

碰杯时，石头说，阿珍，你讲话要算数，你要是讲话不算数，我找大哥告你的状。

阿珍说，看你那熊样，窝囊废。

因为汗水和伤，阿珍的脸上已经五花八门了，她的假睫毛歪着，看起来那只眼睛像是要掉下来似的，口红是鲜红色。这是我妹吗？

阿珍说，我去厕所，我要补妆。

她去了厕所，只剩下我和石头，面对面坐着，然后闷声喝酒。我想找点话头来说，琢磨了半天，才说道，大钟镇发展挺快呀，我一下车，都差点认不出来了。

石头说，就是，大舅哥，咱们大钟镇变化大得很。你没见呀，几年前大街上才几辆小汽车，现在满大街都是，遇见上班下班时间，好几个路口还堵车呢。

我当然看见了，大街上飞奔着各种各样的小汽车，一辆辆风驰电掣，都好像没有刹车一样。汽车屁股后面冒着浓黑的烟，一看就知道是一些大城市淘汰出来的大排量二手车，但开车人的脸上那种自得和满足，比大城市里开宝马和奔驰的还要强烈。

好好过吧，你俩，我说，既然你们都订婚了。阿珍还不到结婚年龄吧？

石头又开了一瓶啤酒，递给我，我摇摇手，表示喝不动了，他一口气喝了半瓶。

年龄不是问题，想想办法就改了。你不知道呀，大哥，我是想早点结婚的，我这人没理想，我就想过跟别人一样的日子就行了。石头真能喝。

阿珍回来的时候，明显是精心打扮了一番，可看上去比刚才更难看了，或者说，她把自己画得完全不像自己了，像漫画里的反派。我不知道为什么，在大钟镇上看到的年轻姑娘，脸上都涂着厚厚的粉底，嘴唇抹得鲜红，眉毛画成粗黑两条，假睫毛长到你忍不住要给她拔下来的地步。她们还喜欢穿很短的短裤，齐着黑粗的大腿根，不知道是哪儿来的时尚，一下子就把大钟镇的姑娘们都给带起来了。我皱了皱眉头，刚要说什么，石头说，嘿嘿，我媳妇打扮打扮还真挺俊的。

我把已经到嗓子眼的话硬生生咽了下去，说了另一句话，我得走了，阿珍，别瞎闹了，给你爸爸省点心吧。

阿珍不屑地哼了一声，那个老头子，他管得着吗？

我很生气，阿珍，那是你爸爸，我四叔，不能这么说他，什么老头子！阿珍坐下，从石头的怀里乱摸一气，摸出半包烟来，拿出一支点着了，很熟练地吞吞吐吐。没他这样的爸爸，六万块钱彩礼钱，就给我一万，还有好几张假的，剩下的都是他拿着，卖了我还不给我钱。

我站起来说，总之你别瞎混，要上班就好好上班。我走了，我还有事。

石头说，大舅哥等会儿，把电话号码告诉我呗。

我不想给他留电话，免得老是有事，就说，阿珍那儿有，你自己记一下吧，不过我没办漫游，在镇上不怎么用。

阿珍说，大哥有空去我们火锅店，我请你吃火锅，可好吃了，我给你要麻辣锅，打折的。

我答应了一声，看了看他们，再也不知道还能说什么，推门而出。

天已经暗下来，没有月亮，大街上亮着路灯。这个北方小城，每一条路的两旁都设了路灯，灯泡外面罩着红色的灯笼，所以夜晚并不显得明亮，反而到处是奇怪的红色的光。这些年，我到过不少地方，但从来没见过一个城市或者一个镇子，晚上的所有路灯都是红色的。我想，如果从不远处的山上看，大钟镇一定是一片红彤彤，像鬼域。

即便如此，仍有一些小汽车在路上开着，司机连车灯都不打，好在老远就听得见马达的轰鸣声，让你知道这路上的危机四伏。我不敢到马路上走，只能沿着饭店和商店的门脸往回走，脚底下磕磕绊绊的，有时候是挡水的沙土袋子，有时候是门口放着的杂物。我忍不住想起许多年前的类似的夜晚，那时候大钟镇没有月亮的晚上比现在更黑，但路上没有发着红光的路灯，我和她手拉着手在路上走，那时候脚底下也磕磕绊绊的。我已经忘记了她的手的感觉，似乎很柔软，也很瘦小，我像是同时接触着她的骨头和血肉。到现在我也没弄清楚，一个人的手怎么能既瘦小又柔软，也许她的骨头本身也是软的，又或者是因为那天晚上的早些时候，我的两只手摸到了她身体上更柔软的东西，然后那种布满整个手掌的软乎乎而又实在的感觉一直留在手上，就算我去抓一块烧得通红的烙铁，也一定是柔软的。那天晚上，我想事情可能会有新的进展了，也许我们不用分开了，之前所担心的一切都是杞人忧天，因为我们毕竟这样手拉手在黑夜里走过了。这世界上，能有多少人有缘分手拉手在乌黑的夜里一起走呢？但是没有。我和她摸黑走到了一个小区的门口，她把手抽了出去，说，我要回去了，天已经晚了。忘了我吧。

她还是说出了"忘了我吧"这几个字。

我说，求求你，和我一起走好不好？我们一起逃走，我们私奔吧。

她无奈地笑了一下，别傻了，你走吧，忘了我，真的，听我的，忘了我。

她说完转身进门，我想拉住她，可我的手并没有举起来，她的身影很快消失在黑夜里。这个夜晚比所有我经历过的其他夜晚都要黑，我知道一切都已经结束，我知道，我和她在那个小镇度过的所有日子，我们的爱情，都会被留在这黑夜中。这墨一样的黑夜，好像是把一个句号，写成了一个大大的笼罩了一切的黑点。

而我，则得明天离开。我不能不走。

在一路眼睛般的红灯笼注视下，我终于找回了小旅馆。回去的路上，我发现不只有车，还有人，他们像鬼魅一样穿行在马路上，嘴里叼着烟，手里拿着闪闪发光的手机，他们不怕过往的车，来去自如。大都是年轻人，嘴里骂着脏话，说去跳舞了，去喝酒了。夜晚不同了，夜晚里人们的生活也不同了。

躺在小旅店的床上时，我一边擦着汗涔涔的脑袋一边想，如果当初我没有走，而是留在这儿，是不是也变成了和石头一样的人，或者是阿珍跟着的那群小混混一样的人，又或是路上遇到的那些青年那样的人？也有一种可能是，我开了一家随便什么店，每天过简单的日子。可是，就算我留下，我真的就能和她结婚、生子，一起生活吗？我真的能过上简单的日子吗？无论怎么回忆，我当年的离开都算得上是理由充分，可这些年我始终觉得自己有故意逃避的嫌疑，谁让那时候我还不到二十岁，还是个懵懵懂懂的少年呀。

我只是想不到阿珍变成了这个样子，也就是，我也不可能想象自己没离开会怎么样。

我打开了电视机，调了半天，终于调出了一个本地台，里面在放香港电影，是老片子，《赌侠》。我靠在墙上看起来，努力让自己的注意力都在电视屏幕上，而不是闷热的夜晚。不知道什么时候，我又睡着了，似乎做了一个梦，但怎么也想不起梦的内容。

我打开窗子，透了透气，外面的路灯，还是红红地亮着。

我倒在床上，想，大钟镇，我回来了。

第二天很早的时候，我就到那家租书亭去了，昨天我已经看过，一切都没变化。今天又特意进去转了转，书架上摆了近些年的新书，《仙剑》啊，《诛仙》啊，《盗墓笔记》《鬼吹灯》之类的，都是厚厚的一大本，里面的字蚊子一样大。但是，我没有想到，最重要的东西变了：这家店的主人已经搬到了其他地方，现在的店主是一年前接手的。那时候，这家店的老板娘是她的姐姐，我以为找到姐姐，就能找到她的。

走出来，我忍不住笑自己。来这儿做什么呢？你以为所有断了的故事，都会数年如旧地守着断口，等着你重新接续上吗？别傻了，别傻了。我忽然想起，自己并不是单单为这一件事回来的，还有另一件，事实上，那件事才是促使我回来的真正原因。一下车，我就被要再次寻找她的情绪笼罩着，竟然把真正的目的给忘得一干二净了。是这样的，我要在自己工作的那个城市申请廉租房，但需要回户籍所在地开一个没有房屋的证明。这次回来，就是要开这个证明的，如果不是因为这个，我想我是不会回来的。虽然在听到她的事情之后，我每天都有回来的冲动，但我没有足够的勇气，或者说没有足够的借口。

我到镇政府门口的时候，已经快九点钟了，但看门的老头说里面的人还没上班，至少得九点半之后。我心里骂了几句娘，然后蹲在门口等，但老头还是把我赶走了，他说领导看见了会生气的，还以为你是来上访告状的。我只好离开那儿，在镇政府大门外晃荡。

终于等到九点半，我走进政府大楼，找到相关科室的人，说明来意。他们说，他们不管这件事，让我去县政府问。我只好去县政府，到了县政府的相关部门，他们也说自己不管，又让我去派出所户籍科问。我到了那儿，他们笑了，说，你这事跟我们八竿子打不着，又让我去镇政府。我又去镇政府，买了一兜子水果，拎到了那儿。但办公桌后面正喝茶的妇女说，别说我不给你办，你的户口所在地是一条规划中的街道，也就是说现在还不存在的街道，我没法给你证明你没有房产。

我说，连街道都不存在，房产也肯定不存在呀。

她说，道理是这样的道理，但这没法证明；没法证明，就不能开具证明。

我愣了，她似乎说得很有道理，我根本证明不了我没有的东西。

就像我那时候的爱情吗？就像我对它的记忆吗？我证明不了。

但是我不能空着手回去，我回来就是为了办这个证明的，没有这个证明，我就没有资格申请廉租房，我就得一辈子住在地下室里。我找了找身上，还有两千多块钱，我掏出一千来，递给她。我说姐，这是上次借你的钱，还给你，真不好意思，拖了这么久。她一愣，笑了，哦，我都忘了，亏你还记得。她把钱接过去，又说，小伙子挺机灵的。这样吧，你下午再来，我给你想想办法。我说好的，谢谢，谢谢。

我退出来，到厕所洗了把脸，抬起头时又看见了镜子中的自己。记不清从哪一年开始，只要遇到镜子，我就会仔细地看自己，不是看自己长得好坏，而是看自己到底是什么样儿的。说实话，每一次，我都有点不适应，都像是在看一个陌生人。我需要在心里不断告诉自己，这就是你，这就是你。我耳朵里突然想起中年妇女的话，小伙子还挺机灵的。是啊，我多么机灵，这么巧妙地把钱送了出去。其实，不是我机灵，而是这样的事我早已经驾轻就熟了，我至少有二十种合情合理的办法把东西送出去。在我的工作中，每个月都会有类似的情况，我早已经习以为常了，这是我活着的本领。可是为什么我会突然觉得胃里不舒服，觉得恶心呢？难道浅表性胃炎又犯了？我说不清楚，好像自从下了车，自从再一次踏上这块土地之后，我就总是带着一种羞耻感。我总想让自己以多年前那样的心态来面对这个镇子，我想回到过去，我厌恶后来的自己。尽管那些年，我也干了不少所谓的坏事，也打过架，看过黄色录像，偷过冰棍，可还是觉得那时候的自己更干净些。

下午三点的时候，我回到镇政府，却发现上午那个妇女办公室的门紧锁着。三点钟肯定上班了，这女人太坏了，她坑了我。我在楼道里转了半天，她还没回来，我有点着急，于是敲了敲隔壁办公室的门。我看见了一张熟悉的脸，皮肤有些黝黑，胖乎乎的。竟然是高中同学老田，除了比十几年前老了和胖了些，他的样子几乎一点没变，以至于我一眼就认出了他。我认出了他的人，可怎么也想不起来他的名字，我只是觉得他很熟悉，但那个名字却像是埋得过于深的地雷，在该炸的时候沉默着。幸运的是，老田也认出了我，惊呼一声，就冲上来抱着我，阿力，我是国盛啊，田国盛，不认识了？在他如此直接的提醒下，我终于记起了他的名字，没错，田国盛，小胖。他怎么跑到政府部门来了？我也抱住他，嘴里嘟囔着，国盛，真没想到能碰到你，太巧了，真是太巧了。

我进来之前，他正在一台电脑上玩QQ。我们寒暄过之后，他赶紧拉我过去，说，把QQ号告诉我，我加你好友。真是的，十几年没见，晚上我请你去喝酒。

我告诉他我的号码，问他，你不是读了大专吗？怎么现在从政了？

他嘿嘿一笑，从什么政，混口饭吃，我在政府做财会。原来教过几年书，后来不干了。你呢，你到这儿办事来了？

我把自己的目的和遭遇和他细说了一番，口气里带着不满和抱怨。他说，阿力，这你就不对了，入乡随俗，在咱们这儿办事就这样，现在你遇到我了，事就好办了。隔壁是杨姐，我熟得很，她每天中午都要回去睡午觉，下午来得比一般人晚点，有时候也不来。你没认识的人，这事是办不成的。

我就说，那我运气可太好了，真是幸运，我正犯愁呢。

大半个下午，我就坐在老田的办公室里，跟他闲聊。他似乎也没什么工作可做，但隔壁的那个杨姐，怎么也等不来，我有些着急，就问老田能不能打个电话催一下。老田说不能打，该来总会来的。这样，阿力，反正你也是闲着，先跟我去趟银行，办点事，等咱们回来，杨姐差不多也该到了。事情拖延得我心情烦躁,可眼下的情况是,我只能抓住这么一根救命稻草,便跟着老田从镇政府大院出来。

老田说,等会儿,我去开车。

老田,我当年那个学习成绩倒数的高中同学老田,已经有车了。他开来一辆奥迪,我坐上去,说,老田,行啊,开名车呀。二手的。老田说。二手的也是名车呀,四个圈。老田开着车,载我到了小镇东边的一条街上,他让我在车上等着,自己钻进一家银行里。我坐在车里,吹着老田下车时打开的空调,脑袋有些晕,一种整个世界都恍恍惚惚的感觉涌了上来。我有点怀疑自己究竟是在2012年,还是在1993年。那个小胖子田国盛,现在成了成功人士,开着有空调的二手奥迪车。不知道为什么,我突然很想逃掉,我在老田面前感受到一种压力,这压力不是老田施加的,也不是从我自己的身体里生发出来的,反而像是时空和人事的错位所引发的。

半个小时后,老田回来了,开上车,我们又回政府大院。路上,老田说,有笔一百万的款子,我对了账。唉,我这个工作呀,每天几百万账上走,可是一分一厘的错都不能犯,差一点,这碗饭就甭吃了。

老田信守承诺,从他的杨姐那儿给我弄到了证明,就是那个证明我没有房子的证明。证明是这样写的:

证 明

兹证明孙大力(男,30岁,身份证号150422************)在大钟镇砂里街46号没有住房。

特此证明。

大钟镇人民政府
2012 年 8 月 12 日

我看着一张只写了几十个字的纸，看着上面那个红色的印章，问老田，就这？这能行？老田笑了，说，怎么不行，这盖着政府的大印呢。

这一天下午，石头打了两回电话，说他和阿珍请我去吃火锅，麻辣锅，好吃极了。我拒绝了，说自己的事还没办完，其实我想一个人静静，第二天或许就直接回深圳了。但老田并不放我走，我刚找他办完事，似乎也不好就这么直接走掉。

晚上整点，好好整点，多少年不见了，我叫几个高中的同学，你都认识，咱们好好聚聚。老田说。

老田刚刚帮完我的忙，我不能拒绝，就说，好的，老田，我做东，说好了。你帮了我这么大忙，我正不知道该怎么谢你呢。

老田拍着我的肩膀说，兄弟，回到家呢，就入乡随俗，好不好？别把外面那一套带回来，告诉你，不好使，今天你就听我的得了。咱们大钟镇，十几万老百姓，还管不起你一顿饭一顿酒吗？

我搓着手，说那多不好意思，我还没给家乡人民做半点贡献，不想给家乡人民添麻烦。老田已经打开了他的大翻盖手机，按下了号码，对方手机里直接跳出了凤凰传奇《月亮之上》的声音。老田说，听听这歌，多带劲，这娘们儿声音真好，知道不，内蒙古的。然后电话通了，老田高声对着话筒说，那个谁，咱们高中同学阿力回来了，晚上我安排，一起聚聚？你少来这套，什么叫中午喝了？谁中午没喝呀？中午喝了晚上不喝，你这一天不是白过了吗？你问都谁呀？我，阿力，国君，小胡，就留在镇上那几个高中同学。你不来我晚上爬你们家窗户去，别啰唆，好了好了，定好地方我给你发过去。

老田挂了这个电话，说，这孙子，天天喝，没有一天不喝的，快喝死了。

老田又打了几个电话，把饭局定下了，说，走吧阿力，咱们先去我工地看看，然后再去饭店，这几个孙子，向来没准点儿的时候。

我们到了镇子西边的一块地上，四五台巨大的推土机正把两座小山包推平，十几辆卡车装满了推土机推掉的泥土，一辆接一辆地拉走了。

这是干什么？盖楼？我问。

老田没有回答我，停了车，下来，走到一处地势较高的地方，双手叉腰，俯视着工地。这时候，夕阳落山了，可是余晖仍在，我从老田后面往那边走的时候，看见老田似乎在放射着光芒，很像城里很多广场上夕阳时的伟人像。我揉了揉眼睛，想把这景象揉掉。

老田停止了伟人般的远望，回过头说，阿力，看看，这块地怎么样？

我也站上去，看了看，说，位置很好呀，离公路很近，还是上风，下雨也不会发水。

老田说，这块地是我的。

我大吃一惊，你的？

老田点起一支烟，说，不全是，百分之三十三点三，我们三个人，每人出了四十万买的这块地。我告诉你，过不了五年，这块地就得翻十倍，十倍。

我不是很懂，而且四十万和十倍的数字也把我弄蒙了，我心里算了好几遍，也没算出十倍的四十万到底是多少钱，总之是很多的钱。

老田吐了一个烟圈，忽然用少有的语气沉重地说，生活艰难呀，兄弟。我小孩都上幼儿园了，每年就靠我在政府那二十万块钱，能干什么用呢？

二十万，我想，如果我一年能赚二十万的话，三年我就能买一套小房子了。

我还有点别的生意，小打小闹，也就赚十万块钱，不够零花。

十万，我想，如果我有十万，我就不用为生活发愁了。

虽说我老丈人家拆迁了，他家就一个姑娘，补了一百多万，最后都是我的，可这钱花着没意思，花女人的钱，不是爷们儿干的事，你说是不是？

一百多万，我想，我要是有一百多万，我就……我忽然间想不出，如果自己真有这么多钱，该干什么。那就什么也不干吧，就是吃饭，睡觉，待着。

我们几个哥们儿，合计着买了这块地，位置好，但想要卖个好价钱，得把它推平。

你们打算卖给谁呢？我想知道他们的十倍利润究竟是怎么来的。

太阳的余晖终于散尽了，远远地看去，地上升腾出一片雾蒙蒙的水气。老田的身体，从刚才的光芒中变幻成了一个灰色的阴影，他本来就黝黑的脸已经看不清五官了，只有那口黄牙还算明显。

老田从土堆上走下来，说，当然是卖给政府了。将来，镇政府会迁移到这附近，到时候，这里就成了风水宝地了，这才叫他妈的坐地起价呢。

可是，政府大楼很新呀，为什么要搬迁呢？

老田说，政府欠开发商好多钱，没有钱还，就拿大楼抵债了。可大楼抵了债，工作人员不能没有地方办公啊，只能再盖楼了。

那……上面能批？

老田笑了，说，兄弟，你不是在大城市混的吗，这些年都干了什么呀？看问题要辩证，明白吗？辩证法，辩证地看。

我不是很懂，他招呼我上车。

在路上，老田给我讲了他的政治辩证法。老田说，政府没有楼了，当然不会跟市里说，我把办公大楼还债了，没钱了，你拨点钱给我盖大楼。县里做一个经济振兴计划，这计划里最终的一个环节就是，西城开发区，也就是说政府要在镇西边搞一个开发区。好了，既然要搞开发区，那就得招商引资，要招商引资，就得有楼有路有商机，这个市里总得支持吧？哎呀，坏了，一搞开发区，就得增加政府部门，就得有相应的工作人员，政府职能也得调整，牵一发而动全身，这个算来算去，政府还是得有一个现代化的办公场所，你毕竟是为外商、港商、台商服务嘛，毕竟是在信息社会全球化时代嘛，也只能盖楼了。于是，这楼就忽然师出有名，而且义正词严了，想不批都难了。

我听了，心想，看来这里面弯弯绕还真多。

然后就到了饭店，让我没想到的是，老田定的这个地方，竟然就是阿珍工作的火锅店。

阿珍看见我时，并没有很吃惊，只是说，大哥，你不是说不来吃饭吗，我都和朋友约好去烫头发了。

我说，你去忙你的，我是跟同学来的，没想到正好是你们家店。

阿珍转过头，对刚刚走出来的老板娘说，老板娘，这是我大哥，你可得照顾点。

老板娘冷着脸说，你大哥怎么了？我还就要找他呢，你能不能好好在这干活儿呀，三天两头请假，你当我这是啥地方呀？

老田哼了一声，笑着说，姐，别生这么大气，生气对皮肤不好。

老板娘瞬间就笑了，哟，我的财神爷呀，你怎么才来？我还想着去请你呢，都一个月没来我家店了。

老田说，这不是天气热吗，老吃火锅上火，我这口腔还溃疡呢，不信你看看？

老田竟然就张开嘴，把头凑了过去，老板娘也不躲闪，果真凑近去看。她的嘴貌似不小心地碰到了老田的脸，一扭头说，坏死了，满嘴大蒜味，舌头都烂掉了才好呢。

老田说，不开玩笑了，东西还是老几样，他们几个都到了吧？

老板娘说，东西早就备下了，不过你们还是第一波。我让服务员先把锅子烧上，你们先喝鸡汤，今天刚从村里买来的老母鸡。

老田骂道，这几个孙子，回回晚，我这都晚来半个小时了，他们还没到。

老田往楼上走，我也正要跟去，突然有人扯我袖子，回头一看，是阿珍。她又转回来了。

大哥，给我二十块钱打车，我没零钱。

啊？我一愣，没想到她跑回来是跟我借钱的。我伸手去掏钱包，钱包里并没有二十的，我拿出一张五十的，阿珍夺过去，说我先走了大哥，你吃啥随便点，记在我的账上。

我看见老板娘又走了过来，就对在楼梯中央的老田说，老田，你先上去，我去趟厕所，马上来。

我问老板娘，阿珍在这儿干得怎么样？

老板娘看了看我，哼了一声说，本来看你是跟老田来的，我不想说，可既然你问我，我就好好说说。她是你亲妹妹？

我摇摇头，堂妹。

老板娘说，你这个堂妹，可把我害苦了，干活儿倒也还行，挺利索，人也挺下得力气，可就是这脑子，她说着指了指自己的头，这脑子缺根弦。自己就当个服务员，可老把自己当作老板，动不动请她这个那个朋友吃饭，吃完就记账。就她每个月八九百块钱的工资，够干啥？她现在已经欠店里一千多块钱了。

我皱了皱眉头。

老板娘接着说道，我也不敢辞了她呀，你知道吧，她混黑社会的，道上有人，我要是辞退了她，怕人家来报复我呀。

我说，不会吧，她小时候挺老实的。

老板娘突然打断我，说，赶紧上去吧，老田还等你呢，我去催催菜。

我就上楼了。

这一天晚上，我喝了许多酒，几个十几年未见的高中同学，一开始大家还有些陌生，但随着火锅开涮，白酒开喝，气氛就热闹起来。除了老田，其他几个我都不熟，不是同班，只是同年级其他班的同学而已，但毕竟在一个学校里待了三年，很容易就找到了许多共同话题。说着说着，就有些唏嘘的意思。火锅仍在不停地咕嘟咕嘟，热气熏着我们的脸。酒已经在肠胃里发威了，加上我的浅表性胃炎，威力更加大。我们聊起了许多同学的命运，死的，发的，回去种田的，跑到遥远的新疆的，被传销骗了的，结婚的，离婚的，生孩子的……我仿佛看见，十几年前的一排排少年，从一个巨大的时间沙漏里漏下来，然后就有了各自的命运。

我心里仍惦记着她。这个地方，我们当然也来过，虽然没有这个火锅店，可十几年前的时候，大钟镇才多大呀？哪块地方我们没有走到过呢？

她让我闭上眼睛，把一个甜甜的东西塞到我嘴里，我后来知道，那东西叫作棒棒糖。我喜欢吃糖，极其喜欢，这颗棒棒糖就更加味道甘甜了。她笑着问我，甜不甜？甜，真是甜啊。我说。她就一脸很幸福的表情。可是还不是世界上最甜的。我说。她疑惑了，那最甜的是什么？是你，我说，你肯定比糖还甜，不但甜，还是香的。我想亲你，亲你的脸，你的手，你的舌头。

她的脸立刻红起来，说，不要脸，阿力，你怎么能这么不要脸呢？我知道了，你肯定跟那群人去看黄色录像了。我听说了，你们男生一到周末就去整夜整夜看黄色录像，阿力，你不许去，那是脏东西。

我没有，我说，他们叫我去了，但是我没去。你知道的，我哪有多余的钱去看录像呀，饭都吃不饱。那倒是。她说着，重新笑起来，把棒棒糖从我嘴里夺走，含在自己嘴里，陶醉地说，是甜呀。然后又给我。我的舌头碰到沾满她津液的棒棒糖时，浑身哆嗦起来，像是被低压交流电电到了，我觉得自己的灵魂不停地跳动，要逃离身体而去。

事实上，我骗了她，我不止一次去过录像厅，但只看过一次黄色录像。我没有钱，是同学包夜场时，把我顺便带去的。那一次……那一次，那一次我怎能忘了呢？看着眼前的她，我知道自己已经有些冲动了，心里的那头野兽，正慢慢苏醒。

我觉得一阵反胃，我知道，该是吐的时候了。

好像从和老田他们一喝酒开始，我就在等着这一刻，也许是从昨天就在等，或者，是从我踏上回大钟镇的列车那一刻就在等。我胃里有一些东西，久久地盘踞在那儿，消化不掉，也排泄不出去，只能吐出来。现在终于到了吐的时刻。我挣扎着到了厕所那儿，男厕所有人，我到旁边的女厕，女厕的门上贴着一张纸，纸上写着"请到隔壁去吐"。我管不了那么多，一推，门开了，一个简陋的马桶上，已经布满了别人吐的恶心的食物。我努力让自己保持平衡，不至于摔倒在秽物之中。我感到自己很清醒，静静地等着胃部的抽搐，一下两下，很快抽搐剧烈起来，食物冲上了食道，喷涌而出。

老田来扶我，阿力，你丫怎么哭了？不就是回忆一下高中生活吗，你至于这么感动吗？你呀，出去几年，回来多愁善感了，你以前不这样啊。小胡小胡，赶紧来把他扶回去。

我喝醉了。我不知道自己哭的真正原因是呕吐得难受，还是别的什么。

第二天醒来时已经是上午十点了，头有些晕，身体也有些疲乏，但并没有酸痛，看来，昨天喝下的还真是粮食酒，不是勾兑的。我发现自己在一间标准的宾馆房间里，旁边另一张床上，老田那黝黑肥胖的身体赤裸裸地横在上面，这家伙，这么多年的习惯一点都没改，还是无论在哪儿都裸睡。读高中的时候，十一二个人睡火炕，老田就喜欢裸睡，每天都光溜溜的。

我揉了揉眼睛，努力想回忆起酒醉之后的事情，但脑袋里一片空白。

从现在的状况看，是老田他们把我弄到了宾馆，他也在这里睡下了。我起来，到卫生间冲了一把脸，人才算真的清醒了，一抬头，又从镜子中看到了那个人：他面色憔悴，眼眶比一般人要深一些，嘴角的胡楂已经有半厘米长，直挺挺的。我看见这家伙的嘴角竟然还残留着呕吐物不清晰的痕迹。这到底是谁呀？这到底是谁？事实上，我脑海里一直有一个声音轻声地说，这是你，混蛋，就是你，你得承认。我不想承认，因为我记忆中生活在这个小镇的我并不是这样的，那个我和现在没有一点相似之处。

起来了？老田突然出现在身后，他还是光着身子。

我赶紧出来。

洗完脸，穿好衣服，我有点不好意思地跟老田说，老田，真抱歉，害得你也没回去家。

老田，说什么呢，我这是常事。

我说，你夜不归宿，嫂子不会生气吧？

老田说，不会，咱夜不归宿，也不瞎闹，她理解。走，带你吃点咱们大钟镇的特色早餐去。

什么特色早餐？是油炸糕吗？我记得高中的时候，学校门口总是有卖油炸糕的，黄米面做的，用油炸得金灿灿的，里面裹着豆馅，特别好吃。

老田说，那都是什么时候的事儿了，不是油炸糕，那东西现在早没了。

我愣了一下。

老田说，说是特色，也不是什么特别的东西，你肯定吃过。不过我知道一个地方，做得特有味道，奶茶也好喝。

老田把我带到了瑛嫂子饭店，也就是一个路边的饭店，窄窄的两层楼，人却坐得满满的。这个小镇的人，已经越来越多地开始出来吃早餐了。十几年前，路边哪有几家早餐店呢？我们进到一个包间里，看到昨天一起喝酒的小胡已经在里面了。老田招呼一声，东西都点了吧？小胡点点头，说稍等就来。果然门开了，服务员拎着一暖壶奶茶和几碗饸饹面进来，饸饹面上浇着酸菜卤。我知道了他说的特色。这东西真是好吃开胃，就着香喷喷的奶茶和辣椒油，我吃了两大碗，头上出了一层细汗，浑身都舒坦起来。

老田端着茶碗问，在大钟镇玩几天？

我摇摇头，不了，回去看看爹妈，好不容易回来一趟，得去看看他们。

老田说，也是，我一会儿得陪书记去开会，就不送你了，让小胡送你。

我连忙摆手，不用不用，你们都忙工作去，已经够麻烦的了，我自己走就行，车站也不远。

小胡说，没事，阿力，我有车。

我坚持拒绝了，我说想一个人溜达溜达。

老田和小胡看我坚持，也就算了，说，那你把电话记下，有事打电话，别客气。

我记下了他们的电话，可心里想，也许，我永远都不会打这个电话，我已经下定决心，这次离开，就不再回来了，永远不回来了。

我没有想到，才到下午，我就不得不打通老田的电话，因为四叔进了监狱。

阿珍大概是把我回到大钟镇的消息告诉了我父母，他们打电话，告诉我说，你四叔被抓起来了，正在蹲监狱，你去看看他有没有被人打。

我说，怎么会呢？四叔也不会犯法，怎么能被人抓起来了呢？

爹说，还不是因为阿珍，她可把她爸爸糟蹋毁了。

原来阿珍和石头已经是第二次订婚了。去年，阿珍认识了一个女人，还认作了干妈。这个干妈给阿珍介绍了一个对象，两人也都同意了，对方就给了五万块的彩礼钱，但后来两人闹别扭，阿珍整天不着家，对方不乐意，要退婚，让四叔还彩礼钱。可那五万块彩礼钱，两万块四叔连还债带花销糟蹋没了，剩下的三万都在阿珍自己手里，她也花得精光。没钱还，人家把四叔告到了法院里，还不起钱，就只能坐牢。本来是个民事纠纷，调解一下也就是了，但对方家里恨得不行，又走了关系，说不还钱，就把四叔捉起来坐牢。

我遇到阿珍好几次，她竟然一个字也没提这个事情。

我想来想去，还是打通了老田的电话。

老田很爽快，说，没事，看守所里也有朋友，你等我下午回来，我带你去看看。

放下电话，我看了看身上的钱，拿出五百来，买了两条好烟。

下午三点的时候，老田开车接我，我把烟递给他，说，老田……

老田板起脸，说，阿力，你弄这个干吗？咱是同学，瞎客气。

我说，老田，你这不是也得找朋友疏通吗，我真是惭愧，没什么能拿得出手，就买了两条烟，给你朋友抽吧。

老田说，真不用，来来往往的，我给他办点事，他给我办点事。

我不好再说什么，心里想，歌里唱得真是没错，贫穷是可耻的，这时候我深深地感觉到了这一点。我知道，老田是看不上我这两条烟的。

我看见了四叔，他并没有我想象中的悲哀或者难过，反而是一种轻松的表情。

四叔看到我有些吃惊，说，阿力，你怎么来了？

我说，我回来办事，听说你在这儿，来看看你。

四叔嘿嘿乐了，看啥，我挺好，有吃有喝的。

我说，四叔，咋走到这一步了？

四叔说，这一步咋了？我没偷没抢，还不上钱，那是穷，穷还丢人了？

穷不丢人，可日子怎么过呢？我四婶一个人在家带着小弟，阿珍疯跑，你在里面就能安心？

四叔说，命嘛，人再大大不过命去，这是我的命，也是他们的命，跟着命走就行了，走到哪一步就是哪一步。

我忽然想起来，问四叔，他们没打你吧？

四叔说没有，我这么大岁数了，打我干吗，大伙关系处得挺好。

然后，我不知道接下来该说什么了，好像说什么都有点我在刻意而他在应付的意思。

四叔接过了话，他问我，我前一段听你爸说，你快结婚了呀？

哦，我说，我爸瞎说呢，没有的事。

四叔说，啥？你爸都乐坏了，见谁跟谁说。

我这不是没办法吗，他们老催我，我就编了个谎话，糊弄他们。

天哩，你爸知道了，得气背过去。侄子，你别看四叔蹲监狱了，没事，这道理简单，我这不是蹲监狱，我这是打工呀，五万块钱，蹲半年，这工资高到啥地步？

我愣了，我从来没从这样的角度去想这件事。这么说，四叔不但没亏，还赚了，怪不得他的神情这么轻松。

我离开的时候，四叔忽然间语气沉重起来，说，大力呀，你看见阿珍，得帮我劝劝她，别闹了，要不然她这辈子就完了。

我使劲点点头，可心里想，我能劝得了她吗？

很显然，我劝不了阿珍，我甚至都找不到她。出了看守所，我打阿珍的电话，关机了；打石头的电话，没人接。

我想算了吧，我不管了，我也管不了这么多了。四叔说得对，人各有自己的命运，他所做的一切，都是在实现这命运。我连自己的命运都搞不清楚，哪有资格去扳正别人的人生轨道呢？那么，我还是离开这儿吧，大钟镇，2012年的夏天似乎与往年没什么区别，如果有，对我来说，那就是我来过了，即将离去。

老田把我送到车站，我进站，买票。售票员问我去哪儿的时候，我想说老家的名字，可话从嘴里出来，就成了北京。等我拿到了那张下午五点钟通往北京的长途客车票时才意识到自己买错了，可我忽然不想去退票，也不想再去买一张回家的票，也许，认同命运的人，应该遵守偶尔为自己做的选择。命运既然给了我去一个地方的票，那我就只能去那个地方。我看了看表，四点十分，离开车还有五十分钟，到北京后，我可以坐火车去深圳。

　　我想我得吃点东西，除了早晨那两碗饸饹面，我还没吃过别的，客车要走一晚上，没有吃饭的地方，我得早点填饱肚子。我从出站口出去，看到旁边有一个穿着红色长裙的女人，在叫卖茶叶蛋。吃几颗茶叶蛋好了，我想。我走过去，然后愣在那儿。她也看见了我，不，她只是看见了一个过客，一个旅人，一个要买茶叶蛋的饥肠辘辘的家伙，她看见的不是我。我认出了她。怎么会认不出呢？这个影子许多年来一直在我的脑海里，跟着我成长，她和我想象的样子几乎一模一样，她的眼睛，她的脸颊，她薄薄的嘴唇，她的小虎牙。她说你要什么？我说，来两个茶叶蛋吧，多少钱？三块，她说，不再来点别的吗？还有什么？还有可乐、雪碧、矿泉水。那……再给我一瓶矿泉水吧。俩茶叶蛋一瓶矿泉水，一共四块，你给五块钱，给你三个茶叶蛋。行。五块钱，三个茶叶蛋，一瓶矿泉水。我知道，这是我和她说的最后的话，我和她最后的见面，我们之间的一切，终于用这样一个谁也想不到的句号，定格为往事了。

　　长途客车一如既往地颠簸，茶叶蛋我只吃了一个，因为我发现它们是臭的，不知道是因为白天气温比较高，还是我放在包里闷的。它们发出一股浓重的臭鸡蛋味，好像谁放的屁。我掏出这东西时，弄得整个车厢都弥漫着一股臭味，害得那个乘务员板着脸进行了一通所谓中国人的素质的长篇大论，又打开客车的天窗，放了半个小时的新鲜空气。我拿起那瓶矿泉水，刚要拧开盖子看，却发现那盖子并不是封着的，而是早就开了,又被人拧上的。我犹豫了一下,还是拿起来,喝了一口温吞吞的水。

就是这种感觉吧,我想,我的生活,我接下来的全部人生,就是这种温吞吞的、假冒矿泉水的感觉吧,我竟然不知不觉地流下泪来。

纠缠与交错

1

我被封控在了大钟镇。

原因很简单,在外漂泊多年之后,我终于耗尽了冲动,准备落叶归根,回到故乡去生活,却刚好赶上了2003年的非典。大钟镇的人分不清外面的城市,对他们来说,所有从镇外回来的人,都携带着看不见的危险。因此,我刚刚从客车上下来,就被人喷了一身消毒水。一些穿着白大褂的人,背着给果树和农田喷农药的喷雾器,左手不断压动手柄,把气体压缩,将喷壶里的消毒水以半气体半液体的状态喷出来。我的眼前弥漫着白色的水雾,鼻腔受到刺激,剧烈的喷嚏让我的整个胸腔都收缩起来,连带着胃部也有轻微的痉挛。

我带着一身消毒水味走出车站。街上人不多,炎热的天气里蕴蓄着某种难言的烦躁。大钟镇的几个招待所都关了门,一些小旅店也不愿意营业了,好说歹说,多掏了钱,才在一所家庭旅馆找到个小房间。没有被褥,只有一张硬板床、一条起满毛球的脏毯子。躺在硬邦邦的床上,我还在断断续续地打喷嚏,感觉自己像被设置了定时喷嚏的机器人。无论如何,我终于回来了,虽然将来的日子跟消毒水雾一样模糊,但身体下的硬木板是真实的，空气里被炎热闷熟的人肉味是真实的。靠着这点儿真实感，我在疲乏中沉沉睡去。

第二天就被赶了出来。老板不再相信我身体的清白，他思前想后，觉得我一定带回了他看不见的病毒。相比起多赚几十块住宿费，他还是更愿意保住命。更不妙的是，因为旅途的劳顿，加上睡得不好，我开始显出了感冒的初期症状。我自己也担心会是非典，就到药店去买药。卖药的人也很紧张，戴着口罩和塑胶手套递药拿钱。

我拿了药，才走了半条街，就被一辆车追上，下来几个白大褂，把我团团围住。他们给我测了体温，幸好我的体温还算正常，没有被强行带走。但一个白大褂说，你们这些人真是没良心，在外面赚钱，平时不回老家，外面有瘟疫了，一个个火烧屁股似的往回跑，这不是祸害自家人吗？

我试图告诉他我是从深圳回来的，不是广州也不是北京，我安全得很。但只要我一张嘴，他就举起喷雾器，要给我可能飞溅出来的唾液消毒，我只好闭嘴。通往乡下的班车已经停运了，车站门口一张大大的告示表明，什么时候恢复通车，根本没法确定。我想，要不要自己走回去？一百多里路程，两天怎么也走到了。可又想起白大褂说的话，万一呢？万一我真的携带了非典病毒，岂不是要把老爹老妈给传染上，然后就可能把整个村的人传染上？

我决定还是留在大钟镇，直到危险解除的那一天。或许还有其他促使我留下来的原因，但在当时，我无暇细想。

首要问题就是找住的地方。已经没有旅馆再接收客人，特别是从外地回来的生面孔。我敲了一上午的门，很多小旅店的店主只是透过玻璃看了我一眼，就拉上了帘子。我提着行李走在大街上，像个流浪汉。遇见个小商店，我买了两根冰棍，边吃边走。不知道为什么，走着走着，一开始的那种烦躁竟然渐渐消失了，反而生出一种异样的轻松。大钟镇的街道，每一条我都曾经走过。现在，它们中的一些还基本保持着原来的样子，另一些则被许多次挖开，铺设各种管道，然后是砂石沥青，还有一些已经失去了道路身份，变成广场或者门脸房。

我沿着脚下的路漫无目的地瞎逛，不知不觉走到了高中校园的门口。学校一周前停了课，大门紧锁，收发室里传出一个苍老的呼噜声。我把行李靠在一个墙角，从围栏上爬进院里，四处看不到一个人。走上教学楼，看了看自己待过的几间教室，想回忆点儿有关课堂的事情，但只有一些零星的片段一闪而过，无法连缀成片。我想自己大概是年纪大了，或者是被辛苦的工作和艰难的生活弄得麻木了，原来那颗稍微敏感的心，已经被一层层迟钝的肉包裹了起来。

在操场上坐了一会儿，空旷让整个世界像是虚拟的，连我自己也不太真实。主要是太安静了，没有敲钟声，没有学生的吵闹，连鸟儿或虫子的声音都没有。我又顺着栅栏爬出去，肚子感到了饥饿。我知道，现在不可能有饭馆开门。有那么一刻，我有点担心自己会这样死在镇子上，没吃没喝，没地方住。

我终于看到了一个人，准确地说，我终于看见了一辆车。是一辆有些破旧的桑塔纳，从中学西边开过来。我拎着行李冲到路中央，张开手臂。桑塔纳直直冲过来，我也不躲闪，直到它声嘶力竭地在我身前一米处刹住车。

司机探出头说，你找死啊？

我想这次冒险冒对了，因为司机是老何，我当年的班主任兼语文老师，何凤栖。

何老师，我说，我是子麟，你当年的学生。

老何撇了撇嘴，我教了几十年书，学生多了去。闪开，我还有事。

他撇嘴的动作，让我确认了他是老何，于是走了两步，直接把行李蹾在车前盖上说，何老师，你就算有一万个学生，也不应该不认识我。

子麟。

老何愣了一下，子麟？啊？子麟！！当年的事不怪我啊，我也没想到……

我说，何老师，我不是来找您报仇的，我是来找您帮忙的。

老何摸了摸头发——不知道他吃了什么药，脑袋上的头发似乎比以前还多了，尽管仍然暗涩发黄。他说，那上车吧，子麟，子麟，这么多年，我老何就对不起你一个人。

老何确实对不起我，他改变了我的一生，或者说，因为他，我的一生都改换了方向。

在路上，我告诉老何，我本来想回老家，现在回不去了，也没有地方住，想让他收留我一段时间。

老何说行。

我问他，不怕我有非典给你传染上？

老何撇撇嘴，喊，我老何是吓大的？我什么大风大浪没经历过，你看着也不像有非典，有的话他们也不会把你放在大街上乱跑。

我竖起大拇指，说，行，何老师，别看你现在年纪大了，骨头可比原来硬了。

老何不再是原来的老何了，他现在是市里某私立学校的副校长，年薪十几万，属于高收入群体。老何说，他在市里买了房子，但大部分时间还是在大钟镇上，他离不开乌兰茶馆的奶茶和手把肉。

我的根在这儿呀。老何感慨道，我老何就是从这里出去的，我二十年的时间都扔在镇子上了，去别处，我总是心里发虚，就在大钟镇才踏实。

这天晚上，老何的老婆炒了一盘鸡蛋、一棵白菜，还从一个相熟的小店里买了一个猪头。没有手把肉和奶茶，乌兰茶馆也关了门，老板跟老板娘跑回草原了。

我跟老何喝起了酒。

老何撕下一个猪耳朵给我，说，子麟，人生啊，充满了偶然，当年的事情，全是偶然呀，你说那么多考生，怎么就你那么寸呢？话又说回来，谁的人生不是呢？就拿我来说，还不是一样。我的事，你知道吧？你肯定听说了，几十年前我在市里读大学，脑袋不清楚，犯了个大错，让人给逮住了，档案上留了一笔。就是这笔，毁了我一辈子。

我真饿了，撕咬着猪耳朵，端起酒杯说，何老师，你说得对，人活着看起来像是自己活着，其实不是，好多事情都是别人左右的，现在想想，也说不定这就是命中注定了。为了我们的重逢，干杯。

酒落进胃里，我感到身体热了起来，脱掉了上衣。老何啊了一声，吃惊地看着我身上的四处疤痕，因为喝了酒，它们有一种隐隐的痒痛，发着暗红，似乎在提醒我什么。我指着伤疤说，何老师，你看到了吧？这就是我这些年的经历，四道疤，都不是致命伤，只受了些皮肉之苦。

怎么回事？老何问。

我挠了挠胸前的那条长疤痕，说，这个是被人砍的。说起来也是冤枉，我在湖南邵阳干活的时候，碰到两伙流氓打架，我身上穿了件红色半袖，妈的，打架的其中一伙也穿的是红衣服，对方以为我是他们的人，就给了我一刀。缝了十一针，冤死了。其他几处，都是干活受的伤。肩膀这个，是在工地上走，楼上外墙贴着的玻璃掉下来一块，直接插肩膀上了，两寸多深，这条胳膊差点废了。

老何摸了摸脑袋，端起酒杯，我敬你，大难不死，必有后福，你记着你何老师这句话，错不了。易经八卦我都研究过，你的面相是有大富大贵之人。

我们胡侃着，喝掉了两斤酒，啃完了一个猪头。

那猪头被我们啃得干净极了，一点肉也没有留下，只剩下白生生的一副头骨。我还没有见过这种猪头，它的牙显露出来，比我想象得要长很多，眼睛是两个洞。我不太敢盯着这两个洞看，好像两个猪眼珠都让我吃了。

何老师喝多了，到处找斧头，他要把猪头敲开，吃里面的猪脑子。

我站起来，觉得有些晃，这是我这辈子喝得最多的一次。

老何拎着斧子过来，大喝一声闪开。我躲开些，但仍然左右摇晃着。

老何使尽力气劈了下去，却劈在旁边的水泥地上，水泥渣子溅起来，打中了老何的脸，顿时流出血来。老何抹了一把，又喊道，哪里走，待洒家一斧子劈开！又劈了下去，这次正中猪头，斧子陷了进去，但猪头并未裂开。老何又连劈了几斧子，只是把猪头砸开了一个大窟窿，能看见里面的脑子。老何端起猪头，用手掏着吃，吃了几口，递给我。我学着他，可当我近距离看见猪头里的猪脑子时，胃里一阵痉挛，刚才喝的吃的东西全都涌出食管和喉咙，吐到了猪头里。

然后，我就瘫倒在地上了。

2

那年我在老何的班上复读，成绩一般，但还是有希望上一个三本院校的。四月的某个中午，一部分学生在午休，另一部分在安静地学习，老何把我从教室叫了出去。

子麟，老何说，我知道你家庭困难，念书不容易，复读费又高，马上又要交报名费了。

我不知道老师想说什么，只是嗯嗯地答应着。

老何说，我是当老师的，不能不关心你。我给你找了个解决报名费的路子。

老何的路子也不是什么特别的路子，就是去替考，主要是替成人高考。那些年，在大钟镇附近，这路子很流行，每到一年的四五月份，高三或复读班的教室里就会少不少人。据说临近一个县的某高中，还有整个班级都去替考的。我们学校管得很严，这类学生很少。主要是学校宣传做得好，校长经常在大会上讲，我告诉你们，不要不知道轻重，替人家去考试，挣千八百块钱，不值得。你要是被捉住了，三年不让你高考，同学们，三年不高考，你就完了。你还别不信，我知道的一个学校，就有个这样的学生，成绩那叫一个好，绝对是上清华北大的苗子，就因为跑去替考，被捉住了，取消了高考资格。那孩子吃了老鼠药，没死成，肥皂水洗胃，救了回来，可人也傻了。

校长的宣传很管用，但我当时真的缺钱，我连饭都吃不饱。那时候，我的身体似乎到了发育的晚期，疯狂地攫取各种能量，食堂里的饭菜没有什么油水，我也不好跟家里多要伙食费，开学时的复读费，还是父亲高利贷借来的。我就想，如果我去替考，挣一千块钱，能解决大问题。而且，这是老何找的我，他毕竟是老师呀，他总不至于害我的。

我犹豫了一下，说，何老师，替考被捉住，可是要取消高考资格的。

老何撇撇嘴，笑了，你知道不，那都是校长用来吓唬你们的。再说了，我给你找的路子，和别人的不一样，别人都是硬替，咱们是软替。知道什么是硬替什么是软替吗？硬替就是你拿着别人的准考证，硬生生地去考；软替就厉害了，人家会拿你的照片去办一张准考证，真的，有钢印的，你再去考，危险系数为零。

我听了更加心动，就说，那考试费……

老何四下看了看，伸手到口袋里，掏出了五百块钱。先付一半，剩下的考完试给你。我看着五百块钱，身体有些哆嗦，接过来数了好几遍。

我去。

考试在市里，考前一天，老何把我交给了找他的人。那个人姓李，是镇上法院的一个副院长，要考试的是他儿子，可他儿子什么也不会，我就是替他儿子小李考试的。老李带着我坐班车到了市里，住进了宾馆。

那是我第一次住宾馆，我在浴缸里洗了一个多小时，生怕自己身上的泥把宾馆的白床单弄脏了。第二天就要去考试了，我还没看到印着我照片的准考证。老李在旁边的床上打起了呼噜。

我忍不住喊醒了老李，问他准考证的事。

老李很不耐烦，怎么回事？老何没和你说好吗？是硬替不是软替。

我说不对，何老师说的是软替。要是见不到印着我照片的准考证，我就不进考场。

老李坐起来说，你玩我啊？小心我把你弄进去蹲几天，这时候了我上哪儿给你整准考证去？你就去考吧，没事，出了事我兜着，考完了我多给你两百块钱。

我摇头，坚决不去。

老李看我态度坚决，穿起衣服，骂道，妈的，净找事，一分钱也不给我省。

老李拿出他的大哥大，打了一个电话，然后拎着公文包出去了。三个小时后，老李回来，扔给我一张准考证，我拿着跟他儿子那张左对右对，好像真是一样的。

老李说，这回行了吧？为了这个，我又花出去五千块钱。

第二天，我心情忐忑地走进考场，找到座位坐下。

监考老师进来，宣布考试规则，发卷，答题。一切似乎都很正常，直到有一个考生突然掏出一把钱来，拍在桌子上说，老师，你就让我抄点儿吧，这些钱全给你们，我都三十多了，再转不了正，我媳妇就跟我离婚了。监考老师吓了一跳，赶紧叫来流动监考员，把那个考生架了出去。这之后，监考老师开始认真核对每个人的信息。一个女老师走到我面前，拿着我的准考证，看了又看，然后问，你有二十八了？我一愣，假装镇定地说，我长得显小，二十八。这个老师拿着准考证，和另一个监考老师商量了一下，又走过来说，好，我相信你二十八了。那我问你，你哪年出生的？我愣了一下，但很快算出了二十八岁应该是哪年出生，告诉了她。心里想幸好算术能力还可以，要不然就栽了。她冷笑了一下，说，脑子够快的，我再问你，那你是属什么的？我的脑袋嗡的一下大了，算了半天，也没算清楚自己应该属什么。

我抓起自己的证件和笔，飞快地跑了出去，直接跑到了学校外。

老李正在外面喝汽水，看我跑了出来，上前问，怎么回事？这么快就出来了？这题也太简单了吧？

我说完了完了，老师发现了。

老李说不可能，我那可是盖了钢印的准考证，真的。

我告诉老李刚才的情况，老李愣了，说这些人真他妈狡猾，问了哪年出生还问属什么。

我说，李老师，这不怪我，真不怪我。

老李拎着汽水瓶子，一会儿要摔，一会儿又不摔，来回走了几分钟，说，你跟我说说，这监考老师是不是每门考试前抓阄的？

我说好像是，这科监考的老师，下一科就不一定在这教室了。

老李一拍脑袋，这不就得了。我再问你，刚才的卷子，你做了多少了？

我说，有一半了。

老李，你觉得能得多少分？

我说，四十分吧，题不太难，成人高考比真正的高考简单多了。

老李哈哈笑了，真是天不亡我呀，得四十分就够了。老何跟我说了，你数学不错，下午考数学，你争取拿个一百四十多分，政治再多得点分，只要总分上去就行了。

中午老李带我去肯德基吃了一顿炸鸡腿，我吃得很饱。

吃完饭，老李又掏出一百块钱递给我，好好考，只要分数好，我不会亏待你。

我想拒绝，可是手却不由自主地伸了过去。我脑海里一直晃动着炸鸡腿的样子，我想天天吃炸鸡腿。回学校的路上，我一直在心里劝自己，别怕，没事，下午的老师换人了，不一定知道上午的事情。

我走进考场，再次坐在座位上时，周围的同学并没有看我。我还发现，考场上少了四五个人。监考老师走进来，我不敢抬头，一直摆弄自己的笔。我听见有一个老师走了过来，站在我身边，我还是不敢抬头。这样沉默了一分钟，我听到一个熟悉的声音，你可真行，又杀回来了。

我抬头，看见的竟然就是上午那个老师，顿时晕了。

我忍不住说，下午怎么还是你，你你……

那女老师耸耸肩，说，你倒霉，我中午抓阄，又抓到这个教室。得了，上午让你跑了，这回你跑不了了。

我有点累了，也不想跑了，我像是被放进另一个圆形的笼子，怎么跑都跑不出去。我甚至也没有了上午的那种惊恐，达到了某种无奈的麻木。很快来了几个老师，要把我带走，我觉得腿很软，两个老师就搀着我，或者说是拖着我走出了教室。有那么几秒钟，我回想起电视上看到的要被执行死刑的犯人，就是这模样。我觉得有点丢脸，努力想自己站起来，自己走，可腿却并不听使唤。

我被带到一间办公室问话，登记身份证号、学校信息，还摁了手印。

从市里回大钟镇的路上，老李一直铁青着脸。老李过一会儿就骂一句，他妈的老何。过一会儿又骂一句，他妈的老何。老李骂了一路老何，我心里也一直在骂，他妈的老何，他妈的老李。我已经看出来了，剩下的五百块钱，老李是不想给我了。

我回到大钟镇后，上了一周课，每天胆战心惊，幻想着自己能躲过一劫。但是很快，学校就贴出了通知，我被开除了。和我一样去替考的其他人，则买了新衣服和运动鞋，准备高考。

我去找老何。

老何说，子麟，这是命啊，哪有这么寸的事？别着急，我去找人帮你活动活动。

然后老何就消失了，我再也没在办公室找到过他。

十天后，我背着行李离开了学校，回到家里。我老爹听我说替考被发现，取消了高考资格，吐出一口血来，拿着棍子把我赶出了家。我在外面待到后半夜，才被我妈放进门。我妈给了我几个鸡蛋几个馒头，还有身份证和两百块钱，让我走。在家的话，我爹肯定得打死我。

我心里又郁闷又痛苦，连夜跑了几十里地，第二天坐上了一辆拉矿石的车，开始了转战各地的打工之路。

3

我醒来时头痛欲裂，看了看时间，已经是下午三点。旁边的老何趿拉着鞋，正在给谁打电话。

老何大声对着话筒说，把他们给我抓回来，抓回来！我们是全封闭学校，怎么能让学生跑了出去呢？我要扣你奖金！抓回来，关他们三天禁闭。我告诉你，别人停课，我们绝对不能停课，死怕什么，战士要死就死在战场，学生要死就死在课堂，这叫死得其所。

老何气冲冲地挂了电话，看见我起来了，说，醒了？厨房有粥，自己吃点吧，我得回市里，妈的，非典闹得学校乱哄哄。你放心在这里住着，我和你嫂子都得走，给你留把钥匙，住到什么时候算什么时候。

老何收拾完东西，开着破桑塔纳，带着女人走了。

我四处转了转，除了锅碗瓢盆、几床被褥、破电视机，三间屋子里什么都没有，怪不得他放心给我住。

也好，我正愁没地方去，在这里总比睡大街上强。

我冲了把脸，到厨房看看，果然有半锅米粥在电饭锅里，可这粥既不是大米粥，也不是小米粥，似乎是昨天晚上的大米饭又加了些小米煮的，白白黄黄，大大小小，看起来有点像猪食。一想到猪食，我脑海中就出现了昨天的猪头和猪脑，胃里又是一阵不舒服。

我赶紧逃离厨房。

我锁上门，又到大街上去闲逛，发现胡同口的小卖店开了门。我过去，买了一瓶橘子汁和一包面包，坐在马路牙子上吃了起来。大街上仍然没什么人，只有每十几分钟才呼啸而过的车辆。这世界怎么了？我想，会不会我打工的城市也是这样呢？好像不应该。可是现在的大钟镇的确就是这样，像是一个垂死的病人，维系着游丝般的呼吸。

在这样的情况下，对任何事情的回忆都带上了奇异的色彩。我不能不想起自己的高中岁月，一开始，回忆还有点磕磕绊绊，可随着熟悉的事物一样样从过去浮现，很多人就变得清晰了。我想起那个似真似幻的她，想起混黑道的表弟，想起镇子西边砖厂里那高高的大烟囱，整天冒着浓黑的烟，据说沿着这股烟，真的能到天上去。有一个同学曾经断言，登月的宇航员在太空唯一能看见的人类建筑，除了万里长城就是这根大烟囱，因为在当时的我们看来它太高了。现在，我当然知道这是不可能的，再高的烟囱，宇航员在太空也看不见。有一段时间，砖厂倒闭，大烟囱不再冒烟，就成了许多人选择结束生命的地方，我印象里大概至少有四个人都从那上面掉了下来。

我抬头往西边看了看，天哪，在一切都静止的现在，大烟囱竟然还在冒着烟。看着它，我有点惊喜，似乎终于从密不透风的闷罐子外透进来一丝风。我打算吃完东西，就到那儿去看看，我还从没有近距离接触过它呢。

大烟囱这里竟然没有人。我到了才发现，冒烟的根本不是大烟囱，而是它旁边的一家工厂。门口的牌子写的是大钟镇鑫淼化工厂，不知道具体是生产什么的，院子里也有一根烟囱，要小一些，刚好被挡在大烟囱的后面。

大烟囱其实已经破败了，很多地方砖头散落，但整体骨架还是站立着。

我手脚并用，沿着断壁残垣爬上了一处豁口。这里看来经常有孩子玩耍，散落着很多饮料瓶子、塑料袋，还有一些食物残渣。我坐在正对着夕阳的豁口处，看着天边的火烧云，许多在这里发生的事终于拼拼图一样，碎片变成了整体。

一瞬间，回忆井喷一样，全部涌入脑海，交错着，纠缠着。

4

我想起第一次踏入大钟镇的时候。

老车站出来是一条土路，路上有好几家烧鸡铺，那时候，还从来没听说过禽流感之类。那年春天的一个雨天，我吃完午饭，骑着父亲的自行车从家里赶往几里地之外的学校去上课。泥土路湿滑泥泞，我的个子还不足以让我坐在车座上，而只能把一条腿叉在车架大梁下，以一种倾斜但保持了基本平衡的姿态快速地骑行。这种骑车方式当年被儿童普遍使用，叫作骑叉裆。骑到村子西口的时候，我突然间摔倒了。摔倒并没有什么，学习骑自行车的时候经常会摔倒，手掌里甚至会揉进沙子，腿上也会磕破。但这一次犹如滑行般的摔倒后，我发现自己的左臂动不了了，后来我才知道，那是脱臼了。

村里人看见，找到母亲，把我送到村东的老中医那里。老中医给我接上了脱臼的胳膊，把一个看热闹的妇女吓得晕了过去。不幸的是，除了脱臼，左臂还骨折了，我不得不被送到乡卫生院住了半个月院。

大概两个多月后，手臂似乎基本好了，但母亲忽然发现，因为养伤期间手臂摆放的姿势不对，骨头虽然接上了，可也形成了一定程度的扭曲。老中医说，不妙不妙，要想让胳膊和原来一样笔直，那只有把它在原来断了的地方敲断，重新接上。父亲自然不愿意，于是狠了狠心，把家里仅有的一点存款都拿出来，带着我到大钟镇的医院去想办法。

那是我第一次来大钟镇。我已经忘记了医院究竟是怎样的，只记得满街诱人的烧鸡香味，再就是在车站遇到的那两个神秘的人。他们的衣着打扮并不像是本地人，二十几岁，很年轻，显出一种与我所见过的其他人都不一样的气质。他们看着我和父亲时，带着许多戒备。

那天晚上，他们也出现在我们住的招待所里，那时镇子上只有两个招待所。去水房打水的时候，我听见那个女的说，怎么办呢？也没有电话，联系不到阿佳，怎么办呢？我们就这么住在招待所里，早晚要让人告密，捉回去的。那年轻的男子，使劲地用手搓着一个红色塑料盆上的泥垢，耳朵在他的动作下，一颤一颤的。

我们是来投奔阿佳的，不要担心，没事的，这里天高皇帝远，你看看，没有人会管我们。男子说。

他终于放弃了，塑料盆上的泥垢年深日久，变成另一种坚硬的钙质，已经不可能搓掉了。

女人把手指放在嘴边，嘘了一声，说，你小声点，别瞎说，让人听见。

哪有什么人？男子说，只有一个孩子。他看看我，又说，你不会连他也怀疑吧？

女人不作声了。

男人走过来，说，小朋友，你们这里有人看电视吗？我有些害怕，这还是我第一次听见别人叫我小朋友，好奇怪的感觉，从前我听到的称呼除了大号、小名，就是小子、小皮蛋、小捣蛋。小朋友这三个字，我只在书本上偶尔见到过。

什么是电视啊？我好奇地说。

男人站起来，对女人说，你看看，这里的孩子连电视是什么都不知道，怎么可能晓得我们的事？

女人似乎是放了心，可又想起了什么，啜泣起来，可是怎么办呢？也不晓得阿佳到底住在哪里，只听他说过是大钟镇、大钟镇，我们去哪里找他呢？

男人皱皱眉，哼，你不晓得他家在哪儿吗？你们不是很要好吗？自从去年冬天他回来，你不还每周同他通一封信的吗？

女人啜泣得更强烈了些，争辩道，松哥，来投奔阿佳，是我们两个商量的主意，你怎么说这种话呢？我和阿佳，清清白白，你要是不信，我们现在就回去好了。

男人叹口气道，说这些有什么用，还是先找到阿佳再说吧，总不好满大街随便去问人家。

我忽然想起了什么，说，我知道他住在哪儿。

他们两个都吃了一惊，女人不再哭了，抓住我说，你知道阿佳住在哪里？袁晓佳，你认识他？

我摇摇头。

男人说，那你怎么知道他住在哪儿？

我说，我不知道，但我知道怎么找到他。

那个被叫作松哥的说，小朋友，我们没时间陪你玩。

我看他们不信，有些着急，喊道，我知道，我知道，我就是知道。

女人蹲下来，从她的脖子上摘下一个东西，递给我，你告诉阿姨怎么找到阿佳，我就把这个给你。

我哼了一声，说，我是在学雷锋，不会收你的东西的。

女人抬起头，笑了，对着松哥说，你瞧，他说他在学雷锋。

她又转向我，那你告诉我，怎么才能找到阿佳？

我说，你们好笨啊，刚才他不是说，你和阿佳通过信吗？那信封上肯定有地址呀。

我看见松哥和这个女人都愣住了，几秒钟后才舒出一口气。松哥捶了自己脑袋一下，妈的，还他妈大学生呢，连个小学生都不如，竟然把这个茬给忘了。

女人也高兴起来，把那个东西塞到我手里，说，阿姨知道你是学雷锋，但阿姨还是谢谢你。这个不是回报，算是……礼物吧，给你留个纪念。

我还是拒绝，说，我也不要礼物，你们只要帮我做一件事情就好了。

松哥笑了，说，这小朋友，还挺会谈判呀。

女人说，什么事？

我说，你们能不能写一封表扬信，寄到我学校里去呢？如果有了表扬信，我以后就能加入共青团了。中国共产主义青年团是中国共产党的预备组织。我们现在有红领巾，红领巾是国旗的一角，它之所以是红色的，是因为烈士的鲜血染红了它……我一口气把自己知道的有关共青团和红领巾的一切都背了一遍。

我说完了，还是有些不好意思，毕竟刚刚还号称学雷锋，转头就让人家写表扬信，的确不太光明。我微微抬头，突然看见男人和女人的脸都失去了血色。女人喃喃道，小孩子，你哪里知道什么是鲜血，人流血很可怕，会死的。

这时候，楼道里有了声音。男人突然恶狠狠地说，小东西，你不要跟任何人说见过我们，表扬信嘛，我们会写的。

我点了点头。我真的更习惯他们叫我小东西，而不是小朋友。

女人把手里的东西又塞给我，说，拿着。

我接下了。

我看见，她的眼睛里又出现了眼泪，说话也有些哽咽。她说，我们逃得这么远，到底对还是错啊？

我听不懂她的话。我以为以后再也不会见到他们，虽然对写表扬信的事情将信将疑，但试试总是好的。

那时候，我九岁，小学三年级。

5

十三年后，我二十二岁，已经在深圳的一所大学里做大楼的管理员了。我的脖子上，仍然戴着那个女人给我的饰物。我后来才知道，那是一枚晶莹剔透的琥珀，晶黄色的琥珀里，有一只仍在飞翔的虫。我不知道是什么虫。这件东西，我没有让任何人看见，连父母也没有。我通常都把它藏在羊圈的石头缝里，只是偶尔偷偷地看一看，直到上高中之后，住校了，我才把它戴出来。

这是我到深圳后的第三份工作，才干了半年，主要就是开灯关灯，开门锁门，打扫教室。这一年的七月，暑假刚刚开始不久，学校里举行了一次大型的学术会议，我所负责的这栋楼，是会议的主会场之一，这些日子每天都很忙。

会议就快结束的那天，有一位著名学者的公开演讲。通常这种场合我都会躲开的，一个管理员，和他们谈论的东西毫无关系，也听不懂。但这一天，因为有一根灯管总是不停地闪，我换了灯管后，不放心，就留下来看还会不会出问题。这时候，我突然发现，主席台上正在演讲的人有些眼熟，他变胖了，也有了点白头发，可那双眼睛，我是忘不掉的。我一下子就认出了，他就是我九岁时在大钟镇招待所遇到的松哥。

我抑制不住内心的激动。没有人知道，这些年我一直期待着能再次见到他们。

后来，我因为替考被开除，跑出来打工之后，曾经通过网络等各种渠道，打探过那一年的春天，北京有什么故事。根据我找到的消息判断，松哥和那个女人，可能跟当年高校的一起群体斗殴事件有关。据搜狐校友录的一个帖子爆料说，那次，两所高校的本科生在圆明园火并，混乱中有一个学生死亡，十几人受伤。松哥他们到偏远荒凉的大钟镇去，应该是为了躲避抓捕的。当我知道这些之后，那个女人的许多行为和话语，也就有了一些合理的解释。每当我想起九岁的自己曾经和这群人真实地接触过，便觉得有些不可思议。

我摸着脖子上挂着的琥珀，想起了那个夜晚。

半夜的时候，我听到了急促的敲门声，根据声音来源判断，是有人在敲松哥他们的房门。我想出去看看，父亲堵住了我的嘴，小声在我耳边说，别出声，警察来抓人了，旅馆里肯定进来坏人了。我想说松哥他们看着不像坏人，但说不出来。

门吱的一声开了，我隐约听见松哥说，阿佳，你怎么知道我来了？

那个阿佳的声音却很大，哈哈，我怎么会不知道呢，在大钟镇，有多少只蚊子我都晓得，别说你们两个了。走走走，跟我回家。

松哥说，小声点。阿佳哈哈笑，说怕啥，在这儿，你就放开胆子好了，我晓得你们的事情了。阿夏，收拾东西，走，回去喝酒。松，我就知道，你早晚要出事情的。

然后是一阵毫无头绪的声音，我听见他们关上了门，然后脚步渐远。父亲的手放开了我的嘴巴。我心里忽然觉得难过极了，我觉得自己这辈子遇到的最特别的两个人，就这样消失了。

说起来，这是十三年前的夜晚，可我记得清清楚楚，包括每一个细节。

我想不到，命运竟如此巧合，让我又遇到了松哥。

中午午休的时候，我敲开了宾馆里松哥的门。

我走进去，看见松哥正和一个女人喝茶，这个女人很年轻，她不是阿夏，我有些吃惊。看松哥和她讲话的样子，他们的关系很亲密。

松哥说，什么事？现在不要收拾房间。

我说，松哥。

他皱皱眉头，说，什么松哥？我叫高应松，高教授。我认识你吗？

女人站起来，走到我面前，把她刚才正在擦脸的一张纸巾扔在我脸上，你干什么的呀？这是你来的地方吗？有点眼力见儿没有？你们领导呢？我要投诉你。

我不争气地闻到了那张纸巾上有一点香味，有一点女人的汗味，还有一点其他什么味道。我想解释一下，却有点不知该从何说起。情急之下，我掏出了那枚琥珀，递到松哥面前，这个，你还记得这个吗？十三年前，在内蒙古北部的大钟镇？

松哥看着那枚琥珀，和琥珀里被凝固的飞虫，脸忽然苍白，身体摇晃了一下，你，你你你，你是她派来的？

我连忙摆手，她是谁？不是，我是服务员，不对，我是当年那个孩子呀，要不是我……

松哥突然冲过来，一把抱住我，抱得我几乎喘不过气来，是你呀，是你呀，我想起来了。走走走，我们去好好聊聊。

松哥硬拉着把我带出了房间，到了楼梯间的一个拐角处，松哥捂着胸口坐下。他掏出一支烟，自己急匆匆点燃，然后问我要不要，我拿了一支，但没有点着。松哥指了指自己身旁，意思是让我挨着他坐下。我坐下，松哥狠狠地吸了几口烟，然后把烟掐灭，从上衣口袋掏出钱包来，把钱包里的钱都拿出来，数了数，应该有五千块钱。他可真有钱。

松哥把钱递给我。

我愣了，松哥，你这是什么意思？

他冷笑了一下，什么意思？你不就是为了这个来的吗？我知道，这点钱不算什么，以后我还会再给的，你放心好了，只要你守口如瓶。

我推开他的手，很生气地说，松哥，你是在侮辱我，我可不是来跟你要钱的，我就是想问你点儿事。

松哥的手收回去，把钱放在地上，说，问我点儿事？问我什么事？

我说，阿夏呢？你女朋友阿夏呢？就那次和你一起到大钟镇的。

一听见大钟镇三个字，松哥的身体又是一抖，你你你，别说大钟镇，我有心脏病，你不想看见我死在这儿吧？

哦，我说，我就想问阿夏去哪儿了，我想把这个还给她。我又拿出了那枚琥珀。十几年过去了，它不再晶莹剔透，而是显出了某种安稳的浑浊，不知道是这些年我干脏活累活身上的汗水染的，还是它自己发生了变化。总之，那枚琥珀现在看起来像一枚蜡球，只是琥珀里的那只虫子，仍是当年那样拼命振翅的姿态，也仍是一动不动地挣扎。

她死了，松哥说，死了好多年了。

啊？我惊呆了，怎么会呢？发生了什么事情？

没什么事，她就是死了。生病了，死了。

你在骗我。

松哥突然站起来，又坐下，几乎是半跪着说，你饶了我吧，你别跟着我了，你要多少钱，一口价，别再问她的事了，咱们两清好不好？

我被他吓了一跳，往后退去。

他猛然站起来，威胁我说，你要是敢说出去，我就找人弄死你。你知道吗，我现在不是当年的我了，你看到了吗？你想毁了我，不可能，不可能。你看到刚才那个女的了吗？你绝对不能告诉她这件事，你想毁了我，是不可能的。阿夏，没人会相信你说的话。我高应松的过去清清白白，我问心无愧，谁也别想阻止我。

我不知道哪儿来的勇气，冲上去就给了他一巴掌。

松哥捂着脸愣在那儿。

我说，松哥，你说的什么，我听不太懂，我就是想找阿夏。其实我也不是想找阿夏，我就是想知道，那天晚上你们走了之后都发生了什么。

这件事我想了十几年了，我想过无数种可能性，但我知道，真实的情况只能有一种。你就告诉我发生了什么，我马上就走，再也不找你。

松哥说，你就为这个？你不是阿夏派来的？也不是黄子初派来的？我跟你说过，别和我提那一年的事，我会犯心脏病的。你去找阿夏吧，她没有死，她就在这座城市里，你去找她吧，让她告诉你吧。

松哥给了我一个电话号码。

下午的时候，松哥又西装革履地步入会场，走上主席台，发表了热情的演讲。我躲在台下的人群中，听人们议论，说高应松是下一任市委宣传部副部长的热门人选，他这个人能力强，关键是政治上清白，还有句话叫学而优则仕。我忽然间明白松哥为何怕我提大钟镇的事情了，因为那件事情是他的秘密，是他的软肋，是他职业生涯的威胁。可是松哥，我仍记得他当年的样子，清瘦，头发有些长，两只眼睛发着黑色的光，那光芒是我在大钟镇任何一个人身上都没见过的。他仿佛是从电视里走出来的人物。

但这也许只是我的想象，他只是他自己。

我悄悄跟人家打听，跟在松哥身边的女人是谁，他们告诉我说，她是一个官员的女儿。

我什么都明白了。松哥，你背叛了阿夏和当年的自己，不论这中间有着怎样的曲折和无奈，你背叛了十三年前大钟镇我见你们的那个夜晚所生出的虚幻想象，背叛了我之为我的青春记忆。

我找到了阿夏，松哥给我的电话是精神病院的，阿夏就住在里面。

我到那儿的时候，医生说，我是阿夏住院以来第二个看望她的人。他说第一个人是一个四十岁左右的男子，我猜是松哥。他说那个人总是戴着口罩来，扔下些东西和钱，不停地问阿夏有没有写什么，然后就匆匆走掉了。

阿夏这些年几乎没有犯病，但医生给她做的每一次检测，却都表明她精神有问题。我走进她的房间，整洁干净，东西很少。

阿夏姐。我轻轻喊她。

她看看我，没有表情。我心里好难过，几乎忍不住要哭出来。

医生摇摇头，说，任何人跟她说话，都是这样子的，希望你有好运。

医生走了，我走到阿夏的身边。很奇怪，她的头发仍然是乌黑的，面色也还红润，脸上几乎没有皱纹。

我掏出那枚琥珀。阿夏的眼睛亮起来，琥珀也亮起来，完全不是我在松哥面前拿出来时的样子。阿夏姐，我是那个小孩啊，十三年前在大钟镇的小旅馆里，让你给写表扬信的小孩。她突然微微一笑，使劲握了握我的手，但没有说话。她站起来，走到床边，在床下摸啊摸，摸出一样东西来，递给我，然后往外使劲推我。我不敢和她争执，很快被推到门口，她长长地吐出一口气，然后要把门关上，我从门缝里把那枚琥珀扔了进去。门咣当一声关了起来。

我想，也许阿夏给我的是什么重要的东西，我快速地跑出了精神病院。阿夏给我的，是她写的一些零散的文字。

6

松哥，我不知道事情为什么会变成这样。松哥，我们到大钟镇来做什么呢？躲起来，然后呢？躲在这里一辈子不见人？我们的理想呢？我们的事业呢？我们那些走遍世界去见识更多人的约定呢？

啊，我感到害怕。有很多时候，我不敢回忆过去，尽管回忆起来是那么令人激动，可是我的内心很快会被一种紫红色笼罩，你知道那是血的颜色，凝固的血，从那件事发生一直流淌到现在。我是多么悲伤呀，松哥，我们的青春，我们的爱情，就因为一次本可以避免的斗殴，一切都毁掉了。我真的不知道，你为什么会带着刀子去圆明园。你是个书生，怎么会有那么锋利的刀子？

我记得，你们一群人和另一群人本来约了去那里，是为了辩论的。你们和他们对世界有不同的看法，要当面锣对面鼓地摆出自己的观点。本来，你就要胜利了，你口若悬河、引经据典，把他们辩驳得体无完肤。可就在这时候，他们一群里站出一个人，一个你从小就认识的最好的朋友，一个你说背叛过你的人，他只说了一句话就让你哑口无言了。我记得，那个人说，高应松，你不要忘了自己是一个作弊犯，一个说谎者所说的一切都不可信。

沉默。然后你掏出了刀子，他惊恐地倒下。

后来我知道，松哥，他说的是真的，在高中的一次考试里，你为了获得推免资格作弊了。这件事本来被写进了档案，但是他的父亲是教务主任，你以友谊的名义教唆他偷了父亲办公室的钥匙，偷偷改掉了档案。这件事，只有你们两个知道。

你跟我说，阿夏，流浪，我们去流浪吧。如果说以前没有理由，现在我们有了上路的理由。其实是逃亡，但是那时我深爱你，我被你的知识和风度迷倒，一颗少女的心早已让我忘记你杀了人——还好，最终他没有死，但是在床上躺了好几年。而且，当你说起流浪，我耳畔就充满你激情洋溢地给我朗诵的那些诗句。我拒绝不了，瞒着父母，跟你踏上了北上的列车。

我心里想，还好，我们要去的地方有阿佳，我们共同的朋友，那个传说一样，考上大学最后退学回去种田放牧的人。大钟镇因此不再那么陌生，反而多了一种奇异的向往。

……

然后我们来到了这里。

我们没有找到阿佳，是阿佳在半夜找到了我们。我不知道他是怎么找到我们的，或许是这个镇子太小了吧，出现两个行为诡异的陌生人，就会变得很显眼。或者是今天遇到的那个小朋友，他刚好认识一个阿佳的熟人。

阿佳找到了我们，那就好了，至少暂时我们就安全了。我们倒了那么多趟车，从几千里地之外来到这里，就是为了投奔他的呀。

那天晚上，阿佳带着我们去了他家。他家住在大钟镇北部一个小山脚下，很隐蔽也很安静。我们到的时候，发现他的家人并没有睡，他的母亲在热气腾腾的厨房煮羊肉。我们刚坐下，手把羊肉就端了上来，真是香呀。我和松哥饿了一天，看见手把羊肉肚子就咕咕叫起来，但阿佳不让我们先吃肉。他拿出一大坛子酒，说这是他在地窖里存了好久的马奶酒，就等着贵客来喝呢。他给我们一人倒了一大碗，我们必须把酒干掉，才能吃肉。松哥还有些犹豫，我端起来，一口气就喝掉了。不知道为什么，我觉得那个时候，大碗喝酒，然后大块吃肉，就是最应该有的作为。松哥还说着他不会喝酒。他是阿佳，他和你喝过几百斤白酒了，你怎么能在他面前说自己不会喝酒呢？阿佳脸色有些不悦，但并未勉强。我大声对松哥说，松哥，入乡随俗，快把酒喝了，要不阿佳生气了。松哥说，我怕喝多了，人事不省，我……阿佳大声说，我知道，你是怕我出卖你，是吧？哼哼，高应松，你太小瞧我啦，我要是想出卖你，绝不舍得宰掉我最肥的羊，拿出我最好的酒，哼哼。我在桌子底下踢了松哥一下，他站起来，端起碗一饮而尽。阿佳哈哈大笑，说，这就是了，你阿松不该是婆婆妈妈的人！

那天晚上，我们谈了很多，却都小心翼翼地避免去聊那件事。但是每个人的心里，都有血雾萦绕。阿佳杀掉的那只羊的皮，就挂在他们家的墙上，血迹斑斑。

大家都有些醉了，松哥趴到了桌子底下。他总是这样，一开始的时候推推脱脱，可喝起酒来就一定会醉。我去厕所的时候，看见厕所的门口立着一把砍刀,刀刃卷了很多。回来时发现有一个光头的青年在和阿佳说着什么,看见我进来,他就匆匆走掉了。

怎么了?我问阿佳。

阿佳摆摆手,没有事,走吧,我们把阿松扶到房间去,你们休息吧。

我和阿佳扶着松哥去后面的房间,我的手和阿佳的手,偶尔会碰触一下,我感觉他像是碰到了蛇一样哆嗦一下。我心里忽然泛起些心酸的甜蜜。阿佳喜欢我,这是大家都晓得的事情了,可我喜欢松哥,他也清楚得很。他们说阿佳退学很大一部分原因是因为我,我不愿意承认,阿佳也多次否认。很多同学都以为,这种三角式的关系,是不可能成为朋友的,但我们却成了最好的朋友。真心感谢阿佳,他心胸坦荡,真是个好人。借着酒意,我故意去用手碰他的手,甚至有一会儿,我还握住了他的手,阿佳,我们这样扶吧,松哥好沉,我都有点吃不消了。阿佳的手挣扎了一下,便不动了。快到门口的时候,阿佳突然摆脱我的手,一把将松哥抱起来,放到了床上。

阿佳说,好好休息吧,明天早晨带你去吃我们这儿的早饭。

他就要把门关起来的时候,我挡住了门,阿佳,谢谢你。

阿佳笑了下,阿夏,你知道我不需要。

我还是说,但我一定要说,为了松哥,替松哥。

阿佳说,睡吧,我还有事。

阿佳走了,我看着床上的松哥。他突然说起梦话来,不,不,不,不要这样,我都是为了实现我的理想,我不想做这些事。他的四肢蜷缩起来,脸上是惊恐和痛苦。

我赶紧上前去,把他抱在怀里,松哥,松哥,又做噩梦了?不要怕,我们安全了。

他不再叫喊,可是却一直使劲蜷缩着,像一个婴儿那样。唉,可怜的松哥,难道你拔出刀的时候,从未想过这样的结果吗?难道你以为只要目的正确,手段什么样都无所谓吗?松哥,你并不晓得,我的心比你还要痛,我痛那些血,我还要痛你的痛苦,因为我爱你呀。

我永远记得第一次见你。那是在学校的大礼堂,你穿着白色的衬衫、灰色的裤子,站在讲台上大声演讲,讲世界,讲青春,讲你的理想。你讲得真好,下面一百多个学生听得热血沸腾。我就在那时爱上你了,你的白衬衫、灰裤子,你眼睛里迸射出的光芒。不对,我是先崇拜上你了,然后才是爱你。那是怎样的日子呀,我疯狂地寻找你的各种行踪,悄悄地跟在你后面,看着你去上课,看着你去食堂打饭,看着你在校园的某处热烈地跟同学们讲什么。我就这么爱着你、看着你,松哥,你不晓得我的爱有多强烈。

我都说不出,自己是怎么鼓起勇气和你说话的。到现在为止,我仍然觉得有点像梦境,因为我不知道自己身上究竟有什么能吸引你的注意,能让你情不自禁地吻我的双唇。回忆是多么奇妙的事情呀,仿佛那些美好的东西,我重新经历了一遍,并且没有了等待,没有了猜测和疑惑,有的只是笃定的幸福感。

可是,松哥,眼前的你,为何如此胆怯?仿佛你在面对着一个无比恐怖的敌人,可这敌人,明明是你自己选择的呀,你应该早就做好了和它对峙的准备,可是……你逃走了。而我的命运却在于,连这个逃走的你我也爱,我也不愿放弃,我总希望这懦弱的躯壳里包裹着的就是那颗勇敢而激情澎湃的心。我越来越知道,真实的你和我所想象的你,正在不断地分离。

我抱着你,松哥,在我的怀里睡吧,你又累又怕,你睡吧,不做噩梦也不做美梦。

我仿佛睡着了,隐约听见窗外有人,或者,只是一只猫,我只听见轻微的叹息声,轻微的脚步声。我在半睡半醒间想,会不会是阿佳呢?阿佳。

第二天，松哥醒得很早，他仿佛把昨天的一切都抛开了，叫嚷着让阿佳带我们去骑马。那时候，农历还不到五月份，内蒙古的天气仍然是冷的，松哥要去骑马，我也想去。吃过早饭，阿佳带着我们去了附近的一小片草原。这哪里是草原呀！远远地看去，还能看到有那么一层薄薄的绿铺在大地上，可等走近了，只是隐约地能看到稀疏的泛着绿色的枯草。这景象让我想起了可悲的我们，那仿佛透露出来的春天的、绿色的信息，都被枯黄的草掩埋着，都被风沙不停地吹着。

松哥也有些失望。

阿佳说，怎么，不满意吗？草原和你们想象的不一样吧？你们以为，草原永远都是天苍苍野茫茫的吗？它也有自己的四季、自己的节奏呀，它也不能永远茂盛。我们内蒙古人就不会这么想，我们看到这枯草中长出了绿色的嫩芽，心里有说不出的欢喜，因为无论如何这个春天还是会来的。

那天，我戴上了自己那条洁白的围巾，它被风吹着，不停地抖动着。

松哥问，马呢？我是来骑马的呀。

阿佳说，去牵了，就快到了。

几分钟后，有一个十六七岁的小孩子牵着两匹马过来。我和松哥看了看那两匹马，面面相觑，这哪里是马，分明是两头瘦弱的驴嘛。

阿佳指了指说，别猜了，这就是马，只不过瘦了点，主家没有粮食喂它们，一个冬天只是吃草，长不胖的。能借到这两匹就不错了。再说了，你们又不会骑马，特别强壮的马你们骑着也不安全。

我和松哥接过缰绳。我摸了摸马那瘦长的脸，看见它的眼睑处堆积着厚厚的眼屎，眼睛红红的，像一个刚刚哭泣过的人似的。我又摸了摸它的脊背，肋骨根根，真是瘦啊。不知道为什么，我突然间很想哭，我觉得心里难过，仿佛有什么巨大的悲痛被这匹马引起了，仿佛有一个巨大的东西处在和它同样的境遇里。

我和松哥骑上了马，松哥自己握着缰绳，我的缰绳牵在阿佳手里。突然，松哥狠狠地打了屁股下的马，那匹马受了惊，急速地跑了几步。松哥大声喊，狂奔吧，烈马，拿出你浑身的力气狂奔吧，在我的草原上，奔向我自由的明天！他不停地使劲抽打那匹马，那匹瘦马尽管没有多少力气，可是吃不住被打，还是奋力扬起蹄子跑起来。我骑在自己的马背上，远远地看着松哥骑着瘦马，在头皮癣一样的草原上跑着。我听着松哥的喊声，眼泪再次不自觉地流了出来。突然间，我觉得屁股一滑，身子就从马的臀部滑了下去，刚好落在马尾巴下面。我吓坏了，尖声叫起来，阿佳回过头，大吃一惊，喊道，小心别被踢到！我飞快地滚到一边去，但那条洁白的围巾还是落在马蹄下，而且这匹马竟然拉起粪来，稀拉拉的黄色的马粪，径直落在我白色的围巾上。阿佳冲上去，把围巾抢出来，不停地用手抹去上面的马粪。我看着这情景，胃里一阵翻滚，忍不住呕吐起来。

阿佳把围巾塞进了自己的包里。

我恨极了这匹马，我开始不住地诅咒它，你这匹烂马坏马死马，你太可恶了，怪不得你要永远被人拴着骑着，你要永远拉车犁地。你弄脏了我的围巾，你会不得好死的，你这匹不知好歹的马，你这匹缺德的马，你会死得很难看，你的肉要被人吃掉，你的血要被人喝掉……

阿佳就这么看着我，任凭我发疯。

喊了一阵，我有些累了，可能是缺氧，头有些晕晕的，一屁股坐在地上。

松哥呢？我说。

阿佳说，在前面，我们去找他吧。

我们往前面走了一段，看到松哥的马在费力地啃食微小的草芽，松哥躺在地上。他还是被马摔了下来。

我们走过去，发现松哥眼睛里含着泪水，在无声地啜泣着。

回去吧，阿佳说，一会儿可能要刮沙尘暴。

我和松哥听了，都抬头看了看天，西北方向，果然已经能见到黄褐色如雾霾一样的巨大一团。

松哥竟然断了一根肋骨。他从马背上掉下来的时候，右侧肋部刚好落在一块石头上，他的肋骨断了。

阿佳带他到医院去开了些药，他就回来躺在床上休息。我在屋子里陪他，两个人都找不到要说的话，就这么沉默了好长时间。

松哥终于开口了，阿夏，你别难过。

我说，哦。

松哥说，我很高兴，这根肋骨断了，它断了，我的心里竟然不再郁闷了。

为什么呢？我有着疑问，却没有问出来。

松哥接着说，我想阿佳是不会出卖我们了。

他竟然还在担心这个。

松哥说，一切都会过去的。这几天我一直在想，阿夏，我回去自首，我去牢狱里锤炼自己吧。可是我多么不甘心，还有无数我想做的事没有做，你知道，我设计的未来有多宏大，不不不，我不能就这样毁掉。

我说，哦，松哥。

松哥说，可是怎么办呢？现在，我迷茫得想死，阿夏，如果……如果……

如果什么，他并没有说下去。

我站起来，说，松哥，你渴了吧，我去给你倒点水。

我就这样走出了房间，站到院子里。我吃惊地看见，阿佳正在磨那把砍刀，而昨晚我以为的斑斑锈迹，也并不是锈迹，是暗红色的血迹，我想是这把刀把那只羊砍成一块块的。

阿佳并不抬头，只是认真地磨着，磨石的灰和血的红融合在一起。

啊，好一把杀猪刀。我说。

不，这不是杀猪的，这是砍人的。阿佳说。

我打了个寒战，阿佳，你真会开玩笑。

阿佳抬起头，阿夏，我不要瞒着你了，我得告诉你。

阿佳讲了打死我也想不到的事情。

阿佳说，他现在混黑社会了。

我说，开玩笑，阿佳，你书读得那么好，怎么会？再说大钟镇是个小镇子，又偏僻又落后，不是那些大城市，哪儿来的黑社会？

阿佳说，的确算不上黑社会，可地痞流氓还算的。或者说，就是一些不讲理的人凑在一块儿，集体不讲理，不但不讲理，还要动刀动棍子。

我正色说，不要吓我，阿佳，你读书读得好好的，只不过回家一年，怎么会这样？

阿佳说，阿夏，我不要瞒你的，自始至终不要瞒你。我那时候心里失望，退学回来了。我家里人被欺负，我气不过，和他们打起来，把他们打跑了，人家就都说我厉害。我也开了正经的店铺，可是这条路出来容易回去难，总要打的，想退出，除非砍掉一只手，人家才信。

我有些晕，身体摇了摇，扶住墙说，阿佳，你读书读得好，我记得，《庄子》《道德经》你倒背如流，大家都以为你会成就大事业的，怎么会？

阿佳惨兮兮地笑笑，阿夏，这事情，你不要和阿松讲，他心重，知道我成了混混，他会多想的。

我点点头。

阿佳提起那把刀。他把刀磨得铮亮，刀锋冷冷，他用手指去试刀刃，血倏地就从手指肚里跳出来，像是有人在挤它。

我啊了一声。阿佳又笑笑，说阿夏，你不晓得，我混社会，最难过的不是要打架，不是没有好工作，也不是没有书读。我最难过的，是我再也没有资格和你在一起了。

他的手还在流血，我想找什么东西给他止血，可是手边什么都没有，我忽然看见门口晾着的那条白围巾，阿佳早已经把它洗干净了。我扯过那条围巾，一圈又一圈地缠阿佳的手指头，手指很细，围巾很厚，只缠了两圈便缠不下去了。

阿佳说，阿夏，围巾弄上了血。

我不说话。

阿佳接着说，阿夏，你肯定特别失望。

我不说话。

阿佳又说，这是悲剧，这是命运，我反抗不得的。

我觉得气闷。阿佳家里没有电视，一台破旧的收音机也收不到信号，我不晓得遥远的北京怎么样了，跟我们斗殴的那一群人又怎么样了。一切的一切，都仿佛是另一个空间的事。这样看来，我们选择的这个躲避之处真是好得很，就像是把耳朵塞了，把眼睛蒙了，什么都不会知道。我喜欢上了内蒙古的沙尘暴，粗粗的风吹裂了我的嘴唇和皮肤，可沙尘打在脸上的疼痛感，却带着一种快乐。我看过弗洛伊德的书，知道那是一种受虐，是啊，受虐不正是我们这代人的根本美学吗？我们就是这样的。

有一天风起得好大，气温也比往日低，我一个人跑了出去。

我在大钟镇里乱窜，顶着风沙，我睁不开眼，就这样模模糊糊地走。我的脸已经麻木了，感觉不到疼痛，耳朵里满是风沙吹打时的啪啪声。我告诉自己，承受吧，这就是阿佳所说的命运，阿佳所说的悲壮。

我到了阿佳家后面的小山上，站在山顶，能看得见整个镇子，老旧的汽车站，还有镇子里仅有的两栋楼，一栋是三层，一栋是两层。我看着南方，那儿是北京的方向。

我回去的时候，发现阿佳和松哥打了起来。松哥举着阿佳昨天才磨好的刀，阿佳举着凳子。

松哥大声骂，阿佳，你这禽兽，你看看你干的好事！

阿佳也大骂，阿松，你疯了，你疯了，你这完全是胡思乱想，我和阿夏什么事都没有，你不相信我，也要相信阿夏。

我说，怎么回事，你们两个干什么？

松哥冷冷地看着我，哼哼，你们两个干的好事。

我还是不懂。

松哥从怀里掏出我的白色围巾来，扔到我脸上，哼哼，阿夏，我就说，这么久了你都不让我碰，装什么淑女，原来是为了他保留呢。

我生气地说，松哥，你怎么这么说？你胡说。

松哥说，这是我在阿佳的床上找到的，你看看上面的血迹，还有什么好说的？我一直以来就觉得你们俩有问题，果不其然，怪不得你非要到大钟镇来躲着，原来是会情人来了。

我气坏了，是你要来这里的，不是我。

阿佳瞅准了机会，把凳子扔过去，打掉了松哥手里的刀，凳子腿也碰到了他自己的眉毛，顿时破皮流血。阿佳冲上去，给了松哥一巴掌，混蛋，你看看，是我的手割破了，阿夏用围巾给我擦血，你看看我的手，混蛋！

阿佳捂着额头，手忙脚乱地用白毛巾遮住破了的地方，血，血，我流血了。

他们两个人从此不说话，吃饭时不说话，遇见事也不说话。不管我怎么周旋解释，两个人都像石头一样。

更可怕的事情在两天后发生了。

松哥被捉进了监狱，大钟镇公安局的人知道了他的身份，把他带走了。

松哥被带走的时候，大声喊，阿佳，你果然是叛徒，哈哈，我没有看错，你小子就是叛徒。

阿佳看着松哥，沉默不语。

我想松哥说的是真的，阿佳出卖了松哥，因为他们两个吵架。

阿佳对我说，你走吧，回去吧，我知道现在你也不相信我了。

我说，我不走，我要和松哥一起走。

第二天松哥就回来了，我很奇怪。我问他是怎么出来的。

松哥冷笑着说，哼哼，小人永远不会得志。

松哥带着我离开了大钟镇，我再也没有回去过。

7

我看得似懂非懂，但我知道，松哥和阿夏就这样渐行渐远了，至于后来他们之间又发生了什么事，阿夏没有写。

我再去精神病院看阿夏的时候，她已经认不出我了，完全陷入自己的精神世界里，但是她很安静。或者说，绝大部分时间，她都呆坐在某个地方，似乎在思考什么。我跟她说话，她会回答，只是答非所问。她会突然背几句诗，有的情绪激昂，有的悲伤难过。她背着诗，突然剧烈地咳嗽起来，稍稍平息，她抬起头。我看见她头上的白发和脸上的皱纹，哦，她其实已经老了，从里到外都老了。

等我再回到单位，领导说我被辞退了，没有给我任何具体的原因。我猜想，有可能是松哥要把我赶出深圳。我没有跟领导纠缠，本来我自己也想干完这个月辞职回老家的，现在更省事了。但是回去之前，我还是想找到松哥。毕竟在这里工作了几年，我通过学校的校工登记的讲座老师名单，找到了松哥的电话和单位，又去他单位谎称是亲戚，问到了他的住址。

我打车到了松哥在郊区的别墅。当我跟对讲机里的松哥说我是谁时，他沉默了一会儿，还是给我开了门。他的房子真大，我很吃惊，没想到一个教授竟然买得起这么大的房子，再想到那些传言，又觉得理所应当。

松哥的屋子里摆了好些器皿，也摆满了书。他给了我一罐可乐，然后坐在沙发上一言不发，看着我。

我也有些紧张，在打开可乐罐的拉环的时候，可乐喷了出来，把我的裤子弄湿了。松哥皱着眉头抽了几张纸巾给我，我擦了擦裤子。

说吧，松哥说，你想要什么条件？

什么条件？我拿不太准他的意思。

哼，你拿了她的信来找我，不就是想卖个好价钱吗？痛快点，说个数。

我不是来要钱的，我就是想问问你，阿夏到底是怎么疯的。

怎么疯的我哪儿知道，她本来就是个疯子，他们家就是有疯子基因，到一定程度就疯了。

你肯定做了对不起她的事情。

随你怎么看，我只想要她的信。子麟，你知道，我和阿夏恋爱过，不管怎么说，我们恋爱过。

就是呀。

把她的信给我吧，也算是个纪念，你留着有什么用呢？你本来都不应该认识我们的。

我想松哥说得也对，我留着是没用的，而且我确实也不应该认识他们，他们也确实相爱过。

我掏出那几页信，递给松哥，你要好好保管，这是阿夏留下的最后的文字了。

松哥接过去，打着了打火机，把信给点着了。

你干什么？我惊叫着去扑灭火，信纸被烧毁了一小部分。

你就不想看看阿夏写了什么吗？你就不好奇吗？我说。

松哥全身都靠在了沙发上，跷起二郎腿，她还能写什么？都是毁我的东西，都是过去的事情，包括在大钟镇上的事情，它们根本就不应该存在。你看看她现在的样子，所有的一切都是她幻想出来的。

　　我有些不知所措。

　　松哥拿出一个信封来，鼓鼓的。这是两万块钱，他说，拿走吧，这顶你大半年工资。别再来找我了，也别再去看阿夏了，你不觉得你认识我们，完全就是一场梦吗？做个梦，不要太认真，都是梦。我年轻的时候也是一场梦，后来我醒了，阿夏还在梦里，所以她疯了，懂吗？谁都不可能回到过去。

　　我看着钱，心想，难道这算是我卖掉回忆的钱？

　　拿着吧，松哥说，你不小了，看看现在的世界，做梦毫无意义，现实点，好好过你的日子。我们什么都改变不了，不如按照既定的规则活着，只是活着。

　　我拿了钱，不知道为什么，我一边鄙夷自己，一边把手伸向那两万块钱。松哥笑了，说，行，你还没傻掉。走吧，以后也别再跟人说认识我了，回去吧。

　　我拎着钱和跟钱差不多厚度的信，走出了松哥的大房子，仿佛走出了一个过去的迷宫，一个时代。

8

　　太阳已经彻底从西山上落下去了，大地沉浸在暗影之中，大烟囱的影子更重一些。我打开行李箱，终于在一个装杂物的袋子里找到了那叠纸。那是阿夏的信，我展开信，用手边的烟头引燃它。没有升起火焰，但信纸就这样一点一点被火星侵蚀着，那些字迹和过去的故事，化为灰烬。

　　信烧完时，有微微的热风从远处吹来，不知为何，风越来越大，我听到另一种隐约的悲鸣声。一开始，我以为是幻觉或耳鸣，掏了掏耳朵，那种声音更清晰了，的确像有巨人在吹一个巨大的埙。我在深圳的时候，有一次去景点旅游，被卖纪念品的忽悠着买了一个。拿回家里，我练习了很久，但永远只能吹出一种低沉的声音。刚刚那些回忆中的事，像几根拧在一起的麻绳，但随着这声音的出现，它们都顷刻间虚化了。

　　我站起身，腿有些发麻，回头看见另一个方向的大钟镇亮起了灯火。大钟镇一点都不大，要不是有那些顶多七八层高的楼，就像一个大一点的村子。我注意到，风带来的悲鸣声似乎有了变化，一瞬间，我明白了这声音就是大烟囱发出的。

　　真是太神奇了，毫无规则地毁坏和坍塌，让这个大烟囱成了一件天然的乐器，每当远处吹来恰到好处的劲风时，它就会发出自己的鸣叫。我刚好站在它的发声器上，随着我身体的晃动，它的乐声发出毫无规律的变化。这个发现让我欣喜，我开始胡乱地扭动起来，风穿过大烟囱的每一处缝隙，吹在我身上，我们一起合奏着黄昏的乐章。天越来越黑，可世界仿佛越来越清晰。

大师

1

2005年夏天快过去的时候,我刚开始读硕士一年级。硕士课不多,但有些课需要啃外文文献,每天抱着词典在没有空调的教室和图书馆读ABCD,看那些文艺学大师们的英文原著,伊格尔顿、艾伯拉姆斯、哈罗德·布鲁姆等等。这些理论著作云山雾罩,弄得我很长一段时间连中文也读不通顺,但是读着读着,忽然对其中的某一句颇有感觉,很多疑惑的问题就豁然开朗了。就像这门课的老师讲的,一个概念有时候能照亮一个世界。

好在那年的秋意来得早,夏末的时候就很凉爽,雨水多,且都是雷阵雨,下一阵就停,留下湿润的空气在阳光里浮动。雨大都是夜里下,白昼则带着淡淡的清爽,让人觉得舒服。硕士生住在师大新盖好的宿舍楼,四个人一个屋,床和柜子还新得散发着油漆味。这种刺鼻的味道直到我硕士毕业都没散尽。我的床靠着窗子,在安静的夜里,常常听着一阵风来,然后雨滴滴答答敲打玻璃。很快,雨大起来了。雨水的湿气透过窗子缝隙,直接浸到我脸上,能感觉到汗毛被轻轻摇动。几个月前,我在一个电视剧剧组。剧组经常拍夜戏,熬到凌晨是常事,生物钟就变了，回来后一直倒不回来，惹上了失眠的毛病。听着对面铺的同学磨牙、说梦话、背诵英文，我毫无睡意，只能盯着天花板听雨，脑子里也雨点般滴滴答答落下许多片段。

　　三个月前，有人给我介绍了一个活儿，是去一个剧组做宣传。主要任务是帮他们写写剧组速递或新闻通稿，发给各个网站，在娱乐版登出来。这种新闻多得是，也没什么人看。有时候，我还帮第一次当导演的果导改改剧本，写一两场新加的戏。我第一次去剧组面试的时候，是在一个宾馆里。坐47路到北京西站，下来沿阳坊路走二十分钟才到。制片人在二楼的一个房间，我进去的时候，看到一个黄头发的男子窝在沙发上，手里攥着一大摞纸。我以为他就是制片人，没想到是导演。刚要开口说话，卫生间里传出马桶冲水的声音，门开了，出来一个女人，上身长下身短，看上去特别像腿被砍去了一截。她自称杨丽，是这部戏的执行制片，是她打电话约我来的。

　　杨丽扔给我一堆材料，是他们上一部戏的，然后说，新戏有大腕，投资五千多万。我对五千万没概念，只是觉得很多。她让我开了桌子上的电脑，马上写一篇通稿，把两部戏联系起来。我翻了半天资料，绞尽脑汁攒出一千个字，她看了点点头，跟导演说，你觉得呢？导演说，我不管这事，你看着办。杨丽说，行吧，一个月两千五，管吃管住，但你得跟组。我说我还有期末考试。那你可以请假回来考试，不过车票我们可不管。两千五，相当于我当时十个月的生活费，我没理由不做。

　　然后，他俩聊起了演员，把我听过没听过的都数了一遍。杨丽说，女二必须得漂亮，至少得比我漂亮。导演没抬头，说女二不是胡总推荐了吗？杨丽说，呵呵，胡总那个人不能用，投那么点钱就想上女二，疯了吧他。导演说，你们又没给我用人权，别和我商量。这剧本写得狗屎一样，我得一个字一个字改。杨丽说，怎么会，王巨树可是大师，虽然这是他第一次跨界写剧本，但他给几十部影视剧做过总策划。为了这个剧本我们就花了五百万呢。五百块都不值！导演啪的一声把手里的打印纸扔到沙发上，上面满是红笔批注，都看不出黑字来了。杨丽说，你是第一次导戏，他是第一次写戏，我是第一次干执行制片人，咱们三个臭皮匠互相担待吧。我拍过很多片子的。导演说。是是是，可你那不都是纪录片吗。杨丽说，我们也不想用他，但人家地方上就认他。你知道湖州最近闹得全国都知道的城中湖项目吧？王大师给策划的，投资上百亿。她一说，我就想起来了，电视上最近都是这个广告，说什么，湖州城，城中湖，天下山水，此处独揽。网上也是各种消息，反正就是大投资。导演又拿起剧本，说，我还不如回去画画呢。这时候，杨丽才想起我还在旁边，转头说，那边纸箱子里有打印的剧本，你拿回去熟悉熟悉，下周咱们去湖州，马上就开机了。我点点头，从一大摞剧本里拿了一本，封面上印着：《情断湖州》，编剧王舒，导演果晟。

我在剧组只待了一个月，赶上期末考试，就坐了十多个小时火车回来。但是不巧，有一门考试因为跟其他课程冲突，调了时间，我只能打电话给杨丽，说再请两天假。杨丽说，你不用来了。我一惊，问怎么回事。杨丽说，没事，别瞎打听。那我的钱怎么办？我最关心这个。杨丽说，你学的什么专业？文学，我说，标准说法是现当代文学。这样，我其实也在北电读研呢，期末要交一篇论文，可我哪有时间写啊，你帮我写一篇，我再给你五百块钱。等我回北京，三千一起给你。行吧。我说。这活儿我也不是第一次干，为了混口饭吃，这些年凡是找我的活儿都做，只不过十之八九拿不到钱。你要写什么方面的论文？什么都行，只要能跟电影扯上关系，你随便发挥。她匆匆把电话挂了。我缺钱，回来的火车票花掉了我这个月的生活费，当时觉得马上能拿到兼职的工资了，还狠心买了卧铺。帮她攒个论文的话，火车票钱出来，还能剩下两百多。

我自以为算盘打得精，可那之后再也没联系上杨丽，她消失了。我走投无路，又去了一次那个宾馆，剧组当然早就不在那里。我后来想起，在剧组的时候，要过一个场务的电话，打过去问。场务说，这戏黄了，你不知道啊？总制片人卷了一笔钱跑路了，剧组里服化道的兄弟都没拿到工资。

这不是湖州政府项目吗？我说，政府的项目也能黄？

主管这件事的副市长被"双规"了，连带着这个项目也停掉了，死心吧兄弟。

我到学校的网吧去上网，搜湖州的新闻，确实是副市长岳林涉嫌受贿、乱搞男女关系被"双规"，《情断湖州》剧组解散。一分钱没拿到，还倒搭进去一张卧铺票，除了自认倒霉，没什么好说的。

就在这个网页的最下面，一揽子相关新闻里，我又看到了那个名字：王巨树。新闻标题是，策划大师王巨树成立巨树天下工作室，时间就是一周前。这么说，岳林倒了，对当初策划城中湖的王巨树毫无影响，看来这人真是不简单。

因为这件事，暑假我没回家，一直在学校附近的天桥上发传单。我得把生活费赚出来，而且从下个月开始，本科时的助学贷款就得还款了，可我还在读研，没有固定的收入。除了发传单和做家教，我没有更好的赚钱方式。

硕士开学后，课程比想象的要紧张些，主要是老师们列的参考书多，还有不少是没翻译过来的英文书，啃起来特别费力。每个月的贷款还得定时还，不然就会留下失信记录，将来买房子就没法贷款了。我只能一边上学，一边跑三个家教，还是捉襟见肘，时常得借同学饭卡凑合一顿饭。

硕士宿舍是四个人一个屋，我们在二楼，窗子朝南，门口对着电梯，电梯背面的217，是几个人合住的，现代文学的李达和三个自考的教育硕士一起住。其中一个年纪比较大，至少有三十岁了，听说之前是中学老师，已婚，有一个女儿，后来又考了硕士。这个人姓曲，叫曲元豪，外号蛐蛐。李达和我是本科同学，经常一起玩，读硕士后，虽然不在一个专业，我俩还是常常混在一块儿，打打球什么的。我吃不上饭的时候，总是他第一个把饭卡递给我，算是我最好的朋友。

我每天都会到李达宿舍转悠一圈，总看见蛐蛐靠着椅子，光着脚搭在桌上，打电话。别人桌子旁边的书架，都摆着专业课书籍或英语书什么的，他那儿摆的都是卡耐基马云王健林的传记，厚厚的几大摞。凑近了看，能看到蛐蛐的脸上有一个淡淡的伤疤，右眼角直到下颌骨，不是太明显。

蛐蛐对着电话说，何总，您放心，对于这些情况，我们肯定会回避。我给您的样章您看了吧，文字漂亮，该夸的地方夸，可又不露痕迹，对，整本书都会是这个水准。他把从脚指甲抠出来的油泥放在鼻子下闻了闻，手指一弹，油泥球飞起来粘在了一本书封面上马云的脸上，好像他长了一颗痣。哈哈哈，合作愉快，一定成功。蛐蛐大笑了几声，挂掉了电话。

李达，打球去？我下午的家教取消了，家长说那小孩要去参加游泳比赛。

李达从电脑前抬起头来，说脚崴了，得歇两天。

那我自己去了。我转身要走。

刘小磊？蛐蛐说。

啊，是我。

蛐蛐伸出手来跟我握手，我想起那个油泥球，犹豫了一下，还是握了上去。

我是曲元豪，教育硕士。我听李达说，你文笔不错？

没有，平时喜欢瞎写点东西，正式发表的就几首小诗。

甭跟我这儿谦虚，我有个活儿，不知道你有没有兴趣。他指着桌上的一大堆企业家传记说，你看，这里面好多都是我们出的，我现在做图书，编书，这些书都旱涝保收，不用管卖多少，稿酬都能拿到。你帮我写一本，一个很有名的大人物，我给你两万。

我吓了一跳，两万在当时可真不是小数目，我在剧组干八个月也才两万。

我怕写不了。我说。

你肯定能写，我看过你在校园网发的东西，你网名叫一百比八十对吧？有没有兴趣？

那我试试吧。我说。我拒绝不了两万元的诱惑。

2

临到蛐蛐带我去见要写的那个大人物，我还不知道他到底是谁。公交车摇摇晃晃，我问蛐蛐，听说这个大人物特别牛，是吧？蛐蛐眼神闪烁，说别急，等会儿就知道了。他这么遮遮掩掩，让我觉得这个人更不简单了。后来我才明白这眼神的秘密——那时候他自己也不知道要见的是谁。蛐蛐心情不太好，一只眼睛又青又肿，看起来是被人狠狠揍了一拳。他自己解释说，近视眼，有一天忘了戴隐形眼镜，撞在了玻璃门上。我没揭穿他的谎言。昨天下午的时候，在宿舍里，李达小声跟我说，是被他老婆打的。他老婆在家里带孩子，但早早就在学校安插了眼线，眼线报告说，他跟一个女同学关系不清楚。老婆把孩子给公婆一丢，坐了一夜车找来，拎着一把菜刀上了宿舍楼，楼下以专横著称的宿管大爷都没敢拦着。

在蛐蛐那张黝黑的脸上，被打肿的眼睛看起来反而显得协调，那只正常的眼睛却有点不伦不类。蛐蛐的手紧紧握着公交车的拉环，盯着车窗上的一只苍蝇，不知在想什么。本来坐地铁能直接到要去的地方，公交至少得倒两趟，但蛐蛐还是选择坐公交车。那时候，北京的公交还在优惠期，刷卡只要两毛钱。我俩的午饭也是在公交上吃的，每人俩包子，素馅的。吃完包子，我心里有点打鼓，看蛐蛐这样儿，自己都没两万块，我不会又是竹篮子打水一场空吧？

到站，我跟着蛐蛐下车，沿着一条基本没什么车的路走了十几分钟。路两边种着高大的梧桐树，枝叶繁茂，有三三两两的漂亮的中年女人带着孩子在玩。两边的房子不高，看起来像是别墅区，但离闹市并不远。蛐蛐开始打电话，问路，绕来绕去半个小时，结果大门就在公交站几百米外。一米八几的两个保安，一身笔挺的制服，站在门口查我们的证件。

我还是第一次进这种地方，心里七上八下的，又有点兴奋。进了大门，里面是一个大花园，有假山，有流觞，路灯看起来都是欧式风格，一栋栋三层小楼散落着。真好啊。我忍不住感慨。蛐蛐说，好吧？大师住的地方能差吗？这得多少钱？少说一千万吧，蛐蛐说，不过对大师来说不算什么，他一个项目就能赚出来。

神一样的人物啊。我说。

我们找到C栋，到楼下，蛐蛐说，整栋楼都是大师的。

你来过？

没有，介绍人说的。

他还没等摁门铃，门就开了，一个漂亮的姑娘从门里出来，手里拎着一袋垃圾。

找谁？姑娘问。

我们是给大师写书的人。蛐蛐说。

姑娘把垃圾丢在不远处的垃圾桶，回身说，哦，曲老师吧，我是潇潇，我们通过电话。

蛐蛐立刻矮下来，长长地伸出手去，潇潇老师，没想到您这么年轻。潇潇伸手轻轻握了他的手一下，又看了我一眼。我有点犹豫，不知道是否该伸手，她已经转身了。潇潇打开门，说，请进。

屋子里面比我想象的还大，整个一楼起首是一个巨大的客厅，除了一般的沙发茶几之外，还有一个T形的吧台，吧台后的酒柜里摆满了标有外文的酒。我们跟着潇潇上楼，二楼有一个大会议室。我和蛐蛐坐下，潇潇倒了两杯白水，说，王老师还在休息，等他起来吧，昨天才从巴黎飞回来。

好的好的，蛐蛐说，我们等王老师。

潇潇出去了。

真漂亮。我说。

这是大师的助理，会三门外语，蛐蛐说，叫肖佳涵，也叫潇潇。

哈哈，我不怀好意地笑了一声，助理，是小秘吧？

蛐蛐的脸上也露出了和我一样的笑，漂亮吧？

这时门又开了，潇潇进来，她竟然换了一身衣服，宽大的T恤，短到大腿根的热裤，一双修长而白的腿晃得人眼晕。说实话，除了在时尚杂志和网上，我从没有在生活里见过谁穿得这样少，更没见过长得这么漂亮的人。我控制不住自己的眼睛，一直盯着她看。潇潇似乎见惯了这种不礼貌的注视，完全不以为意，她把抱着的两摞厚厚的打印稿放在我俩跟前。

这是一些资料，你们先看看。她讲话的时候，带着一丝嗲音，但一点也不多，听起来让人觉得温柔亲切。

潇潇俯身的时候，她的领口低下来，我能看见她白皙的乳房。

我有点口干舌燥，整个脑袋都发胀，赶紧把水一口气干了，然后去翻打印纸。

这摞纸已经被简易装订了一下，因为是单面打印，所以就显得更加厚重。封面的牛皮纸上，印着几个大字：大师——王巨树其人其事。

哦，原来这个大师，这个王老师，叫王巨树。这名字听起来很普通，没有什么特别之处。翻开目录，首先就是十篇不同的人写的序言，从文化界的大腕到政界红人、企业界的名人。这十个人，随便哪个拉出来，都能让老百姓肃然起敬。

再往下，并没有什么童年故事，而是一篇篇新闻报道。都是从网站上直接扒下来的，很多格式都没有调整，一些网站的广告链接也附在后面。报道里的内容五花八门，但都是大事件：王巨树重绘重庆山水；一城两翼三区：黄州确定下个百年规划；我来为中国人的胃负责——大师把脉云牛奶业……

这里面包含着中国近些年许多地区的大事，每一篇都包含一个相同的名字——王巨树。翻了一会儿，我有点明白了，他是一个策划大师，受雇于政府或企业，帮助他们确定长期规划和包装。这种规划涉及城市布局、产业调整、经济政策、企业发展等等，每一个项目的目标都少则五年，多则百年。

蛐蛐找我，是为了给这样一个人写传记？

3

剧组真是一个独特的社会空间，这儿比社会更社会，但也比社会更不社会。

我跟着到了湖州的第二天，就从同行的做服装的小哥那里得知，剧组的副导演跟一个演丫鬟的女演员住在了一起。而上一部戏，和他住的是另一个丫鬟。这个女孩在演员堆里算不上漂亮，但笑起来好看，一对小虎牙，天真烂漫。她一讲话，就惹人发笑，可自己并不觉得好笑。演戏的时候，她几乎没什么台词，只是站在小姐旁边，也谈不上什么演技。服装小哥说，这样的女演员一抓一大把，为了上一部戏，哪怕没多少露脸的机会，也愿意委身于选角的副导演。

真是可惜，我说，她们怎么想的啊？

小哥说，怎么，怜香惜玉啊？你才接触这行，不了解情况，就别书生意气了。

嗯，我说，我这儿也犯愁呢。

昨天晚上，我刚从火车站到剧组驻地，杨丽就让我去她房间，说有急活儿。

我进去，看见导演也在，床上铺着一床剧本。导演披头散发——他本来是个画家，后来不知道怎么跑来当了导演。他光着脚，大声喊，这怎么拍？明天就开机了，你叫我怎么拍？什么大师，狗屁大师，不会写就别写。

我听明白了，他说的还是剧本的事。编剧是个所谓的大师，第一次写剧本，逻辑不通，漏洞百出，还特别固执，不愿意别人给他改动。据说，如果想改动，得付一笔改动费。但是不改没法拍，好几个演员看了剧本，直接找导演兴师问罪，导演，这怎么演啊？

杨丽没办法，只好付了一笔改动费。惹不起，她说，真惹不起，他可不是一般的编剧，通着天呢，咱们这个项目要不是王大师也不可能下来。

导演不知道为什么想起我来了，就跟杨丽商量，小刘中文系的，再怎么着也能写通顺句子，多给他点钱，让他来跟着我改剧本。杨丽也没别的辙，赶紧把我揪过来了。

我倒是愿意参与这事，写剧本有意思，何况还能多赚点钱。我打听过了，搞文字这行最赚钱的就是编剧了，我积累点经验，没准儿将来还能混口饭吃。我没想到，最后钱没赚到，落下的全是教训。

杨丽说，小刘，你的任务有点变化，除了写新闻稿，还得帮导演改剧本。

哦。我说。

你放心，我每个月再多给你一千块钱，不让你白干。

我没写过剧本。我说。

导演说，我知道你没写过剧本，我在网上搜了你一下，发现你写过小说，有这个就行了，换一种表述方式而已。

那我试试吧。

导演扔过来一摞剧本，上面红红绿绿一大堆批注。我看了两眼，说，这个，是把小胡的戏删掉，然后把七场合成四场，集中在茶馆和妓院里，是吧？

导演使劲一拍大腿，就是，没问题没问题，你能看出这些来，将来也能干编剧。

好好干，杨丽说，导演可是牛人，你跟他能学不少东西。问题得到解决，杨丽似乎很高兴，迈着她短短的双腿在屋里走来走去。她走到房间的床头柜旁，停下来，打开柜子，拿出了一条烟，递给我。我以为是一整条，哪知道拿到手一看，里面只有三盒了。写剧本都抽烟，我知道，你拿着抽吧，抽完了再问我要。我其实不抽烟，但不想放过这点好处，再说，万一写起剧本来想抽烟呢？导演整理了厚厚的一大摞，把足有一尺多高的剧本打印稿递给我，说，这些拿去改，看不明白的随时问我。我住1203，你住几楼？

我住三楼，我说，跟两个灯光师一个房间。给他调一下房间，导演说，至少得是个单人间，要不然怎么写剧本啊？找个笔记本电脑给他，我告诉你，按咱们的情况，得头一天写第二天拍，一点也不能耽搁。剧组耽误一天要花多少钱，你比我清楚。

我马上去办，杨丽说，你放心吧导演。

我换了个小房间，又在剧务主任那儿领了一台笔记本电脑，那时候笔记本还没普及，我在学校里很少用到。是老式的IBM，黑乎乎的，很厚，开机就开了五分多钟。等桌面终于跳出来时，我都快睡着了。昨天跟灯光师住一起，完全没睡好，那俩人一晚上喝了一箱啤酒，后半夜就不停地上厕所。我拿起导演勾勾画画的剧本，又梳理了一遍线索，然后删删改改，花了两个多小时，才把第一场戏弄完。一看，两千多字，写多了，但又不知道怎么删，就对着剧本一个人把所有角色演了一遍。很多落在纸上的话，看着一点问题没有，可一旦用嘴去说，就会觉得又啰唆又别扭。剧组放晚饭的时候，我终于把那几场戏弄妥了，用一个小优盘拷了，去1203找导演。

我敲了十几下门，导演才气冲冲地开门，没看清我是谁就大喊，我不是说了吗，晚饭不要叫我，不要叫我！我是小刘，导演，刚改了几场戏，你看看行不行。导演这才认清我，没让我进门，先从兜里掏出烟来，点着了，像喘最后一口气的人那样使劲地吸了一口，但只吐出一点点烟来。他蓬乱头发遮盖的眼睛，像是突然接通了电源，一下子亮了起来。

我跟着他进屋，把优盘递给他。他插在电脑上，打开我改的剧本看，烟上燃烧出很长一截烟灰。他看完了，说，我让杨丽给你加钱，每个月再加五百，她不出，我出。我知道，这活儿算是落停了。导演把桌子下的一个纸袋子递给我，说，这些都是要改的，你拿着，到时候看剧组通告，要拍哪场就改哪场。说完不等我应答，就拿出电话来说，我是导演，你给我要点外卖，对，要辣的，再来两瓶啤酒，不，四瓶，送到我房间。

那天晚上，我跟导演在房间里就着辣子鸡块、小炒肉和干锅鸭头喝了八瓶啤酒。喝完四瓶的时候，导演意犹未尽，他一直在跟我讲他年轻的时候到乡下写生，每到一个地方都会遇到一个美丽的姑娘，他给姑娘画像，她们的眼神里带着崇拜和爱慕。但是他没有带走一个姑娘。兄弟，你可能会觉得遗憾，但我不，正因为我一个也没有带走，她们就都把最美好的一面留在我记忆里了。我获得全国美术大奖的那个系列作品《少女》正是凭借记忆画的她们。他喜欢吃干锅鸭头，一个干锅里九个鸭头，他吃了八个，而且每次都把鸭子脑袋嚼碎了，吸吮干所有的汁液，再吐出来。

四瓶喝完，他掏出一百块钱来递给我，下楼，再买四瓶。

我拎着四瓶啤酒上来，一边用牙咬瓶盖，一边问，你为啥又跑来当导演了？

他抢过刚开了的一瓶酒，不用杯子，直接吹了半瓶，说，为啥？因为绝望。

我没懂，就拿着啤酒瓶跟他的啤酒瓶碰了一下。

我从小的愿望是当一个书画大师，真的，不是那种沽名钓誉的，而是真正的大师。古人不敢比，怎么也得是张大千齐白石，最不济也得是黄永玉这样的。我画了三十年，小有成就，我的画能在市面上卖几万块一尺了。可是这时候，我再去看那些大师的画，完了，我就知道我这辈子完了，我成不了大师了，差着十万八千里呢。你还年轻，不明白这种感觉，一个艺术家忽然发现了自己的极限，就好像世界上有十几二十座珠穆朗玛峰，而你就是一个小土包，香山，海拔一千米都不到，那种绝望像锤子一样砸过来。我不干了，正好这两年影视剧里热钱多，我年轻时也玩过几年纪录片，对导演略知一二，朋友一忽悠，我就来当导演了。

我平时的酒量也就两瓶，现在三瓶酒下去了，竟然还没吐。我确实理解不了，对我来说，活下去才是最重要的，什么大师不大师的，能把大学好好读完就行了。我说。

导演没说话，他突然抹了一把脸。我明白，他哭了。

两个人继续喝酒，然后醉倒不省人事，直到第二天杨丽在门外拼命地敲门，才把我吵醒。我忍着头痛开门，杨丽花枝招展地冲进来，疯啦，导演，今天开镜啊！

导演噌地坐起来，因为是躺在地毯上，起来的时候头碰到了桌子，他立刻在疼痛中惊醒了。赶紧，把小刘昨天改的几场戏让剧务打出来，分给相关的演员。他冲进洗手间去洗脸。

杨丽皱着眉头，用脚踢地上的酒瓶子，你们怎么喝这么多？

绝望。我说。

她不懂。我头疼，我不想解释，我也解释不清楚。

4

翻了一会儿材料，千篇一律，都是大话套话，用来说哪个地方都行，便不想看下去。但潇潇一直在旁边看着，我只好假装读得津津有味，一边读一边还不时发出赞叹，哇，嗯，厉害，太牛了。蛐蛐抱着自己的军挎包，在旁边打起了瞌睡。也不知是真瞌睡了，还是假瞌睡了，他的头总是往潇潇那边靠。潇潇好几次用手把他推开。他又靠过去的时候，潇潇站起来一躲，蛐蛐栽到了桌子下面，不好意思地站起来，抱歉，抱歉睡着了。潇潇对我说，你是小……刘对吧，要不要来杯咖啡？这里有现磨的咖啡，巴西进口的咖啡豆。还没等我说话，蛐蛐抢着说，好，进口的好，我也来一杯。

潇潇转身去弄咖啡，蛐蛐又坐在那儿，继续打瞌睡。

不一会儿，潇潇端来咖啡，只有两杯，递给我一杯，她自己喝一杯。这回蛐蛐真睡着了，打起了呼噜，嘴角还有涎水流出来。

两个人就有点尴尬，特别是我，老想抬起头来看看潇潇美丽的脸和美好的身体，可又怕她正看我。我只好拼命喝咖啡，才几口，就把一杯纯咖啡喝了下去，竟然没体会到苦味。还要吗？潇潇问我。我这才抬起头，说，不喝了，喝多了晚上睡不着。

然后又是沉默。她喝咖啡的时候，嘴角沾了一点点浅褐色的咖啡，衬着嘴唇上鲜艳的口红，形成了一种特别的美感。

潇潇……我说，要不，你给我讲讲王大师吧，就算是……一个小采访。

你想了解什么？她说。

都行，你随便说，我只是想知道王大师身边的人都怎么看他，这对写传记有帮助。

她低头，喝咖啡，抿了抿嘴唇，那点咖啡痕迹被小巧的舌头轻轻抹去了。

我是前年来到工作室的，然后就一直在给他当助理。我原来是中央美院的，画油画，后来竟然油漆过敏，自己也觉得没劲，就出来了，一个老师把我介绍给王老师。很多人都叫他王大师，不过对我来说没有什么大师不大师，他算是我老板，也是老师。

但是你的工作时间好像是挺长的，现在都晚上了，还不下班。

我就住在这里，无所谓下班不下班的，工作室这么大，有的是房间。除了我，王老师还有两个助理，都住在这里。再说，我们也省去了租房子和上下班的麻烦了。

如果让你用几个词来概括王大师，你会用什么？

我想想。她把玩着咖啡杯说。蛐蛐的头再一次向她靠过去，她有点紧张，随时准备推开他，但蛐蛐的头在离她几十厘米的地方停住了，一直在保持着倾斜的姿势。我不知道他是怎么在瞌睡中保持这种高难度动作的。

迷幻。潇潇说，第一个词是迷幻，第二个是激情，还有就是宏大。

能解释一下吗？我说。

她耸耸肩，说，不能，一解释可能就不是我想说的那个意思了。如果这个世界上有谁能解释王老师是什么样的人，那只能是他自己。他有着超强的语言天赋和讲故事的天赋，事实上，如果他没有做策划，去写小说的话，也一定是个了不起的小说家。

就是这个小说家一直在睡觉。我说。我想幽默一下，但听起来愣愣的。紧接着，我又补了一句，你应该去演戏，你长得这么漂亮。

潇潇笑了，说，那是因为你没见过真漂亮的人，或者是见的漂亮的人太少了，少见多怪。

我是觉得你比电视上的很多演员都好看啊，真的。

这时门响了一下，一个灰暗高大的影子从外面走进来，穿着暗红色的宽大睡衣，拖鞋在地板上发出一种钝钝的摩擦声。我转过头去，但始终看不清他的脸。

王老师，你醒了。潇潇说。

我站起来，蛐蛐竟然也在一瞬间就醒了，而且脸上的表情似乎他从来没有睡着过一样。蛐蛐冲上去，老远就伸出手，王大师，终于见到您庐山真面目了，我是曲元豪，外号蛐蛐。王大师跟他轻轻握了手，默不作声地走过来。潇潇给他拿来一瓶满是英文的矿泉水，一只空杯子，倒了一杯水。他坐下，一口气喝了整杯水。这时候我才看清他的样子。他长了一张让人一见难忘的脸，这张脸最突出的特点就是每一处都充满自信，虽然他才刚刚睡醒。他似乎有一种难以描述的神秘力量，你只要看他一眼，就会产生信任感，无论他说什么，你的第一反应都是选择相信。

王老师好。我打招呼。

他一伸手，潇潇把一页纸递给他。我瞅见了，是我的简历。

王大师皱了皱眉头，说，就这么个学生？

我没想到他是东北口音，而且是吉林四平口音，因为同宿舍的一个同学就是四平人，这种带着东北口音的普通话我太熟悉了。

潇潇说，王老师，之前跟您汇报过了，这一次写传记我们找素人来弄，不找那些成熟的大公司，他们做东西都成流水线了。我们要做的和别人不一样。他俩今天只是来跟您见面，回去写一段样章，如果不满意，就再换。

我们一定包您满意王大师，您放心，小刘是我们学校的才子，发表过很多东西，还做过编剧。蛐蛐及时补充道。

王大师说，我只强调三点：第一，我是人，不是神，但不是一般人；

第二，策划就是战略和战役的结合，策划大师就是万军统帅；第三，文字要好看，也要张弛有度，我可以策划别人，但别人不能策划我。

蛐蛐使劲捅我，赶紧记下来啊，赶紧记。

不用，我说，就三点，我能记住。然后我一字不差地复述了一遍。大师略带惊讶地看了看我，又转头对着潇潇说，把明天的行程拿出来我看看，然后让阿姨给我煮碗馄饨。

潇潇打开手机，点了一下备忘录，递给他，说，阿姨今天早走了一会儿，馄饨我去煮吧。

潇潇转身去厨房，蛐蛐想跟王大师说话，但王大师完全没有搭理他的意思，他就磨蹭到潇潇那里，咋呼着，我帮你，我帮你。

大师开始看自己的行程，我只好继续翻那堆材料。已经晚上九点多了，昨晚熬夜看球，白天也没补觉，千篇一律的材料把我的困意勾出来了。我强撑着不睡着，可是在太困了，不停地打着瞌睡。不得已，我在桌子底下狠狠地掐了自己一下，才略微清醒些。

馄饨煮好了，潇潇端了过来，蛐蛐也用一张纸巾擦着双手，好像他干了多少活儿一样。王大师一边吃馄饨，一边说，把明天去上海的行程推掉。可是那边都约好了，而且是一个很重要的项目。潇潇说。

推掉，王大师说，这边有更重要的事，生死存亡。

好，潇潇说，我跟上海联系。

王大师吃完馄饨，像才发现我跟蛐蛐一样，说，一周，写一万字的样章，写哪段都行，到时候看。明白明白，蛐蛐说，一定不会拖延。我也点点头。

我们装了一大口袋资料，站起身准备走，潇潇送我们去门口。开门的时候，王大师叫住潇潇，指了指一个柜子。潇潇明白了，转身回去从柜子里取出两百块钱，递给蛐蛐，打车回去吧，太晚了。蛐蛐满脸堆笑地接过来，谢谢大师，谢谢美女。

但蛐蛐没有打车，他坚持等公交。这么好的夜晚，不着急，咱们还是坐公交回去，正好路上聊聊怎么写。我其实有点打退堂鼓，我觉得自己根本写不了这个，把握不了这么奇特的人物。但是又有点不甘心，毕竟稿费在那里诱惑着我，还有就是自尊心，如果现在说放弃，蛐蛐一定会特别瞧不起我的，潇潇更是。

回去的公交车明显快了不少，但依然摇晃。我跟蛐蛐有一嘴没一嘴地聊着该写王大师创业那段，还是他的童年时期。突然间，刚刚翻到过的一篇报道重新跳进脑海里，我想起那上面说，王大师名字叫王巨树，原名王舒。王舒，就是当年我改的那个剧本的编剧的名字啊。这么说，那个剧本就是他写的，或者至少是以他的名义写的。一瞬间，我有点恍惚，觉得自己和这个王大师之间存在着某种神秘的联系，否则不会这么巧，两件事都遭遇他。我没告诉蛐蛐这件事，只是跟他说，下周这个时候，我一定交一万字给你。靠谱，蛐蛐拍拍我肩膀，等会儿下车，咱们到学校东门的成都小吃消夜，吃碗酸辣粉。

5

杨丽消失了。

我给所有认识的剧组的人打电话，都不知道她去哪儿了。有人说，她跑路出国了，还有人说，她被几个投资方雇人砍死了。我觉得都是假的，甚至是她为了躲我们编出来的谎话，她肯定还在北京，就是躲起来了。我到北京电影学院去找过一次，也是无功而返，后来就不找了。

我跟导演还有联系。回北京后，他有一次办画展，给我发过邀请短信。也可能是群发的短信，把我给捎带上了。我倒了好几路公交车，才找到798艺术区。这地方我以前来过一次，但已经完全没印象了。等我到地方，展览已经快结束了，导演正在一个小台子上发表演讲，阐述自己的创作理念。我随意看了看，他画的其实就是传统的国画，山水为主，跟年画上的也没差多少，只是每幅画都加了一点非常现代的元素。但在导演嘴里，他的画完全是另外一种解释。我好歹学的是文艺理论，大致能听明白他嘴里那些现代主义、抽象、古典之类的词，但就是没法跟他画里的老虎啊仙鹤啊松柏啊对应上。

他在稀稀落落的掌声里下台，其中一半的音量还是我提供的。导演带着感激的眼神走到我身边，握手。我不知道哪根神经搭错了，把昨天文艺理论课上听到的一些乱七八糟理论瞎白话了一通，附会他的画。导演再次握了我的手，激动地说，好，你懂我。我有点同情他，心里想混到他这个份上的人也有不如意的时候，也有卑微的时候。展览的最后是鸡尾酒会，也就是一群人端着杯子互相敬酒和说久仰。导演和我坐在用垃圾桶做成的椅子上聊天。

戏拍了一半，导演说，黄了。

我一分钱都没拿到。我说。

钱是小事。他说。我心里想，钱对你是小事，对我可是大事。

他继续道，这部戏如果出来，一定会有影响的，能超过当年的《渴望》。对了，给你看样东西。

他拉着我起来，走到展厅的一面墙边，指着说，眼熟吗？

我这才发现，展厅墙面的背景竟然是用打印过字的 A4 纸拼贴成的，再仔细看，里面的内容，竟然就是那部戏的剧本。我吃惊地看着他。

我把剧本全部改了一遍。他说。的确，那些纸上布满了批注，写的都是灯光、镜头、走位等等。

我晚上还有选修课，又喝了一杯酒就撤了。临走时，导演突然说，你到塔院小区 3 栋 4 门 205 去看看吧。我愣了一下，随后明白他告诉我的是杨丽的地址。谢谢，我说，我不想再找她了。找到了她不给我钱，也没用。

随你便，导演说，下次如果再接到戏，我还找你帮忙。

行。我说，还有件事。

你说。

你改的那些剧本，除了上墙的这些，其他的能给我吗？我学习学习。

他没接话，转身去展厅的柜子里拎出一个纸袋子说，都在这里了。

谢谢。我说着，接过了袋子。

回到学校，我跑到图书馆自习室里，看剧本看到闭馆。看完这个，我才对编剧和导演这两个工种有了初步的认识，自己琢磨了一下，都不好干。跟导演要剧本的时候，我想自己将来能干编剧，但现在我不这么想了。也许我能写几场不错的戏，但整体架构、人物设定什么的能力不足，顶多适合干枪手，至少现阶段是这样的。

而且，接下来我就得在西方文论课上做读书报告了。我看的是还没翻译过来的一本讲精神分析的弗洛伊德的书，需要跟老师和同学们用英文介绍这本书的基本内容，并找一个中国作家的作品做案例分析。这件事耗去了我绝大部分精力，那本从图书馆借来的原版书的复印本，已经画满了各种各样的标记，大都是字典里查来的单词意思。好在我选好了自己的案例：张艺谋的电影《秋菊打官司》。最根本的任务困难在于，我得想办法用弗洛伊德老爷子的理论，来分析《秋菊打官司》。

因为刚刚看了一个电视剧的剧本，我学着很多编剧的通行做法，拉片，就是把一部电影从头仔仔细细看到尾，分析其中的每个镜头和情节，找出有没有什么特别的地方或规律。拉了两天片子，我突然找到了破题的办法。

轮到我做报告那天，是一个阴天，但是没下雨。西方文论赏析是一门小课，总共只有二十几个人，却被安排在一个能坐五六十人的大教室。我打开讲台的电脑，接上优盘，把自己的PPT拷在桌面上。这门课的老师是个老烟鬼，正在门口大口大口地吸烟，等会儿上课了，有一个小时不能吸，要先过足瘾。只来了不到十个学生，还都懒洋洋的。上课铃声响了，老师猛抽一口烟，掐灭烟头走进来，坐在第一排靠门的位置上。

讲吧。他说。

我清了清嗓子，打开PPT，首页是《秋菊打官司》的电影海报。年轻的巩俐穿着大红棉袄，扎着围巾，冷静地看着海报外面的世界。男根的消失与找回——对《秋菊打官司》的精神分析解读，这是我的题目。

我用磕磕绊绊的英语夹着汉语，分析这部片子里秋菊其实要寻找的那个说法，并不是简单的正义和公平，而是她丈夫的"男根"。在电影里，秋菊的丈夫被村长一脚踹了之后，性功能受到损伤。秋菊不断地告状，其实是为了找回丈夫的男性自信。等到后来，秋菊怀孕难产，村长找人把她送到医院，秋菊生下了一个男孩。男孩的出生，从另一个意义上是男人男根的找回，因此最初的矛盾也得以化解。大致就是这么个意思吧。

我讲完了，一头汗。赵老师烟瘾犯了，打了两个哈欠，拍了拍手说，不错，提供了新的角度，下课吧。他噌地钻出去抽烟了。终于把这次课对付完了，我收拾书包，准备撤。一个戴粉色毛线帽的女孩挡在我面前，是当代文学专业的瑶瑶，全名姚梦瑶。

你觉得合适吗？她气冲冲地说。

什么？我不解。

当着这么多女孩的面，说这些，你觉得合适吗？她说。

我这是学术报告，学术，懂吗？我不想跟她纠缠，走出教室。

她一直跟着我，一直喊，刘同学，我觉得你这么做特别不尊重女同学，你这是性别歧视，是骚扰。我加快脚步，她也加快脚步，到楼下的时候，她再次追上了我。

我想起来了，据说在本科的时候，有一个老师在课堂上放了一部电影，电影里有一些暴露甚至性爱的镜头，她冲上去关掉了电脑，还跑到教务处去告状。最后闹到了管教学的副校长那里，幸好副校长是从美国留学回来的，跟她普及了半天西方知识，这才作罢。没想到，这次她竟然盯上我了。

你太小题大做了，我说，那么多女同学听课，人家都没事，就你矫情啊。

哼，她们那是不知道自重，我管不了。你必须向我道歉。她的脸因为生气而显出了某种红晕，眼睛清澈，长得还挺好看。

我不想惹麻烦，就说，好，我道歉，行了吧？

她又伸手。

干吗？我说。

把优盘给我。

我犹豫了一下，递给她。她走到旁边的长椅上，坐下，打开随身带的笔记本电脑。嗬，挺有钱的啊，笔记本竟然是苹果的。她接上优盘，打开文件夹，直接把我的PPT给删掉了。我大惊，冲上去想拦截，已经来不及了。

你有病吧？那可是我辛苦了半个多月的成果，我还等着期末交作业呢！

她拔下优盘，递给我，活该。

瑶瑶走了，我看着她的背影，恨得牙痒痒。

第二天，我还没起床，室友说有电话找我。竟然是瑶瑶，她让我马上下楼。我不想理她，直接把电话挂了。几分钟后，就听见她在楼道里喊，刘小磊，你给我出来！我吓了一跳，赶紧穿衣服出去，发现李达、蛐蛐和楼道里一堆男同学正在围观瑶瑶。见我出来，大家伙开始嗷嗷起哄。蛐蛐说，行啊，比我媳妇还厉害。我拉着瑶瑶赶紧下楼。

到楼下，我问她到底有什么事。

我要去做家教，可是太远了，我有点害怕，你陪我去。

凭什么啊，我该你的还是欠你的？再说了，你又不缺钱，做什么家教。

我是不缺钱，可我也不乱花钱，我想自己赚钱不行啊？在黑山扈，坐公交车要倒两趟，得一个多小时。

不去。你自己不敢去就辞了，我跟你又不熟，咱俩有仇。我转身要走。

她一把抓住我的手，小声说，求你了。

不知为什么，我心头一软，说，那……中午得请我吃饭，自助餐。

行！她像演戏一样立刻情绪转换，雀跃起来，我请你吃比格自助。

我跟她倒公交到黑山扈站，又往一个建在山坡上的小区走了二十分钟，才找到她做家教的地方。临上楼，瑶瑶说，你可千万要等我，别走。

好，我不走。

进了楼门，她又折了回来，说，身上带钱了吗？

我把几个兜都翻出来，找出八十多块钱，她把钱拿过去，连一分的也没放过。

钱存我这儿，这样你想跑也跑不了。

我身无分文，只能在小区里瞎转，等她。

两个小时后，她下课了，跟她一起出来的是孩子母亲，对她千恩万谢。

看见我，孩子母亲说，男朋友？

朋友。瑶瑶说，然后笑了。

孩子母亲说，小伙子，瑶瑶是个好姑娘，珍惜啊。

我们坐公交回去，她把那堆零钱还给我，说，对不起啊。

我不想说话，两个人在公交车上沉默着。路上颠簸，我们的身体偶尔会碰到一起，她不躲避，我也不控制。

你知道吗……她突然说话，瑶瑶是一个残疾女孩。

我冷笑了一下。

我教的那个孩子，小名也叫瑶瑶，她得过小儿麻痹，腿不能走路。我其实不是家教，因为我不收钱，是免费给她补课的。

这还真令人吃惊。我坐直了身体，说，你说的是真的？

她点点头，说，瑶瑶很可怜，我是在网上看到她的事儿的，所以才去给她补习。这样，她就有希望考进中学，然后上大学。我忍不住捏了捏她的手，说，没想到你还是个好人。

我本来就是个好人。她说，又用那对眼睛看着我，倔强中带着笑意。但是我的自助餐可不能省，我不是雷锋，做好事必须有好处。

少不了，吃不死你。瑶瑶说。

我们很快就确立了男女朋友关系，虽然我对她说不上多么喜欢，但跟她在一起，还是挺开心的。她总是做出人意料的事。接触了半个月，我们拉了手，接了吻，但我还不知道她具体的家庭情况。我又陪她去黑山扈做了两次家教，她不再收走我的零花钱了，我也不会偷偷走掉。因为她说，只要我等，她出来的时候就能吻她。为了缠绵动人的长吻，我当然愿意等。我们从黑山扈出来，不远处有一座小山，叫百望山。我们花一个小时走上山去，然后在没人的树林里拥抱、接吻。

后来那家人搬家了，到了更远的昌平，瑶瑶就不再去做家教了。但我们还经常去百望山登山，我的生活突然转换了色彩和节奏。

6

整整在宿舍里憋了六天，我才把王大师的传记码到两万字。前三天还是看材料，总算找到些有意思的点，确定了样章先写王大师当下情况，因为我提出了一个构思，就是以倒叙的形式来写。我把构思告诉蛐蛐，他极力反对，我说如果换一个方式，我就不写了，他没办法，把想法告诉潇潇。潇潇直接给我打过电话来，说，按你的意思写。

思路理清了，废了十几个开头，终于找到了恰当的语感，接下来就好写了，毕竟是纪实性的东西，不用挖空心思虚构，只要把那些发生过的事换一套新的说辞就行了。码完两万字，我手都快抽筋了，直接发给了潇潇。潇潇说过，写完了她先看，然后再给王大师。

当天下午，潇潇给我打电话，说下午有车到学校东门接我，王大师要见我。我问她，蛐蛐呢？潇潇说，不用管他。我放下电话，去上洗手间，看见蛐蛐正在那里刷牙，黑眼圈黑得像熊猫。咋样，样章有反馈没？他含着一嘴牙膏沫子问我。我犹豫了一下，说，还没有。我有点心虚，撒完尿赶紧去操场打球，怕一会儿蛐蛐再来找我。

这是我第一次坐这么好的车，奔驰。潇潇坐在副驾驶。你也来了？我有点吃惊。潇潇说，我出去办事，顺道。我上车，能看见潇潇的背影。奔驰拐来拐去，我想问问潇潇对样章有什么意见。潇潇，我写的那个……没等我问出来，潇潇就接过话说，刘老师，王老师对样章很满意，应该说是……惊喜，他说超出了他的预期，所以让我来接你，他想亲自和你聊聊。

潇潇的话让我立刻心情好了起来，身子不由自主地坐直了些。潇潇，你呢，你看了有什么意见？潇潇回过头笑了一下，说，我当小说看的，好看。我坐得更直了，身子往前凑，说，意见呢？

一会儿再说。潇潇道。

我只好坐回座位里。

我们这次是在王大师巨大的餐厅里聊的，一边聊一边吃晚饭。王大师是东北人，却喜欢吃辣的，桌子上的菜都是川菜，水煮鱼、麻婆豆腐、辣子鸡丁，主食是手擀面。潇潇拿出一瓶红酒，给王大师、我和自己都倒了一杯。我喝不出所以然来，只能拼命吃菜，却又被辣得难受，只好又大口喝酒来抵消辣。

酒量不错，王大师说，文章写得也不错。

谢谢。

我现在想让你直接帮我写，不通过蛐蛐了。

这……不太好吧？

为什么？该给他多少钱，我会给他。只不过我不喜欢这个人，格局太小，不是做大事的人。

我还是觉得有点不太好，他是我同学，这活儿本来就是他介绍的。

你不用担心，潇潇接话说，我跟蛐蛐去沟通，他也会得到应得的报酬。

那……好吧。不过，要写完一整本，你们前期提供的材料远远不够，我还想给你做个访谈，深入一点的。

可以，王大师呷了一口红酒说，潇潇会安排时间。我只有一个要求，两个月出活儿，最少二十万字，稿费给你五万。

五万，我吓了一跳，说，行，我就算不睡觉也一定完成。

有了这五万块钱，我就能舒舒服服地把研究生读下来了，这活儿值。

王大师接了一个电话，对着电话说，下周我过去，那个项目再想办法。

大师挥手，让潇潇送我出去。潇潇点点头，走进工作室，掏出一个信封来，递给我。

这是一万块钱定金。潇潇说。

我接的时候，激动得手有点哆嗦。要不要……我写个收据？

不用，潇潇掠了一下头发说，一万块钱不至于，王大师对朋友向来信任。看着我局促的样子，潇潇忍不住笑了一下。我感到不好意思，但就是控制不住自己。我出来时没带书包，也没地方放这一万块钱，就这么一直在手里捏着。出门时，打着电话的王大师把喝剩下的半瓶红酒递给我。就这样，我一只手拎着半瓶红酒，一只手攥着我这辈子拿过的最多的钱，回到了学校。

我上楼的时候，刚好蛐蛐从厕所里提着裤子出来，嘴里叼着一根快要烧到头的烟。我正找你呢，他眯着被烟雾缭绕的眼睛说，大师那边那个小妖精刚给我来电话了。小妖精？我愣了一下，后来反应过来他说的是潇潇。哦。我有点心虚。

这是啥？他看见了我手里的东西。我拿着钱的那只手本能地一缩，他抓住了红酒瓶子。红酒啊，还是外国的，哪儿来的？我告诉他，是一个老乡请客吃饭剩下的。刚好，蛐蛐说，你等我一会儿，我去买点花生米鸡爪，咱俩庆祝一下。

蛐蛐在厕所门口的墙上摁灭了烟头，趿拉着拖鞋去楼下小商店买东西。我赶紧开门，到宿舍里，把一万块钱锁进柜子里。可能是太紧张了，一甩手打翻了红酒瓶子，等我扶起来时，半瓶红酒又洒了一半。我看见桌子上的水杯，端起来，往瓶子里倒了一点，然后拎着去蛐蛐宿舍。

门开着，李达不在，我坐在他的椅子上。几分钟后，蛐蛐带着一包花生、一包辣条和一包泡椒凤爪、两罐啤酒走进来。小妖精说，书暂时不做了，不过给我们两千块辛苦费，咱俩一人一千。有点遗憾啊，蛐蛐说，这活儿如果接下来，能赚不少。不过也正常，这些大师们资源太多了，咱们也没什么名气。我把红酒递给他，说，我喝啤酒，红酒我喝不惯。他美滋滋地接过去，说，我喜欢红酒，这是品位和身份的象征。妈的，哥们儿的理想就是混成一个每天健身、喝红酒的上流社会人。

那天下午，我们喝了十多罐啤酒，我后来又下去买了一次。蛐蛐酒量一般，红酒喝完，喝到第二罐啤酒的时候，他就醉了。喝醉的蛐蛐像变了个人，有点忧郁，在他讲述自己风流韵事和苦难史的间隙，还夹杂着几句诗。蛐蛐说，他上高中的时候，就把当时女朋友的肚子搞大了，借钱去小诊所里流产，女朋友差点死在手术台上。大学读的是师专，毕业后就回到镇子上的职业中学教书，然后经人介绍，娶了媳妇。但是在那个吃喝不愁的小镇上，他感到孤独，也不是曲高和寡，就是一种没人能和他认认真真聊点什么的孤独。为了排解这种情绪，他在自己教的班级里成立了诗社和戏剧社，虽然诗社只是写点打油诗和抒情诗，戏剧社也就是模仿个春晚小品。等到他老婆怀孕，他终于明白自己其实就是不甘心，想改变点什么。他就自考了本科学历，又找机会把工作调到了地级市里。孩子上小学了，他又不安分起来，跟一个女老板搞在了一起，开了个小公司，赚了点钱。女老板破产，他就跟她断绝了来往。这时候，他已经享受过堕落的快感，想离婚，可他老婆死活不放他。后来他背着老婆考了教育硕士，到北京来念书。

我默默听着他碎碎念，也分不清哪些是真的，哪些是编的。有好几次，我都想告诉他写传记的活儿被我截和的事，可始终鼓不起勇气。我知道，一旦我说了，他肯定会让我分钱给他。我不想分钱，所以我说，蛐蛐，王大师给的两千块钱，我不要，都是你的。

真的？他醉眼蒙眬地问我，继而哈哈大笑，说，我知道你小子怎么想的，你诈我呢是不是？你是不是觉得不止两千啊？好吧兄弟，我不瞒你，确实不是两千，是三千，但这活儿是我介绍的啊，我忙前忙后多拿点不应该吗？

你误会我了蛐蛐，不管是三千还是两千，我都一分不要。

他看着我，安静下来，似乎在猜测我这句话到底什么意思。两个人沉默了一会儿，他使劲捏了捏手里的空易拉罐，打了一个嗝，身子一歪，倒在自己的椅子上，睡着了。

蛐蛐，蛐蛐。我叫了他两声，他回过来一声呼噜。也许他真睡着了，我想。我把宿舍里的啤酒罐子、花生皮之类清扫了一下，扔到垃圾桶，给他关上了门。

酒让我有些燥热，虽然天气已然凉了。走在校园的梧桐树下，半枯黄的叶子时有飘落。西操场上，那些踢球的人正叫叫嚷嚷，师大最著名的乌鸦已经占满了高大的梧桐树。树下有长椅，椅子的左半边是乌鸦粪便的痕迹，右半边还算干净。我坐下来，对今天的一切仍然感到恍惚。

我想到了那一万块钱，得先把借李达的几百还了，然后去中关村换一个大一点的内存，那台二手电脑太慢了。我要写几十万字，电脑可不能掉链子。还有就是，既然要瞒着蛐蛐，就得瞒到底。我在宿舍写的时候，怎么才能不被他发现呢？代号，我忽然想到了，我要用乌鸦来代替王大师，这样，就算蛐蛐看到了我正在写的文件，他也猜不到是王大师了。

我决定把这份文件命名为《乌鸦》。

7

我正跟瑶瑶在食堂吃饭，电话响了，是潇潇。

每一次潇潇打电话都是急慌慌的，这一次也是，说车已经到了学校南门，马上走。我告诉瑶瑶，自己得去办事。瑶瑶说，什么事啊？我说就那个大师的传记，那边让我过去。瑶瑶说，那你去吧。

这次只有司机，潇潇没来。我坐上车，并没有去大师的豪宅，反而直接到了机场。

在机场见到潇潇，她说，身份证给我。干吗？我犹疑着掏了出来。订机票，等会儿我们一起去江州，谈一个大项目。晚上你正好给王老师做访谈。潇潇说。

我把身份证给她，然后给瑶瑶打电话，说得去外地几天，瑶瑶也没说什么。

在江州下了飞机，直接走的是VIP通道，出机场上了一辆豪华商务车。车行一个小时，开进一个大院子里，看起来是一处私人会所。等坐到会所里巨大的圆形餐桌旁，我才知道，接待我们的竟然是江州的副市长和宣传部部长。一见面，他们都热情洋溢地握住王大师的手，说久仰久仰，这次这个项目，王大师一定要鼎力相助。

饭局超出我想象的豪华，海参、鲍鱼、三文鱼，都是我没吃过的东西。潇潇坐在我旁边，饭菜的香味始终压不住她身上淡淡的香水味，我不断提醒自己别心猿意马。潇潇偏给我夹了一块海参过来，说，王老师说，带你见识你一下他的工作方式，对你写传记有帮助。这工作也太爽了吧，我说，就是腐败嘛。潇潇说，哪有那么容易，你以为吃饭就是吃饭？吃饭也是谈判，更是战场，一个不留神，可能几十上百万就没了。我抬头看了看，王大师和副市长正窃窃私语，不时会心哈哈大笑。宣传部部长则端着一个分酒器，不停地给各位嘉宾敬酒。敬到我跟潇潇这里，部长说，美女，咱怎么喝？潇潇站起来说，梁部长，我喝不了酒。这位是我们工作室的新人，姓刘。王部长说，美女喝不了，你不能不喝了。我便跟他碰杯，在潇潇的注视下，一连干了三个。

刚坐下，潇潇说，没想到，你酒量还不错啊。

我说，我替你喝了酒，你欠我人情。潇潇说，行，你记账上吧。她就势又夹了一块鱼给我。

饭局完了，我以为会回酒店休息，结果，部长又拉着一群人到了KTV，开始唱歌。王大师一曲跑马溜溜的山上，声嘶力竭，倒是让我看见了他普通人的一面。潇潇自己不唱，就在那儿帮忙点歌，我则唱了崔健的《一无所有》。其间瑶瑶给我打电话，我没听见。上厕所的时候看到有未接电话，给她打过去，提示已经关机了。

酒还是喝多了，也累，我回到酒店连澡也没洗就睡了。之前我最怕酒店的床，软塌塌的，被罩床单一股消毒水味，枕头也是海绵的，睡在上面像睡在虚空里。这天却一直睡得很沉，直到窗外的阳光把我晃醒。昨晚睡时，忘了拉上窗帘。

我起来，看外面空气清新，阳光明亮，打开露台的玻璃门，走出去，身体微微一凉，但很快适应了。深呼吸几口，又伸了几个懒腰，一扭头，发现隔壁房间的露台上，一个女孩正蜷缩在躺椅里，手里拿着酒店的速记纸和铅笔，在那里画素描。是潇潇。她看起来刚洗完澡不久，头发上仍有湿润的气息，宽大的睡袍遮住了曼妙的身材，只露出一小段光洁的小腿和脚。脚指甲上涂着豆蔻红，远远看去五个指甲像一串红色的珠子。我忍住喊她的冲动，就这样静静地欣赏。她感觉到有人在看她，抬起头，笑了一下，说，马上。几分钟后，潇潇站起来，走到我这边，两个露台虽然没有挨着，但隔得很近。她把手里的那张画撕下来，递给我，说，好了，你的人情还了。转身旋转着进了屋里。我展开那张画一看，她画的是酒店对面的一栋仿古建筑，还有西边闪着隐隐波光的江州尚湖。

早餐时，我跟王大师坐到了一个桌上。王大师说，访谈咱们得往后推推了，事情进展得超出想象，下午有个研讨会，你也参加。我说，那传记怎么办？王大师说，先把项目搞好，传记慢慢来。我只能说，好的。

下午开会，会前是一个签约仪式。等会议开始，我才弄明白，之前黄了的那个《情断湖州》的项目，现在改名为《情满江州》继续做，演员还是那帮演员，只不过导演换了，还把所有和湖州有关的东西，全部改为江州相关内容。

我是第一次参加这种会议，大开眼界。王大师在阐述这个项目的时候，差点把一部电视剧说成能得电影奥斯卡奖，讲到动情处，他眼含热泪，也把在场的一班人说得红了眼圈。王大师说，对我们江州来说，钱不是问题，问题是怎么花钱。这些年很多城市才明白过来，如果经济发展了，文化上不去，经济就不能持续。这次的《情满江州》，将投资一亿元，打造三个主要的景点，并且在拍摄完之后，这三个景点都会成为江州的旅游名片。

之后是导演发言，这是一个拍了很多热播剧的导演，光头，叫吕平。导演说，这部戏是大戏，他要拍出人物，拍出人性，更要拍出江州人民的性格……

听了半天，我大致了解了情况，但对写传记没什么实际的帮助。我跟潇潇说，还是尽快安排时间给王大师做一次访谈，我也不能老在外面飘着，学校里还有课呢。

潇潇说，女朋友催你了？

没有。我说。

放心吧，我会尽快安排，就这两天。

但等到两天后我回北京，也没跟王大师谈上，他又去另一个城市了。据说，那个城市要搞一个主题公园，请王大师去做策划。潇潇跟我一起回北京，在飞机上，潇潇发起了烧，感冒了。下飞机我给瑶瑶打电话，说我得晚点到学校，要先把潇潇送回去。

到了王大师的别墅门口，潇潇说，你进来待会儿吗？我说不去了，转身准备回去。但路过药店，我就进去买了几种感冒药，又回到别墅。再敲门，半天没人应答，后来保姆终于来开门，说，不好了，潇潇晕倒了。我赶紧打车把她送到附近的医院，做了个血常规，医生说没事，就是血糖低。潇潇挂了一点退烧的药，又补充了糖分，人好了很多。

我这才急忙赶回学校，已经是半夜。

我刚到宿舍，室友就说今天瑶瑶和蛐蛐都来找我了，一个个看着都面色不善。瑶瑶我能明白，蛐蛐怎么回事？

第二天，我才知道，蛐蛐已经知道了这个项目的事。我不在的这段时间，有一天，瑶瑶来我的宿舍，她知道我电脑密码，直接把电脑打开了。正好蛐蛐过来，看见了电脑上的文档，本来也没起疑，但瑶瑶说，这个破传记要写到啥时候啊，人跑出去这么多天。蛐蛐就借机看了看，明白了是怎么回事。

第二天上午，我还没睡醒，瑶瑶和蛐蛐又一起来宿舍了。蛐蛐直接打了我一拳，正中左眼眶，不一会儿我的眼眶就跟他的一样，成了黑眼圈。瑶瑶本来也是来兴师问罪的，但看蛐蛐一见面就把我打了，她开始跟蛐蛐撕扯。你怎么回事？有病啊？瑶瑶扯着蛐蛐的衣服说。蛐蛐趁机挽了挽袖子，说，你问他！我告诉你，这种男朋友不能要，背信弃义，忘恩负义。那你也不能打人啊。我揉了半天眼眶，说，蛐蛐，这事是我不对，但你也不是什么好鸟，你别以为我不知道潇潇给了你多少钱。蛐蛐又想动手，瑶瑶说，你再动手我打110。蛐蛐哼了一声，说，丫头，你就等着后悔吧，你知道这几天他跟谁在一块儿？一个小妖精，我告诉你。

滚！瑶瑶骂他。

蛐蛐骂骂咧咧地走了，瑶瑶摸摸我的眼眶说，疼吗？成了熊猫眼了。

要不你再给这边来一拳，两边就协调了。我说。

还贫！瑶瑶说，这一拳本来是要打的，但那也得是我打，别人不能打。先记在账上。

我趁势从兜里掏出一条链子，递给她，给你的。

这是我在酒店旁边的小商店买的，花了二十多块钱。本来我想买个贵点的礼物，但没时间去逛街，只能将就。

没想到瑶瑶还挺喜欢，说，算你有良心。转脸就问，小妖精是谁？

我笑了一下，说，他的话你也信？我不是给一个策划大师写传记吗，大师有一个助理，是女的。你别这么看着我，人家是什么身份，我是什么啊，一个枪手，怎么会看上我？就算她看上我，我也看不上她，我喜欢我们瑶瑶这样有文化的，对吧？

费尽口舌，总算把瑶瑶的不满彻底抚平，晚上一起出去吃了个饭，这回我请她。

不能等王大师了，我得马上开工。接下来的一个月，我开始疯狂地码字，每天不码完五千字不睡觉。这种强迫性的创作还是有效果的，我已经积累了二十万字的初稿，虽然很多地方是梦游般写下的，但这部书的整体结构算是有谱了。

其间，我终于去大师家里做了一次访谈。这一次，潇潇帮我安排了一整天时间，从早餐开始，到王大师晚上休息，有十多个小时贴身访问。我把能想到的所有问题都问过了，他也毫不回避地回答了，算是一次深入采访。完事之后，潇潇说，整理录音太琐碎了，交给她，我专心写传记。

两天后，潇潇把五六万字的录音稿发给我，一个清清爽爽的文档，小四号字，首行空两字，1.5 倍行距，几乎和我打字时 word 文档的格式一模一样。我心里一惊，想潇潇真是太有心了，她肯定是照着我发给她的文件把格式统一的。并且，访谈时那些口语化的、重复的东西都被整理过了，很多段落我几乎可以直接复制过来用。看着这个文档，我心里想，不愧是大师的助理，做事真是有条理，靠谱度百分之二百。我给潇潇发了一条短信，说，潇潇，我都不知该怎么感谢你了，这个对我太有用了，要不我请你吃饭吧？潇潇只回了一个字：好。我再问她什么时间、什么地点、想吃什么，就没有回音了。我也不好打电话过去问，这事就这么过去了。

我码完初稿最后一个字的时候，已经是凌晨一点多，室友们打呼噜的打呼噜，说梦话的说梦话。我身心俱疲，也身心放松，给潇潇发了个短信，说初稿完成了。然后蹑手蹑脚走出去，楼下小商店竟然还开着。我买了一罐啤酒、一盒烟，蹲在树下抽烟喝酒，心里想，他妈的，这五万块钱算是有一半装兜里了。天已经凉了，但温度还没到零下，就是来暖气前几天那种气候。我蹲得有点瑟瑟发抖，就站起来跺脚，这时电话响起来，潇潇打来的，她只说了两个字：东门。

一辆吉普车孤零零停在东门的天桥下，潇潇坐在驾驶座上。她探过身子打开车门，我坐进去，吉普车一声吼叫，飞一样冲上了人车稀少的马路。

这是我第一次到后海的酒吧。以前跟同学来后海玩，只是路过，但从没进去过。我知道里面的酒不便宜，消费一次，怎么也得千儿八百的，我可没这么多闲钱。但是这回潇潇直接把我带了进去，虽然已是凌晨，人依然很多，一个小乐队在台上唱着《小情歌》。凑近了看，朦胧灯光下那个唱歌的，竟然是最近很火的一个选秀歌手，好像进了全国前二十。他唱得挺好。除了去KTV，我很少听到有人唱歌，所以冷不丁听到真人的歌声，瞬间有种酥麻的超现实感。

我跟潇潇找地方坐下，潇潇帅气地打了个响指，酒保拿来半瓶酒，应该是她之前存下的。喝了三杯酒，两个人都没说一句话。歌手仍在唱，歌声缠绵，像这朦胧的灯光。最后还是我忍不住，说，潇潇……

她拍了我肩膀一下，说，唱的什么呀，难听死了。接着把外套一脱，穿着一件吊带冲上了舞台，抢过歌手手里的麦，冲乐队喊，张楚的《姐姐》，会吗？吉他手愣了一下，点了点头。潇潇把麦一挥，音乐声响起，她像换了一个人，立刻迸发出我从未见过的力量，那些本来朦胧的灯光也都聚集起来。姐姐……第一句从她嘴里唱出来，我如同被闪电击中，浑身发抖，不由自主地站了起来，跟着她唱，姐姐，我要回家啊。姐姐，我要回家啊。

等潇潇下来，回到桌子旁，我已经泪流满面。我其实不太清楚自己为什么哭，我没有特别郁闷的事，也不想为我们这代人或者这个社会承担什么，甚至也不是因为对漂亮的潇潇有什么其他想法，但那一刻就是忍不住去唱，去流泪。我想，可能是我心里有许多自己都不清楚的东西存在着，潇潇一首歌就把这些东西勾出来了。对，就是这样，西方文论课上老师讲的那个弗洛伊德说的那些无意识，那些隐藏在我日常情绪背后的根本性的东西，但是我找不出具体是什么。

潇潇把我的酒杯倒满，她的也倒满，举起来。我抹了抹脸，说，真惭愧，让你笑话了。潇潇笑了笑说，没想到你还这么真性情。整晚都在喝酒，但几乎不说话，一般情况下，我们会觉得尴尬，但很奇怪，这天晚上没有，好像就应该如此。两个人有了种十几年老友在一起的自然感。

从酒吧出来时，天已经微亮。潇潇喝了那么多酒，竟然还敢开车，而且不系安全带。看着她，我也把安全带松了回去。你系上吧。她说。我摇摇头，说要死一起死，不然还得跟别人解释。我们两个就这样在三环路上行驶，绕道健德门转弯，又从花园路往南到了东门。到北太平桥的时候，我们看到一辆警车在查过往车辆。我的心提到了嗓子眼，但潇潇一直很淡定，趁警察把一辆车拦住的时候，她猛地打轮，飞快地拐到了另一条路上。车速很快，我握住了车顶上的把手。潇潇突然哈哈大笑起来，说，我从学会开车起就想来这么一次。

凌晨的学院路空无一人，但是夜空中有乌鸦一群群飞过，偶尔发出的叫声让整个夜晚显得清冷深沉。

8

开始修改被我命名为《乌鸦》的王大师传记，这是一项非常复杂而纠结的工程。我不得不随时面对各种删改，最主要的是，有时候不得不删掉我认为写得非常好的段落，而需要补充的常常是一些无聊的材料。写到最后，我自己也分不太清哪些是新闻材料，哪些是文学演绎了。修改稿子花去了我二十天的时间，几乎跟写初稿的时间相当。这期间，《情满江州》再次顺利开机，王大师给另一个城市做的整体策划，也隆重推出。电视上每天晚上十一点后，都能看到王大师的那句广告词：这里就是你的桃花源。然后是一首以地方景观为背景的MV，词作者当然也是王大师。两个时下非常当红的男女演员出演，一身古典装扮，在湖水、竹林、小桥、民居间卿卿我我。

整部书稿达到了二十三万字，熬了一个通宵之后，我一大早到宿舍楼地下室的打印店打印了三本，还用硬壳纸做了封皮。打印店旁边的商店卖简单的早餐，我吃了两个包子、一个茶叶蛋，喝了一杯豆浆，然后走出校门去打车。

　　此时已是冬天,马路上的商店橱窗已经贴上了圣诞树和圣诞节装饰,只是一直没有下雪。后来被称为雾霾的事物,已经开始时不时袭击北京,只是那时人们不知道也不太在意。雾霾像一个搞恶作剧的孩子,突然来临,赖着不走,等你已经心力交瘁不愿意再为它焦虑的时候,它又随着一阵风悄然而逝。这一天的早晨,持续了三天的雾霾已经彻底消失,整个城市都沉浸在一种劫后余生的清冷之中,呼吸进鼻腔的空气虽然有些凉,但清新,刺激得鼻黏膜微微肿胀。

　　三天没出门了。

　　我招手,坐上出租车。出租车的电台里,正播放汪峰的《北京北京》,车里有暖气,让人瞬间就犯困,我闭上了眼睛,很快在摇晃中睡着了。

　　醒过来的时候,看见的竟然是潇潇。据司机说,他怎么喊我都喊不醒,刚好出门买早点的潇潇看见了,她顽皮地把冻得冰凉的手伸进了我的后脖颈,我才醒过来。

　　她给司机付了钱,问我,你怎么来了?

　　我扬了扬手里的稿子。

　　完成了?她有点惊讶,速度够快的。

　　之后,我跟她一起去旁边的一家早餐店买早饭,然后拎回去。王大师还没起床,我跟潇潇坐在餐桌旁。她又热了牛奶,倒了一杯给我。我捧着暖手,没有喝。

　　潇潇脱掉了刚才穿的红色羽绒服,里面是一件浅粉色的睡衣,整个人看起来粉嘟嘟的。已经长长的头发,蓬松而随意地用一条皮筋扎着,但额头附近的细小毛发没有被收拢,有些调皮地微微摇动着,让她看上去有一种海棠春睡足的慵懒。你真好看。我不由自主地说。潇潇笑了,打住,再说我就要告诉你们家瑶瑶了。我说,潇潇,我说的是心里话,我没非分之想,也不打算背叛瑶瑶,但我没法忍住不去欣赏你的美丽,这是人的本能。

行了行了，不用甜言蜜语，你这是写完了稿子，怕我跟王老师说什么不利的话吧？

这么高尚纯粹的赞美，怎么让你说得这么庸俗啊。康德老爷子说了，审美，审美，懂不？就是无目的的合目的性。

潇潇的神情还是似信非信。我举起手发誓，说，我对你就是审美，就像我对大自然一样。

潇潇走过来，把手贴在我的脸上，我一惊。继而，她竟然笑着坐在了我身上，身子一歪，我一伸手搂住了她。这时候，我更近距离地看到了她的脸和眼睛，还有细细的刘海、耳垂，并且嗅到她身上那种少女特有的味道。我禁不住咽了一口口水。潇潇还是在笑，她抓住我的另一只手，放在自己的胸上。我的心剧烈地跳动，身体也有了一种自然反应。潇潇突然哈哈大笑，然后起身跳开了。

我满脸通红，快速地站起来，结果大腿顶到了桌子，那杯牛奶在摇晃中洒了一半。

我拿起书稿，准备离开。

潇潇却挡在前面，好了好了，跟你开玩笑呢。

我很窘迫，却不知该说什么，只能绷着脸。其实我是对自己感到惭愧和愤怒。我并不能抵挡潇潇的诱惑，我以为我可以的。或者我以为我对潇潇真的没有什么非分之想，但这不过是自欺欺人而已。但是我知道，我和她之间永远没有可能。

两个人这么尴尬地僵持了一分钟，王大师趿拉着鞋从里面走出来。

干吗呢？他说。

潇潇接过话，说，小刘完成任务了，过来送稿子。

好。王大师坐下，开始往面包上涂抹黄油和果酱。

我一咬牙，转身回到餐桌旁，把两本打印好的书稿放下。我已经尽力而为了,您看看吧。

王大师一边吃早餐,一边翻开那本传记。我就坐在旁边,潇潇走到对面,给王大师倒牛奶,还抽空对我做了个鬼脸。

王大师一直看了几十页,然后拿起书快速地翻了一遍。

你看了吗?他问潇潇。

我看了一点,最后定稿的还没看。潇潇说。

王大师说,小刘,我请你写的是传记,名人传记,不是小说。你这本书里,很多事确实是我做的事,但整本书根本不像一部名人传记,反而成了一本以我为原型的小说了。

我心头一震,从未想过这个问题,现在想来……潇潇拿起另一本,快速地翻看起来,翻了一遍放下,看看我,又看看王大师,说,这应该是最特别的一本传记了。

王大师摇摇头,站起身来,走到旁边的柜子旁,打开一个抽屉,从里面拿出了一摞打印稿。

他把打印稿递给潇潇,潇潇翻看了一下,又递给我。

这也是一本王巨树大师的传记,题目叫:我创造整个世界——策划大师王巨树自传。我有些发愣,抬头看着王大师和潇潇。这时门开了,保姆领着一个人进来,是蛐蛐。

蛐蛐看着我,冷笑了一下,转头对王大师说,稿子您看了吧?

王大师说,潇潇,把电子稿拷下来,然后给他打五万块。

潇潇看了看我,说了声哦。我终于明白了,原来在我写的同时,蛐蛐也带着人在写。王大师第一次不满意,蛐蛐发现我偷偷在写,并且给了我一拳之后,他又找了王大师,提供了一段全新的样章。这份样章得到了王大师的首肯,但他很想知道两拨人写出来的会怎么样,所以并未跟我解除合约。换句话说,我们两个一起竞争,我输了。

潇潇,你知道这件事,对不对?我冲潇潇喊。

潇潇刚把蛐蛐优盘里的电子文件拷好，站起来说，对不起，那天晚上，我想告诉你，但……

哈哈哈哈！我忍不住笑了起来，心里却难过极了。王大师和蛐蛐涮了我，我生气但不难过，我难过的是潇潇跟他们一起瞒着我。我把自己写的两本打印稿拿起来。王大师说，有件事我得提醒你，你这本书是以我为原型写的，没有我的授权和许可，不能发表任何一个字，也不能放到网上。

我气急了，直接把两本书稿使劲地扔在桌子上，摔门而出。

9

去剧组半途而废，写传记铩羽而归，我开始安安心心跟瑶瑶在学校里看书、写论文。之前期待的富足的研究生生活不能实现，前期拿到的一万块钱很快就花完了，我又不得不开始经常需要瑶瑶接济的日子。我想再找几份家教，但瑶瑶不让，她说性价比太低了。

2006年的春天，天气真正转暖的时候，我从网上看到《情满江州》杀青的消息，王巨树以编剧的身份出席了关机发布会，侃侃而谈。我没有再跟潇潇联系，她也没跟我联系。那时候还没有微信，人们相互联系的方式就是打电话、发短信、发邮件、QQ聊天，当然还有一些陌陌什么的陌生人聊天软件。我只有潇潇的电话号码和邮箱。其实说我没跟她联系过不准确，有一次，好像是跟瑶瑶吵架，然后喝了点酒，我给潇潇打过电话。不过我是用马路边的公用电话打的，潇潇的电话已经成了空号。我去网上搜王巨树这段时间的新闻和活动照片，其中没有任何和潇潇有关的信息。

我跟蛐蛐还是互相不说话。他的小公司发展顺利，王巨树的传记顺利出版，帮他们打开了市场，随后他们以每个月一本的速度推出了几个企业家的传记。蛐蛐买了一辆大众汽车,开到宿舍楼下,他穿的衣服也开始带上了外国标签,真假不知。对了,他还开始戴墨镜了,遮住了天生的黑眼圈。李达说,蛐蛐经常夜不归宿了,他老婆几次冲到宿舍,可堵住的都是李达和室友。后来,他老婆终于得知,蛐蛐在学校附近租了一套两室一厅的房子,客厅就是公司的办公室,一间卧室自己住,另一间给其他加班的员工住。我听说,有时候加班到深夜,某个女员工也会钻进他的房间。

而我和瑶瑶的感情,终于走到了头。就像开始得不知所以那样,结束得也是莫名其妙,反正就是有一天她说咱们分手吧,我说好的,然后就没有再联系过。

我只在学校遇见过蛐蛐一次,是在学五食堂。当时我正在排队打饭,又得用瑶瑶的饭卡,我一直很惭愧,正跟服务员强调只要西红柿炒鸡蛋一个菜时,蛐蛐带着三五个人从旁边大声走过。我听见他说,何总,这是我们的食堂,怎么样,是不是找到点当年读大学的感觉?您是92级的吧?那时候师大当然没这么好的食堂,但吃饭的氛围应该差不多吧?头发已经快掉光的何总频频点头,说好好。蛐蛐的眼睛一直在何总身上,完全没看见我,就这么走了过去。那顿午饭,我最后连西红柿鸡蛋也没吃,跟瑶瑶说不太舒服,让她自己吃。

我出了食堂,看见蛐蛐他们上了几辆车。我跟在车后,汽车在学校里开不快,我能跟上,但到操场旁边人就少了,汽车开始加速,我奋力快跑,还是几秒钟就被落下了。旁边的操场门开着,我进去,开始绕着跑道跑圈。至少跑了二十圈吧,我直接累瘫在跑道里面的足球场草坪上,腿也有点抽筋。我拼命扳着自己的脚,终于把抽筋缓过去,胸腔里一阵被刺激的疼痛。我就这么躺着,不想再起来了,我太累了。脑海里浮现的都是这段时间看的西方理论,精神分析、后现代、新批评,德勒兹、哈贝马斯,术语和大师们乱作一团。他们在辩论,他们在争吵,他们在拥抱，他们在亲吻，啊，他们脱光了衣服跳起了舞。

朦胧中，我感觉到有人走近，直接走到我身边了。我不愿意睁眼看是谁，是谁都无所谓。那人却轻轻踢了我一下，又踢了我一下，我不得不睁开眼，看见一双指甲涂成红亮亮的豆蔻色的白皙的脚。抬头往上看，是潇潇那张好看的脸，她又在笑着。

我腾的一下坐起来，潇潇？

潇潇说，陪我走走好吗？

我站起来，两个人沿着塑胶跑道逆时针走。

潇潇说，那天我离开之后，她跟王大师吵了一架，然后就辞职了。她这半年多去了一趟新疆，一趟土耳其，画满了一整本素描册，认识了三个新朋友，还跟其中一个成了恋人。

我心里有点酸酸的，但又觉得有松口气的感觉。我没说话，一直听她说。

我们大概走了有七八圈。你饿不饿？潇潇问。我点点头。

那吃饭去。

我们走出操场，从西门出去，那里有一个能吃简餐的咖啡厅。

我点了一份咖喱饭，潇潇要了一份水果沙拉，还有两杯咖啡。咖喱饭很难吃，咖啡也不好喝，我在学校这么久，很少来这样的餐厅吃东西。

还生我的气？潇潇说。

我笑了一下，说，怎么会，这事不怪你，不怪王大师，更不怪蛐蛐，是我自作自受。

不要这么自怨自艾嘛，潇潇说，我来找你，既不是要道歉，也不是听你悲观的。有事。

什么事？

潇潇说，我认识了一个朋友，是搞出版的，我跟他提起你写的那部传记，他很感兴趣。

别逗了,王大师的传记都出了。

潇潇说,你还记得那天王大师说了什么吗?他说你这是小说。潇潇打开自己的挎包,掏出一本装订好的打印稿,上面写着"大师"两个字。我帮你把所有过于具体的人和事,还有一些项目名字什么的,都改的改、模糊的模糊,这不是传记,这是一部小说,而且……我和我的朋友都认为,这是一部非常棒的小说。你自己再修改润色一遍,他可以帮你出版,相信我,这本书会火的。

我十分震惊,从来没想过这件事还能有这样的后续,结结巴巴地说,可……那……这不属于侵权吗?潇潇摇摇头,说当然不,第一你没有写具体的人和事;第二那些公开报道作为材料任何人都可以采用;第三,也是最重要的,你的作品里有其他人没有的气息,那是你自己的气息,是你的……文学风格。

小说?

对,小说。

我喝了一大口咖啡,还是有点不太相信,说我先看看。

我拿过那本打印稿,从头到尾地翻看起来。不得不说,虽然这不过是几个月前刚写完的东西,但我很多细节都记不清了,特别是潇潇把所有的人名全都改了之后。我觉得我在读一个全新的东西,确实是……小说。看了两个小时,我浏览完整部书稿,比原来薄了三分之一,估计也就十七八万字了。合上打印稿,我有点明白潇潇说的气息的事了。这部书稿里,似乎字里行间都弥漫着一种悲观,哪怕在写到主人公最光彩的人生时刻,也带着烟花烂漫而烟花易逝的感觉。书稿的最后写着四个字,"第十一章",下面是空白。潇潇的意思是,这本书还缺一个结尾,得用一个精彩的结尾点亮前面的一切。

10

　　对我来说,写结尾并不难,整个故事已经走到了悬崖边上,只剩下纵身一跃了。难的是把潇潇删掉的一些情节给圆上,还有我又改了许多可能被当成真人真事的地方,修补有时候比重新建造还费时费力。好在小说摆在那里了,敲敲打打、涂涂改改,整个五一假期,包括后来的六月七月和暑假,我都在改小说。秋天开学前后,终于完成了。我没有马上发给潇潇。这段时间里,每天晚上做梦,那群文论大师都在我脑海里打架、舞蹈,他们开始对我的小说品头论足,用他们各自的理论来指导我该怎么改。我听着都非常有道理,可每一次醒来就忘得一干二净。有一天,我还特意在睡觉时打开了手机的录音功能,试图录下可能说的梦话。但第二天去听,我只听到自己和室友的磨牙、呼噜声,梦话也有几句,说的却是潇潇和瑶瑶。

　　后来我就不管了,直到我完稿的那天,大师再也没进入我的梦里,但辩论依然在,只不过辩论的双方变成了潇潇和瑶瑶,还有王大师和蛐蛐。

　　秋天的气息已经很浓,气温缓缓下降着,窗外的树叶已经渗透出更多的颜色。我在一个他们争吵的半夜醒来,看了看手机,才三点多,但怎么也睡不着了,就把床头的窗帘拉开一条缝,又把窗子开了一条缝,秋天又暖又冷的空气悄悄渗进宿舍。我长长地吸了一口气,又长长地吐出去,一个问题浮上心头:我,是不是真的很喜欢潇潇?无论如何,瑶瑶已经是过去式了,回想起两个人交往的这段日子,似乎总是缺少点什么。我们像是两个完全不搭界的观点,因为一个特殊的原因,被作者强行摁在了一篇文章里。用作者的逻辑来说,我们是说得通的,但一旦超出这篇文章的范围,就不对了,分开是必然的。潇潇呢?她那么美丽,又聪明，又善良，我当然会喜欢她。但她会喜欢我吗？不会，怎么可能。可是她为什么一次次帮我，难道不该早就形同陌路吗？喜欢？喜欢为什么她还去找其他男朋友？

醒来之后，辩论就成了自己跟自己。我一直这么自我互相说服到天亮，也没有任何结果。不管了，我想，先把这部小说搞出来再说，能出版是很重要的事，我们这个中文系，这一级还没人出过长篇小说呢。

我给潇潇打电话，说给她送稿子，可潇潇说，她现在在外地，让我发到她邮箱。我有点失望，本来想着可以见到她，甚至……鼓起勇气跟她表白，现在看来短时间内没有机会了。我把稿子发了过去。年级QQ群里收到一条消息，是蛐蛐发的，他说晚上请本年级男生吃饭。看来，他又拿下了一个大项目。他的工作室发展非常顺利，据说还拉到一点风投，正式成立了公司，挂靠在数一数二的民营出版公司下面。每个月都有他做的新书出版，登上了很多排行榜。宿舍楼道里堆满了他为了买榜而从网上买的书，男生楼的所有人都可以随便拿，只要你去豆瓣网给他做的所有的书打五星，写评论的话还有对面自助餐厅的餐券送。我知道，好几个经济状况不太好的学生，就是靠给他刷评论混饭吃的。每赚一笔钱，蛐蛐都会请本年级的研究生吃饭，能带家属，地点就是自助餐厅。因为这个自助餐厅的大老板的传记，也是他做的。

我一次也没去过。我和蛐蛐之间已经没有任何怨恨，但就是无法再正常相处，仿佛两个互相了解底细的混蛋，看见对方，就好像看见了自己最不堪的一面。我悄悄退出群聊，结果被那个好事的班长又给拉了进来。

所以，收到蛐蛐的信息时，我一时还以为他发错了。他发的是QQ消息：兄弟，晚上一起，兄弟们聚聚，不见不散。犹豫了很久，我给他回了一个字：好。

我们去得比较晚，大概九点才到，那时候就餐的人已经少了。餐厅门口、走廊和大堂里，贴满了老板那本传记的海报。吧台前的柜子上，也摆了一摞，据说办会员卡就送书。大学生喜欢的自助餐也就那些，四五十块一个人，鸡翅、肉串、啤酒、沙拉。将近二十个人占了两张长长的大桌子，大呼小叫，十分热闹。蛐蛐把我安排在长条桌一端的位置，单独一面，很宽敞。李达在我旁边，他小声说，你俩和好了？没。我说。李达疑惑地看看我，又看看蛐蛐，耸耸肩说，搞不懂你们。

那晚大家喝多了，东西没怎么吃，但酒喝得值回饭钱了。我不知道从什么时候开始跟别人碰杯的，碰着碰着就跟蛐蛐碰上了，然后就互相搂着脖子喊兄弟、兄弟，好像俩人经历了生离死别一样。我喝吐了，吐了李达一身，他把我扶回了宿舍。

第二天醒过来，头疼得要命，李达说昨晚我的电话一直响。我打开手机，有潇潇的六七个未接电话，我忍着头疼拨过去。电话通了，潇潇说，东门，二十分钟。她永远这么不由分说。

我挣扎着起床，走到公用的水房想洗把脸，镜子里的人吓了我一跳。我发现自己胡子很长了，头发拉杂，最重要的是满脸都是中年人的那种疲惫和猥琐，眼睛里毫无光亮。一瞬间我有点疑惑，记不清自己到底几岁了。一个同学穿着三角裤去上厕所。你二十几？我问他。二十五。他说。那我也应该二十五，最多二十六，用冷水抹了一把脸我想起来，自己其实才二十三。

我正打算和往常一样坐副驾驶，打开车门才发现那里已经坐了一个中年男子，不到四十岁，穿中式服装，面色温和红润，两个手腕上各戴了一串珠子，一串像玉石，另一串是木头。刘小磊？他笑着问。

嗯，您是？

我男朋友，付博。潇潇说。

付老师好。我说着，关上前门，拉开后排车门，坐了进去。

潇潇没有发动车，转过头说，小说我看了，付博也看了，今天来跟你签合同。

付博也转过头，说，你是新人，但你是潇潇的朋友，版税我给你百分之八，首印五万册。你也不亏，光首印，你就能拿几十万。

潇潇把合同递了过来，我看也没看就签上了名字。

你不看看？付博说。

我摇摇头，潇潇深看了我一眼，转头说，老付，你开车先回去，我跟小磊说点事，一会儿我自己打车回去。

付博又笑了笑，说，好。

我拿着自己的那份合同，跟潇潇下了车，付博开车走了。

你是不是有点赌气？潇潇问。

没，怎么会呢。

那怎么连合同看都不看？你就不怕我们坑你？

你不会的。

怎么不会！潇潇突然吼了起来，什么不会，你当我是圣人啊？

坑就坑吧，我说，反正我一穷二白。

潇潇还想吼，可是忍住了，她眼圈红起来，有眼泪在眼角滚动。停了一下，她说，版税和印数，确实不少，但你知道……我冲上去抱住潇潇，用自己的嘴堵住了她的嘴，我不想知道，更不想听到她的嘴里说出什么。我狠狠地亲吻着她，一开始她想挣脱，后来发现我力气太大，就放弃了，任由我在马路边吻她。直到我几乎喘不过气来，才放开她，然后啪地给自己一个耳光。对不起。潇潇看了我好一会儿，说，我知道这本书是个悲剧，可是我没想到，你的结尾写得那么悲伤。昨天我以为你会想不开，现在看到你活着，还这么有力，我放心了。再见，再见，再见。

她一连说了三个再见，转过身，停顿了几秒钟，往前走去。

那份合同掉落在地上，一阵风从潇潇走过的方向吹过来，合同往相反的方向滚去。我大声喊，潇潇，我喜欢你。瞬间泪如泉涌，号啕起来。

附近小学一个放学的学生攥着那份合同跑过来,叔叔,你的东西找到了,你别哭了。我接过那份合同,用它捂住了脸,泪水把合同里的字浸湿了。

11

潇潇和付博没有骗我,《大师》出来后,卖得不错,更重要的是我受到了批评界的关注。年底的时候,还上了几个媒体评的好书榜。那之后,我再没有见过潇潇,偶尔从不同的渠道听说,她又去了哪里哪里,反正过得依然自由而洒脱。付博的版税结算也很及时,我手头有了不少钱,也学蛐蛐请朋友们去吃饭,享受被人羡慕和夸赞的虚荣感。蛐蛐说,刘,你眼看也成大师了。先说好了啊,你的传记,将来必须给哥们出。一定。我说,然后跟他碰杯。我们可以正常相处了,但我们永远不会是朋友了。

元旦后一个月,我去领一个网站的好书奖。这是一个很大的活动,文坛大腕、媒体大佬、商界大亨济济一堂,一个年轻的文学新人没什么人搭理。我就坐在台下刷手机,等着拿获奖证书,奖金已经提前打到卡里了。

我上台领奖杯的时候,手机在口袋里震动,下来一看,是一个陌生号码。我抱着奖杯,到走廊里拨回去,对方没接。不一会儿,这个号码发过来一条链接,我以为是诈骗短信,正要关掉,突然看见链接后有一个字:"潇"。潇潇?我点击了链接,跳出来的是一个网络新闻页面:策划大师王巨树昨日下午于家中自尽。我很久没关注他了,怎么突然就死了?看了新闻,才发现从今年十月份,也就是我的书刚出版那阵开始,王大师就陷入了愈演愈烈的反腐败运动里。多年来,几乎他参与策划的每一个大型项目,都发现了官员的腐败问题,而每一个官员都跟他有或多或少的金钱交易。他一直被限制在家里,配合调查,随着跟他有关系的人一个又一个入狱、定罪，他的事情已经彻底被翻了出来。他死了，死的还有他家的保姆，据说他是杀死保姆之后自杀的。

他的死因众说纷纭，有人说他是畏罪自杀，但也有人说他要死早死了，干吗撑这么久才自杀，明显是有更厉害的人物怕受到牵连，杀他灭口。网上还有一张死亡现场的照片，就是他家里那个巨大客厅。我把照片一点点放大，隐约地看到茶几上放着几本书，其中一本是蛐蛐给他出的传记，还有一本，是我的《大师》。

我瘫坐在椅子上，心里充满了莫名的恐惧。我害怕的不是王巨树死了，而是他死亡的情节，几乎完全复制了我在书里写的结尾。

我又给那个号码打过去，还是无人接听，倒是蛐蛐的电话打了过来，回来马上找我。

我浑浑噩噩，直接打车到了蛐蛐的公司。

王大师死了。我说。

我知道，蛐蛐说，他早该死了。

你就一点不难过？

我难过什么？他死了，他的传记销量会翻一番，我应该高兴。

那你找我什么事？

你那本书，《大师》的合同是怎么签的？

记不清了。

找，马上找。

蛐蛐站起来，拉着我就往外走。

蛐蛐开车，到了我不久前在校外租的房子那里。开门进去，我翻箱倒柜终于找到了那份被泪水浸过的皱皱巴巴的合同。自从跟潇潇那次分开后，为了尽量少地睹物思人，我一直没再看它。蛐蛐飞快地读了一遍，指着其中的几个条款说，你被人坑了，这个付博根本目的就不是买你的小说，而是它的影视版权。你看，这里写着，小说的海外版、网络版、影视版权永远归他所有。

我有点意外,但并没有多吃惊,说,那他这局布得够大。

我有一个做影视的朋友,也是个大腕,有一次聊天说到他正参与的一个项目,叫《大师》。我听着耳熟,了解了一下,就是根据你的小说改编的。你知道版权费多少钱吗?五百万啊。

现在说什么也晚了,我说,无所谓了,我反正也混不了影视圈,当不来编剧。

将来电影出来,你什么都得不到,连署名权都没有,知道吗?根本不会写根据你的小说改编的。

蛐蛐,我打断他,你那本王大师的传记,能不能给我一本?

干吗?

我想看看。

夜宴

1

曾经有一段时间，生活向他呈现出非常美好的一面，甚至还让他看见了一个可以期待、令人激动的未来。在这个未来里，他有属于自己的家庭、爱人，有一份算不上多令人羡慕，但足够生活的收入；周末的时候，能带着家人去看一场最新上映的团购电影，五一或十一小长假，能租一辆车到郊外，或者到离北京不远的北戴河玩几天；对，还有三五个聊得来的朋友，偶尔一起去吃个羊蝎子火锅，喝精品二锅头，然后在夜色里醉醺醺地道别。

当然，那时候他还无法具体化这些场景，所谓的看电影、小长假、羊蝎子火锅，都只是他根据后来的生活所归纳出来的。他在想，如果当年自己对未来有过期望的话，大概就是这个样子，只可能是这个样子。他从来都不是个有野心的人，即便给他一盏阿拉丁神灯，他所能提出来的愿望也不会超出要点钱、要套房子这一类基本需求。

这段时间成了生命里唯一能支撑他幻想的日子，也成了他的魔咒：我曾有过机会，但最终我没能把握住。

那么，这到底是什么时候呢？

是十年前，他刚刚从公用电话上查到自己的第三次高考分数，确定自己能被北京一所很著名的大学的教育系录取了，这个教育系在全国也很著名。几周后，他收到了邮局寄来的录取通知书，这张不大的纸最终确认了这件事——他要彻底地从老家那里的生活中抽身而出了，像村里十年前的第一个大学生罗昊一样，从现在起去过另一种截然不同的生活。

也就是在这年夏天，他拿到通知书的几天后，罗昊带着老婆孩子回来探亲。他是开着一辆桑塔纳轿车回来的，车子刚进村，罗昊的父亲就在院子里点燃了一万响的鞭炮。几乎沿路的每户人家都打开了自己的大门，一家人站在大门口，看着罗昊的车缓缓驶过。他也在人群里，但他注意到的并不是车的轮子和冒烟的屁股，而是后排座位上那个美丽的女人和一个同样美丽的小女孩，那是罗昊的妻子和女儿。全村人都知道，罗昊读的是地质研究，做了几年科研，后来进入了政府系统，现在是某个地级市的副市长了，是他们十里八乡官当得最大的人。

汽车他见过，并不感到惊奇，但是罗昊的妻子和女儿才是最令他意外的。他从来没见过那么白、那么干净的人，就他当时的感觉来看，她们比电视上的模特们好看得多，因为车从他跟前路过的时候，离他还不到两米。透过褐色的车窗玻璃，他看见罗昊的妻子正拿着一根小东西在涂自己的嘴唇，那是一双火焰般的唇。读大学后他才从女同学那里了解到，那是润唇膏，防止嘴唇干燥的。

罗昊家里杀猪宰羊，村里乡里县里的干部们轮番来见他，每一个都带着一堆礼物。罗昊的父亲把礼物放在院子里的仓房里，锁上一把大铁锁，钥匙就叮叮当当挂在腰间。每天晚饭后，他都要揣着一盒烟到小广场上，给老人们发带过滤嘴的香烟，有时候他的那个洋娃娃般的小孙女跟着他，手里也拿着一根带着一块糖的小棍子。

有一天晚上，罗昊的父亲第一个把烟递给他，他有点意外，因为那儿不但站着自己的几个叔叔，还有几个年龄更大的老人。看到我家罗昊了吧？老头示意他赶紧接过去，说，当年我跑到城里去掏大粪，也一定要送他去读大学，现在怎么样？他接过了烟，没有吸，学着大人们的样子夹在了耳朵上。他想带回去给父亲抽，父亲从没抽过这么好的烟。燕云，我早就知道你行，你是咱们村罗昊之后的第二个大学生，你将来也有机会过我们罗昊过的日子。

别人也都附和，说，是呀是呀，胡家的祖坟上也冒了青烟了。看你爹给你起的名字，胡燕云，完全不像是农民。罗昊父亲咳嗽了一声，吐了一口浓痰说，他俩的名字都是一个人取的。众人就问是谁，罗昊父亲指了指村子的西头。众人恍然，那儿住着已经八十九高龄的老中医，当年的秀才。

一瞬间，他对自己的未来充满了美好的想象，如果说有什么是可以想具体些的话，那就是他觉得自己也有机会娶一个罗昊妻子那样的女人，生一个漂亮的女儿，开着小车回来看父母，接受乡亲们的夹道欢迎，让父亲挨个儿给村民们发高档香烟。或者这么说吧，他能想到的最好的命运就是重复罗昊走过的道路。

晚上，他把那根烟递给父亲的时候，说了一句话，爸，我将来要让你天天抽这个烟。父亲听了，嗷的一声哭了起来。他当时以为父亲是被他感动了，或者是因为这么多年的含辛茹苦终于看到了希望。后来等父亲死了，他再去回想那个时刻，父亲的号啕大哭是因为他知道自己等不到每天抽这么好的烟了。父亲死在他上大学的第一个学期期中考试时。那天是英语考试，考听力的时候他的耳机坏了，什么也听不见，他举手喊老师，老师拿过来一试，没有问题，可他再接过去还是没有声音。如此折腾了几次之后，老师给他换了一副耳机，还是只能听到一种沙沙响的噪音，这时候听力题已经念完了，他只好随意蒙了几个答案。但是后来试卷发下来，他的听力竟然是历次考试中得分最高的一次。

他给家里写信，说自己期中考试成绩有所上升，终于突破了班级的中线。他们班有七十个人，他一直是在三十五名之后，这次考了三十名。他还说，自己接了三份家教，已经能把生活费赚出来了，不用家里给他寄钱了。他的学费是贷款的，生活费也可以自己解决，这让他很自豪。就算是上大学时候的兼职，他一个月也比村里种地的堂兄弟们赚得多。

寒假回家，他走进家里的时候没有人，他喊父亲，又喊母亲，屋子空荡荡的，连个回音都没有。这时候西院的邻居走进来还一把斧子，看见他，愣在了那儿。他问邻居知道自己父母去哪儿了吗，邻居支支吾吾了半天，也没说出来，放下斧子急匆匆走了。

不一会儿，母亲背着一篓子从田野中拾来的柴火回来，看见他，一下子就哭了出来。

我爸呢？他问。他省吃俭用，用自己做家教的钱给父亲买了一条好烟，罗昊父亲发的那种，一条烟花了他两百多，一个月的生活费。他从包里把烟掏出来，说这是给我爸的。母亲说，你爸抽不到了。他蓦然一惊，问，怎么了？

你爸……没了。

母亲告诉他，父亲临死前叮嘱了，不告诉他自己的事，既不想让他因此耽误学业，也不想他跑回来浪费几百块车费。母亲说，其实你第一年复读的时候，父亲就查出了不好的病，但是没有跟你讲，讲了也没用，徒增烦恼。听说花几十万是能续几年命的，但家里不可能有几十万，就算有，用来换几年命也不值。他们打听了，花了钱也不一定能治好。他于是明白了那天父亲痛哭的缘由。

天色晚了，但他坚持要去坟地看望父亲。母亲要陪他，他拒绝了，他不想让母亲看见自己悲伤的样子。

事实上，他有点多虑了。等他走了半个小时，走到父亲的坟地所在的山坡时，太阳已经落到了山下，大地被黑暗笼罩。好在这一天的月亮还算亮，挂在夜空里，努力用自己借来的光照着大地。

他跪倒在父亲的坟前，并没有想象的那么悲伤，甚至没有掉眼泪。他把那条烟全部拆开，一根接一根地点着，然后绕着父亲的坟头摆成圈，最后留下一根，自己蹲在那里吸。他想这样可以了，他唯一能做的就是陪父亲抽一支烟。这一次拜祭，让他的心越发坚定：我一定要成功。他想，要成为罗昊，不，要成为比罗昊还要牛的人。

他的烟瘾，就是从这一次开始染上的。

2

从此之后，时间仿佛加速了，他很快就到了毕业阶段。他拼了命才留在了北京城，去了延庆的一所中学做老师。虽然是学教育的，但他们同学中做老师的并不多，因为他们没有专业，不像学英语、历史、化学的，中学里都有一门课程对应着。学教育的去给学生讲什么呢？只能去行政岗，做教务或者后勤。

他其实是很不甘心的，因为他想过考研，罗昊要不是念了研究生，根本不可能分到国土局，也就不可能后来当市长。可是他的成绩在四年里最好的一次就是第三十名，英语也不好，考研基本没什么希望。还有就是，他本科贷款的一万块钱学费，从下半年开始必须给银行还钱了，一个月两百多。他已经预感到，自己似乎早就偏离了罗昊的那条路，或者说，他根本就没在人家那条路上出现过。但他还抱着希望，就像偶尔从电视里看到的赛车那样，在一个弯道加速超车，最终夺取冠军。机会并没有把全部的路封死。

每当在办公室处理文件或表格到深夜时，他都会回溯自己的人生，越来越确认拿到录取通知书，等着上大学的那段时间是最美好的日子。他会陷在回忆里几分钟，然后揉揉眼睛，倒一杯开水，点一支烟，继续整理文件和表格。

工资不算多，还完贷款，再除去给母亲的生活费和自己的生活费，每月只能攒下五百块钱。好在学校提供了单身宿舍，要不然这五百也得交了房租。但是烟钱似乎越来越费，一开始他一天都抽不了几支，现在每天至少要一包，而且他只抽当年给父亲买的那种烟。工作后他了解到，那并不是什么特别好的烟，连中档都算不上，但相对于他的收入来说，却不算便宜。他有一种幻觉，自己吸的每一支烟都像是替父亲吸的，他在用自己的方式兑现答应过父亲的事。

另一个让他烦恼的，是同事小丛，办公室里和他同年入职的女孩。他有点喜欢这个女孩，因为她看起来跟记忆中的罗昊的妻子有点相仿。可能并不太像，只不过有一次他早晨上班的时候，小丛刚好坐父亲的车进校，就坐在后排，正巧用润唇膏在涂抹自己的嘴唇。这个动作一瞬间把他带回到当年的记忆中，他认定这是一种暗示，提醒他不该忘记当年所想象的未来生活。

他觉得小丛对自己也充满好感。那次之后，他曾问过她，用的是什么牌子的润唇膏，是否好用。小丛很热情，把自己的润唇膏拿出来，说给他涂一点试试。他有些不知所措，怯懦地说男人怎么能用这个。小丛笑话他，说现在男人都用，还做面膜呢，然后拧开唇膏，涂在他的嘴唇上。他闻到一种很腻人的香甜味，瞬间想起，这只润唇膏不久前才在小丛的嘴唇上涂抹过，心跳就加速了。他觉得自己似乎借着唇膏吻到了小丛，开始满脸通红。还有，他们去食堂吃饭，小丛会把自己餐盘里的肉夹给他；她有任何困难，都第一时间找他帮忙。他并不确定小丛是否喜欢自己，但基本确定她不讨厌自己。他渐渐掌握了小丛的基本情况，她就是延庆人，在一所市属大学毕业后，借父亲的关系进了学校。他父亲是延庆一个什么局的副局长，没有太大的实权，但大小是个官，有自己的人脉；母亲也是公务员，不过开了长期病假，很少上班。从各方面来看，这都是一个很不错的家庭。

在判断了几个月之后,他决定试一试,向小丛表明自己希望两人更进一步,成为男女朋友。他的表白技巧很普通,但也不算太差。那天是小丛的生日,她请同事们出去吃火锅,之后他送她回家。在路上,路灯昏暗,晚风轻拂,所有的事物都轻声细语般温柔。我想每天都送你回家。在她家楼下,他跟小丛说。什么?她喝了点酒,有点没明白他的意思。我是说,我喜欢你,我想每天都送你回家。他也喝了点酒,终于直接说出来这句话。

小丛并不感到意外,她甚至笑了一下,说,这样啊。就上楼去了。

她只说了这三个字,这样啊,这到底是什么意思呢?是同意还是不同意?

第二天在办公室遇到,她还和以前一样,说说笑笑,仿佛他的表白根本没发生。他自己都有点怀疑了,怕是喝多了酒之后的醉梦或幻想,可是他翻看了那天的日记,白纸黑字记着这件事呢,还画着大大的三个问号。

小丛没有给他任何明确的答复,也没有表现出任何异常,他不知道该怎么办好。这种心绪影响到了工作的效率和质量。他提供给校长的一个有关高三年级的成绩统计表格,出了个大纰漏,校长把他劈头盖脸地骂了一通,而且就在他的办公室里,当着所有同事的面。他非常受伤,但并不恨校长,他是气自己,这只能是活该。他反而有点埋怨小丛,认为都是她的模棱两可把自己弄成这个样子的,但他的反击只是尽量回避她。不知道小丛是迟钝还是怎么,一周后她才反应过来他无声的反抗,在午饭的时候特意坐到他旁边。你是在故意躲着我吗?她说。他不说话,只是低头对付自己餐盘里的地三鲜和西红柿炒蛋。啊,不会吧,你那天是认真的?小丛又说。他吃不下了,端起餐盘到垃圾桶那里,把饭菜全部倒掉,直接走出了食堂。

小丛追了出来,在他身后大声说,喂,燕云,我以为你是在开玩笑,我的朋友经常这样开玩笑。他心里冷笑一下，转过身说，是啊，是啊，我就是在开玩笑。他还是抛下她走掉了。

他在一个酒馆喝了半夜酒，花生米吃掉了三盘，思前想后，甚至都考虑辞职了。他前几天查过，自己的存折里有一万块钱存款，不多，但能保证自己几个月饿不死。他想干点别的，离开这个地方，但最后还是没勇气。醉醺醺回家的路上，他给小丛发了一条短信，说不好意思，我把玩笑当真了，你把真的当玩笑了。小丛回了一个字：哦。

第二天起晚了，头还疼，他没吃早餐就去了办公室。一切都没他想得那么严重，他忽然间有点顿悟：不管什么事，你只要第二天还是按照前一天的节奏去过，它就能过去。他跟小丛的关系又开始正常化了，好像什么都没有发生过一样。只不过他开始在宿舍里看一些三级片，有时候他也会把电脑上的女性想象成小丛，想象成他认识的所有女性，甚至是罗昊的老婆。他对她的印象早就模糊了，唯一清晰的是那只拿着润唇膏的手和红润的嘴唇。

他把手机里保存的小丛和其他女性的照片打印出来，装订成册，每一次幻想的时候，就翻出一张来。每次这么干的时候，他都觉得自己有点像古代的皇帝宠幸后宫的妃子。

最开始，他还保有一种强烈的道德感，第二天看见自己意淫过的女同事，会脸红心跳，觉得她们知道了自己的秘密。但是他很快就解决了这个问题。她们只是一些幻影，他想，我也是，我们活在幻想的空间里，没有一条法律规定我不能使用自己的幻想。他也会有点悲哀地想到，他唯一能左右的只有自己的幻想了。

这一切是被一个意外事件打破的。

秋天的时候，小丛有三天没来上班。他给她发了短信，没有回，打电话也没人接。他觉得小丛可能不告而别了。

他在复印室复印要发给老师们的学习材料，警察走进来把他带走了。

在派出所里，他们问了他过去几天的行程，最后他终于弄明白了，小丛没去上班，是因为三天前的晚上，她在回家的路上被人强奸了。警察从他的宿舍里搜到了那些淫秽光碟，还有他制作的那个相册，确认他是最大的嫌疑人。他被带走后，学校里就传言他是个变态，强奸了自己的同事。但是警察很快把他放了，因为他们从小丛的内衣上提取的DNA和他的对不上。

他回到办公室等着，但小丛再也没回来。半年后，他也被解雇了，理由是消极怠工引发了教学事故。一次很重要的考试，他把应该带到学校的卷子忘在了家里。他没有做任何解释，收拾了东西，离开了延庆，从郊区到了城里。

3

三年后。

胡燕云走在人大西门外面的路上，背着巨大的双肩包。背包里是一大摞考研资料，不过并不是他自己考研，而是去见一个学生。胡燕云现在是中关村一家考研培训机构的工作人员，他通过到各个高校刷小广告，在各个高校的论坛发广告帖，在学校食堂门口发传单，再加上用QQ群等宣传，已经成了公司的销售标兵。仅这半年，通过他报名考研班的就有五百多个人。当然，他的提成也很可观。为了工作方便，他在双榆树的一个老旧小区里租了一间房，不到八平方米，每个月不含水电一千二百元。这是一个小两居，房主一家三口住大卧室，他住小卧室。签约的时候房主说，你最好别自己做饭，如果要做饭，煤气费每个月多交二十，而且只能等我们做完饭了再做。他连忙说，我就一个人，不做饭，主要是找个住的地方。

其实中介还介绍了比这条件好的一间房，但他最终还是选择了这个，因为他从门缝里瞥到了房主的女儿。小女孩还不到十岁，跟当年他见到的罗昊的女儿差不多大，就那么一瞬间，他决定租下了。

第一天住进去的时候，两家人都静悄悄的，有人去厕所都蹑手蹑脚，好像生怕惊动了对方。他躺在占了屋子一大半地方的小床上，发现了这个房间的另一个好处：那扇小窗子外面就是一棵槐树的树冠，时节正是春散夏来的时候，即将绽放的槐花已经发出了诱人的香味。偶尔，他还能在树影中瞥见一星半点的月亮。那个有关未来的幻想，再一次从心底浮了出来，他忍不住坐起身，点燃一支烟，把窗子推开一点，让微风吹进来，随手把烟灰弹在窗外。

轿车，妻子，女儿，响彻全村的鞭炮……让他着迷的似乎不再是这些了，而是当年的那种感觉，就是觉得一切都充满希望、都值得奋斗的感觉。有那么一瞬间，他想起了小丛，心里多少有点负罪感，觉得自己好像是那个强奸她的人的影子。

他开始充满一种异样的斗志，每天除了睡六个小时的觉，其他时间都是在工作。他推销出去的课程数量直线上升，半年后，他就被破格提拔为项目经理，专门负责公司在天津高校的招生工作。他开始频繁往返于天津和北京，每周都要去三四次天津。偶尔，他会感到头晕或恶心，他知道自己有些太拼了。但看着银行卡里的数额不断地增长，他不想停下来，目标从来没这么明确过，他要赚钱，赚足够的钱。至于赚钱之后干什么，他还没好好想过，只是单纯地喜欢看存款数额飞速增加。

他再也没看过黄片，也没再自慰过。每一次他刚要开始，小丛的脸就会浮现，说，小胡，是不是你？那天晚上伤害我的人是不是你？他便兴味索然。只有烟抽得越发地勤，价位也越来越高，他因此得了咽炎，但还是继续抽。

虽然每天晚上都住在出租房里，可他很少见到房东一家人。他回去得晚，上楼前先在成都小吃或沙县小吃吃一点饭，上楼的时候他们似乎都睡着了。他家客厅里的电视很少打开,对于这家人,他听到的最多就是他们出来倒水、上厕所的声音。极少的几次,他正面看到了这家的小姑娘,戴着牙套。原来小姑娘有些龅牙,特别是张嘴说话的时候,门牙和粉红的牙龈明晃晃地露出来。有点像马。他不太厚道地想。你好。他跟小朋友打招呼。小朋友有些吃惊,小声地说了句你好,就飞快地逃回了他们的房间里。

他想,自己不在家的时候,他们可能不这么安静,应该和别的家庭一样,看看电视,聊聊天,做做小游戏,其乐融融。有一次,他回来得早一些,刚掏出钥匙插进锁孔,屋子里就立刻安静下来。这更证实了他的猜测。

他万万没想到,这家人竟然救了自己。

一个晚上,他出来上厕所时头一晕,倒在了过道上。他们打了120,把他送进了医院,医生给他打上吊瓶,第二天又做了各种检查后告诉他,好像内分泌有点问题,血糖高。他没当回事,第二天买了好多水果回来,感谢这家人。男主人把水果从门缝里接了过去,递出来一张单子,是120的钱和药费。他赶紧掏钱包,男主人摆手说,不急,和下个月的房租一起付吧。

从这次开始,他们的关系开始慢慢热络了些。有一天,他们还在厨房留了半碗炒饭,他知道这是给自己留的。他就着烟,把半碗饭吃掉,然后回到厨房把碗洗了。第二天回来,他就放了半个西瓜在冰箱里。来来往往中,气氛开始变得随意起来,特别是小女孩,偶尔会跑到他屋里来问一个问题——她的数学作业,父母完全帮不上忙。

他又晕倒了一次,不过不严重。他不得不去医院里看一下了,房主建议他去看中医,他就坐地铁去了西苑医院。大夫给他开了中药,让他先吃一个月再说。他拎着一大袋子已经熬成液体的中药,走在路上就忍不住喝了一袋。忍着反胃喝完了中药之后,他没找到能漱口的水,就一直带着满嘴的药味走回家。一开始，这味道是苦、涩，似乎有很多草根的味道，可是后来随着唾液的不断分泌稀释，好像也发生了什么神秘的反应，开始泛出一种甜味，嗯，有点像他小时候吃的甜草根。甜草根也是一种中药，在村子后面长得漫山遍野，这种东西的根茎似乎是直直插入地里的，很难拔出来。田地旁边有一些山洪冲泻出来的沟壑，都是黄土，沟壑壁上裸露出许多甜草根来，他们只要揪出一头猛扯，就能扯下一米长的甜草根。这种东西据说是降火的，带着一种药的甜味，他跟小伙伴们经常会咀嚼一段。糖太稀少了，他们唯一能以甜的名义摄取的糖分都是从山野中来的，甜草根，秋后的玉米秸秆，一种酸巴溜，各种野果子。他们那儿的自然界似乎没有纯粹的甜，所有的甜里面，要么掺杂着苦，要么掺杂着涩，要么掺杂着酸。

　　这是一个大玩笑，他又拿出那张化验单来看，空腹血糖12.9，超标了一倍还多。

　　毫无疑问，医院里的大夫跟他说，糖尿病，不用再做其他检查了。

　　可我才二十五岁。

　　是，年纪还小，按说不应该。你们家族有糖尿病遗传病史吗？

　　他只能摇摇头。事实上，他们家没有任何遗传病史——这么说不准确，不是没有任何遗传病史，而是就他所知除了高血压和感冒，他们家的人不知道自身任何病痛的名字。那些病都只是一种感受，一种生活命名，腰疼，头疼，腿疼，肚子疼，没劲，恶心，眼花……

　　他回想了一下，自己的日常饮食似乎也并没有摄入多少糖，虽然现在他有工资了，要吃糖完全可以随意买了。大夫告诉他，糖尿病病人在上午十点多的时候，会出现低血糖的症状。他想起来了，自己的两次晕倒，确实都是在上午十点左右。

　　他按时按量吃完了一个月的药，再去检测，血糖还是高，就又吃了一个月，还是高，但他的精气神似乎恢复了，也没有再晕倒。过了一段时间，业务又忙起来，他就把吃药的事情忘记了。那一段，北京的房价因为政策调控，停止了疯狂的增长，甚至有一部分有所下降。他刚好纳税五年了，有了买房资格，盘点了自己手里的钱，大概四十万左右，又算了一下今年的年底分成，有五万，火速找中介在地铁13号线的天通苑站三公里处贷款买了一个小一居。贷款五十万，每个月还三千多。

过户那天，他没有想象中的激动，因为前一天晚上他加入了一个房子所在小区的QQ群，群里都是业主，全是报怨小区物业的，很多人都后悔买了这里的房子。他觉得自己有点冲动了，应该看看其他地方再做决定。但事到如今，也没有反悔的余地。他就想，买了就买了，反正自己还是租住在双榆树那里，天通苑的房子是肯定要租出去的，交给中介，也不用太操心。

让他操心的是另一件事：母亲在老家犯了一次心脏病，差点死掉。他没办法，只好把母亲接到了北京，这样租住的那间房子就不够住了。他得租个大点的房子，还得能做饭。

那天晚上，他敲了房东的门。门开的时候，他看见三个人正在写字台上吃饭，一盘西蓝花，一盘排骨，三碗米饭。吃饭呢？不好意思，有点事。房东有些尴尬，问，你吃了吗？他还没吃，但赶紧说吃过了。房东问他什么事，他说了母亲的事，说自己可能得提前搬出去，有点违反合同，想商量一下违约金能不能少点。房东有些发愣，你要走了？他点点头，说我妈来了，这里住不开了。房东说，等会儿吧，我们商量一下，就关上了门。

他就回到自己房间里，靠着窗台抽烟，把烟灰弹到窗外。这时候是秋天了，再有半个月就十一了，但气温还是很高，好在开着的窗子能透进些风来。他已经做好了打算，如果房东愿意，他可以掏半个月的违约金，一周内搬出去，他们也能早点找到下一任租客。如果房东坚持一个月的押金一点都不退，他也只能认了。

半个小时后,房东在门口喊他,胡先生,你出来一下。

他推门出去,惊讶地发现一家三口都在客厅里。房东指了指沙发,让他坐,他有点犹豫地坐在小沙发上,他们三个则各自坐了一个小凳子。

我们商量了,押金都退给你,违约金也不要你缴了。房东看了一眼妻子和女儿说。

啊?这让他有点出乎意料,这样不太好吧,是我违约,我总该出一点钱的。

房东说,不用了,我们家里情况不好,要不然也不会这么小的房子还租出一间。你是五年来最好的一个租客,从来没给我们添麻烦,所以我们不要你的违约金了。

这样,但是……我还是要……

胡先生,真的不用了。女主人说。他很少听到她说话。

那好吧,谢谢你们,实在抱歉,如果条件允许,我肯定会继续住下去的。

房东找出两张纸来,简单写了两份终止租房的协议,签了字,每人拿了一张,这事就算结了。

他准备第二天搬家,这是他在这里的最后一晚了。

4

母亲到的那天晚上,他本想带她出去吃饭,可母亲说坐了一夜车,累了,就在家里吃。他觉得也好,就去超市买鲈鱼和青菜,蒸一条鲈鱼,炒一个青菜,再做一个西红柿鸡蛋汤,两个人就够了。母亲一辈子吃得清淡,荤的只喜欢鱼,他知道的。鱼得买活的,鲈鱼好吃,可是比草鱼鲤鱼白鲢贵得多,但这是母亲到北京的第一餐饭,总要吃一点好的。

搬来的第二天,他已经调查清楚,这附近的几个超市里,只有街对面的那家有活鱼卖。他让母亲先休息会儿，自己拎着一个袋子去超市。

他经过鱼缸的时候，平时卖鱼的工作人员正从里面捞鱼，捞出一条，猛地掼在地上摔死，然后再捞一条摔死。一条鱼突然从里面飞了出来，啪的一声掉在地上。一个工作人员看了看，并没有停下手来去捉它，而是继续对付鱼缸里的鱼，捞出来，摔死。那条鱼就一直在地上摆着尾巴，好像要逃脱被摔死的命运，每一次摆尾，身体都有移动，但下一次摆尾又移动回来。他忽然笑了一下，想起了大学时哲学老师讲的西西弗斯，就那个整天把大石头推上山，然后石头自己滚落，他再推，周而复始，永无止境的那个人。那时候，他觉得哲学挺无聊的，可这一刻他忽然明白了点，哲学还是有用的，至少对一条鱼来说是这样。

他想让工作人员留一条活的给他，工作人员却说，所有的活鱼都不卖了，要买买死鱼。

为什么？

工作人员一耸肩，我哪儿知道，我只知道经理下了死命令，活鱼必须弄死，然后冷冻起来，一条都不让卖了。

最后，他只能买了一条更贵的海鲈鱼回去，死的。

他已经很久没有做过饭了，之前在双榆树那里住，从没跟房东抢过厨房。他把清理好的鱼带回去，母亲说她来做饭，他说自己做。母亲说，妈妈没事，做个饭还是可以的，他只好从狭小的厨房里出来。

后来他刷朋友圈，看到新闻说，那一天，几乎北京所有的超市都没有活鱼卖了。有人说是因为活鱼运输途中为了保鲜，使用了某种有毒的化学物质；也有人说是因为食品检测部门要展开一次水产品检查，各个超市都对自己进的鱼没信心，所以全部下架。

吃饭的时候，他偶然说起超市里的事，母亲说咱们那儿吃的都是死鱼，怕什么。他说今天这条是海鲈鱼。母亲顿了一下，叹气，说我知道，刚才看见标签了，一条鱼好几十块钱，好贵。你就放心吃吧妈，一条鱼我们还是吃得起的。母亲又问他房租多少钱、贷款月供多少钱，问一次，叹一次气。

母亲收拾碗的时候，他拿出五百块钱，说，妈，生活费给你，你来了，我就每天回来吃饭了。

母亲说不用的，我这里还有一点钱。

他塞到母亲手里，说，你的钱能有多少，攒着吧。还有，下周我带你去医院再查一下心脏。

母亲连忙摆手，不要去，我在镇子上已经查过了，是先天性的心脏病，治不了的，做手术好贵，而且不见得能治好。

他没再坚持。

母亲说，妈只是惦记着一件事……

他知道是什么，他的婚事。这年头所有的家长都在担心儿女的婚事，没对象的着急，有对象的没结婚着急，结婚了没孩子着急，有了孩子不和睦还着急。

他永远都不可能想到，这竟然是自己和母亲的最后一次谈话。第二天，他敲母亲房间的门，没有回应，他想可能母亲还在睡，就自己出去买了油条和豆浆，吃完了，母亲还没有声音。他推开门进去，看见她在床上蜷缩成一团，已经没有了呼吸。后来才从医生那里知道，母亲晚上心梗发作，不到二十分钟就走了。她在这痛苦的二十分钟里，竟然没有喊过一声，她以为可以和腰腿疼一样，只要忍过一阵就没事了。

他有点不知所措，还是医院的人指导着他，找了专门做丧葬服务的人，把母亲的后事办了。告别仪式上，丧葬公司的人说，就你一个人？他点点头，一个人把母亲送走了。

随后，他跟公司请了几天假，把母亲的骨灰带回老家去，跟父亲合葬了。

5

都快晚上九点钟了,他才走进了饭店,看见约的人已经到了,穿一件红色的毛衣,头发有点像假发,在13号桌坐着。桌上已经摆满了菜,他坐下,拿起服务员贴在桌边的点菜清单看了一眼,快两百块了,有点贵。

红毛衣有点抱歉地说,不好意思,等你的时候,我先把菜点了,我不点菜服务员就总跑来念叨。

没事没事,挺好挺好。他说。

路上有点堵吧?

嗯,很抱歉,我来晚了。

嗐,在北京迟到太正常了。咱们边吃边聊吧,提前约定一下,谁也不用让谁,也不用瞎客气,权当两个人的自助,行吧?

这样好,我完全同意,反正吃饭不是主要目的。

你来的时候没戴口罩?

没戴,不习惯,闷得慌。

得戴着呀,今天污染指数都爆表了,戴上总比不戴强。

算了,我觉得中国人要想活下去,只能靠自我进化了,别的什么都没用。

哈哈,你挺有想法。

到现在为止,他都对这次见面很满意,对方看起来很真诚,也很放松。这很好,他想,而且谁也不用照顾谁,各吃各的。

红毛衣夹了一筷子糖醋排骨,放在嘴里嚼着说,我们家那位,三脚踹不出一个屁来,你要再踹一脚,就踹死了。对我倒还行,情人节圣诞节结婚纪念日,都不忘买个小东西讨我高兴。东西不贵,但他能惦记着,让你觉得是一种安慰。

嗯，他迎合着，挺好的。

红毛衣继续吃糖醋排骨。他有点惊讶地发现，红毛衣似乎非常喜欢酸甜口的菜，除了糖醋排骨，还有菠萝咕咾肉、糯米藕、酒酿丸子，唯一其他口味的菜是花生米。

红毛衣突然停住口，说，是不是我点的菜你不喜欢？你可以再点几个喜欢吃的，钱不是问题。对了，再要点啤酒吧，你们男人一般吃晚饭不是总要喝点的吗。

这些菜他确实不能吃，因为他那怎么也降不下去的血糖，他必须控制甜食。他跟服务员要了菜单，只点了一条清蒸鲈鱼。啤酒，犹豫了半天，还是没要。他觉得没必要喝酒，吃饭也是次要的，他来这儿，就是想跟她好好谈谈。

鲈鱼上来的时候，她正跟他说自己小时候的事。在我们老家，她说，每一次有人结婚的时候，都要在夜里摆一桌宴席，我那时候最喜欢这种宴席了。我们小孩子，可以不用那么早睡觉，还能吃到各种好吃的。哦，我也喜欢看着大人们围坐在桌子边，男人们划拳喝酒，女人们就说三说四。后来我离开老家，再也没有吃过那样的宴席。

你老家是哪儿的？他问。

南方嘛，就是南方嘛。

他想她可能不太愿意告诉自己太多具体的信息，刚才说的有关她老公的那些话，也可能不太准确。无所谓了，本来也不是为了调查对方而来的。

接下来，他跟她说了自己当年看见罗昊和妻女的那件事，说得特别详细，还有小丛的事。最开始，她还笑话他，说他太幼稚了。等听到小丛被强奸的时候，她不笑了，愤怒地拍着桌子说，阉割，这样的坏人就应该阉割，而且不要用医生，就找我老家劁猪的兽医。

她忽然意识到自己的愤怒有些过了，便指着鲈鱼说，翻过来吧，另一面还没吃呢。

他们两双筷子合力把鲈鱼翻了过来。

各自又讲了不少事，结账的时候，竟然刚好二百五十块钱，两人听了都笑了，觉得没有比这更好的收尾了。各自付了一半，他们就出门了。

回到家之后，他躺在床上，把手机里的约饭APP卸载了。

他跟红毛衣完全不认识，是通过这个软件才约上的。有一天，一个群里有人推荐这个软件，说注册后可以随机约到一个饭友，然后系统会随意选一家饭店定位子，两个陌生人在一起吃一餐饭，说说话，AA制。等结束后，系统会自动注销两人的ID，也就是除非他们自己要互相留联系方式，否则再也不会联系了。

他其实早就下载软件注册了，前两次系统都给他约好了人和地点，但是他临阵退缩了。每个身份证号只能约三次，第三次他不想浪费机会，赶着来赴约。

现在，他住在了自己在天通苑的房子里，房子不大，但还是显得空荡荡的。他没买电视，也没买冰箱，甚至厨房里也只有一只锅和一副碗筷，偶尔在深夜煮个泡面而已。他不做考研培训了，现在是一家民办教育机构在天通苑地区的课程经理，单位很近，从家里走过去只要五分钟。但是在天通苑那些成千上万栋面貌相似的楼宇之间，他常常迷路，绕了一圈又一圈，就是找不到自己家那个小区的门。有几次，他按照手机地图上的导航，都没回得了家。

后来，他花了一个月的四个周末时间，把天通苑的所有小区都走了一遍，自己画了一张简易的地图，从此再也没有迷过路。

跟红毛衣约饭回来后，他很快睡着了，还做了一个奇怪的梦。他梦见自己像超市里那条逃跑的鱼。当然跑不掉，但还是要逃，在水泥地上拼命摇着尾巴，那声音听上去，好像一个悲伤自责的人在使劲儿抽自己的耳光，啪，啪，啪……

后记
对于我，文学意味着什么

抵抗黑夜

对于我，文学意味着什么？

这个问题的答案，我需要回到个人文学生活的起点去寻找。因为，文学或文学性及其承载物，最早进入我精神内部的时刻，决定我其后看待文学的方式，也是我写作最初的发动机。通过回溯记忆，我找到的起点并不是一个标准的时间刻度，而是一种心理刻度。我把它称之为"抵抗黑夜"。

在这里，"抵抗黑夜"这个词并不是隐喻意义上的，而是实际意义上的。我童年时生活在中国北部山区的乡村，在那里，黑夜要远远盛大于白昼，它占据了劳作之外的所有时间。在黑夜之中，自然退隐，人赤裸裸地直接面对自己的内心。十岁之前，我所居住的村子里都是没有电的，人们夜晚照明用的是煤油灯，而煤油在当时也是稀缺资源。因此，只要太阳落山，黑夜就会笼罩整个村庄。我所能拥有的抵抗黑夜的方式，最早是听爷爷讲民间故事，神仙鬼怪填补了黑色虚空。后来，一个叔叔去外地打工，带了一台收音机回来，黑夜开始有了"异质性"。每当电波送来的声音响起，整个夜晚都被赋予无与伦比的魅力，遥远，陌生，充满未知感。我听到了单田芳讲述的评书，听到了电台里有关情爱的歌曲，听到了长河一般的长篇小说连播，这一切都在启发我：在所见即所得的乡村生活之外，还有一个更为广阔而迷人的世界；在我们所知的现实世界之外，还有更为让人沉醉的虚构世界。

我必须承认，这些声音和爷爷讲述的民间故事一样，让我对黑夜产生了某种依恋，也由此对虚构和想象产生了依恋。我开始盼望着夜晚的降临，那里有我对"文学"最初的饥渴和满足。然而，快感并非只来源于满足，更来源于"饕餮"欲望的几何级数增长所带来的不满。那些故事、故事里的侠客和人物，搞得我心神不宁，夜不能寐。他们借助黑夜的掩饰，在我的脑海里互相串戏、彼此勾连，潜伏成我的文学底色。这时候，抵抗黑夜已经转变为沉迷黑夜，文学则是夜晚的微光——鬼火或电波。

白日做梦

仅有声音的讲述远远不够，我开始渴求一种具有形象感的文学性表达。这时，因为土地干旱求雨而唱出的戏文和演员们，适时出现在邻村的戏台上。那些唱戏的陌生人，坐着三轮车从远方而来，于简陋的土台子上吟唱前朝往事。时间不再是滚滚向前，开始由此向后推移到无限远，清朝、明朝、唐朝……唱什么并不重要，重要的是在庄稼地的旁边出现了一群穿戏服的人，表演古老祖先们的花前月下、宫廷沙场。

收音机里的电波和民间故事里的情节，幻化成眼前的实景——也并非实景，而是如柏拉图之洞穴隐喻中墙壁上的影子。在最初的阶段，影子本身已足够激动人心。演戏是一种魔法，魔力远远超过走四方变戏法的人手里的戏法，尽管我依然对帽子里蹦出的兔子和鸽子惊奇，但更执着于舞台上的叙述，想象中的兔子才是最动人的。若干年后，我会把这一种场景写进小说或散文里，在追溯细节的同时，也重新构造它——那个作文章的书生，唇红齿白；那个踏春的小姐，明眸善睐；那个滑稽的小丑，上蹿下跳；那个简易的戏台，竟然演尽了人间的悲欢离合。

这是白日做梦，也是前朝梦忆。又或者，我后来对"庄周梦蝶"的理解，是此刻那只蝴蝶的翅膀所扇动而成的。

光影悖论

传说许久的电影放映队就要来了，还是为了求雨，还不仅仅是为了求雨。其实，人们在很多时刻对于电影的渴望胜过了下雨。

已记不清第一场电影放映的是什么片子，但全村人搬着小板凳，坐在露天土场上等候的场景，清晰如纪念碑的浮雕。巨大的银幕支起来，电线从最近的人家拉出来，放映机摆好了，新的魔术师——电影放映员把一卷放映带嵌入机器。这是光影的魔术，一束光柱照着薄薄的胶片，白色大幕上开始浮现活生生的人和我们的全部生活。

真是不可思议，有人在一块白布上再造了这世界，或者说，整个世界浓缩在了一块白布上；不止于此，那里如此之薄，但比我们真正身处的世界要更简洁也更丰富。我跟伙伴们好奇地走到银幕的后面去。后面有什么呢？后面是同一个故事的镜像，是左和右的颠倒。

每当我思考文学之于人的作用，看电影的场景都会浮现在脑海，它已不再是回忆中的细节，而是具有了本质的隐喻性质。正是从此时开始，一种有关悖论的概念根植于我内心，成为我后来看待所有事物的基本心理结构——世界和生命的本质如此，文学的本质亦如此。

文字魔法

对文学的饥渴随着身体一起疯长，但那种终极食物——文字，既严重短缺，又姗姗来迟。

小学时，我读完了整个村子所有有字的东西，甚至别人家那没有被风雨侵蚀掉的斑驳的春联，甚至小卖店橱窗里的包装纸，甚至灰堆里的烟盒，甚至山坡上乡政府用白色石头垒的"计划生育，利国利民"……然后什么都没有了，我陷入了极度的绝望之中。这种绝望，超越了后来高考落榜和失恋的绝望，因为一扇打开的门被重重地关上，再也看不到开启的可能。许多年后，我读到卡夫卡的小说《城堡》，看到土地测量员 K 永远走不进那扇专门为他设立的大门时，恍然心惊，那正是少年时无书可读的感受。

到高中时，我才吃到一种真正富有文学性的食物——武侠小说。我去遍了小镇上所有的租书亭，白天上课，晚自习后躲在被窝里，用手电筒的光芒看完了金庸古龙梁羽生黄易卧龙生。多有趣，与电影放映机一样，这同样是在黑夜中，被一束光明映照出的虚幻故事。我幻想过自己是书中的武林高手，但更直接的幻想是自己就是那个讲故事的人。所有看魔法表演的人，都会有成为魔术师的冲动。

这是写作的起源。这个起源的关键词是：虚构。文学是魔法，而文字是魔法棒，有了它，将不再依赖有形的光和电，无须依靠其他人，自己就可以去构造新世界。

时间开始了。

猪尾巴

我知道文学在我的生活中,在我的生命中,但它在大部分时刻都是影子,只有少数时候,我才能走出洞穴,捕获白日梦。它日夜跟着我,像一个古老的咒语,或者,像我童年时听到的一个乡村传言。人们说,小孩子是不能吃猪尾巴的,如果吃了猪尾巴,就会在走夜路的时候听见自己身后啪嗒啪嗒的脚步声,但你回头,身后却空无一物。这种声音被人们称之为"后惊"。对于我,文学就是"后惊",它以虚构的方式真实地存在,但只有在足够黑的夜晚,在足够曲折的大道上,我才能听见它的声音。